Chris Fabry

Das Lied der Liebe

Mehr als alles bewahre dein Herz

D1873544

Über den Autor

Chris Fabry hat bereits rund 60 Bücher veröffentlicht, von denen viele mit Preisen ausgezeichnet wurden. Unter anderem wurde er in Deutschland mit „Junikäfer, flieg" und „Mehr als mein Herz" bekannt. Chris Fabry ist Vater von neun Kindern und lebt mit seiner Familie in Arizona.

Richard L. Ramsey hat das Drehbuch zum Film „The Song" verfasst, auf dem dieses Buch basiert.

CHRIS FABRY

Das Lied der Liebe

Mehr als alles bewahre dein Herz

Aus dem Amerikanischen
von Eva Weyandt

Gerth Medien

MIX
Papier aus verantwortungsvollen Quellen
FSC® C083411

Verlagsgruppe Random House FSC® N001967
Das für dieses Buch verwendete FSC®-zertifizierte Papier
Enso Lux Cream liefert Stora Enso, Finnland.

Die amerikanische Originalausgabe
erschien im Verlag Tyndale House Publishers, Inc.,
unter dem Titel „The Song“.
© 2014 by City on a Hill Studio, LLC;
© der deutschen Ausgabe 2016 by Gerth Medien GmbH, Asslar,
in der Verlagsgruppe Random House GmbH, München.

1. Auflage 2016
Bestell-Nr. 817083
ISBN 978-3-95734-083-2
Umschlaggestaltung: Yannick Schneider
Umschlagbild: City on a Hill Studio, LLC/Beth Sparkman
Satz: DTP Verlagsservice Apel, Wietze
Druck und Verarbeitung: CPI books GmbH, Leck
Printed in Germany

Alles hat seine Zeit,
alles auf dieser Welt hat seine ihm gesetzte Frist.
Prediger 3,1

Vorwort

Als Pastor habe ich Gelegenheit zum Austausch mit Menschen in den unterschiedlichsten Stadien von Liebesbeziehungen. Leider ist es so, dass ich solchen Menschen viel zu oft dann begegne, wenn sie durcheinander und verletzt sind. Solche Missstimmungen sind nicht selten die Folge der Flut von falschen Botschaften, die in dieser heutigen Zeit in Bezug auf Freundschaften, Sex und Ehe ausgesendet und empfangen werden. Aber was ist denn nun eigentlich wahr? Was hat Gott dazu zu sagen? Immerhin ist er der Schöpfer – der Architekt – der romantischen Liebe.

Vor einigen Jahren habe ich mich intensiv mit dem biblischen Buch Hohelied (auch Lied Salomos genannt) beschäftigt, und dabei habe ich festgestellt, wie wichtig dieses Buch in der heutigen Zeit schnelllebiger Beziehungen ist. Das Hohelied ist in Form eines Gedichts geschrieben und das macht es besonders ansprechend. Doch uns Menschen von heute fällt es häufig schwer, die Aussage dieses biblischen Buches zu verstehen und eine Verbindung mit unseren aktuellen Problemen herzustellen. Und das gilt auch für Pastoren. Viele von ihnen meiden es, weil ihnen die vielen intimen Details der Liebesgeschichte unangenehm sind und es ihnen schwerfällt, darüber zu reden.

Das ist einer der Gründe, weshalb es sich unser Team zur Aufgabe gemacht hat, den Inhalt des Hohelieds in Form von dem Film *The Song* und diesem vorliegenden Buch in unsere moderne Zeit zu übertragen. Wir wollten Salomos Erkenntnisse einer breiten Leserschaft zugänglich machen – auch den Menschen, die die Bibel vielleicht noch nie gelesen haben.

In diesem Roman finden die Leser Hoffnung und ein Versprechen: „*Gib nicht auf. Gib bitte nicht auf. Gott kann auch Scherben wieder zu etwas Wundervollem zusammensetzen. Und das kann er sehr gut.*"

Ich bin sehr froh, dass bei diesem Projekt Chris Fabry mit von der Partie ist. Chris hat zutiefst verstanden, was *The Song* sagen will, und seine Schilderung von Jeds und Roses Geschichte macht sie noch authentischer und tiefer.

Beim Lesen dieses Buches werden Sie viel Zeit mit den beiden Hauptpersonen verbringen und sich sehr intensiv mit ihnen auseinandersetzen, so intensiv, wie das beim Schauen des Films auf der Leinwand gar nicht möglich ist. Und Sie werden in dem Roman auch einige Personen kennenlernen, die im Film gar nicht vorkommen. Es kann durchaus sein, dass Sie sich und Ihren Partner in der Geschichte wiedererkennen und auch Ihre eigenen Kämpfe und Siege.

Ich bin stolz, dass wir jetzt diesen Roman als Teil unseres Gesamtprojektes präsentieren können, und ich hoffe, dass diese Geschichte Sie anspricht und dass sie sowohl Ihren Glauben an Gottes Geschenk der Liebe stärkt als auch die Romantik in Ihrer Beziehung.

Kyle Idleman
Autor von *Not a Fan* und Pastor der Southeast Christian Church

Prolog

Seine Augen verdrehten sich nach hinten, und er hatte ein seltsam dumpfes Gefühl im Kopf, so als hätte jemand alles Gefühl aus seinem Körper gesaugt. Er umfasste sein Handgelenk und wollte diese Dinger abschütteln, und da war Blut, viel Blut, auch wenn er kaum Schmerzen verspürte. Er lehnte sich zurück und merkte, wie sein Lebenswille schwand.

Wenn das ein Lied wäre, dachte er, *dann wäre es nicht wert, gesungen zu werden.*

Sein Leben war ein Lied im Dreivierteltakt, das von einer Person gespielt wurde, die ihm zuvorgekommen war. Er schrieb neue Verse zur Melodie eines anderen. Der Refrain war vertraut, hatte ihn aber an einen Ort gebracht, den er lieber meiden wollte, und dieser Ort war hier. Da saß er nun mit verschleiertem Blick auf dem Boden und konnte sich nicht rühren.

Jemand schrie neben ihm. Ein Klagen drang in sein Bewusstsein. Was reimte sich auf *Schrei? Hai? Blei? Bye-bye?*

Es war Shelby. Ihr langes braunes Haar war zerzaust und ihr Gesicht ungeschminkt. Sie sah ganz anders aus als auf den Hochglanzfotos in den Zeitschriften, und im Augenblick war sie ziemlich hysterisch. So ungestylt strahlte sie etwas ganz anderes aus als die Selbstsicherheit, die ihm anfangs so an ihr gefallen hatte. Sie war jetzt völlig außer sich, aber er konnte nicht reagieren, konnte nichts tun, als sich ihr Schreien anzuhören.

„Nein, nein, nein!“, schrie sie, und ihre Stimme hallte von den Wänden des Badezimmers wider. Wo waren sie überhaupt? In einem Hotel? Seine Erinnerung war wie ausgelöscht.

Sein Leben lang war er auf der Suche gewesen nach dem richtigen Wort, der richtigen Textzeile, und so landete dann oft ein Satz aus einem Gespräch, eine Äußerung seines Sohnes, eine Schlagzeile oder die Frage eines Fans in einem Refrain. Und Worte, die die verbotene Sehnsucht nach *ihr* einfingen, nach der Frau, die nicht seine Frau war.

Jetzt fand er keine Worte. Es wollten ihm einfach keine einfallen, weil das Gefühl weg war. Sein Atem wurde flach, seine Lunge schmerzte und er hörte nur noch seinen eigenen Herzschlag. Es war, als ballte sich eine große Faust in seiner Brust zusammen. Sein Herzschlag wurde langsamer und gleichzeitig stärker, so als würde sich die Pumpe wie der Motor einer Maschine langsam festfressen. Und irgendwann würde sie dann ganz stehen bleiben.

„Was hast du getan?“, schrie Shelby.

Ja, was hatte er getan? Eine gute Frage. Was war mit all den Chancen, all den Entscheidungen, die er hätte treffen sollen? Was war mit dem Leben, das er eigentlich führen wollte, und der Liebe, die er versprochen hatte? Das musste er unbedingt aufschreiben. *Die Liebe, die ich versprochen habe.* Doch es gab keinen Grund mehr, noch irgendetwas aufzuschreiben. Es war vorbei. Es war aus mit ihm.

„Jed! Hör mir zu! Jed?! Du musst wach bleiben!“

Sicher, bleib wach, dachte er. *Ganz einfach. Leicht. Für alle anderen, nur nicht für mich.*

Shelby gab ihm eine Ohrfeige, doch er spürte den Schlag nicht. Er sah nur, wie ihre Hand auf sein Gesicht zukam und wieder zurückzuckte und wie Tränen flossen. „Jed? Sprich mit mir!“

Er wollte es. Wirklich. Aber manchmal kann man etwas einfach nicht, selbst wenn man es gern möchte. Manche Entscheidungen lassen sich nicht rückgängig machen. Worte, die einmal gesagt sind, lassen sich nicht wieder zurückholen. Reime hängen am Ende eines Satzes in der Luft. Die Kluft zwischen einem guten Text und einem kurzen Gedanken, der nur nicht zu Ende gebracht worden ist, ist manchmal so weit wie der Grand Canyon.

Shelby versuchte, die Blutung mit einem weißen Handtuch zum Stillstand zu bringen, aber es war aussichtslos. Jeds Hände verkrampften sich wie die Klauen eines Tieres im Todeskampf. In Gedanken sah er vor sich, wie sich die traurige Nachricht im Netz wie ein Lauffeuer verbreitete. *„Jed ist tot! Was für eine Schande. Was für eine Vergeudung.“*

Die Kameras der Nachrichtensender würden zeigen, wie sein zugedeckter Leichnam auf einer Bahre zum Krankenwagen gerollt wurde, dessen Blaulicht schon ausgeschaltet war, weil es zu spät war. Sein Leben war vorbei. Die Bilder würden in einer Endlosschleife über den Bildschirm flimmern, bis die Nachricht nicht mehr neu war und von anderen abgelöst würde.

Sinnlos. Sinnlos. Alles ist sinnlos. Ich habe alles gesehen unter der Sonne. Alles ist sinnlos.

„Jed! Jed! Sag doch was!“

Seine Augenlider flatterten wie ein Schmetterling, der sich aus dem Kokon kämpft, und etwas drängte aus seiner Seele nach oben. Ein Wort schlug Wurzeln, wuchs, bis es sich zu seinen aufgesprungenen Lippen hochgekämpft hatte und er es flüsternd aussprach.

„Rose.“

Shelby drehte die Dusche auf, und das Wasser rauschte mit voller Kraft auf ihn herunter. Die Wassertropfen prasselten auf seine Haut, wuschen sein Gesicht und pressten seine Haare an seinen Kopf, und es war ihm egal, ob er am Leben blieb oder starb oder ertrank oder mit dem Wasser fortgeschwemmt wurde. Es war ihm vollkommen egal.

Und dann war er an einem anderen Ort, an einem Ort, der in seiner Erinnerung so lebendig war wie sein Spiegelbild in dem verchromten Wasserhahn. Er stand im strömenden Regen. Dann ein Blitz, und Worte überspülten ihn.

Doch wie schlecht ist der dran, der allein ist und fällt, und keiner ist da, der ihm beim Aufstehen hilft.

Er hatte sein Leben damit verbracht, Menschen um sich zu scharen, die seine Musik mochten. Agenten und Fans und

Anhänger, die ihn bewunderten. Doch jetzt war er ganz allein. Shelby hatte sich in ein anderes Zimmer zurückgezogen.

Es klopfte an der Tür, und es waren laute Stimmen auf dem Flur zu hören.

Zwei Männer kamen ins Bad und zogen ihn an den Armen aus der Dusche. Wieder dieses Geschrei. Zwei andere Männer in Uniform hielten Shelby fest und fragten sie, was passiert sei. Jed verlor das Bewusstsein und merkte erst wieder etwas, als er auf einer Bahre lag und zum Krankenwagen geschoben wurde. Doch das Blaulicht blinkte noch. Was hatte das zu bedeuten? Gab es doch noch Hoffnung?

Er blinzelte und merkte, dass er sich jetzt im Krankenwagen befand. Jemand beugte sich über ihn, machte sich an ihm zu schaffen und schaute ihm in die Augen, als flehte er ihn an durchzuhalten. Seltsam. So etwas Ähnliches bekamen vermutlich die Fans zu sehen, wenn er auf der Bühne stand. Sie blickten in das Gesicht eines Menschen, der seinem Handwerk nachging, der genau das tat, wozu er ausgebildet war. Doch jetzt war Jed derjenige, der aufblickte.

Er blinzelte und sah jetzt die Neonleuchten auf dem Krankenhausgang über sich. In Windeseile wurde die Bahre in die Notaufnahme geschoben. Personen in weißen Kitteln rannten herum, stachen ihm Nadeln in die Haut und schoben Schläuche in seinen Körper. Er wollte etwas sagen, wollte irgendwie zum Ausdruck bringen, wie leid es ihm tat, dass er ihnen das alles zumutete. Und in diesem Moment quälte ihn die Frage, ob er wohl jemals die Worte würde aussprechen können, die in seinem Inneren gefangen waren.

Und dann war es, als schlüge eine Woge über ihm zusammen. Die Realität traf ihn mit voller Wucht, genau wie damals, als er als Kind im Meer gestanden und eine Welle ihm den Boden unter den Füßen weggerissen und kopfüber in die Brandung gestürzt hatte. Außer Kontrolle.

Und dann Dunkelheit.

Die Nulllinie auf dem Herzmonitor.

Kein dunkler Tunnel, kein gleißendes Licht – nichts von alle dem. Keine Musik, nein, gar kein Geräusch. Keine Engel oder Dämonen, sondern nichts als Dunkelheit, aus der die Worte nach oben drängten, weiß auf schwarz. Sein Leben in Worten. Und alles war wahr.

... am besten sind die dran, die gar nicht erst geboren wurden. Sie mussten das Böse, das auf der Welt geschieht, auch nicht mit ansehen.

Jed Kings Leben rollte sich auf wie eine Schriftrolle, auf der seine guten und bösen Taten, seine Fehler und Triumphe, seine Gewinne und Verluste verzeichnet waren, und auch alles, was er gern im Verborgenen gehalten hätte. Dunkelheit und Licht. Das Lied, das er mit jedem Herzschlag gesungen hatte.

Teil 1

Kapitel 1

Als Jedidiah King kam er zur Welt und versuchte sein Leben lang, seinem Namen gerecht zu werden. Sein Vater war David King, ein Countrysänger, der durch die Lande zog und zumindest zu Beginn seiner Karriere vor allem für seine Alkoholexzesse und seinen ausschweifenden Lebensstil bekannt war. Die Musik war sein Leben, und Auftritte vor kleinem Publikum waren ihm genauso wichtig wie die Konzerte in den großen Arenen, die er während der letzten Jahre seiner Karriere füllte. Mit seiner Stimme und seinen Texten eroberte er die Herzen seiner Fans auf der ganzen Welt. Männer auf Traktoren im Mittleren Westen sangen seine Lieder mit, und Frauen in Vorstädten schmetterten den Song „Can't Hold On". David King war eine Arme Seele, doch er hatte gelernt, seine Nöte und Ängste in Melodien mit einer Botschaft zu verwandeln, die Wege ebneten und Verbindungen knüpften.

Außer seinem Namen gab David King seinem Sohn noch zwei weitere Dinge mit: die Liebe dazu, etwas mit seinen Händen zu gestalten, und den Wunsch, Lieder zu schreiben, die aus dem Herzen kamen. Genau wie sein Vater hatte Jed mit Hammer und Säge hantiert, lange bevor er sich an die Gitarre wagte, aber als er die sechs Saiten erst einmal für sich entdeckt hatte, konnte er nicht mehr davon lassen.

Seit er klein gewesen war, hatte Jed seinem Vater beim Gitarrespielen zugesehen, hatte genau beobachtet, wie er seine Finger auf die Saiten drückte und mit den Fingern der anderen Hand anschlug oder zupfte. Es war, als wäre das Instrument mit dem Mann verwachsen. Er konnte todmüde auf der Couch liegen und dösen, doch wenn ihm die Gitarre in der Ecke ins

Auge fiel, stand er auf und nahm sie sich, und seine Augen leuchteten, wenn er an einer neuen Melodie arbeitete oder eine alte überarbeitete.

Für Jed war es immer etwas ganz Besonderes, wenn er bei einer Bandprobe seines Vaters dabei sein durfte, und dieser Prozess der Entstehung von Musik war es, der den Wunsch in ihm weckte, seinem Vater nachzueifern.

Der Inhaber eines Musikgeschäftes in ihrer Stadt, der nichts von Jeds musikalischer Herkunft wusste, hatte im Hinterzimmer seines Ladens eine kirschrote Guild Starfire hängen. Spielen konnte er da eigentlich noch gar nicht, aber er durfte das Instrument wenigstens in die Hand nehmen. Und der Mann erzählte Jed die Geschichte dieser Gitarre – von dem Holz und auch der Handwerkskunst, die sie zu einem einmaligen Instrument machten. Und dann nahm der Mann selbst die Gitarre zur Hand und begann zu spielen, und zwar so gut, dass Jed nur staunen konnte. Der Mann hielt sein Ohr an das Instrument und lauschte und spielte dann aus der Erinnerung ein Lied, dass es Jed den Atem raubte.

„Wie lernt man, so zu spielen?"

„Nimm Gitarrenstunden und lerne die Akkorde und Läufe", sagte er und hielt die Gitarre hoch. „Aber letztlich ist es nicht das Instrument, das die Musik macht. Die Musik kommt von hier." Und dabei tippte er auf seine Brust. „Das kann kein Mensch auf der Welt dir beibringen. Entweder du hast es, oder du hast es nicht. Wenn du es nicht hast, ist es schade. Aber wenn du es hast und nicht nutzt, dann ist das richtig schlimm."

Er zeigte Jed, wie er G, C und D greifen musste, schenkte ihm eine Grifftabelle und sagte ihm, er solle in einer Woche wiederkommen. Jed rannte nach Hause und schnappte sich die Gitarre seines Vaters, die er von einem ganz besonderen Menschen geschenkt bekommen hatte und auf der vorne eine Krone abgebildet war. Einige seiner größten Songs hatte David King mit ihrer Hilfe komponiert, und er behauptete, sie bringe ihm Glück.

Jed nahm das Instrument zur Hand, griff den D-Dur-Akkord – allerdings war es für ihn leichter, den Ringfinger auf die erste Saite zu legen und nicht den kleinen Finger – und schlug ihn an. Doch es klang noch nicht richtig. Er hatte die Saiten nicht fest genug heruntergedrückt. Dann griff er C-Dur und brauchte mehrere Sekunden, um die richtige Position für seine Finger auf den Saiten und dem Bund zu finden. Wie schafften es die Musiker nur, so schnell die Griffe zu wechseln?

Er wechselte zum D. Nur drei Finger, die auf vier Saiten gelegt werden, aber das war besonders schwierig. Er hatte beobachtet, wie die Gitarristen mit ihren Fingern bis ganz hoch zum Hals der Gitarre wanderten und ihre Finger in einem Barrégriff auf alle Saiten gleichzeitig drückten. Oder sie spielten den Hauptton ganz oben oder griffen zwei Saiten auf einmal. Aber wie machten sie das?

„Ich habe mich schon gefragt, ob du sie wohl jemals in die Hand nehmen würdest", hörte er die Stimme seines Vaters hinter sich, begleitet vom Klacken der Absätze seiner Cowboystiefel auf dem Holzfußboden, als er durchs Zimmer kam. Jed schluckte und hielt ihm entschuldigend die Gitarre hin.

„Ich habe dich neulich beobachtet, als du mit bei der Probe warst. Möchtest du gern spielen lernen?"

Jed nickte.

„Woher weißt du denn, wie die Akkorde gegriffen werden?", fragte sein Vater.

„Der Mann aus dem Musikgeschäft hat es mir gezeigt."

Der Bart seines Vaters war ziemlich lang, und sein Haar fiel ihm lockig auf die Schultern. Er ließ sich auf dem Bett nieder. In Jeans und T-Shirt sah er völlig anders aus als auf der Bühne. Für Jed fühlte es sich gut an. So normal.

„Hat er dir gesagt, dass du für das G den Ringfinger nehmen sollst?"

„Nein, er hat mir erklärt, dass ich den kleinen Finger nehmen soll."

„Guter Mann. Er hat recht."

„Aber ich finde es einfacher, wenn ich den Ringfinger nehme."

Sein Vater lächelte. „So habe ich das früher auch gemacht. Manchmal nehme ich den kleinen Finger dazu und spiele mit dem Ringfinger die zweite Saite hier. Versuch das mal."

Doch es gelang Jed nicht, sodass sein Vater ihm die Gitarre aus der Hand nahm und ihm den Griff zeigte – nicht ungeduldig, sondern eifrig wie ein Autohändler, der einem Kunden den Motor eines Wagens zeigt.

„Kannst du mir noch mehr beibringen?", fragte Jed.

„Natürlich."

Als Jed am nächsten Morgen aufwachte, stand eine *Guild*-Gitarre am Fußende seines Bettes, und er war gerade dabei, sie auszuprobieren, als sein Vater zum Frühstück herunterkam. „Der Verkäufer im Musikgeschäft hat gesagt, dass dir diese Gitarre in seinem Laden so gefallen hat. Das Instrument braucht jedenfalls keinen Verstärker. Gefällt sie dir?"

„Sie ist toll!", sagte Jed strahlend.

Sein Vater rieb sich den Schlaf aus den Augen, hustete und goss Milch über sein Müsli. „Lass dir Zeit. Ich schenke dir die Gitarre nicht, weil ich will, dass du in die Fußstapfen deines alten Herrn trittst, denn diese Füße waren an vielen Orten, von denen du dich besser fernhältst."

„Zum Beispiel?"

„Darüber reden wir ein anderes Mal. Ich will damit nur sagen, dass ich nicht von dir erwarte, dass du die Musik zu deinem Beruf machst. Es sei denn, du willst es selbst. Verstehst du?"

„Ja."

„Du wärst ziemlich gut, weißt du das? Du hast eine schöne Stimme. Ich habe dich singen gehört."

„Oh ... okay."

Mehr war gar nicht nötig und Jed war Feuer und Flamme. Seltsam, wie ein paar wenige Worte bei einer Schale Müsli das Leben eines Jungen verändern konnten. Seltsam, was eine gut gestimmte Gitarre bewirken konnte.

Kapitel 2

Manche Dinge kann ein Mann nur von seinem Vater lernen. Dazu gehören Akkordfolgen und Liedaufbau oder auch, wie man einen Rasen in geraden Streifen mäht und wie man einen Reifen wechselt. Dabei ist es gar nicht so, dass einem das nicht auch von einer Mutter beigebracht werden könnte, aber ein Vater vermittelt mehr als nur den einfachen Vorgang.

Nachdem sein Vater erkannt hatte, wie ernst es Jed mit dem Gitarrespielen war und dass er auch Texte schreiben konnte, ließ er sich Jeds Songs vorspielen und hörte auch auf die Zwischentöne.

Jed erinnerte sich an einen Tag am Bootssteg. Er hatte neben seinem Vater auf dem Steg gesessen und eine Melodie auf dem Banjo gezupft. Sein Dad hatte dazu Gitarre gespielt und mit dem Fuß den Takt geklopft, sodass sich das Wasser kräuselte. Selbst die Fische schienen sich an der Musik von Vater und Teenagersohn zu erfreuen. Ein großer Breitmaulbarsch war in der Nähe aufgetaucht und hatte nach einer Fliege geschnappt, die über der Wasseroberfläche tanzte.

Sein Vater hatte gehustet und sich die Hand vor den Mund gehalten, und als er sie wieder wegnahm, war Blut daran gewesen. Er hatte es an seinem Hemd abgewischt und offenbar gedacht, Jed hätte es nicht bemerkt, aber manche Dinge kann man nicht verbergen. Manches lässt sich nicht einfach wegwischen.

Die Diagnose war eindeutig, obwohl es Jed viel Drängen und seine Mutter unglaubliche Anstrengung gekostet hatte, seinen Dad dazu zu bewegen, zum Arzt zu gehen. Und dann hatte der langsame Verfall begonnen.

„Ich dachte immer, ich würde bei einem Flugzeugabsturz ums Leben kommen", sagte sein Vater eines Abends, als er an Schläuche und Monitore angeschlossen in einem Krankenhausbett lag. „Wenn man so stirbt, vergessen einen die Leute nie."

„Ich werde dich ganz bestimmt nie vergessen", beteuerte Jed.

Sein Vater lächelte nur kraftlos und sagte: „Es gibt vieles in meinem Leben, das du hoffentlich vergessen wirst, mein Junge."

Nach einem weiteren Hustenanfall – Jed war froh, dass seine Mutter ihn nicht mitbekam – wischte sich sein Vater über den Mund und beugte sich vor. Er trug immer noch sein Stirnband, obwohl sein Haar inzwischen kurz geschnitten und der Bart abrasiert worden war.

„Ich war so stolz auf dich, als du das Rauchen aufgegeben hast", sagte Jed.

„Ich wünschte, ich hätte erst gar nicht damit angefangen. Aber das, wovon du als Kind glaubst, dass es dir schon nicht schaden wird, holt dich irgendwann doch ein. Am besten lässt man also von vornherein die Finger davon."

Jed wartete darauf, dass sein Vater noch mehr sagen würde, aber es kam nur noch Husten und Schweigen. Der Fernseher lief, ein Sender, in dem nur Countrymusik gespielt wurde. Sein Vater griff mit zitternder Hand nach der Fernbedienung und schaltete den Ton aus. Es war, als würde er von einer zentnerschweren Last niedergedrückt.

Seine Hand sank auf die Bettdecke, er machte einen weiteren flachen Atemzug und sagte: „Ich habe in meinem Leben viele Fehler gemacht, Jed, aber ich habe meinen Frieden mit Gott gemacht. Ich gehe nach Hause."

„Gib nicht auf, Dad."

„Ich gebe nicht auf; ich bin nur bereit. Wenn Gott noch ein Wunder tun will, habe ich nichts dagegen. Aber wenn er will, dass ich nach Hause komme, dann ist es auch gut."

Jed starrte auf die stummen Fernsehbilder.

„Stell dir einfach vor, ich wäre auf einer langen Konzerttournee, nur dass es ein Dauer-Engagement ist."

„Wie in Las Vegas", sagte Jed.

Sein Dad lachte, doch es mündete in einen Hustenanfall, und Jed wünschte, er hätte nicht versucht, einen Witz zu machen. Als sein Dad wieder ein wenig zu Atem gekommen war, soweit das überhaupt noch möglich war, griff er nach Jeds Hand. Seine Hände waren schwielig von der harten Arbeit, die er so liebte, dem Tischlern und dem Gitarrespielen.

„Im Himmel wird es viel schöner sein als in Vegas, mein Junge", sagte er.

Jed nickte und sein Kinn bebte. Vielleicht konnte er einen Song über den Vergleich zwischen dem Himmel und Vegas schreiben.

„Ich möchte dich dort eines Tages wiedersehen", sagte sein Vater. „Versprichst du mir, dass wir uns dort wiedersehen?"

Jed nickte erneut, ohne einen Laut von sich zu geben.

„Hör auf Gott, Jed, tu, was er sagt, dann wird alles gut, und aus dir wird ein Mann, wie ich es nie sein konnte."

Jeds Vater hatte sich gewünscht, dass der vollständige Psalm 23 auf seinem Grabstein stehen sollte. „Damit die Menschen etwas zu lesen haben, das Bestand hat", hatte er gesagt. Jeds Mutter beugte sich vor und strich mit der Hand über die eingravierte Krone neben den Daten: 17. Dezember 1942 – 10. August 2003.

„Er hätte sich sehr gefreut über das, was du heute gesagt hast", sagte sie mit zittriger Stimme zu Jed. „Er wäre stolz auf dich gewesen."

„Ich wünschte nur, ich hätte daraus ein Lied machen und für ihn singen können. Er hätte mir geholfen ..." Seine Stimme erstarb, und seine Mutter stand schwankend auf, nahm ihn in die Arme und weinte. Er drückte sie an sich, bis sie sich schließlich von ihm löste, ihn ansah und sagte:

„Er wollte dir noch so vieles sagen, aber er fand einfach nicht die richtigen Worte."

„Die hat er alle für seine Musik verbraucht, nicht?“

Sie lächelte unter Tränen und sagte: „Es gibt auch Männer, die nie etwas sagen.“

„Was ist eigentlich zwischen euch beiden passiert, Mom? Ich würde gern mal deine Version der Geschichte hören. Vielleicht ist das jetzt gerade nicht der richtige Zeitpunkt oder der richtige Ort, aber ...“

„Ach, der Ort ist genau richtig. Auf Friedhöfen kommt die Wahrheit ans Licht, und er hätte sicher gewollt, dass ich dir alles erzähle, egal wo.“

Und dann erfuhr er die traurige Geschichte. Dabei liefen seiner Mutter die ganze Zeit Tränen übers Gesicht.

„Du hast ja die alten Videos gesehen“, begann sie. „Früher habe ich mit deinem Vater zusammen auf der Bühne gestanden. Mein Mann Bill spielte damals Mandoline in der Band, und ich bin nie wieder jemandem begegnet, der dieses Instrument so gut spielen konnte wie er.“

„Bill ist gestorben, oder? Ich bin im Netz auf alte Berichte darüber gestoßen. War es nicht sogar Selbstmord?“

„Die Familie hat das verschwiegen, aber irgendwann kam es heraus. Ich habe ihn damals gefunden.“

„Lass uns nicht jetzt darüber reden, Mom.“

„Doch. Hör mir bitte zu. Es fällt mir wirklich schwer, über all das zu reden, aber ich möchte, dass du Bescheid weißt und dass du es von mir erfährst.“

„Ich habe das Gerede, das Geflüster und Kopfschütteln bei den Familienfeiern doch mitbekommen.“

„Ja, und dein Vater hat diese Feiern wirklich gehasst. Es war so: Dein Vater und ich hatten eine Affäre. Wir haben Ehebruch begangen, und das war natürlich schrecklich. Als ich schwanger wurde, wollte ich das Baby nicht Bill unterschieben, denn ich wusste genau, dass es nicht von ihm war. Also brachte mich dein Vater in eine ... eine Klinik. Das gehört zu den Dingen in meinem Leben, die ich am allermeisten bereue. Und auch er hat das zutiefst bereut.“

Jed starrte auf den Grabstein und versuchte zu begreifen, was er da gerade erfahren hatte.

„Aber Bill fand es heraus“, fuhr seine Mutter fort. „Ich glaube, er hat gewusst, was los war, aber er wollte es nicht wahr haben, und er war so verletzt und so zornig über das, was wir getan hatten, dass er sich das Leben nahm. Ich habe ihn damals erhängt in unserem Haus gefunden. Er hat einen Brief für mich hinterlassen, in dem stand, dass er hoffe, ich sei froh über die Entscheidung, die ich getroffen habe.“

„Das tut mir leid, Mom“, sagte Jed, wartete einen Moment, bis sie sich die Tränen abgewischt hatte, und fragte dann: „Und daran ist auch Dads Familie zerbrochen?“

Sie nickte. „Seine Frau hat ihn mit den Kindern verlassen. Ich habe nie einen so verzweifelten Mann erlebt und dachte wirklich, er würde sich zu Tode trinken. Aber dann hat er sich wieder gefangen.“

„Du hast ihm darüber hinweggeholfen.“

„Wir haben uns gegenseitig geholfen. Er hat versucht, mit seiner Frau wieder ins Reine zu kommen, aber sie hat sich von ihm scheiden lassen und fast alle seine Ersparnisse bekommen. Ich mache ihr keine Vorwürfe deshalb, sondern eher mir. Ich habe gedacht, dass meine Entscheidungen nur mich selbst und David beträfen, und mir war gar nicht klar, dass sie auch Konsequenzen für alle anderen hatten. Ganz besonders für dich.“

„Für mich?“

„Als David und ich heirateten, waren wir zwar glücklich, aber natürlich nicht völlig unbeschwert. Mit dir begann dann ein neuer Lebensabschnitt. Der Tag deiner Geburt war der schönste Tag meines Lebens, und deinem Vater ging es auch so. Aber wir konnten das, was wir getan hatten, nicht einfach abschütteln. Es hat unsere Freude getrübt. Die Schuldgefühle waren immer da und hingen über uns wie eine dunkle Wolke.“

„Du warst aber auch ein wichtiger Grund dafür, dass er gesungen hat“, sagte Jed. „Der Grund, warum er weitergemacht hat.“

„Nein, der Grund, warum er weitergemacht hat, war Gott, der in sein Herz gekommen ist – und auch in meins. Ich habe mich so geschämt für das, was ich getan hatte. Dafür, dass wir uns so von unserer Leidenschaft haben beherrschen lassen. Wir haben dadurch so viele Menschen verletzt, damit mussten wir leben, aber dir wollte dein Vater geben, was seine erste Familie nicht von ihm bekommen hat."

Sie nahm ein zerfleddertes Tagebuch aus ihrer Tasche und gab es Jed. „Hier steht alles drin. Er hat immer gesagt, dass ein Mann mit seinen Fehlern leben muss, aber er hat gehofft, wenigstens verhindern zu können, dass du die gleichen Fehler machst."

Später am Abend schlug Jed dann das Tagebuch auf und las, was sein Vater in seiner krakeligen Handschrift aufgeschrieben hatte. Es war wie eine zarte Berührung. Worte, die Leben atmeten. Ein Leben, das der Geschichte, von der er gerade erfahren hatte, einen Sinn gab. David hatte auch große Teile des Buchs der Sprüche von Salomo abgeschrieben, in denen es um die zerstörerischen Folgen des Ehebruchs und vieles mehr ging.

Jed starrte auf die Schrift seines Vaters und dachte an sein eigenes Leben, als die Tür aufging und seine Mutter ins Zimmer kam.

„Er wollte, dass du die hier bekommst", sagte sie und hielt ihm die Gitarre seines Vaters hin, auf deren Vorderseite die Krone eingraviert war, das Wahrzeichen seiner Karriere.

„Aber die möchtest du doch bestimmt gern behalten", entgegnete Jed.

Sie schüttelte den Kopf und sagte: „Nein, sie gehört dir. Er wollte, dass du damit großartige Musik machst. Nichts würde ihm mehr gefallen."

„Aber ich werde nie auch nur halb so gut sein wie er."

„Du kannst sogar noch viel besser sein. Lerne aus seinen Fehlern. Lass dir sein Leben eine Lehre sein. Dann hast du alles, was du brauchst, um ein guter Mann und ein guter Musiker zu sein."

Jed nahm die Gitarre, und es war, als würde ihn ein elektrischer Schlag treffen. Das war das Instrument, auf dem sein Vater unzählige Konzerte gespielt hatte, auf dem er die Melodien komponiert hatte, die jetzt die Menschen im Radio hörten. Auf wie vielen Playlists war diese Gitarre zu hören!

Als er das Instrument jetzt in der Hand hielt, wusste er, dass es mehr war als das Vermächtnis eines Musikers. Diese Gitarre war mehr als die Summe ihrer Einzelteile. Er hielt einen Katalysator in der Hand, den Herzschlag seines Vaters, der nicht hatte in Worte fassen können, was er sich für seinen Sohn wünschte.

Seine Mutter verließ das Zimmer, und er hörte, wie sich ihre Schritte auf dem Holzfußboden im Flur entfernten. Er griff einen G-Akkord auf der Gitarre seines Vaters, stimmte die A-Saite bis hinunter zum G und spielte die letzten fünf Saiten mit dem kleinen Finger auf dem dritten Bund, genau wie sein Vater es ihm beigebracht hatte. *All der Schmerz tief im Innern, wie ein Damm, der bricht …*

Es war nur ein flüchtiger Gedanke. Den ganzen Abend saß er mit der Gitarre seines Vaters in seinem Zimmer, spielte, schrieb, weinte und lachte. Trotz seiner Verzweiflung sprudelte seine innere Quelle, und Jed wusste jetzt, wie er sein Leben gestalten wollte.

Kapitel 3

So lange Rose Jordan denken konnte, hatte sie auf dem Land gelebt und im Weinberg gearbeitet. Der Geruch der reifenden Trauben, die prallvoll und saftig von den Weinstöcken hingen – ein Sinnbild für das Leben –, berauschte sie. Das war der Duft ihrer Kindheit, das, wovon sie jeden Morgen schon beim Aufwachen begrüßt wurde.

Die Wurzeln der Jordans ließen sich bis zu den ersten Siedlern zurückverfolgen, die in den Westen kamen und begeistert waren von dem guten Boden, den sie in Kentucky vorfanden. Das Land war dann von einer Generation an die nächste weitergegeben worden, bis im Jahr 1820 die Stadt Sharon gegründet worden war. Familienstreitigkeiten hatten dazu geführt, dass das Land in zwei Parzellen aufgeteilt wurde.

Das neue Jahrhundert brachte große Veränderungen mit sich, aber der Weinberg blieb, wie er war, und wenn Rose über die langen Reihen der Rebstöcke hinwegblickte, stellte sie sich gern vor, dass ihre Großmutter und deren Mutter und alle Vorfahren bis zum Anfang des 19. Jahrhunderts dasselbe Bild gesehen hatten.

Die Kindheit auf dem Weingut hatte ihre Brüder fortgetrieben, im Gegensatz zu Rose. Sie war so fest mit ihrer Heimat verwurzelt, dass sie niemals hätte fortgehen können. Die Jungen hatten nur gesehen, wie viel Arbeit in der Weinerzeugung steckte, aber für Rose war diese Arbeit ihr Lebenselixier. Genau wie ihre Mutter arbeitete sie gern, und der Schlaf war nach einem langen Tag harter Arbeit umso süßer.

Ihr Vater, Shep Jordan, war ein bodenständiger Mann, der kein überflüssiges Wort von sich gab, eine Stütze der

Gemeinschaft, einer der Eckpfeiler der Stadt. Wenn jemand ein Problem hatte, egal, ob es ein defekter Traktor war oder ein verletztes Pferd oder ein finanzieller Engpass, konnte er zu ihm kommen. Einige der Familien, die auf den angrenzenden Farmen lebten, hatten in Shep einen freundlichen Wohltäter, der manchmal sogar ein Stück Land verschenkte, wenn es ihm richtig schien.

Trotzdem war der Weinberg nicht unumstritten. Es gab Leute in der Stadt, die behaupteten, an den Händen der Jordans klebe nicht nur der Saft der Trauben, sondern auch das Blut zerstörter Leben.

„Mit eurem Wein habt ihr viel Leid über die Menschen gebracht“, hatte Eunice Edwards Shep eines Tages auf ihrer Veranda ins Gesicht gesagt. Dabei hatte sie ihm mit dem Finger der einen Hand vor der Nase herumgefuchtelt, die andere in die ausladende Hüfte gestemmt. Rose war fasziniert gewesen von dem Kleid mit dem Blumenmuster, das die Frau wie eine zweite Haut umspannte. Von der Wohnzimmercouch aus waren die Stimmen durch das Fliegengitterfenster zu ihr gedrungen.

Roses Blick war zum Wagen hinübergewandert, auf dessen Rücksitz Eddie gesessen und mit den Fingern auf dem Rahmen des geöffneten Fensters getrommelt hatte. Er war etwa in ihrem Alter und hatte immer einen Ausdruck, als wüsste er mehr, als es tatsächlich der Fall war.

„Da kann ich dir nicht zustimmen, Eunice“, hatte ihr Vater entgegnet. „Wein ist Gottes Geschenk an uns. Er ist ein Sinnbild für das Leben.“

„Aber es ist doch allgemein bekannt, dass der Alkohol Menschenleben zerstört, Shepherd. Ich verstehe nicht, warum du deinen Lebensunterhalt mit so etwas verdienst.“

„Alles Gute kann auch zum Bösen genutzt werden“, entgegnete er darauf. „Du kannst mit dem Auto da draußen mit deinem Sohn zur Kirche fahren, du kannst damit aber auch eine Bar ansteuern. Der Wagen ist nicht das Problem, sondern die Einstellung des Fahrers.“

„Ein Mensch muss schließlich von einem Ort zum anderen gelangen“, entgegnete sie. „Wein dagegen ist nicht lebensnotwendig.“

„Da hast du natürlich recht. Wein braucht man nicht unbedingt, aber Gott hat ihn uns nun mal geschenkt, und es ist ein Geschenk, das klug genutzt sein will.“

Eunice warf ihm durch die Brille mit dem dicken Rand nur einen verächtlichen Blick zu und sagte: „Ich werde beten, dass Gott dir vergibt und dir deine Sünde aufzeigt, und auch die deiner Vorfahren bis in deine Generation.“

In dem Moment hatte sie durch das Fenster Rose im Wohnzimmer entdeckt. „Da drinnen sitzt dein kleines Mädchen, das keine Mutter mehr hat. Was würdest du wohl denken, wenn sie sich mit Wein trösten würde? Und was würdest du tun, wenn deine Jungen Trunkenbolde würden?“

Der Vater hatte darauf nichts gesagt, aber Rose hätte es zu gern an seiner Stelle getan, hätte der Nachbarin gern ein paar Bibelverse zugerufen, in denen positiv vom Wein gesprochen wurde. Wein sei gut für den Magen, hatte Paulus geschrieben. Ja, es stand auch dort, man solle sich nicht betrinken – das bedeutete ja nicht, dass man gar keinen Wein trinken sollte.

Rose war auf die Veranda getreten und hatte sich neben ihren Vater gestellt, als der Wagen in einer Staubwolke davonbrauste. „Warum sagt die so etwas?“

Ihr Vater hatte sie an sich gezogen. „Ich vermute, es hat mit ihrem Daddy zu tun. Und mit ihrem Mann. Man muss nachsichtig sein mit Menschen, die vom Leben schwer gebeutelt wurden, Rose.“

„Ist sie darum so gemein?“

„Sie ist nicht gemein, sondern nur verletzt. Auch ein sanftes und freundliches Tier knurrt, wenn ihm wehgetan wird. Vergiss das nicht, wenn sich Menschen dir gegenüber gehässig benehmen. In der Regel leiden sie selbst sehr.“

Zehn Jahre später erinnerte sich Rose wieder an diese Begebenheit, als sie dabei war, das alte Puppenhaus aus der Scheune zu holen, wo es seit vielen Jahren stand. Es war sehr schwer und sperrig, und sie schaffte es kaum allein, aber sie wollte ihren Vater nicht um Hilfe bitten. Es würde ihm wehtun zu erfahren, dass sie es weggeben wollte. Ihr Vater und ihre Brüder hatten es vor vielen Jahren in mühsamer Kleinarbeit selbst gebaut, und es war eigentlich eine Schande, es jetzt wegzugeben.

Neun Jahre alt war sie damals geworden, als sie es bekommen hatte, also ein knappes Jahr nach dem Tod ihrer Mutter. Jeden Tag hatte sie dann mit dem Puppenhaus gespielt, das aus drei Etagen bestand. Im Erdgeschoss befanden sich Küche, Ess- und Wohnzimmer sowie ein hübscher Wäsche- und Hauswirtschaftsraum (eine Hommage an ihre Mutter). Die Schlafzimmer waren im ersten Stock, und im zweiten Stock gab es noch ein kleines Zimmer mit einer Kuppel. Von dort aus konnten die Puppeneltern den Ausblick über die Landschaft und die Sonnenuntergänge genießen. Sie war begeistert gewesen von den vielen liebevollen Details und unglaublich dankbar dafür, dass sie einen Vater und Brüder hatte, die sie so lieb hatten, dass sie ihr etwas ganz Besonderes schenkten, etwas Denkwürdiges, auch wenn sie selbst noch unendlich traurig waren.

„Komm, ich helfe dir“, rief Denise Lawton. Sie war größer als Rose, hatte langes braunes Haar, und wenn sie lächelte, was eigentlich immer der Fall war, strahlten ihre Augen. Denise begeisterte sich fürs Theaterspielen, und in der Schule hatte sie bei allen Theater- und Musicalaufführungen mitgewirkt.

„Moment mal, du willst doch nicht etwa das Puppenhaus weggeben, oder?“, fragte Denise entsetzt. „Das kannst du doch nicht machen, Rose!“

„Aber es steht jetzt schon seit Jahren ungenutzt in der Scheune herum.“

„Wir haben als Kinder doch so oft damit gespielt. Du solltest es für deine Tochter aufbewahren.“

Denise wollte es in die Scheune zurückbringen, aber Rose hielt das Puppenhaus fest. „Nein, bitte hilf mir lieber, es zum Wagen zu tragen.“

„Das geht doch nicht, Rose. Du hast dieses Puppenhaus so geliebt“, sagte Denise.

Rose strich liebevoll mit der Hand über das Dach mit der Kuppel. „Stimmt, ich habe es wirklich sehr geliebt, aber die Zeit ist vorbei. Und ein anderes kleines Mädchen wird sich bestimmt sehr darüber freuen.“

„Rose, so etwas gibt man nicht einfach weg, sondern gibt es an die nächste Generation weiter.“

„Ich möchte in meinem Leben keine Schätze ansammeln, die vergänglich sind“, entgegnete Rose darauf. „Falls ich je Kinder haben sollte, kann ich ihnen doch auch davon erzählen, was mein Dad und meine Brüder Schönes für mich gemacht haben. Aber ich brauche es nicht zu behalten, um mich daran zu erinnern. Ich möchte es loslassen.“

„Ich bin auch dafür, Dinge wegzugeben, die man nicht braucht, aber ich finde, man sollte auch genau überlegen, was man weggibt. Ich glaube, es ist ein Fehler, dich von deinem Puppenhaus zu trennen. Glaub mir, in ein paar Jahren wirst du es bereuen.“

„Okay, warte“, sagte Rose und rannte davon. Denise drohte ihr, sie würde nach Hause fahren, doch als Rose mit ihrer Kamera zurückkam, stand sie immer noch neben dem Puppenhaus.

„Hier, mach ein Foto. Das kann ich dann all den Kindern zeigen, die ich deiner Meinung nach einmal bekommen werde“, sagte Rose.

„Bestimmt ein ganzes Haus voll, Rose. Menschen, die eine tolle Mutter hatten, werden irgendwann auch selbst tolle Mütter.“

„Nett, dass du das sagst. Wenn ich das richtig verstehe, hast du mir gerade ein Kompliment gemacht, oder?“

„Nein, deiner Mom“, widersprach Denise grinsend.

Rose kniete sich lächelnd neben das Puppenhaus und hielt den Küchentisch und einen der Stühle in die Höhe, um zu zeigen, was für eine filigrane Handarbeit die Puppenmöbel waren. Denise machte ein paar Fotos.

„So, jetzt tragen wir es aber zum Wagen.“

„Dein Dad wird bestimmt traurig sein, dass du dich davon trennst."

„Nein, ich glaube, er wird stolz sein, dass wir der Familie helfen, Geld aufzutreiben."

„Was ist das überhaupt für eine Familie?"

„Sie gehören zu unserer Kirche, und der Sohn muss operiert werden. Am Wochenende soll es beim Gemeindepicknick einen Wohltätigkeitsflohmarkt zu diesem Zweck geben. Ich bin gespannt, wie viel das Puppenhaus einbringt."

Gemeinsam hievten sie das gute Stück auf die Ladefläche und schoben es neben das Kinderfahrrad mit Stützrädern. Auf der Ladefläche standen außerdem noch mehrere Säcke mit Kleidung und Büchern und anderen Sachen, die von Leuten aus ihrer Gemeinde gespendet worden waren. Als Rose jetzt das Puppenhaus neben den anderen Sachen stehen sah, wurde ihr ganz schummerig, und ihr blieb beinah die Luft weg. Natürlich konnte man mit dem Kopf eine solche Entscheidung treffen, aber ob das Gefühl dabei auch mitmachte, darauf hatte man wenig Einfluss.

Rose kletterte auf die Ladefläche, setzte sich hin und ließ den Blick über den Weinberg schweifen. Gedankenverloren machte sie die Schlafzimmertür des Puppenhauses zu und hörte, wie sie mit einem leisen Klick ins Schloss fiel. Selbst auf solche Feinheiten hatten ihr Dad und ihre Brüder geachtet.

Sie lächelte und sagte: „Ich kann mich noch an die Musicals erinnern, die du und ich mit dem Puppenhaus aufgeführt haben. Die Jungen saßen gegrätscht auf dem Dachfirst und grölten: ‚Oooooklahoma!'"

„Und die Mädchen hörten verträumt zu und warteten darauf, dass Ken nach einem langen Arbeitstag zur Tür hereinkam."

Rose schloss die Augen und schwelgte in Erinnerungen. „Du hast mir geholfen, wieder lachen zu lernen."

„Wie meinst du denn das?"

„Na ja, nach Moms Tod und all dem, was danach bei uns zu Hause passierte, wie meine Brüder damit umgingen oder eben nicht ... wie sie weiterlebten, als hätten sie nur ein Spiel verloren, und mein Vater so gefasst war und so viel Selbstbeherrschung hatte. Ich war damals die Einzige, die endlos geheult hat, und ich habe mich deswegen schlecht gefühlt. Bei dir konnte ich weinen. Ja, du hast mich sogar dazu ermutigt. Und du warst diejenige, die mir geholfen hat, wieder zu lachen."

„Ich wollte nur, dass dein altes Ich wieder zum Vorschein kommt."

„Und es war deine Mom, die im Jahr danach vorgeschlagen hat, meinen Geburtstag zu feiern."

Denise nickte. „Ich hatte ihr erzählt, wie traurig du warst. Dein Vater hatte dir ja verboten, zu uns zu gehen, und deshalb wolltest du nicht ins Haus kommen, sondern bist die ganze Zeit draußen geblieben, hast auf der Schaukel gesessen und in den Garten geschaut."

„Du konntest so gut zuhören", sagte Rose.

„Meine Mom hat erzählt, dass dein Dad geweint hat, als sie vorgeschlagen hat, deinen Geburtstag zu feiern."

„Wirklich?"

„Sie sagte damals, tief in seinem Inneren hätte er gewusst, dass sie recht hatte, dass du so etwas brauchtest, aber er habe sich nicht dazu durchringen können. Er sagte, deine Mom hätte immer die Geburtstagsfeiern der Kinder geplant und die Geschenke gekauft."

„Und den Kuchen gebacken, das Haus geschmückt und die Luftballons an den Briefkasten gebunden", fuhr Rose mit einem tiefen Seufzer fort und ließ wie ein Kind die Beine baumeln. „Ich glaube nicht, dass es das Besorgen der Geschenke oder das Dekorieren war, das ihm so schwerfiel, sondern er konnte einfach den Gedanken nicht ertragen, dass es im Haus wieder fröhlich zuging und gelacht wurde. Für ihn war das wie eine Art Verrat an ihr, wieder zu lachen und das Leben zu feiern."

„Aber sie hätte doch gewollt, dass ihr wieder fröhlich seid, das ist ja das Verrückte. Und sie hätte auch gewollt, dass du dieses

Puppenhaus für ihre Enkelkinder aufbewahrst", versuchte es Denise noch einmal.

Aber Rose verdrehte nur die Augen und entgegnete: „Ich bin noch nicht so weit, an Kinder zu denken, Denise."

„Du wirst fünfzehn Kinder bekommen. Alles Jungen."

Rose lachte. „Und wofür brauche ich dann ein Puppenhaus? Und außerdem – kannst du dir fünfzehn Jungen in einem Haus vorstellen?"

„Du wirst mit einem Bus zum Einkaufen fahren", spann Denise die Idee weiter.

„Ich glaube, zuerst müsste ich einen Vater für die Kinder finden."

„Eddie Edwards hat schon immer eine Schwäche für dich gehabt, und außerdem ist der echt süß."

„*Welpen* sind süß."

Denise verdrehte die Augen und sagte kopfschüttelnd: „Du bist ein wirklich hoffnungsloser Fall, Rose. Die Jungen stehen Schlange, um mit dir auszugehen."

„Ich sehe keinen."

„Du hast ja keine Ahnung, bei wie vielen Jungen in der Gemeinde du das Thema Nummer eins bist."

„*Über* mich zu reden oder *mit* mir zu reden sind zwei ganz verschiedene Dinge. Und mit dem zweiten haben sie es anscheinend nicht so."

„Du weißt doch genau, woran das liegt, Rose. Sie haben Angst vor deinem Dad. Du musst zugeben, dass er ziemlich einschüchternd sein kann."

„Ja, ein bisschen vielleicht."

„Zu behaupten, dein Dad sei ein bisschen einschüchternd, ist so, als würde man sagen, den Mount Everest zu besteigen sei ein bisschen anstrengend." Denise seufzte. „Er liebt dich, auf diese verrückte, etwas zwanghafte Art eines Mannes, der sein Kind beschützen möchte. Aber ich glaube, dass irgendwo da draußen schon dein zukünftiger Mann herumläuft. Aber noch ist es eine Undercoveraktion."

„Und wie sieht er aus?"

„Also, etwa einen Meter neunzig groß und so stark, dass er dieses Puppenhaus ganz allein tragen kann, wohin du möchtest. Und er hat blaue Augen, vielleicht auch grüne. Und ein freundliches Gesicht. Er trägt weiße T-Shirts und coole Jeans. Und er hat einen kleinen Bart hier unten wie Tim McGraw."

„Tim wer?"

„Na, der Countrysänger. Komm schon, Rose, du musst deinen Musikgeschmack wirklich mal auf den neusten Stand bringen. Du kannst nicht immer nur diese Oldies hören."

„Aber ich mag Oldies. Meine Mom hat sie auch gemocht."

„Na gut, dann wird dieser Typ auch Oldies mögen. Er wird alle großen Hits in seiner Sammlung haben und einen Sender hören, der sie ununterbrochen spielt."

„Du redest, als hättest du seine Telefonnummer."

„Ich wünschte, es wäre so. Aber wenn ich einen solchen Mann kennen würde, dann würde ich mich selbst an ihn heranmachen."

„Du kannst ihn haben. Ich bin fertig mit dem Thema."

„Du kannst nicht fertig damit sein, wenn du noch gar nicht angefangen hast, Rose. Es sei denn, du zählst Stanley aus der fünften Klasse dazu."

„Stanley Hinckley?", fragte sie, und dann brachen sie beide in Gelächter aus und Rose schlug sich die Hand vor den Mund.

„Er hat dir Blumen gebracht, nicht?"

„Ach, er war so süß. Jeden Morgen vor dem Unterricht hat er meinen Bleistift angespitzt und ihn mir dann überreicht, als hätte er einen Drachen getötet. Er war der erste Junge, mit dem ich getanzt habe ... der einzige Junge, mit dem ich je getanzt habe."

„Zu schade, dass er dich wegen einer anderen Frau verlassen hat."

„Wer war das noch gleich?"

„Debbie aus der Parallelklasse."

„Ich habe übrigens gehört, dass er abgenommen hat", sagte Rose, als sie sich von ihrem Lachanfall ein wenig erholt hatte und wieder sprechen konnte. „Ich habe neulich ein Foto von ihm gesehen. Er hat immer noch dieses gewisse Lächeln."

„Siehst du, du bist gar nicht fertig mit dem Thema, wenn du noch an Stanley denkst." Ein Hauch von Besorgnis schwang in Denises Tonfall mit, und als Rose nichts weiter sagte, fragte Denise: „Was hast du vor? Ich meine, du kannst dich doch nicht ewig hier verkriechen, oder?"

„Mein Dad braucht Hilfe, und von meinen Brüdern wird er die nicht bekommen."

„Aber dein Dad will doch gar nicht, dass du hierbleibst und deine Zukunft opferst."

„Es ist kein Opfer, wenn man jemanden liebt."

„Und was ist mit dem, was Gott will?"

„Er will doch, dass ich meinen Dad ehre, oder?"

„Doch, klar. Ich meine ja nur ..."

„Dass ich nicht studieren will und im Unterschied zu dir keine großen Visionen für mein Leben habe, heißt doch nicht, dass ich mein Leben verschwende. Man kann auch an unbedeutenden Orten seine Leidenschaft finden, das, wofür das Herz schlägt. Zum Beispiel in der Heimatstadt. Versuch bitte nicht, deine eigenen Träume auf mich zu übertragen, ja? Ich finde es toll, dass du große Pläne hast. Verwirkliche sie. Aber ich bin nicht du."

Denise zuckte ein wenig zusammen. „Na, da habe ich anscheinend einen Nerv getroffen, was?"

„Nein, du hast ihn mit der Stiefelspitze zerquetscht."

„Du hast ja recht. Du kannst auch hier dein Glück finden. Und vielleicht wird der Mann deiner Träume ja eines Tages hier auftauchen und sich dir zu Füßen werfen."

„Wenn Gott jemanden für mich ausgeguckt hat, dann wird er uns auch zusammenbringen."

„Und genau an dem Punkt irrst du dich, Rose. Du kannst nicht einfach hier herumsitzen und darauf warten, dass das Leben zu dir kommt. Du musst dich auf die Suche machen. Du musst leben."

„Warst nicht du es, die gerade noch gesagt hat, ich soll mein Puppenhaus behalten?“

„Rose ...“

„Ich liebe diesen Ort, Denise. Hier sind meine Träume. Hier sehe ich meine Zukunft. Weder verstecke ich mich, noch finde ich mich einfach mit irgendwas ab, sondern ich *lebe*.“

Daraufhin schaute Denise sie lange an und sagte schließlich seufzend: „Also gut. Das Puppenhaus verschwindet also?“

„Ja, das Puppenhaus verschwindet“, antwortete Rose lächelnd.

Kapitel 4

Als die Bewerbungsrunde für die neueste Staffel der Casting-Show *„American Idol“* angekündigt wurde, bekam Jed den Rat mitzumachen. Doch sein Gefühl sagte ihm, dass das nicht der richtige Weg war, weil er es irgendwie als Verrat an der Kunst empfand. Er wollte es lieber so machen wie sein Vater: einfach seine Songs mit seiner ganzen Leidenschaft singen und sehen, ob sie ankamen. Und genau so machte er es auch, wobei er den Vorteil hatte, der Sohn eines Stars zu sein, sodass ein gewisses Interesse an seinen Auftritten bestand.

Nach einem kleinen Konzert im Süden von Louisville kam eines Abends ein Mann auf ihn zu. Stan Russel war sehr bemüht, jünger zu erscheinen, als er war, was ihm allerdings nicht besonders gut gelang. Sein Haar war schütter, und wenn er nicht aufpasste, würde er irgendwann eine richtige Kugel vor sich herschieben. Er trug einen eleganten Anzug und erweckte den Eindruck, ein Macher zu sein.

„Ich habe dich letzte Woche in dem kleinen Lokal an der Frankfort Avenue gehört und erfahren, dass du heute Abend hier spielst“, sagte er zu Jed.

„Danke, Mr Russel. Ich fühle mich geehrt.“

Stan lächelte über Jeds Höflichkeit und sagte: „Du hast ein einzigartiges Talent. Gute Technik. Deine Stimme trägt, und deine Texte scheinen wirklich tief aus deinem Herzen zu kommen. Das ist eine gute Mischung, mein Junge.“

„Vielen Dank.“

„Du musst natürlich noch an dir arbeiten, aber das ist ja normal in deinem Alter. Du brauchst jemanden, der dir hilft, den nächsten Schritt zu tun.“

„Aha?"

„Das sage ich nicht einfach nur so als Beobachter, sondern ich bin aus einem ganz bestimmten Grund hier."

Jed sah den Mann nur fragend an, ohne etwas zu sagen.

„Ich würde dich gern managen, Jed. Ich glaube, bei deinem Talent, deinem Ehrgeiz und deinem Hintergrund", – und an dieser Stelle bedachte er Jed mit dem *Stan-Blick*, wie Jed das später liebevoll nennen sollte –, „könnte ich dir helfen, ganz groß rauszukommen und an anderen Orten aufzutreten als Louisville."

„Und welche Orte wären das?"

„Wo du willst. Chicago? L.A.? Wenn ich dein Manager werde, wirst du über die Grenzen der Region hinaus bekannt. Ich werde dir helfen, berühmt zu werden, und die Radiosender im ganzen Land werden deine Songs spielen. Darauf kannst du dich verlassen."

„Und was muss ich dafür tun?"

„Ich habe ein ziemlich bekanntes Label an der Hand, das ich bewegen könnte, dir eine Chance zu geben. Was wir dazu brauchen, ist eine Art Erkennungsmelodie. Einen Song, der den Zusammenhang herstellt zwischen dir und deinem Daddy. Wenn du mir den besorgst, kümmere ich mich um den Rest."

„Bis jetzt wollten alle Agenten, die auf mich zugekommen sind, dass ich die christlichen Aussagen und Bezüge aus meinen Songs herausnehme. Wollen Sie das auch?"

„Nein, im Gegenteil. Du sollst auf gar keinen Fall irgendetwas aus deinen Songs herausnehmen, das von hier kommt", sagte er und deutete dabei auf sein Herz. „Ich will nichts Unauthentisches hören. Es ist mir völlig egal, ob du Atheist bist oder Christ oder ob du glaubst, dass wir von Aliens aus dem All beobachtet werden. Du sollst nur singen, was du deiner Meinung nach singen musst, genau wie dein Dad."

An diesem Abend gaben sie sich nur die Hand. Sie unterschrieben keinen Vertrag und gaben sich auch keine verbindlichen Zusagen, aber Stan drückte ihm seine Karte in die Hand und Jed steckte sie in die Öffnung seiner Gitarre. Danach arbeitete Jed die ganze Nacht an etwas, das ihm seit dem Tod seines Vaters nicht mehr aus dem Kopf ging. Es war die Wahrheit, und manchmal ist die Wahrheit für Menschen, die den Mut haben, ihr ins Gesicht zu sehen, ein bittersüßer Trost.

Und als Jed einmal angefangen hatte zu schreiben, konnte er nicht mehr aufhören. Er hörte die Melodie der Mandoline, würde kein anderes Instrument dazunehmen, vielleicht nur noch einen Bass. Was er schrieb, handelte von seinem Vater, aber vielleicht war es auch ein Song über ihn selbst und darüber, was er alles tun konnte, wenn er auf dem richtigen Weg blieb.

I was born the son of a king
But you don't know what it means, do you?
You might say it's living a dream
But somehow dreams have a way of coming true
Like you don't want them to

Natürlich konnte der Song als Abrechnung mit seinem Vater verstanden werden. Doch Jed wollte nichts weiter, als die Wahrheit in Worte zu fassen: die Familienstreitigkeiten, die Auseinandersetzungen um den Unterhalt, die finanziellen Höhen und Tiefen, die kreischenden Fans und die unschöne Seite des Ruhmes. Er wollte ausdrücken, dass sich das Leben eines Mannes auf eine Handvoll Dinge reduzieren lässt.

Und in der letzten Strophe führte er dann alles zusammen und stellte die Verbindung zwischen seinem irdischen und seinem himmlischen Vater her, damit es ganz deutlich wurde:

Love is a choice worth making
But even if it's not what we choose
I'm still the son of a king.

Es gibt Songs, deren Entstehung dauert ein Leben lang, andere sind innerhalb einer Stunde fertig, und so ein Lied war „Sohn eines Königs“. Als er fertig war, wusste Jed, dass es ein ganz besonderer Song war.

Und dann, um 4:00 Uhr morgens, drehte er seine Gitarre um, schüttelte sie, und die Visitenkarte fiel heraus. Er wählte Stans Nummer, spielte ihm den Song in ganzer Länge auf den Anrufbeantworter und sank danach in einen tiefen Schlaf, aus dem er vom Telefon aufgeweckt wurde.

„Kannst du heute nach Nashville kommen?“, fragte Stan. „Wie lange brauchst du? Bring deine Gitarre und diesen Song mit.“

Kapitel 5

Das Erntefest war die Idee ihrer Mutter gewesen. Begonnen hatte es als eine Familienfeier, zu der die erweiterte Familie zum Spielen, Essen und Musizieren eingeladen wurde. Rose erinnerte sich noch gut, wie die Familienmitglieder damals anreisten und draußen auf dem Rasen ihre Zelte aufschlugen oder sich irgendwo einen freien Platz für ihr Nachtlager suchten. Abends wurden Gesellschaftsspiele gespielt und gesungen, und ihre Mutter begleitete die vierstimmigen Lieder aus dem alten roten Gesangbuch auf dem Klavier.

Im Laufe der Jahre nahm das Fest immer größere Ausmaße an. Es war eine schöne Gelegenheit, die Freude über die gute Ernte mit Freunden zu teilen. Für drei anstrengende Tage im Oktober reisten die Gäste an, um Zeit miteinander zu verbringen, gutes Essen zu genießen und Neues zu probieren. Die neuesten Ereignisse wurden ausgetauscht und man konnte Kürbisse und andere Herbstgemüse kaufen. Frauen aus der Gemeinde brachten selbst gebackene Kuchen und Pasteten mit, und für die Kinder standen Heuwagenfahrten, Ponyreiten und Schminken auf dem Programm. Und selbstverständlich gab es die saftigsten Liebesäpfel weit und breit.

Der traditionelle Höhepunkt des Erntefestes war ein Konzert am Samstagabend. Von Jahr zu Jahr bemühten sich Rose und ihr Vater, immer bekanntere und bessere Künstler zu gewinnen. Anfangs hatten sie junge Musiker oder Gemeinde-Gruppen eingeladen, die ohne Gage auftraten. In einem Jahr hatten sie einen Talentwettbewerb veranstaltet, an dem jeder teilnehmen durfte, von tanzenden Kindern über Bauchredner bis hin zu einem jungen Mann, der mit Kuchentellern jongliert hatte.

Danach hatten sie sich dann jedoch darauf geeinigt, nur noch professionelle Künstler zu verpflichten. Dabei hatte ihr Vater in den vergangenen Jahren allerdings auch ein paarmal so richtig danebengegriffen. Ein äußerst seltsamer Harfenist war dabei gewesen, ein Typ, der Falsett-Versionen von Oldie-Hits sang, und drei Männer, die sich als Quartett bezeichneten, obwohl es nie ein viertes Mitglied gab, nicht einmal als Klavierspieler. Und singen konnten sie auch nicht wirklich.

„Dieses Jahr suchst du die Musik aus", hatte ihr Dad dann im Sommer verkündet. „Dieses Mal will ich nichts damit zu tun haben und auch nicht schuld sein."

„Wirklich?", fragte Rose verblüfft und lächelte.

„Ich will sehen, was du auf die Beine stellst", sagte ihr Vater.

„Wie hoch ist denn mein Budget?", erkundigte sie sich.

Als er ihr eine Summe nannte, verzog sie das Gesicht. „Dafür bekommen wir aber nichts Besseres als das, was wir immer schon hatten. Da musst du schon noch etwas drauflegen."

„Und wie viel ist etwas?"

Sie nannte ihm eine Summe, bei der *er* das Gesicht verzog. „Unsere Einnahmen decken doch so schon kaum die Kosten, Rose. Wir können nicht noch mehr für das Konzert ausgeben."

„Aber sieh es doch mal so", wandte sie ein. „Wenn wir einen guten Musiker engagieren, dann kommen auch mehr Leute, und es werden mehr Kürbisse und Äpfel verkauft. Mehr Menschen probieren deine Weine und kaufen vielleicht ein paar Flaschen."

„An welchen Künstler hast du denn gedacht?", fragte er.

„Überlass das nur mir", antwortete sie geheimnisvoll.

Und das hatte er dann auch tatsächlich getan – was Rose große Sorge bereitete, weil sie sich mit Musik eigentlich gar nicht auskannte. Ja, sicher, sie sang gern und hörte Radio und besaß einige CDs, aber für sie war Musik eher ein schönes Hintergrundgeräusch.

Rose setzte sich mit Denise in Verbindung, die ihren Traum verwirklicht hatte, Schauspielerin zu werden und einige gute

Rollen in Sommer- und kleinen Zimmertheatern bekommen hatte. Rose hatte fast jede Aufführung gesehen. Nach dem Collegeabschluss wäre Denise gern nach New York gezogen, aber dazu fehlte ihr das Geld. Ein Freund hatte ihr dann eine Stelle in einem Studio in Nashville verschafft, wo sie als Produktionsassistentin arbeitete.

Als Rose sie anrief und fragte, ob sie eine Idee für die Musik beim Erntefest habe, machte sich Denise sofort an die Arbeit und erschien schon kurz darauf mit einer Liste von zehn Namen auf Roses Veranda.

„Die hören sich alle gut an", meinte Rose. „Such du doch einen aus."

„So läuft das aber nicht", entgegnete Denise entschieden. „Wir müssen überlegen, wer am besten zu dem Anlass passt. Auf keinen Fall darf es in den Songs um Trinken und Frauen gehen."

„Aber alles ist besser als Tellerjonglage."

„Willst du eine Gospelgruppe?" Denise hielt einen Flyer mit einem Foto auf der Vorderseite hoch. „Das ist eine Familie, die schon lange im Geschäft ist. Die Kinder spielen wirklich jedes Instrument, das du dir vorstellen kannst. Du weißt schon, nach dem Motto: ‚Seht euch nur unsere Zweijährige an, die schon alle möglichen Lieder auf der Piccoloflöte spielt.'"

„Sie wäre bestimmt der Publikumsliebling."

„Aber erst, wenn alle ein paar Gläser Chardonnay intus haben. Ich glaube, das lassen wir lieber."

Rose vertiefte sich jetzt in die Liste der Sänger und Entertainer und sah sich das Foto zu dem jeweiligen Namen an.

„Und wie läuft's mit Eddie?", fragte Denise. „Immer noch on und off?"

„Wir sind zusammen", erklärte Rose. „Aber Dad traut ihm immer noch nicht über den Weg."

„Und du?"

„Du hast vor langer Zeit mal gesagt, er sei süß", erwiderte Rose.

„Du weichst meiner Frage aus", bemerkte Denise.

„Ich dachte, wir wollten einen Künstler fürs Erntefest finden."

„Das stimmt zwar, aber dein Liebesleben interessiert mich mehr."

„Da gibt es nicht viel zu erzählen. Wir unternehmen ein, zwei Mal in der Woche etwas miteinander, und dann sehen wir uns in der Gemeinde."

„In der Gemeinde also, ja? Ist es was Ernstes?"

„Nein, nicht besonders ernst."

„Und was ist mit seiner Mutter? Was hält sie davon, dass ihr zusammen seid?"

„Könnten wir uns jetzt vielleicht wieder mit der Liste befassen? Wer ist denn dieses Mädchen hier?"

„Das ist Valerie. Sie hat bei einem Spiel der *Atlanta Braves* die Nationalhymne gesungen, und zehn Sekunden später hatte sie einen Plattenvertrag in der Tasche. Sie ist wirklich süß und hat eine tolle Stimme. Aber vielleicht passt sie nicht so gut hierher. Eure Bühne ist ja eher etwas kleiner und die Veranstaltung intimer. Was mich wieder zu Eddie zurückbringt."

„Würdest du endlich aufhören, von Eddie zu reden?"

„Du bist mir wichtig, Rose. Ich habe eine Freundin, die Eddie kennt. Sie ist ein paarmal mit ihm ausgegangen und sagt, dass er nicht nur wie ein Welpe aussieht."

„Was willst du damit sagen?"

„Sie hat gesagt, dass seine Pfoten und seine Zunge überall gewesen wären und sie ihn ohrfeigen musste, um ihn in Schach zu halten", erklärte Denise

Rose lachte. „Mir klingt noch in den Ohren, was du über die Veranstaltung gesagt hast – ein Sänger mit einer großen Stimme wäre vielleicht nicht gut. Wir wollen das ‚Weinberg-unplugged-Feeling'", fuhr sie unbeirrt fort, ohne weiter auf Denises Thema einzugehen.

„Du bist wirklich hoffnungslos, Rose. Also gut, Weinberg unplugged." Denise überflog die Namen und Fotos.

„Ich glaube, ich möchte jemanden, bei dem die jungen Leute nicht die Augen verdrehen und die alten sich nicht die Ohren zuhalten."

„Dann musst du den hier nehmen", sagte Denise. „Er singt Country, aber recht modern. Und er hat auch einige Gospels im Programm."

Rose las den Namen: „Chad Houston? Nie gehört."

„So heißt deine Preiskategorie: *Nie von ihm gehört*. Also, wenn du noch fünfhundert Dollar drauflegst, dann bist du in der Kategorie *Ist das nicht der Typ, der das und das singt?* ... und mit dem Doppelten bei *Ich liebe diesen Song*. Das hier sind regional bekannte Künstler, die schon eine kleine Fangemeinde haben. Sie haben ein bis zwei Alben gemacht, haben aber nicht den Durchbruch geschafft. Aber stell dir mal vor, du engagierst diesen Houston für das Erntefest, und dann wird er später mal ein großer Star."

Rose nickte. „Klingt gut. So machen wir es."

Denise nahm mit den entsprechenden Leuten Kontakt auf, und Ende August hatte Rose dann einen Vertrag in den Händen. Darin waren alle möglichen rechtlichen Dinge aufgeführt: wie viel sie Chad zu bezahlen hatte, wie lange er spielen sollte, was er vor dem Konzert zu trinken und essen bekommen sollte und Einzelheiten der technischen Verstärkeranlage, für die sie zu sorgen hatte. Das alles war Rose viel zu kompliziert, und deshalb rief sie Denise an, um es sich erklären zu lassen.

„Mach dir darüber mal keine Gedanken. Er ist zufrieden mit einem Scheck und einem Stück Kuchen. Glaube mir."

Daraufhin unterschrieb Rose den Vertrag und schickte ihn mit einem Vorschussscheck zurück. Danach setzte sie die Werbemaschinerie in Gang, verschickte Flyer und postete Veranstaltungshinweise in den sozialen Netzwerken. Die Geschäftsinhaber in der Stadt erlaubten ihr, in den Schaufenstern Plakate aufzuhängen, und bald verbreitete sich wie ein Lauffeuer das Gerücht, das diesjährige Erntefest würde das beste werden, das je stattgefunden hätte.

Zwei Wochen vor dem Fest, Mitte September, bekam Rose einen Anruf von einer Musikagentur in Nashville. Die gute Nachricht war, dass sie den Vorschuss auf die Gage zurückbekam, die schlechte, dass Chad Houston sich beim Wasserskilaufen einen dreifachen Beinbruch zugezogen hatte und alle seine Konzerte für den kommenden Monat absagen musste.

„Ich sehe mal, was ich tun kann", beruhigte Denise Rose, als diese sie in höchster Aufregung anrief.

Zwei Stunden später meldete sich Denise wieder, und ihre Stimme klang jetzt deutlich angespannt. „Es ist zu spät, um noch einen anderen Künstler von der Liste zu verpflichten, die ich dir gegeben habe. Wir müssen Plan B nehmen oder vielleicht auch Plan Z."

„Und wen schlägst du vor?"

„Da das Konzert schon in zwei Wochen ist, kannst du jetzt nicht mehr wählerisch sein. Ich habe heute Nachmittag bei der Arbeit einen Manager getroffen, der ein paar Künstler unter Vertrag hat. Er heißt Stan Russel. Ich habe ihm deine Karte gegeben, und er hat gesagt, dass Jed King vielleicht Zeit hätte."

„Aber der jongliert nicht mit Tellern, oder?"

Denise lachte. „Nein. Ich schicke dir mal ein paar Informationen per E-Mail. Er ist bei einer Plattenfirma unter Vertrag, hat aber offensichtlich noch kein Label. Die Erklärungen von Stan Russel waren etwas verwirrend, aber er meinte, der Junge sei richtig gut, und in seinen Liedern gehe es auch um Gott."

„Na ja, wahrscheinlich haben wir ja gar keine andere Wahl mehr, oder? Hat er denn Zeit?", fragte Rose.

„Stan will heute Abend mit ihm reden, und er hat mir versprochen, Jed dein Angebot zu unterbreiten und ihn zu bitten, dich anzurufen."

„Gut. Dann hoffe ich mal, dass er sich bald meldet."

Kapitel 6

Nach dem ersten Hype, während dessen der Song „Son of a King" ständig im Radio gelaufen war, und nach ein paar Auftritten bei Volksfesten war Jed wieder in Louisville und trat in denselben Bars und Kneipen auf wie vorher. Einmal hatte er einen Auftritt auf einer kleinen Bühne in einer Fernfahrerkneipe, und das Publikum an diesem Abend war das beste, vor dem er je gespielt hatte. Aber natürlich hatte er trotzdem den Wunsch, in großen Hallen vor einem Publikum aufzutreten, das begeistert mitging und nicht während seines Auftritts Pfannkuchen verschlang.

In einer kleinen Bar lief er eines Abends zu Hochform auf. Er sang voller Leidenschaft, wurde aber übertönt von den Geräuschen des Flipperautomaten in der Ecke und den lauten Gesprächen der wenigen Gäste in der Bar, und am Ende seines mitreißendsten Liedes kam keine Reaktion. Nur zwei Frauen hörten zu, aber Jed war klar, dass sie nicht in erster Linie an seiner Musik interessiert waren. Unter dem begeisterten Applaus der beiden trat er schließlich an die Bar, um etwas zu trinken. Die Frauen, beide attraktiv, aber auch ein bisschen billig wirkend, folgten ihm.

„Toll gesungen, Jed."

„Danke."

„Ich bin Laura", stellte sich die eine vor.

„Katie", sagte die andere.

Lächelnd gab er ihnen die Hand.

„Deine Songs gefallen mir", bemerkte Katie mit einem anzüglichen Augenzwinkern.

Jed warf dem Barkeeper einen Blick zu.

„Und was machst du, wenn du hier fertig bist?“, fragte Laura ihn. „Hast du Lust, mit uns zu feiern?“

„Feiern?“, fragte Jed nach.

„Ja, du weißt schon.“ Laura fuhr mit der Zunge über ihre Lippen und berührte leicht seinen Arm. „Feiern.“ Sie sagte es so, dass die sexuelle Anspielung wirklich nicht zu überhören war.

Jed legte den Kopf schief, machte einen Schritt auf sie zu und fragte: „Laura, liebst du mich?“

Sie blickte erst ihre Freundin an, dann wieder Jed und sagte: „Was soll denn die Frage?“

„Wenn zwei Menschen sich vereinen, dann ist das eine ernste Sache. Deshalb muss ich wissen, ob du mich liebst. Ob du in guten wie in bösen Tagen für mich da sein wirst. Und für unsere Kinder.“

Jed freute sich über Lauras Gesichtsausdruck, eine Mischung aus Ungläubigkeit und Unverständnis. „Was?“

„Nicht nur ich brauche Liebe, Laura, sondern auch die Kinder.“ Er wandte sich jetzt an ihre Freundin, die ihn anstarrte, als wäre er ein Kalb mit zwei Köpfen, und fragte sie: „Anscheinend versteht Laura mich nicht, Katie. Liebst du mich denn?“

„Du bist ja völlig durchgeknallt, weißt du das?“, sagte sie darauf nur.

„Komm, Laura, lass uns hier bloß verschwinden“, schlug Katie vor, und als sie die Bar verließen, warfen sie Jed noch einen verächtlichen Blick über die Schulter zu.

Jed musste grinsen, aber als er sich dann wieder zur Bar umdrehte, starrte ihn der Barkeeper völlig fassungslos an.

„Du hast ja ’ne Meise“, sagte der Mann. „Die beiden Mädchen waren doch total scharf auf dich“, sagte der Barkeeper

„Ja, aber das ist nicht mein Ding“, entgegnete Jed.

Daraufhin seufzte der Mann hinter der Bar nur, schüttelte den Kopf und konzentrierte sich wieder auf seine Arbeit.

Jed drehte sich wieder um und ließ seinen Blick über die Menge schweifen, bis er ganz hinten im Raum die Person entdeckte, nach der er Ausschau gehalten hatte. Er nahm sein Getränk und setzte sich zu Stan Russel an den Tisch.

„Alles klar, Jed?“, fragte der Manager.

Jed streckte sich und wägte seine Antwort ab. „Ich bin ein bisschen müde. Es ist anstrengend, in solchen Bars zu spielen, und ich habe es satt, vor Menschen zu singen, die mich gar nicht hören wollen.“

„Ich habe dir ja gesagt, dass es ein Marathon wird. Songs, die über Nacht zum Hit werden, geraten schnell wieder in Vergessenheit. Der beste Weg ist der langsame, aber stetige Aufstieg. Du musst dir eine stabile, treue Fanbasis schaffen, das weißt du ja.“

„Aber was ist denn bloß aus unserem guten Start geworden, Stan?“

„Es tut mir wirklich leid, dass es sich nicht so entwickelt hat, wie wir es uns erhofft haben. Ich hatte eigentlich damit gerechnet, dass deine Karriere mittlerweile in Gang gekommen wäre, aber da habe ich mich anscheinend getäuscht.“

„Und sie wird auch nicht in Gang kommen, wenn du mich nicht für größere Hallen mit mehr Publikum vermittelst und buchst. Komm schon, Stan, wenn du größere Hallen für mich bekommst, dann verkaufen wir auch mehr Alben. Die Bar hier ist doch mit achtzehn Leuten ausverkauft.“

„Ich vermittle dich für Veranstaltungsorte, die du auch füllen kannst, okay? Es gibt da eine Untergrenze, und an der hast du dich eingependelt.“

„An das nächste Album müssen wir anders herangehen ...“

„Es wird kein nächstes Album geben“, sagte Stan.

Jed starrte sein Gegenüber nur fassungslos an, unfähig zu begreifen, was er da gerade gehört hatte.

„Sie lassen dich fallen.“

Das war ein Schlag, der für Jed völlig unerwartet kam. Er war so großspurig an den Tisch des Managers gekommen, wie er konnte, und hatte gedacht, er bräuchte Stan nur zu sagen, wie die Sache weiter zu laufen hätte. Aber mit ein paar wenigen

Worten und einem bedauernden Blick hatte Stan ihm den Boden unter den Füßen weggezogen.

„Dann gehe ich eben zu einem anderen Label“, sagte Jed.

Stan schüttelte den Kopf: „Also gut, Mann, ich erkläre es dir noch mal. Die Leute wollen dich nur aus einem Grund sehen, nämlich, weil sie deinen Vater mochten. Und solange du nicht deinen ganz eigenen Stil entwickelst, bleibst du immer David Kings Sohn.“

Ein Manager sollte doch eigentlich das Selbstvertrauen seiner Künstler stärken, an sie glauben, sie aufrichten, wenn sie down waren, ihnen versichern, dass alles gut werden würde und sie kurz vor dem großen Durchbruch stünden. Aber Jed spürte, dass der Mann, der für seine Musik und deren Vermarktung zuständig war, aufgegeben hatte.

Mit einem tiefen Seufzer schob Stan sein Bierglas weg und sagte: „Dein Dad war mit ganzem Herzen dabei; seine Songs waren voller Leidenschaft, und die Leute kommen zu deinen Auftritten, weil sie ihn geliebt haben. Sie wollen nicht hören, wie du in deinen Texten schmutzige Wäsche wäschst. Tut mir leid, Jed.“

Stan war begeistert gewesen von „Son of a King“, und jetzt schob er Jeds Misserfolg auf das Lied, das er anfangs für so klar und ehrlich gehalten hatte. Für Stan und die Plattenfirma war Jed auf einmal nur noch ein rebellierender, zorniger Sohn, der über seinen Vater herzog. Dabei hatten sie ihn genau wegen dieses Songs unter Vertrag genommen. Dass sie ihn jetzt auch genau wegen dieses Songs fallen ließen, machte Jed wütend.

Stan nahm eine Visitenkarte aus der Tasche und gab sie Jed. „Hier ist noch ein kleines Abschiedsgeschenk vom alten Stanager. Ein Weingut drüben in Sharon veranstaltet jeden Herbst ein großes Erntefest. Sie brauchen einen Musiker und zahlen gut. Es ist nur eine halbe Stunde entfernt, und ich verzichte sogar auf meine Provision.“

„Ist das dein Ernst?“

„Ja, mein voller Ernst.“

Jed nahm die Visitenkarte, riss sie in der Mitte durch, dann noch einmal, und warf die Schnipsel auf den Tisch.

„Wie du willst“, sagte Stan und beugte sich vor, sodass Jed seinen Bieratem roch. „Du bist brillant. Dafür kannst du dankbar sein.“

Jed hätte ihn am liebsten geschlagen. Er stellte sich vor, wie er ihm seine Gitarre auf dem Kopf zertrümmerte. Stan ließ ihn einfach hängen, als wäre er ein Niemand, als wäre der Handschlag zwischen ihnen völlig ohne Bedeutung, als ließe er die Braut am Altar stehen.

Jed stand auf, folgte Stan zum Ausgang und überlegte, wie er dem Manager mit Worten einen Tiefschlag versetzen konnte, doch dann blieb er stehen, drehte sich um, ging zurück zum Tisch und sammelte die Schnipsel der Visitenkarte wieder ein. Auf der Vorderseite stand *Jordan Vineyard*. Er nahm seine Gitarre und warf die Schnipsel wieder in die Öffnung in der Mitte.

Jed ließ die hell erleuchtete Stadt hinter sich und fuhr hinaus aufs Land, wo er die Sterne sehen konnte. Er lauschte dem Konzert der Grillen und Frösche, den nächtlichen Geräuschen von Kentucky, beobachtete, wie die Glühwürmchen aufstiegen und die Sterne sich immer heller am dunklen Nachthimmel strahlten.

Ein Mensch kann seinen Weg planen, seine Schritte aber lenkt der Herr.

„Wenn das stimmt, Gott“, betete Jed, „dann muss ich glauben, dass du auch jetzt meine Schritte lenkst. Ich glaube, dass ich eine Gabe habe, und ich glaube, du willst, dass ich diese Gabe auch einsetze. Aber vielleicht habe ich ja auch die falsche Richtung eingeschlagen. Ich will gar nicht berühmt werden wie mein Dad. Ich habe ja miterlebt, wohin das führen kann, nämlich zu Kummer und Leid. Ich weiß, dass ich mehr brauche als Ruhm und Geld und Erfolg.“

An einem Rastplatz neben der Straße hielt er an, legte sich auf einen Picknicktisch, der dort stand, verschränkte die Hände hinter dem Kopf und schaute in den Himmel. „Ich will glauben, dass du einen besseren Plan für mich hast, als ich mir selbst ausdenken kann. Du hast mir eine Gabe geschenkt, und wenn du möchtest, dass ich sie zu deiner Ehre einsetze, dann bin ich dazu bereit. Wenn du willst, dass ich einen Graben aushebe oder eine Garage baue oder was auch immer, dann werde ich es mit ganzer Kraft und Hingabe tun. Ich gehöre dir, Herr. Ich will mir weder von einer Plattenfirma noch von einem Manager vorschreiben lassen, wie ich zu leben habe. Ein gelungenes Leben lässt sich doch nicht daran messen, wie viele Alben ich verkauft habe. Ob mein Leben gelingt, hängt davon ab, wie ich dir nachfolge und ob ich tue, was du willst. Bitte zeig mir doch, was ich tun soll."

Kapitel 7

Am nächsten Tag nahm Rose die Werbeplakate wieder ab, die sie in den Geschäften aufgehängt hatte und löschte die Ankündigungen des Auftritts von Chad Houston im Netz. Das Letzte, was sie wollte, waren Besucher auf ihrem Fest, die kamen, um einen bestimmten Künstler zu hören, und dann enttäuscht waren, weil ein anderer auftrat. Sie wünschte, Denise hätte ihr die Nummer von Jed King gegeben, damit sie ihn anrufen konnte. Die einzige Kontaktinformation, die sie im Internet gefunden hatte, waren E-Mail-Adresse und Telefonnummer seines Managers Stan Russel.

Ihr blieb also nichts anderes übrig, als abzuwarten. Ihrem Vater wollte sie nicht erzählen, dass sie einen neuen Sänger für das Konzert suchen musste, weil sie genau wusste, wie er reagieren würde. Er würde die Stirn runzeln und sagen: „Verdammt“, und ihr dann die Schulter tätscheln. Und insgeheim würde er denken, dass er die Sache besser selbst in die Hand genommen hätte. Wie sie das hasste! Wie sie es hasste, darauf zu warten, dass ihr Vater endlich kapierte, dass sie der Aufgabe gewachsen war, das Weingut zu leiten.

Rose las noch einmal die E-Mail mit Jeds Vita, die Denise ihr geschickt hatte, und schaute sich das Foto an. Darauf hatte er eine Gitarre mit einer Krone darauf in der Hand und schaute in die Ferne. Sein junges Gesicht war schmal und hatte etwas Unschuldiges. Dabei hatte er einen durchdringenden Blick und strahlte eine Traurigkeit aus, etwas so Melancholisches, dass er ihr irgendwie leidtat. Er hatte ein verwaschenes T-Shirt und Jeans an und seine ganze Haltung auf dem Foto schien auszudrücken: „So bin ich. Ihr könnt mich so nehmen oder es lassen." Irgendjemandem sah er ähnlich. Wie hieß er noch gleich?

Als ihr Handy klingelte, schaute sie auf die Nummer des Anrufers auf dem Display. „Hey Rosie", sagte Eddie. Als sie seine Stimme hörte, durchfuhr sie ein Schauer, und sie wusste nicht so genau, ob das gut oder schlecht war.

„Hey, Eddie."

„Und, was machst du gerade? Denkst du an mich?"

„Ja, klar, ich denke immer an dich." *Aber die Frage ist ja,* was *ich denke.*

„Das höre ich gern."

„Und ich bin dabei, das Erntefest zu organisieren."

„Musst du noch backen?" Sie wusste, dass er sich dabei nichts dachte, genauso wenig, wie er sich etwas dabei dachte, dass er darüber lachte. Es gab immer noch Männer, die davon überzeugt waren, dass Frauen in die Küche gehören. Aber Eddie war nicht so. Das konnte einfach nicht sein.

„Nein, unser Sänger ist ausgefallen, und zwar im wahrsten Sinne des Wortes. Er hat sich das Bein gebrochen und kann nicht auftreten."

„Und was machst du jetzt?"

Die Frage stellte er mit einem Gähnen, aber das lag wahrscheinlich einfach daran, dass er müde war. Sie schloss die Augen und sah seine Augen vor sich, sein Lächeln. Eddie konnte sehr ernst sein, aber dann auch wieder so lebensfroh.

„Ich habe schon einen anderen im Auge."

„Das ist anscheinend mein Schicksal."

„Wie bitte?"

„Na, dass du einen anderen Mann im Auge hast, ist offenbar mein Schicksal."

„Ach, Eddie!"

„Echt jetzt, Rosie, wenn du dich für einen anderen interessierst, dann sag es mir doch einfach."

„Was redest du da? Es gibt keinen anderen. Du weißt doch, was ich für dich empfinde."

„Nein, das weiß ich nicht. Jedes Mal, wenn ich dir zeigen will, was ich für dich empfinde, entziehst du dich. Ich verstehe nicht, warum du nicht willst, dass ich dich liebe."

„Ich will doch, dass du mich liebst. Aber nicht so. Noch nicht."

Er stieß einen tiefen Seufzer aus, und in dem Augenblick kam ihr Vater ins Haus und rief nach ihr. „Ich telefoniere gerade, Dad", rief sie.

„Okay. Ich habe Abendessen mitgebracht. Wir können essen, wenn du fertig bist."

Sie schloss die Tür, setzte sich wieder auf den Platz am Computer und schaute zum Fenster hinaus. Der Abend war ihre liebste Tageszeit. Im sanften Licht der untergehenden Sonne war der Weinberg in der leicht hügeligen Landschaft so wunderschön anzusehen. Und der Teich lag wie ein kleines goldenes Becken am Fuß des Hügels.

„Mein Dad ist gerade nach Hause gekommen", sagte sie.

„Wir fahren morgen mit ein paar Leuten raus zum See. Mein Onkel hat da eine Hütte und in der Nähe gibt es einen Park mit Picknicktischen, einem Volleyballnetz und einem kleinen Sandstrand. Es ist total schön da. Hast du Lust mitzukommen?"

„Wer fährt denn alles mit?"

Er zählte ein paar Namen auf, die sie alle nicht kannte. „Wir könnten den Tag am See verbringen und dann zuschauen, wie der Mond aufgeht. Klingt doch nicht übel, oder, Rose?"

„Das klingt wirklich gut", sagte sie und meinte es ernst. Eigentlich machte es immer Spaß, mit Eddie zusammen zu sein.

„Wir könnten ja eine Flasche von eurem Wein mitnehmen und mit dem Boot auf den See hinausfahren."

Sie schloss die Augen, sah den See vor sich und stellte sich die Hütte vor. Es wäre schön, einmal allem zu entfliehen, alle Sorgen und Ängste von sich abfallen zu lassen, und wenn es nur für einen Tag war.

„Also, was meinst du, Rose?"

In dem Moment hörte sie, dass jemand in der Handyleitung anklopfte, und als sie auf das Display schaute, leuchtete dort eine Nummer auf, die mit 502 begann.

„Bleibst du bitte kurz dran, Eddie? Ich glaube, dieser Sänger versucht gerade mich zu erreichen."

Er seufzte wieder und antwortete ergeben: „Klar, ich bleibe dran."

Sie nahm das Gespräch an und meldete sich mit einem nervösen: „Hallo, hier spricht Rose."

„Hallo, Rose. Jed King hier. Arbeiten Sie für das ...?" Es folgte eine kurze Pause, so als hätte er Probleme, etwas zu entziffern. „Jordan-Weingut?"

„Ja, das ist richtig, Mr King. Ich hatte gehofft, dass Sie sich melden."

„Ich habe gehört, Sie brauchen einen Musiker für Ihr Herbstfest."

„Für unser Erntefest, ja."

„Darf ich fragen, warum das so kurzfristig passiert?"

„Also, wir hatten eigentlich schon einen Sänger fest engagiert, aber der hat sich bei einem Wasserskiunfall verletzt."

„Sie hatten Chad gebucht?", fragte er.

„Sie kennen ihn?"

„Ja, ich habe ein paarmal hier in Louisville mit ihm zusammen Musik gemacht. Er ist gut. Allerdings nicht im Wasserskifahren."

„Offensichtlich nicht. Ich hoffe so sehr, dass Sie kommen können."

„Also, ich muss erst noch meinen Terminkalender checken und bei meiner Sekretärin nachfragen."

Ihr wurde angst und bange, und sie sagte etwas mutlos: „Ach so. Und wann wissen Sie, ob Sie kommen können?"

„Das war nur ein Scherz. Ich habe gar keine Sekretärin und eigentlich nicht einmal einen Terminkalender. Ich komme."

„Wirklich?", fragte sie freudig. „Das ist ja großartig! Können Sie mir den Vertrag dann bitte zuschicken?"

„Ich brauche keinen Vertrag. Sie haben mein Wort und ich Ihres – das ist so gut wie ein Vertrag."

„Vielen Dank."

„Ich werde eine Stunde vor Beginn der Veranstaltung da sein und aufbauen. Das Konzert findet wahrscheinlich am Abend statt, oder? Gegen sieben?"

„Genau. Kommen Sie doch etwas früher, dann bekommen Sie noch ein Abendessen."

„Das klingt gut. Ich bringe nur eine Gitarre und ein Banjo mit und bräuchte einen Tisch für meine CDs, wenn das okay ist."

„Ja, sicher. Wenn Sie wollen, kann ich jemanden organisieren, der Ihnen beim Aufbauen hilft."

„Ja, das wäre toll. Ich brauche auf jeden Fall ein Mikrofon und eine funktionierende Verstärkeranlage. Die Lieder bringe ich mit."

„Alles klar. Prima. Dann sehen wir uns am Samstag, dem siebzehnten."

„Warten Sie, Samstag, den siebzehnten? Ich dachte, es wäre schon diesen Samstag."

„Ist das ein Problem?"

„Nein. Nur dass ich dann noch eine Woche länger warten muss, um bei Ihnen und für Sie zu spielen. Wir sehen uns dann am siebzehnten."

Rose konnte das Strahlen auf ihrem Gesicht kaum unterdrücken, als das Gespräch beendet war. Dieser Jed King war zwar ein völlig Fremder für sie, aber er klang so positiv und ... nun ja, einfach sehr nett. Bodenständig. Nicht wie ein abgedrehter Künstler.

Nachdem sie sich verabschiedet hatte, fiel ihr Eddie wieder ein. Sie wollte das Gespräch wieder aufnehmen, aber die Verbindung war schon beendet. Sofort wählte sie wieder Eddies Nummer, aber noch bevor sie damit fertig war, klingelte schon ihr Handy.

„Ich fasse es ja nicht, dass du mich einfach weggedrückt hast!", sagte Eddie empört.

„Habe ich gar nicht. Das war der Sänger, der beim Erntefest auftreten will."

„Wie heißt er denn eigentlich?"

„Das spielt doch jetzt wirklich keine Rolle, Eddie."

Wieder ein Seufzen. „Bitte, Rose, komm doch mit morgen. Sag einfach ja zu der Hütte und dem See. Das ist alles, was ich hören möchte."

„Ich muss erst noch die neuen Werbeplakate in den Geschäften aufhängen."

„Das kannst du doch auch noch am Samstag machen. Komm schon, Rosie. Nur für einen Tag."

„Also gut. Dann hol mich morgen früh ab."

„Yeah!", sagte er begeistert. Wir werden bestimmt jede Menge Spaß haben. Du wirst es nicht bereuen."

Als sie ihrem Vater bei Hähnchen und Kartoffelbrei erzählte, dass sie den nächsten Tag mit Eddie verbringen würde, stöhnte er nur. Über seinem einen Auge bildete sich immer eine Falte und seine Stirn kräuselte sich, wenn es Probleme mit dem Traktor gab oder wieder einmal ein Jugendlicher bei einer Spritztour seinen Briefkasten umgefahren hatte, und diese Falte zeigte sich auch jetzt.

Allmählich kann man seinen Augen ansehen, dass er alt wurde, dachte Rose. Als sie noch klein gewesen war, war er ihr immer so stark und jugendlich vorgekommen, aber der Tod ihrer Mutter, die Distanz zu seinen Söhnen und die Last der Jahre hatten ihre Spuren bei ihm hinterlassen.

„Ich weiß, es fällt dir schwer, dass ich erwachsen werde und meine eigenen Entscheidungen treffe, Dad", sagte sie.

Er riss ein Stück von seinem Hähnchen ab. Ihr Vater hatte schon immer gern gut gegessen. Rose erinnerte sich, dass ihre Mutter an Sonn- und Feiertagen immer eine Tischdecke aufgelegt hatte. Das zähe Hähnchen und das Fertigpüree, das Rose zustande brachte, waren nicht zu vergleichen mit dem Essen früherer Zeiten, aber mittlerweile hatten sie sich an diese Kost gewöhnt und sich damit abgefunden.

„Du findest, dass Eddie nicht der Richtige für mich ist, oder?“, fragte Rose.

Ihr Vater legte seine Gabel aus der Hand, wischte sich das Fett von den Händen und antwortete mit einer Gegenfrage. „Wie findest du ihn denn, Rose?“

„Ich finde, er sieht gut aus, und er ist ein guter Kerl, Dad, und nicht so wie einige der anderen.“

„Bist du sicher?“

Er sah sie mit seinen hellblauen Augen durchdringend an.

„Ich habe heute einen Sänger engagiert“, wechselte sie das Thema.

„Aber der fährt hoffentlich nicht Wasserski, oder?“

Sie musste grinsen und fragte: „Du hast davon gehört?“

Er überging ihre Frage einfach und fuhr fort: „Was singt er denn so?“

„Das weiß ich gar nicht so genau. Country, glaube ich. Er soll aber ziemlich gut sein. Denise hat ihn vorgeschlagen.“

„Du hast also einen Sänger engagiert und weißt noch nicht einmal, was er singt?“

„Da verlasse ich mich ganz auf Denise, und es ist ja auch ein kurzfristiges Engagement ...“ Ihre Stimme erstarb, und sie fühlte sich plötzlich wieder wie ein kleines Mädchen. „Ich weiß ja, dass du mir die ganze Sache nicht zutraust, aber ...“

„Hast du einen Vertrag mit ihm gemacht?“

„Er hat gesagt, dass er keinen Vertrag braucht. Sein Wort sei so gut wie ein Vertrag.“

Ihr Vater schob seinen leeren Teller von sich weg und legte die zerknüllte Serviette darauf. „Ich will dich nicht kritisieren, Rose. Du machst das schon. Aber du weißt ja, wie nervös ich kurz vor dem Erntefest immer bin.“

„Wir könnten es dieses Jahr doch auch mal ausfallen lassen.“

„Das könnte ich deiner Mutter nicht antun.“

„Wieso Mom?“

„Du weißt doch, dass ich ihr ein paar Dinge versprechen musste.“

Diese Geschichte hatte sie schon tausendmal gehört. „Sag doch bitte noch mal, was es war."

„Unter anderem, dass wir jedes Jahr etwas tun, um das Leben zu feiern. Dafür steht der Wein – das weißt du doch."

Ja, das wusste Rose.

„Deine Mutter fand es nicht gut, dass ich immer so lange brauche, um Entscheidungen zu treffen, dass ich das Für und Wider abwäge und die Kosten gegen das Risiko und gegen das, was die Leute denken, und dass ich mir so viele Gedanken über Geld mache. So ein Leben sei eigentlich gar kein Leben, hat sie immer gesagt, sondern ein Gefängnis, eine Art Lähmung."

Noch nie hatte sie ihren Vater so philosophisch über sein Leben reden hören.

„Der springende Punkt an der Sache ist, dass ich das erst begriffen habe, als sie tot war. Da wurde mir endlich bewusst, dass es eigentlich kein Leben ist, wenn man keine Entscheidungen trifft, weil es vielleicht schwer und unbequem ist. Darum habe ich ihr versprochen, dass ich mich ändern würde. Und das Erntefest jedes Jahr ist irgendwie ein Zeichen für diese Veränderung."

Mit Tränen in den Augen tätschelte Rose seine Hand und sagte: „Das Erntefest dieses Jahr wird das schönste, das wir je gehabt haben."

Er lächelte nur und sagte. „Sei bloß vorsichtig mit Eddie, hörst du?"

Auf dem Weg zur Hütte schaltete Eddie im Radio seine Lieblingssendung ein. Rose fand es eher gemein, wie die Moderatoren sich gnadenlos über Prominente oder auch Anrufer lustig machten, aber Eddie amüsierte sich königlich. Als sie auf dem Picknickplatz ankamen, von dem er ihr erzählt hatte, standen dort schon mehrere Autos, und die jungen Leute spielten Frisbee oder Volleyball. Eine weitere Gruppe bereitete an einem überdachten Grillplatz alles für das Barbecue vor.

Eddie bog auf den Parkplatz ein, schaltete das Radio aus und fragte: „Wieso bist du eigentlich so still?“

„Ich denke nach.“

„Worüber denn?“

„Über das Fest und meinen Dad.“

„Er mag mich nicht besonders, oder?“

„Er mag niemanden, der sich für mich interessiert.“

„Wegen mir braucht er sich wirklich keine Sorgen zu machen. Ich bin doch ein vollendeter Gentleman“, sagte er grinsend. „So, und jetzt amüsieren wir uns ein bisschen.“

Rose kannte fast niemanden und blieb deshalb erst einmal für sich. Aber Eddie zerrte sie schließlich auf das Volleyballfeld, obwohl sie eigentlich gar keine Lust hatte zu spielen, und so stand sie dann am Netz genau Kristen gegenüber, die ziemlich offensichtlich an Eddie interessiert war.

Kristen lachte viel zu laut und sprang in engen Shorts und einem Shirt, das ihr offenbar ein paar Nummern zu klein war, über den Platz. Sie strahlte Rose an und sagte: „Hey, Rose, du hast es also wirklich geschafft!“

Hatte sie davon gewusst, dass Rose eingeladen war? Was genau wusste Kristen?

„Hallo, Kristen“, grüßte Rose zurück. Einer aus Kristens Mannschaft war mit dem Aufschlag an der Reihe, aber der Ball landete unmittelbar hinter Rose im Sand.

„Den hättest du aber kriegen müssen!“, rief Eddie.

Der nächste Aufschlag ging ins Netz und blieb vor Kristens Füße liegen. Sie hob den Ball auf, schwankte ein bisschen und reichte ihn Rose. „Du bist dran mit Aufschlag.“

Rose gab sich wirklich Mühe beim Aufschlag, aber der Ball landete im Aus.

„Kommt, gebt ihr noch eine Chance!“, rief Eddie.

„Ja, das soll sie ruhig noch einmal machen!“, sagte Kristen.

Rose konzentrierte sich auf den Ball, warf ihn hoch und versuchte ihn zu treffen, aber er ging wieder ins Aus, und sie wagte gar nicht aufzublicken.

„Hey, du hast dir wirklich Mühe gegeben“, tröstete Eddie sie nach dem Spiel. „Ist doch nicht schlimm. Komm, wir holen uns was zu essen.“

Sie aßen Burger und Hotdogs an den Picknicktischen und es gab alkoholfreie Getränke, aber auch jede Menge Bier. Im Laufe des Tages wurde die Party dann immer lauter und ausgelassener. Aus einem Jeep dröhnte Musik, und zusammen mit dem Rauch des Grillfeuers stieg lautes Gelächter auf.

„Ich glaube, mir wird's ein bisschen zu laut hier“, sagte Rose irgendwann zu Eddie.

„Wir können uns in die Hütte meines Onkels verziehen.“

Er sagte den anderen Bescheid, und Rose bekam mit, wie Kristen ihnen von dem Grillunterstand aus wütend hinterherschaute.

Die Hütte lag auf einem kleinen Hügel direkt am See, und sie gelangten auf einem von Bäumen und Büschen gesäumten unbefestigten Weg dorthin. Es war ein Nurdachhaus mit einer schweren Holztür, die knarrte, als Eddie sie aufschloss. Oben befand sich eine Art Empore, die Küche hatte Arbeitsflächen aus Granit und war ausgestattet mit einem edlen Profiherd und einem riesigen Kühlschrank, der gut gefüllt war mit leckeren Sachen. Auf dem glänzenden Holzfußboden spiegelte sich die untergehende Sonne.

„Das ist ja traumhaft“, staunte Rose, während sie am Fenster stand und auf den See hinausblickte. „Dein Onkel scheint ziemlich viel Geld zu haben.“

„Er ist Bauunternehmer. Die Hütte hat er mit Material renoviert, das bei einem großen Auftrag übrig geblieben ist. Ein Softwareentwickler hatte sich in Brentwood eine große Villa bauen lassen. Mit einem eigenen Wasserfall im Garten.“ Eddie stellte sich vor Rose, sodass er ihr die Sicht versperrte und sagte: „Aber das Schönste hier ist nicht das Haus oder der See.“

Rose wurde rot und fragte: „Er hat also auch ein Boot?“

Eddie lachte. „Ich rede nicht von einem Boot, Rose. Das Schönste steht hier direkt vor mir.“ Er legte seine Hände auf ihre Schultern und schaute ihr tief in die Augen. „Du bist das Schönste, was ich je gesehen habe. Ich weiß, ich drücke mich manchmal nicht so elegant aus, aber ich glaube, das liegt daran, dass ich Angst habe, du könntest mich zurückweisen."

„Aber ich mag dich, Eddie."

Er beugte sich vor und küsste sie, aber nach ein paar Sekunden löste sich Rose von ihm und trat einen Schritt zurück. „Komm, lass uns einen Spaziergang um den See machen."

„Ach, ich weiß nicht. Um diese Tageszeit gibt es da draußen jede Menge Stechviecher. Aber auf der Terrasse steht ein Whirlpool, sieh mal."

Er nahm sie bei der Hand, führte sie nach draußen und nahm die Abdeckung vom Whirlpool. Während er damit beschäftigt war, schlenderte Rose hinunter zu dem kleinen Bootsanleger, und dabei sprangen ihre Gedanken wild durcheinander. Einerseits war sie froh, dass Eddie sich um sie bemühte, aber irgendwie war ihr nicht ganz wohl dabei.

„Was machst du denn hier unten?", fragte Eddie, der jetzt ebenfalls zum Bootssteg herunterkam.

„Ich glaube, wir sollten lieber nach Hause fahren."

„Aber wir sind doch gerade erst angekommen!", sagte Eddie. „Ich dachte, ich bekoche dich und später schauen wir uns zusammen die Sterne an."

„Dann wird es aber ziemlich spät."

„Wir können auch hier übernachten."

„Eddie, ich-"

Er kam auf sie zu, aber sie wich zurück, immer noch ihm zugewandt. Ihre Füße standen ganz nah am Rand des Stegs, gefährlich nah, und sie stützte sich mit den Händen an seinem Brustkorb ab, um nicht das Gleichgewicht zu verlieren und zu stürzen.

„Die wunderschöne Rose", flüsterte er. „Und kein einziger Dorn in Sicht." Er beugte sich zu ihr vor, und sie roch den Pfefferminzbonbon, den er unterwegs gelutscht hatte. „Nur ein kleiner Kuss. Das kann doch nicht schaden, oder?"

Natürlich würde es nicht schaden. Es würde sich sogar sehr gut anfühlen. Und da sie nicht noch weiter zurückweichen konnte, stellte sie sich mit beiden Füßen fest auf den Steg und ließ sich von ihm küssen. Es war ein langsamer, leidenschaftlicher und einladender Kuss, und in diesem Moment spürte sie, wie sich etwas in ihr veränderte, wie in ihrem Inneren etwas nachgab, etwas, das sich wie Kapitulation anfühlte. Sie umschlang ihn mit den Armen, und er zog sie an sich, aber irgendwie verloren sie dabei das Gleichgewicht, Rose schrie einmal kurz auf, klammerte sich an ihm fest, und dann fielen sie beide zusammen ins Wasser.

„Das hast du mit Absicht gemacht!“, rief sie, als sie japsend und mit Algen im Haar wieder auftauchte. Ihre Augen sprühten Funken.

Eddie lachte nur und sagte: „Du warst es doch, die mich mit in die Tiefe gerissen hat!“

Rose schwamm zum Steg zurück und zog sich hoch. Ein scharfer Wind blies, und sie rannte zitternd vor Kälte und pitschnass zurück zum Haus. Eddie schlug vor, ihre Sachen zu waschen.

„Auf keinen Fall“, erwiderte sie.

„Du kannst ganz beruhigt sein, im Schlafzimmer hängen Bademäntel. Zieh deine Klamotten aus, ich stecke sie in die Waschmaschine.“

Er reichte ihr einen Bademantel, wie sie sie aus den Werbespots für Wellnessoasen der Spitzenklasse kannte – dick und weich und flauschig –, und als sie in den Bademantel gehüllt wieder aus dem Bad kam, stand Eddie mit nacktem Oberkörper und einem Handtuch um die Lenden im Wohnzimmer.

„Ich gehe schön heiß duschen. Willst du mir dabei nicht Gesellschaft leisten?“

„Nein.“

„Dann küss mich wenigstens noch mal“, bat er. Doch jetzt lag noch etwas anderes in seinem Blick, etwas Wildes, Entschlossenes.

Rose ging an ihm vorbei in den Wäscheraum, schloss die Tür hinter sich, wusch ihre Sachen kurz aus, wrang sie mit der Hand aus und steckte sie dann in den Trockner.

„Bist du ganz sicher, dass ich dir nicht helfen soll?", fragte Eddie von draußen.

„Nein, ich komme schon klar", rief sie. Ihr Magen rumorte, während ihre Kleider hinter ihr im Trockner herumgewirbelt wurden. Sie hatte ihre Gefühle in Bezug auf Eddie lange weggedrückt, aber jetzt wurde ihr langsam klar, dass es gar nicht um Eddie ging, sondern um sie. Diese Gefühle kamen immer wieder hoch, und sie drückte sie wieder weg.

Als sie die Dusche rauschen hörte, nahm sie ihre Sachen aus dem Trockner, zog sie wieder an, obwohl sie noch gar nicht richtig trocken waren, verließ durch die Hintertür das Haus und marschierte den Weg zurück, den sie gekommen waren. Als sie eine halbe Stunde später schließlich die asphaltierte Hauptstraße erreicht hatte, hielt Eddie mit dem Auto neben ihr an.

„Steig ein, Rose."

„Kommandier mich gefälligst nicht herum."

„Das ist doch verrückt. Willst du etwa den ganzen Weg nach Sharon zurücklaufen? Was habe ich denn getan?"

„Ich glaube nicht, dass das mit uns beiden funktioniert, Eddie. Wir sind einfach zu verschieden."

„Ich wollte doch nur ein bisschen Spaß haben. Ich kann echt nichts dafür. Du bist so schön."

„Doch, du kannst was dafür. Du bist schließlich kein Teenager mehr, der seinen Hormonen völlig ausgeliefert ist. Du bist ein erwachsener Mann, der darauf hören sollte, wenn ich sage-"

„Jetzt komm schon, Rose", unterbrach Eddie sie. „Ich fahre dich nach Hause. Wenn du willst, kannst du auch hinten einsteigen. Ich bin dein Chauffeur."

Sie blieb stehen, und er öffnete ihr die hintere Tür. „Ich fahre hier nicht ohne dich weg. Und wenn es nur aus dem Grund ist, dass dein Vater mich sonst umbringen würde. Guck doch, die

Sonne ist schon fast untergegangen. In zwanzig Minuten ist es stockdunkel."

Ihre Tasche mit dem Handy darin lag noch im Wagen, aber wahrscheinlich hatte sie hier draußen sowieso kein Netz. Die Hütte lag so weit abseits, die Straße war kaum befahren, und es wurde tatsächlich schon dunkel.

Also stieg sie hinten ein. Zehn Minuten lang fuhren sie schweigend, dann schaltete Eddie das Radio ein und hörte Musik, während sie zum Fenster hinausschaute. Während der ganzen Fahrt sagte keiner von ihnen ein Wort.

Als sie schließlich bei ihr zu Hause ankamen, sagte Eddie: „Aber das ist nicht wirklich dein Ernst, oder?"

„Doch, mein voller Ernst. Wenn du nicht respektieren kannst, was ich möchte ..."

Eddie schnaubte nur verächtlich und sagte: „Du wirfst mir vor, ich würde mich wie ein Teenager benehmen, dabei bist du diejenige, die langsam mal erwachsen werden sollte, Rose."

Rose sprang aus dem Wagen und schlug mit Wucht die Tür zu. Eddie kurbelte daraufhin das Fenster herunter und rief: „Ich glaube, ich suche mir lieber 'ne richtige Frau, die kein Problem mit körperlicher Nähe hat."

Rose stolperte ins Haus, und Eddie brauste davon.

„Was ist denn los, Rose?", fragte ihr Vater.

Aber sie weinte zu heftig, um darauf antworten zu können.

Kapitel 8

Jed telefonierte regelmäßig mit seiner Mutter, und sie lud ihn immer wieder ein, sie mal zu besuchen, wenn er Zeit hätte. Es war ja eigentlich ganz normal, dass er sein eigenes Leben führte, aber er hörte den Schmerz in ihrer Stimme. Einen Tag vor dem Konzert auf dem Weingut der Jordans überraschte er sie mit einem Besuch. Sie aßen zusammen zu Mittag und unterhielten sich über alle möglichen unverfänglichen Themen. Er erzählte ihr von dem Konzert, stellte es aber auch als genau das dar, was es war: ein netter kleiner Auftritt auf dem Land, an den er keine großen Erwartungen hatte. Sie war auffällig still.

„Was ist los?", fragte Jed.

„Ich möchte nicht, dass du das Gefühl hast, du müsstest dich um mich kümmern", sagte sie

„Das Gefühl habe ich gar nicht. Ich möchte nur einfach, dass du zu meinem Leben gehörst."

„Und ich möchte dir helfen, die Bestimmung für dein Leben zu finden, aber ich will dir auf keinen Fall im Weg stehen."

„Du hast das von Stan gehört. Dass er mich aufgegeben hat."

Sie nickte. „Weil es die Plattenfirma so wollte."

„Das weißt du auch?"

Sie trank einen Schluck Eistee und sagte: „Er hat mich nach dem Gespräch mit dir angerufen, weil er sich Sorgen gemacht hat."

„Na, wenn er so besorgt um mich ist, warum hat er dann nicht einfach zu mir gehalten? Das tun Freunde nämlich normalerweise."

„Geschäft ist Geschäft, Jed. Das weißt du doch selbst. Du darfst das nicht persönlich nehmen."

„Es fühlt sich aber persönlich an."

Sie dachte einen Moment nach, und es schien, als zöge sie einen Eimer aus dem tiefen Brunnen ihrer Lebenserfahrung hoch. Schließlich sagte sie: „Dass dir das jetzt passiert ist, ist ärgerlich, aber nicht so schlimm, Jed. Es ist ja meistens so, dass einem das Leben dann einen Tiefschlag verpasst, wenn man am wenigsten damit rechnet. Das erlebt jeder irgendwann einmal. Entscheidend ist, wie du damit umgehst."

„Ich habe mir überlegt, ob ich es vielleicht nicht doch mit dem Schreinern probieren sollte", meinte Jed. „Vielleicht mache ich mal eine Pause mit den Auftritten, spiele und schreibe weiter für mich selbst und warte einfach ab, was passiert. Ich kenne einen Bauunternehmer, der-"

„Du wärst bestimmt ein großartiger Schreiner, Jed, du hast ja viel von deinem Dad gelernt. Aber du weißt selbst, dass das nicht deine Bestimmung ist, oder?"

„Du bist meine Mutter. Du musst so was sagen."

„Ich habe lange genug auf der Bühne gestanden, mit einigen der besten Künstler gesungen und sie sehr genau beobachtet, Jed. Manche Menschen haben das gewisse Etwas, andere hätten es gern gehabt, haben es aber nicht. Du hast ein angeborenes Talent, das man nicht erlernen kann. Dazu kommen noch der nötige Ehrgeiz und ganz viel Herz. Du kannst auf der Bühne stehen, ohne dass sich deine Persönlichkeit verändert."

„Bist du da ganz sicher?"

„Ja."

„Seltsam. Stan hat gemeint, genau das würde mir fehlen – Herz, Leidenschaft. Und Inspiration. Er hat gesagt – wie hat er sich noch gleich ausgedrückt? – meine Songs würden die Leute nicht berühren, ja, so hat er es formuliert."

„Und da hat er sogar recht."

Jed sah sie stirnrunzelnd an und sagte: „Na, du machst mir ja wirklich Mut."

Aber sie erklärte lächelnd: „Mit deinem Talent und deinem Erbe bist du so weit gekommen, wie du konntest."

„Soll das heißen, dass die Leute mich nur hören wollen, weil sie Dads Musik gemocht haben? Das hat Stan auch gesagt."

„Nein, ich meine, dass du an einem Punkt angekommen bist, an dem du eine Entscheidung treffen musst."

„In Bezug auf was?"

„Willst du dich mit dem Erfolg, den du gehabt hast, zufriedengeben oder mehr erreichen? Etwas Tiefgreifenderes? Und wie definierst du eigentlich Erfolg? Nummer-Eins-Hits? Einen neuen Plattenvertrag? Ein dickes Bankkonto?"

„Dad hat das alles gehabt, und einen großen Teil seines Lebens ist es ihm miserabel gegangen", sagte Jed.

„Genau. Wirst du den Mist seines Lebens als Dünger für deines benutzen?"

Er sah sie fragend an.

„Das hat dein Vater immer gesagt. Ein großer Teil des Lebens sei Mist. Die Herausforderung bestehe darin, den Gestank auszuhalten und das Gute, das daraus wächst, zu nutzen."

„Dad, der Feld-Wald-und-Wiesen-Philosoph."

Sie mussten beide lachen – eine willkommene Unterbrechung des Gesprächs. Doch danach machte seine Mutter noch ein neues Fass auf.

„Und gibt es so etwas wie eine Liebe in deinem Leben?"

„Die Frage könnte ich ebenso gut dir stellen", entgegnete Jed.

Sie lächelte, aber es war ein trauriges Lächeln. „Ich glaube nicht, dass jemals ein anderer Mann deinen Vater ersetzen könnte. Ich bin offen, falls Gott noch einmal eine Beziehung für mich vorgesehen hat, aber ich bitte ihn nicht, meine innere Leere durch einen anderen Mann zu füllen, sondern nur mit sich selbst."

„Klingt doch gut."

„Und was ist mit dir?"

„Ich habe das Thema abgehakt."

„Ach was! Jetzt schon? So früh? Absolut und unwiderruflich?"

„Janis und mir war es auf der Highschool lange sehr ernst miteinander, das weißt du ja, aber wir waren so verschieden. Und als sie dann zum Studium weggegangen ist ..."

„Und was ist mit Tracey?"

„Das netteste Mädchen, das ich je kennengelernt habe. Aber sie fand meine Lebensplanung nicht so verlockend."

„Kein Interesse, die Frau eines Schreiners zu werden, was?"

Er lachte. „Wenn ich Schreiner würde, wäre sie vielleicht sogar wieder interessiert."

„Was stellst du dir denn vor?"

„Es ist gar nicht so, dass ich eine Liste von Eigenschaften hätte, nach dem Motto: achtzig Dinge, die ein Mädchen haben muss ..."

„Aber wenn du weißt, dass Janis und Tracey nicht die Richtigen waren, dann musst du doch irgendeine Vorstellung haben."

Jed seufzte, legte sein Besteck auf den Tisch und sagte: „Als Allerersters wünsche ich mir, dass ich der Richtige für sie bin. Aber ich möchte auch mit einem Mädchen zusammen sein, mit dem ich Gott gemeinsam besser kennenlernen kann als allein."

„Also das ist ja schon mal eine ziemlich hohe Anforderung für jemanden, der keine Liste geschrieben hat."

„Ich glaube jedenfalls, dass ich sie erkennen werde, wenn ich ihr begegne."

„Und wie soll das passieren?"

Er überlegte kurz, und vor seinem inneren Auge tauchte ein Bild auf – von einem Mädchen, das er noch nie gesehen hatte, mit einer schönen Figur und einem Lächeln, das jede düstere Bar hätte erleuchten können. Ob sie langes Haar hatte oder kurzes – ihm gefiel beides.

„Ich glaube, ich werde sie daran erkennen, dass sie mich dazu inspiriert, ein neues Lied zu schreiben."

„Pass bloß auf, dass du da keinen zu hohen Maßstab anlegst."

„Du hast mich danach gefragt."

„Ich sage ja nur, dass du aufpassen musst, dass du nicht zu viel Druck aufbaust. Denn Inspiration kommt nicht von außen, sondern aus dir heraus."

„Ist das auch ein Spruch vom Feld-Wald-und-Wiesen-Philosophen?"

„Das war unsere gemeinsame Erkenntnis", antwortete sie, legte ihm eine Hand auf den Arm und fuhr fort: „Mit anderen Worten, warte nicht auf ein Mädchen, damit es dich innerlich zum Leben erweckt. Das ist nicht ihre Aufgabe."

„Das klingt wie ein Lied, oder?"

„Das kann schon sein", entgegnete seine Mutter. „Und es klingt ganz so, als ob du die Frauen doch noch nicht ganz aufgegeben hast."

„Man wird sehen", erwiderte Jed lächelnd.

Kapitel 9

Der Grabstein von Lily Jordan stand auf einem kleinen Hügel oberhalb des Teichs auf ihrem Grundstück. Familiengräber auf Privatgrundstücken waren persönlicher und bedeutsamer als die riesigen Friedhöfe, auf denen Grabstein an Grabstein stand, und Rose war froh gewesen, als ihr Vater damals die Genehmigung erhalten hatte, ihre Mutter in der Nähe des Weinbergs zur letzten Ruhe betten zu lassen. Es war der Ort, wo auch er später einmal begraben werden wollte.

Rose starrte auf den Bindestrich zwischen dem Geburts- und dem Sterbedatum ihrer Mutter und war einmal mehr traurig darüber, wie wenig Zeit sie miteinander gehabt hatten. Ihre Mutter hatte ihr Briefe hinterlassen, von denen sie bis zu ihrem 21. Lebensjahr jedes Jahr an ihrem Geburtstag einen öffnen sollte, aber das war jetzt vorbei. Mehr denn je hatte Rose das Gefühl, ganz auf sich selbst gestellt zu sein.

Die Lymphknoten waren bereits befallen, als der Brustkrebs diagnostiziert worden war. Sie hatte noch eine Weile durchgehalten, aber am Ende hatte die Krankheit gesiegt, und obwohl ihre Familie versucht hatte, vor Rose zu verbergen, wie stark die Schmerzen ihrer Mutter waren, hatte sie am Ende kaum noch Ähnlichkeit mit der fröhlichen Frau gehabt, die ihr von den früheren Fotos entgegenlachte.

Es gab so vieles, was sie ihre Mutter jetzt gern gefragt hätte, und diese Ausflüge an ihr Grab halfen Rose zu verarbeiten, was sie erlebte. Natürlich sprach sie nicht richtig mit ihrer Mutter, und sie bekam auch keine Antworten aus dem Jenseits, aber es hatte etwas seltsam Tröstliches, hier Dinge auszusprechen, über die sie mit ihrem Vater nicht reden konnte.

„Ich weiß auch nicht, warum mir diese Sache mit Eddie so zu schaffen macht“, sagte Rose und stellte die Narzissen und den Löwenzahn, die sie am Morgen für das Grab ihrer Mutter gepflückt hatte, in eine Vase. „Er ist kein guter Junge, aber das hast du ja wahrscheinlich schon gewusst, als du ihn in der Grundschule zum ersten Mal gesehen hast. Ich habe so lange gebraucht, um es auch zu merken, keine Ahnung, warum. Und trotzdem würde ein Teil von mir am liebsten zu ihm zurückrennen, auch wenn ich weiß, wie dumm das ist.“

Rose stand auf und ließ sich im Schatten einer Eiche nieder, durch deren Äste sanft der Wind strich.

„Ich weiß genau, was du mir sagen würdest. Ich habe es ja oft genug in deinen Briefen gelesen. ‚Halte dich immer zu Gott und flüchte dich zu ihm. Und wenn jemand dann noch bei dir ist, frag ihn nach seinem Namen.‘ Ich dachte, dass Eddie vielleicht so jemand wäre – er geht von klein auf in dieselbe Gemeinde wie wir. Aber Dad hat ja schon immer gesagt, dass die Zugehörigkeit zu einer Gemeinde einen Menschen noch längst nicht zu einem Christen macht. Dass man ja auch kein Auto wird, wenn man sich in eine Garage stellt. Na ja, du kennst ja seine Sprüche.“

Rose starrte auf die Rückseite des grauen Grabsteins. Eines Tages würde das Grab ihres Vaters direkt neben dem der Mutter sein. Bei diesem Gedanken bekam sie eine Gänsehaut. Die Angst, auch noch ihren Vater zu verlieren, war nach dem Tod ihrer Mutter ihr ständiger Begleiter gewesen. Sie war ihm auf Schritt und Tritt gefolgt, und wenn sie in der Schule war, hatte sie ständig Angst gehabt. Was, wenn ihm etwas zustieß? Wie Scout Finch in *Wer die Nachtigall stört* hatte sich Rose damit abgefunden, dass sie zur Schule gehen musste, und er hatte ihr dafür versprochen, nicht zu sterben.

Einige Jahre später, als Rose in der Sonntagsschule die Geschichte von Lazarus gehört hatte, war sie auf die Toilette geflüchtet und in Tränen ausgebrochen. Später hatte die Sonntagsschullehrerin Rose einmal zum Tee eingeladen und sie nach ihrer Mom gefragt. Das Verrückte war, dass nach ihrem Tod kein Mensch mehr über sie sprach, wo doch Rose so gern über sie reden und sich an sie erinnern wollte. Eine ihrer größten Ängste war, dass sie ihre Mutter vergessen könnte.

„Ich habe keine Antworten auf das, was mit deiner Mutter passiert ist“, sagte die Sonntagsschullehrerin. „Und wenn du mich fragst, ich finde, dass der Tod etwas richtig Übles ist.“

„Eine der Frauen in der Gemeinde hat gesagt, alles müsse uns zum Besten dienen, sogar der Tod eines Menschen, den man liebt.“

„Wer hat das gesagt?“

„Mrs Bailey.“ Das war eine steife Frau mit einem beinahe enzyklopädischen Bibelwissen.

„Im Leben dieser Frau ist auch bisher nichts Schlimmeres passiert als ein eingerissener Fingernagel, und sie wirft mit Bibelversen nur so um sich. Aber die biblischen Wahrheiten sind keine Slogans oder Aufklebersprüche, die man Menschen aufdrücken kann, wenn sie Leid erleben, mein Kind. Und du hast gerade großes Leid erlebt. Bist du manchmal böse auf Gott?“

„Nein“, hatte Rose geantwortet.

„Du weißt, dass du nicht lügen musst, oder?“

Rose lächelte.

„Gott brauchst du wirklich nichts vorzumachen. Lies mal die Psalmen. Gott möchte, dass du ganz ehrlich zu ihm bist, denn er will dir echtes Leben schenken. Lass alle deine Gefühle heraus und bitte ihn, dein wundes Herz zu heilen.“

„Musste meine Mom sterben, weil ich etwas Schlimmes getan habe?“, fragte sie.

Die Frau sah sie traurig an. „Nichts davon ist deine Schuld, Rose. Nichts davon. Ich glaube nicht, dass du hier auf der Erde je eine Antwort auf dein Warum bekommen wirst. Doch auf eines kannst du dich fest verlassen: Gott hat versprochen, immer bei dir zu sein.“

„Ich hätte aber lieber meine Mutter wieder zurück“, sagte Rose.

„Das glaube ich dir gern“, entgegnete die Frau. „Das ist ehrlich und aufrichtig, und wahrscheinlich würdest du dafür aus jeder von Mrs Baileys Gruppen in der Gemeinde hinausgeworfen.“

„Woher wissen Sie das alles?“, fragte Rose.

„Ich habe auch meine Mutter verloren, als ich etwa so alt war wie du. Jahrelang hat mich das unglaublich belastet. Ich bin vor Gott davongelaufen und habe alle meine Gefühle, den ganzen schweren Packen, weggedrückt. Aber Gott ist gut und freundlich und ist mir immer nachgegangen. Und ein bisschen Gutes habe ich daraus gewonnen: Ich kann jetzt anderen Menschen beistehen, denen Ähnliches widerfahren ist – dir zum Beispiel.“

Und jetzt dankte Rose am Grab ihrer Mutter Gott für Menschen, die zwar nicht den Platz ihrer Mutter eingenommen, aber ihr beigestanden hatten.

„Du hast immer gesagt, wer warten kann, bekommt etwas Gutes, Mom“, sagte sie. „Ich bin gespannt, was noch kommt.“

Kapitel 10

Es war ein kühler Herbsttag, und Jeds Weg führte durch eine hügelige Landschaft. Die Felder sahen aus, als wären sie für den Winter schlafen gelegt worden, und die Bäume färbten sich schon rötlich, aber es gab auch noch viel Grün. Jed wusste nicht, warum Gott es so eingerichtet hat, dass alles erst sterben musste, um zu leben, aber es war so.

Er schaute noch einmal auf den Ausdruck der Karte, der auf dem Lenkrad lag, als die Straße schmaler wurde. Die Visitenkarte vom Weingut, die Stan ihm gegeben hatte, hatte er wieder zusammengeklebt und auf das Blatt geheftet.

Er fürchtete schon, dass er vielleicht eine Abzweigung verpasst hatte, aber da fuhr er an einem Ortsschild mit der Aufschrift *Sharon, 2.221 Einwohner* vorbei. Wohin hatten ihn sein Leben und seine Musik bloß gebracht? Er wollte eigentlich in großen Hallen spielen, und stattdessen landete er hier.

Auf dem Weingut herrschte emsiges Treiben, als er an der Scheune vorbeifuhr und den Wagen parkte. Bis zu seinem Auftritt hatte er noch viel Zeit, und darum schlenderte er ein wenig über das Gelände, um ein Gefühl für den Ort und die Leute zu bekommen. Viele Kinder und junge Eltern – das war gut. Und Berge von Essen.

Überall lagen Kürbisse und Maiskolben und Heuballen, und als er einen Stand entdeckte, an dem man Weintrauben treten konnte, musste er lächeln. Das ganze Weingut war mit Lichterketten geschmückt, und er freute sich schon darauf, wie das Gelände nach Einbruch der Dunkelheit aussehen würde, wenn der Mond am Himmel stand. Es war keine große Halle, aber es lohnte sich. Doch dann kamen ihm Zweifel. Würde er für den Rest seines Lebens auf solchen Festen und vor Gemeindejugendgruppen spielen?

Er kam an einem Stand mit Apfelwein vorbei, und der zimtige Geruch des heißen Getränks weckte die Erinnerung an einen Besuch auf einer Kürbisfarm, den er als Kind mit seinen Eltern gemacht hatte. Nur sie drei, und niemand hatte seinen Dad erkannt, der sich extra rasiert und den Hut tief ins Gesicht gezogen hatte. Sie waren durch ein Maislabyrinth gelaufen, und als Jed sich einmal umdrehte, hatte er gesehen, wie seine Eltern sich küssten. Er hatte gelacht und sich über sie lustig gemacht, aber irgendwie hatte es ihn auch glücklich gemacht, sie so zu sehen.

Sein Vater hatte ihm einen Styroporbecher mit Cidre in die Hand gedrückt und einen Schuss kaltes Wasser dazugegossen, damit er es trinken konnte, und Jed hatte nach all den vielen Jahren immer noch den Geschmack des Cidre im Mund.

Auf seinem Rundgang entdeckte er jetzt eine Kürbisbowlingbahn und andere Spiele, die auf dem Gelände angeboten wurden, das wie ein Jahrmarkt hergerichtet war. Es gab Fahrten auf dem Heuwagen, Eltern kämpften sich auf dem unebenen Gelände mit Buggys ab, und kleine Kinder liefen noch unbeholfen nebenher oder fielen hin.

Der Duft von Liebesäpfeln und Zuckerwatte ließ ihm das Wasser im Mund zusammenlaufen, und der Tisch mit den Weinproben zog ihn an wie der Honig die Bienen. Auf diesem Fest gab es wirklich für jedes Alter etwas.

„Jed?“, sagte da jemand hinter ihm. Es war eine angenehme Stimme, und als er sich umdrehte, sah er sie zwischen den Tischen und Bänken hindurch auf sich zukommen. Sie schwebte nicht, aber wie sie auf einmal auftauchte, die Sonne in ihrem blonden Haar, wirkte sie wie eine Erscheinung. Sie trug etwas Helles, und ihr Lächeln raubte ihm den Atem. Es klang vielleicht übertrieben, aber er fand sie engelsgleich.

„Sind Sie Jed King?“ Sieh an, ein Engel mit Südstaatenakzent.

„Ja“, erwiderte er ziemlich lahm, doch ihm fiel beim besten Willen nichts weiter ein. Bei ihrem Telefongespräch hatte er sich ein Bild von ihr gemacht, aber sie sah völlig anders aus, als er sich ein typisches Mädel vom Land vorgestellt hatte.

„Ich bin Rose Jordan“, stellte sie sich mit einem Lächeln vor, und als er sie durch seine Sonnenbrille ansah, kam ihm die ganze Welt ein bisschen heller vor. „Haben wir miteinander telefoniert?“, fragte sie.

„Ja, genau“, sagte Jed und nahm lächelnd seine Sonnenbrille ab.

„Freut mich, Sie kennenzulernen“, sagte sie und gab ihm die Hand. Dabei war ihr leichter Akzent noch gerade so weit zu erkennen, dass man merkte, dass sie vom Land kam und es nicht nötig hatte, das zu verbergen. Sie war ganz sie selbst, und ihr fester Händedruck bestätigte das.

Er wusste immer noch nichts zu sagen und brachte schließlich hervor: „Dann ist das hier Ihr Weingut?“

„Es gehört meinem Dad“, antwortete sie in einem Tonfall, in dem viel Hochachtung mitschwang. So als wäre sie nicht nur stolz auf ihren Besitz, sondern auch auf ihren Vater, weil beides untrennbar zusammengehörte.

„Es ist wunderschön“, sagte er und konnte sich dabei nicht von ihrem Anblick losreißen. Diese haselnussbraunen Augen und die Grübchen, wenn sie lächelte ... Wie alt sie wohl sein mochte? Trug sie einen Ring? Er konnte selbst nicht so ganz glauben, dass ihm all diese Gedanken so schnell kamen, aber es war so.

„Ich sage kurz Bescheid, dass Sie jetzt da sind. Kommen Sie mit?“

Er sah ihr einen Moment nach und bewunderte einfach alles an ihr: ihren Gang und die Art, wie selbstsicher sie wirkte, ohne arrogant zu sein. Er hatte schon viele schöne Frauen kennengelernt, aber an ihr war irgendetwas anders. Sie hatte etwas Ruhiges, Friedvolles, Sanftes an sich. Also, *engelsgleich* war wirklich genau der richtige Begriff dafür.

Als sie jetzt vor ihm herging, drehte sie sich nicht um, auch nicht, als sie sagte: „Mein Vater heißt Shepherd, aber alle nennen ihn Shep."

Mit seinem wettergegerbten Gesicht und der Stirnglatze schätzte Jed den Mann auf Mitte 60. In der Nähe des Eingangs zum Maislabyrinth mühte er sich gerade mit einem Apparat ab.

„Was macht er denn da?", fragte Jed im Gehen.

„Das ist eine horizontale Kelter", erklärte sie. „Dad zeigt den Besuchern immer gern, wie er arbeitet, und wenn es dann nicht funktioniert, ist er frustriert."

„Komm schon, du altes Miststück", murmelte Shep, als Metall auf Metall schabte.

„Daddy?"

„Ja?"

„Jed King ist jetzt da."

Der Mann blickte nicht einmal auf, als er fragte: „Wer?"

„Der Sänger", antwortete sie.

Shep legte das Werkzeug aus der Hand, richtete sich auf, blinzelte, weil ihm die Sonne ins Gesicht schien, und gab Jed die Hand, die von der Arbeit rau und schwielig war. Jeds Hände waren nicht ganz so rau, aber weil er schon von klein auf alles Handwerkliche geliebt und ständig an irgendetwas gewerkelt hatte, waren sie auch nicht weich.

„Entschuldigen Sie die Störung. Ich bin Jed."

„Shepherd Jordan", entgegnete der Mann, der ein paar Zentimeter kleiner war als Jed. Rose schaute voller Stolz auf ihren Vater, so wollte sie mit ihm angeben.

„Freut mich, Sie kennenzulernen. Ich habe Rose gerade schon gesagt, wie schön es hier bei Ihnen ist."

„Sie sind David Kings Sohn", bemerkte Shep, und es klang eher wie ein Vorwurf, nicht wie eine Frage oder eine Feststellung. Aber das erlebte Jed oft.

„Ja, genau."

Shep schaute zu Rose hin und dann wieder zurück zu Jed, und es sah aus, als ginge etwas in ihm vor.

„Na, dann zeig ihm am besten gleich mal die Bühne, Schatz. Ich habe noch jede Menge zu tun. Hat mich gefreut, Sie kennenzulernen, mein Junge."

„Ja, mich auch", sagte Jed.

Und ohne ein weiteres Wort wendete sich der Mann wieder seiner Arbeit zu. Nur ein Knurren war zu hören und ein Stöhnen und das Geräusch von Metall auf Metall.

„Mein Vater ist eigentlich netter, aber im Moment ist er ein bisschen gestresst."

„Ist schon in Ordnung", erklärte Jed.

„Was hat er gesagt, wer Ihr Vater ist?"

„David King."

Ein bisschen verwirrt fragte sie: „Ist er auch Sänger?"

Leicht irritiert blieb Jed stehen und hätte sie am liebsten gefragt, ob sie hinter dem Mond lebte, fragte dann aber nur: „Sie kennen ihn nicht?"

Wieder lächelte sie ihn an, jetzt allerdings ziemlich verlegen, und antwortete: „Tut mir leid, aber mit Musik kenne ich mich echt nicht aus."

Meistens wollten die Leute mit Jed endlos über seinen Vater reden. Und jetzt war da ein Mensch, der keine Ahnung hatte, wie berühmt sein Vater gewesen war. „Ach was, Sie brauchen sich doch nicht zu entschuldigen. Ich finde das sogar gut. Wirklich."

Sie gingen hinüber zu dem Platz, wo die Bühne aufgebaut war, vorbei an einem Softeisstand, und Jed fragte sich, ob es einen schöneren Samstagnachmittag im Oktober geben konnte.

Plötzlich blieb ein Mann, der etwas jünger schien als Jed und ein blondes Mädchen neben sich hatte, abrupt stehen. „Hallo, Rosie", sagte der Typ.

Ihr Tonfall veränderte sich, hatte etwas Gequältes, als sie sagte: „Eddie! Was machst du denn hier?"

„Ich will euren Wein probieren. Es gibt doch eine kostenlose Weinprobe, oder? Das stand jedenfalls in der Zeitung."

Eddie trug ein Hemd mit offenem Kragen. Seine Haare waren zurückgekämmt, und das blonde Mädchen neben ihm schaute ihn genauso verliebt an wie das Weinglas, das sie in der Hand hatte.

Rose war die Situation offensichtlich unangenehm, und Jed hätte am liebsten etwas getan, um das Ganze ein bisschen zu entkrampfen.

„Das ist Kristen", stellte Eddie vor.

„Ja, ich erinnere mich an sie", erwiderte Rose, und dann wurde ihre Stimme dumpf: „Gefällt es dir?"

Kristen riss die Augen auf, als würde sie in aufgeblendete Scheinwerfer schauen, und sagte: „Der Wein ist wirklich gut." Und dann lächelte sie unnatürlich, als wäre ihr der Alkohol schon zu Kopf gestiegen.

„Danke. Freut mich, dass er dir schmeckt."

„Wer hätte das gedacht?", sagte Kristen. „Wir sind hier schließlich in Kentucky, also nicht gerade eine Weingegend, oder?"

Es folgte ein unbehagliches Schweigen, während dessen Kristen aber unbeirrt weiterlächelte. Ihr Pulli saß etwas zu eng und ihr Haar war stark blondiert. Nicht, dass sie nicht hübsch gewesen wäre – das war sie, aber es bestand ein deutlicher Unterschied zwischen den beiden Frauen, sowohl im Stil als auch im Wesen.

„Seid ihr beide also ...?", fragte Eddie und deutete mit dem Weinglas auf Jed und Rose.

„Nein, wir ... haben uns gerade erst kennengelernt", erklärte Rose zerstreut.

Jed warf Rose einen Blick zu und sagte: „Ja. Nicht so schüchtern, Rose." Dann sah er Eddie an, gab ihm die Hand und sagte: „Jed King."

Eddies Händedruck war schlaff, und seine Hände fühlten sich weich und teigig an. Wahrscheinlich hatte er einen Bürojob, dachte Jed.

„King. Wie David King?", fragte Eddie.

Jed warf Rose einen Blick zu, sagte: „Siehst du?", und wandte sich dann wieder Eddie zu. „Ja."

„Sie sind aber viel heißer als Ihr Dad", hauchte Kristen und ließ ihren Blick über seinen Körper schweifen. Eddie warf ihr einen schockierten Blick zu, und wieder stellte sich unbehagliches Schweigen ein.

„Danke", sagte Jed und schaute zu Rose hinüber, die verkrampft lächelte.

„Na ja", sagte Eddie, eindeutig angefressen, „dann haben Sie ja wenigstens in einem Punkt Ihrem Vater etwas voraus."

Jed hätte ihm gern eine schlagfertige Antwort gegeben, aber ihm fiel nichts ein.

„Wie geht es denn *deinem* Dad?", fragte Eddie Rose, woraufhin sie ihn ansah, als wollte sie ihn mit ihrem Blick erdolchen.

„Gut, schätze ich", erwiderte Rose. „Warum fragst du ihn nicht selbst?"

Jed schaute zu Shep hinüber, der gerade gegen die Maschine trat, an der er arbeitete.

„Sieht aus, als wäre er ziemlich beschäftigt", meinte Eddie.

„Nein, nein, ich bin ganz sicher, er würde sehr gern ein Wörtchen mit dir reden", sagte sie nur, und ihr Tonfall triefte vor Sarkasmus. Jed schien da in ein Wespennest hineingeraten zu sein.

„Vielleicht später", erwiderte Eddie. „Wenn ihr uns jetzt entschuldigen würdet ..."

„Es war nett, dich wiederzusehen", rief Kristen noch über die Schulter zurück, als sie weggingen. Eddie zerrte sie regelrecht am Arm hinter sich her, vielleicht wieder zurück zur Weinprobe.

„Tut mir leid", sagte Rose sichtlich verlegen. „Wir müssen hier entlang."

„Ein echter Siegertyp", bemerkte Jed.

Als sie an dem Platz mit der Bühne ankamen, entschuldigte sich Rose verlegen, weil die technische Ausrüstung ziemlich einfach war. „Ich hoffe, es ist alles okay. Fühlen Sie sich wie zu Hause."

„Danke.“

„Und noch mal Entschuldigung wegen Eddie. Er ist wirklich ein Idiot.“

„Sie haben was Besseres verdient.“

Ihre Miene wurde angespannt, und sie schaute weg. „Ich weiß, dass ich etwas Besseres verdient habe als einen Typen, der Schluss macht mit mir, weil ich nicht mit ihm ins Bett gehe. Ich weiß nur nicht, ob es die Art von Besserem überhaupt noch gibt.“

Als sie wieder zu ihm hinschaute, lächelte er breit.

„Wow, das habe ich jetzt aber gerade nicht wirklich laut gesagt, oder?“, sagte sie mit einem nervösen Lachen.

„Ist schon okay“, beruhigte Jed sie. „Wenn ich mit meinem Konzert fertig bin und Sie mit dem, was Sie zu tun haben, wollen wir dann noch ein bisschen reden?“

Rose holte tief Luft und schaute ihm lange ins Gesicht, bevor sie sagte: „Hören Sie, Sie sind bestimmt ein netter Mann ...“

„*Nett*, also ... autsch, das tut weh.“

„Aber wir haben uns doch gerade erst kennengelernt.“

„Rrrrrichtig“, meinte er, um die Spannung aus dem Gespräch zu nehmen.

„Ich mag ihn nicht einmal mehr, aber es fuchst mich trotzdem, ihn mit ihr zu sehen.“ Dabei schweifte ihr Blick in die Ferne, so als gäbe es vieles, was sie über die ganze Angelegenheit nicht gesagt hatte. Aber das Allerletzte, was er wollte, war, sie zu verscheuchen, indem er sie zu schnell zu sehr bedrängte. Er hätte ihr nur gern etwas Tröstliches gesagt, etwas, das sie für ihn einnehmen würde. Deshalb setzte er etwas ein, das bis jetzt immer funktioniert hatte – Charme und Humor.

„Sie haben den Besseren verdient, den Sie sich erhoffen – nicht so eine Pfeife.“

Sie lächelte, nickte und deutete zur Bühne hinüber. „Dann viel Glück, Jed.“

Als sie wegging, sah er ihr nach und dachte noch einmal an seine letzten Worte ihres Gespräches. Wie schmalzig und abgedroschen war das denn? Wie peinlich. Es hatte so gut angefangen, und das sollte jetzt das Ende sein? Wahrscheinlich würde er sie nie wiedersehen.

Aber vielleicht würde sie sich sein Konzert anhören. Vielleicht würde sie merken, was in seinem Inneren los war. Und bei diesem Gedanken nahm in seinem Kopf ein Lied Gestalt an – etwas, das ihm ebenso mühelos wie ungeplant in den Sinn kam.

Er konnte doch hier und jetzt kein Lied singen, das er gerade erst spontan nach ihrer ersten Begegnung komponiert hatte ... Aber als er sein Banjo und seine Gitarre auf die Bühne brachte, kam ihm bei jedem Schritt eine neue Zeile, ein neuer Gedanke, eine neue Textpassage in den Sinn. So verarbeitete er Erlebnisse und Ereignisse, sortierte sie und ließ sie lebendig werden. Man konnte die ganze Unordnung, den Schmutz, aber auch die glanzvollen und herrlichen Seiten des Menschseins in ein paar Zeilen fassen und in einer eingängigen Melodie verpacken, die einem noch lange in den Ohren klang, nachdem das Lied zu Ende war. Das war der Zauber der Musik, der Zauber von Worten in Verbindung mit einer Melodie.

Aber ob das auch bei Rose funktionieren würde?

Jed setzte sich auf die Bühne, nahm sein Notizbuch zur Hand, das er immer in seinem Gitarrenkoffer dabeihatte, und den stumpfen Bleistiftstummel, den er von einem Minigolfplatz mitgenommen hatte, und schrieb die Worte ebenso schnell auf, wie sie ihm in den Sinn kamen.

Kapitel 11

Ihr Vater war zwar der Hauptverantwortliche für das dreitägige Fest, aber die Hauptlast all der kleinen Fragen und Entscheidungen trug Rose. Wo ein Kind, das hingefallen war und sich das Knie aufgeschlagen hatte, ein Pflaster bekommen konnte, wie man die Zuckerwattemaschine wieder zum Laufen bringen konnte (der Stecker hatte sich gelockert), wo die Toiletten waren ... und sie machte sich Sorgen, weil in diesem Jahr anscheinend einige Leute da waren, die den Wein nicht nur probierten, sondern so viel tranken, dass man sie eigentlich hätte bitten müssen, das Fest zu verlassen, nämlich Eddie und seine Freundin Kristen. Rose nahm an, dass sie schon etwas getrunken hatten, bevor sie auf das Fest gekommen waren.

Als die Sonne unterging, war das ganze Weingut in sanftes orangefarbenes Licht getaucht, und es stand nur noch Jeds Konzert auf dem Programm. Roses letzte Aufgabe war es, Jed anzukündigen, bevor sie sich entspannen und das Konzert genießen konnte. Sie fand es schrecklich, auf der Bühne und damit im Mittelpunkt zu stehen, aber Jed hatte etwas an sich ...

Wahrscheinlich lag es an seinem Lächeln und dem Dreitagebart. Bei dem Blick, mit dem er sie bei ihrer ersten Begegnung angesehen hatte, war sie einfach dahingeschmolzen, und als er vorgeschlagen hatte, nach dem Konzert noch miteinander zu reden ... Sie hatte nach dem Debakel mit Eddie nicht gewusst, was sie darauf antworten sollte, und hatte seine Einladung reflexartig abgelehnt.

Der Mond war mittlerweile aufgegangen, und die Leute kamen mit ihren Stühlen zur Bühne. Eltern mit kleineren Kindern suchten sich hinten einen Platz oder packten ihre Sprösslinge zum Schlafen in Buggys. Die Lichterketten vermittelten ein toskanisches Flair und verliehen der Scheune und dem Weingut einen Hauch von Exotik.

Rose hatte ein mulmiges Gefühl im Bauch, als sie zur Bühne ging. Schon in der Schule früher war es ihr zuwider gewesen, nach vorn an die Tafel zu gehen und eine Rechenaufgabe zu lösen, und dabei war sie in Mathe richtig gut gewesen. Anderen Leuten schien das gar nichts auszumachen. Sie nahm an, dass es eben Menschen gab, die dazu geboren waren, vorne zu stehen, und andere eher für die zweite Reihe.

„Alles bereit?“, fragte sie Jed.

Er war intensiv in einen Zettel vertieft, den er jetzt schnell in seine Gesäßtasche schob. „Ja, dann mal los. Auf geht's“, sagte er.

Sie drehte sich um, ließ ihren Blick über das Publikum schweifen und staunte, wie viele Menschen in der vergangenen Stunde noch dazugekommen waren. Sie schluckte, und in diesem Moment entdeckte sie Eddie und Kristen. Das Mädchen trank gerade wieder einen kräftigen Schluck Wein.

Als Rose ans Mikrofon trat, applaudierte das Publikum. „Vielen Dank! Euch erwartet heute Abend noch ein ganz besonderer Leckerbissen. Begrüßt mit mir zusammen Jed King aus Louisville mit einem herzlichen Applaus.“

Kurz und nett und ohne Umschweife. Rose verließ hastig wieder die Bühne, während Jed das Mikrofon auf seine Größe einstellte. Der Applaus ebbte ab, und ganz kurz kreischten die Lautsprecher.

Eddies spöttische Stimme übertönte den Lärm. „Schöne Stimme, Jed.“

Kristen sagte etwas, das Rose nicht verstand, aber am Lachen des Mädchens war zu merken, dass sie mittlerweile völlig betrunken war. Rose fühlte sich schrecklich, und als sie hinauf auf die Bühne blickte, sah sie, dass Jed sie direkt anschaute. Und dann war seine Stimme durch die Lautsprecher zu hören.

„Lass mich direkt zur Sache kommen, Rose“, sang Jed. *„Wenn ich dein schönes Gesicht sehe, dann kann ich nicht anders, als mich*

zu fragen ... Warum?" Dabei deutete er mit der Hand in Eddies Richtung.

Rose erstarrte. Es war mucksmäuschenstill geworden. Nur das Brummen der Lautsprecher und das Zirpen einiger Grillen war zu hören. Plötzlich kicherte jemand.

„Und wenn ich diesen Auftritt nicht bräuchte, hätte Eddie schon ein blaues Auge."

Das Publikum hatte etwas anderes erwartet, und Rose wäre am liebsten im Boden versunken. Aber gleichzeitig freute sie sich auch, denn Jed verteidigte ihre Ehre. Und es lag eine Kraft darin – obwohl er nur ein bisschen auf seinem Banjo herumzupfte und sang, stand der ganze Weinberg unter Strom.

„Was für eine Schande, auch nur einen Gedanken an so einen Typ zu verschwenden – denk doch lieber dran, was wir beide eines Tages haben könnten."

Die Leute sprangen auf, als der Song schneller wurde, und bald war Klatschen, Johlen und Lachen des Publikums zu hören. Roses Blick wanderte zu Eddie hin, der vollkommen perplex aussah. Aber Jed war noch nicht fertig. Jetzt gab er es auf, eine Melodie zu singen, und rasselte einfach alles an einem Stück herunter: *„Vor allem denk nicht mehr an einen Kerl, der sich über mein Banjo lustig macht und hier mit einem anderen Mädchen auftaucht, obwohl er genau weiß, dass du hier bist. Er hat Angst vor deinem Dad und macht Schluss mit dem schönsten Mädchen der Welt aus dem dümmsten Grund der Welt. Rose, aus dir und mir könnte etwas Großes werden ..."*

Inzwischen stand das gesamte Publikum, und als es Rose endlich gelang, ihren Blick von Jed zu lösen, fiel ihr auf, dass Eddie und Kristen sich davongeschlichen hatten. Und sie sah auch, dass ihr Vater Jed anstarrte, die Hände in den Jackentaschen vergraben.

Und von da an lief das Konzert normal weiter, und Rose hatte den Eindruck, dass Jed sein Publikum völlig im Griff hatte. Die Zuhörer gingen bei seinen Balladen mit und klatschten bei den schnellen Songs. Seine Stimme und sein Gitarrenspiel hatten etwas Freies, das offenbar alle faszinierte. Die Songs waren nicht nur einfach Lieder, die er vortrug, sondern Momentaufnahmen aus seinem Leben, in das er allen Anwesenden Einblick gewährte.

Als es vorbei war, kamen viele Gäste auf Rose zu und fragten: „Wie um alles in der Welt hast du denn den nach Sharon gelockt?“

Rose wartete ab, bis sich die Menge um Jed zerstreut hatte, ging dann zu ihm hin und überreichte ihm eine Kiste mit dem besten Wein ihres Vaters.

Er zog eine Flasche heraus, schaute sie an und sagte: „Wow. Das ist aber sehr nett.“ Dann legte er die Flasche wieder in die Kiste zurück und sagte: „Hier, ich habe auch etwas für dich.“

Sie nahm die CD und warf einen Blick darauf. „Oh, toll. Vielen Dank.“

„Freuen Sie sich wirklich?“

„Ich glaube schon, aber wie gesagt, ich kenne mich mit Musik nicht besonders gut aus.“

„Aber über Musik weiß doch jeder etwas.“

„In meinem Fall ist das aber fast nichts.“

„Welches ist denn Ihr Lieblingssong von den Beatles? Jeder hat einen Lieblingssong von den Beatles. Vielleicht *Strawberry Fields Forever* oder *Hey Jude*?“

„Also, ich mag *Turn! Turn! Turn!*“

Er blickte sie leicht irritiert an, so als hätte er sie gar nicht verstanden. Da stimmte Rose den Song an und er lächelte mit einem Augenzwinkern.

„Was ist denn? Ich liebe diesen Song.“

„Ich mag ihn auch sehr, aber er ist nicht von den Beatles.“

„Ist er doch.“

„Nein, der ist von den Byrds.“

„Nee. Einigen wir uns darauf, dass wir uns nicht einig sind.“

„Nein, du irrst dich nämlich wirklich.“

Rose zögerte und überlegte dann, ob sie die Frage stellen sollte, die ihr auf der Zunge lag. „Der Text stammt aus der

Bibel. Können wir uns also darauf einigen, dass Gott ihn verfasst hat?"

„Auf jeden Fall."

Inzwischen war es so kalt geworden, dass sie seinen Atem sehen konnte und seine Nase ganz rot war. Sie sollte ihn jetzt seine Kiste Wein einpacken und nach Hause fahren lassen. Aber einen Gedanken musste sie noch loswerden. Sie hielt die CD hoch und sagte: „Zu schade, dass mein persönlicher Song von eben nicht mit drauf ist. Ich hatte noch nie ein eigenes Lied." Unsicher wippte sie auf die Zehenspitzen und wieder zurück, aber dann sprach sie es einfach aus. „Das Ganze war doch nur ein Witz, oder?"

Jed zögerte. „Weißt du, nein – ich habe das vollkommen ernst gemeint. Aber ich hätte dich nicht so bloßstellen dürfen."

„Ach, das ist schon in Ordnung ..."

„Nicht, ohne vorher mit deinem Vater zu sprechen."

Sie sah ihn fragend an: „Wie bitte?"

„Er macht auf mich den Eindruck eines Mannes, der gern gefragt werden möchte."

„Vielleicht, wenn jemand um meine Hand anhält, aber doch nicht wegen eines Dates!"

„Es wird aber mehr als nur ein Date sein", sagte Jed.

Nicht das, was er sagte, machte sie sprachlos, sondern die Sicherheit, mit der er es sagte. „Woher weißt du das?"

„Ich weiß es einfach", entgegnete er.

Sie überlegte einen Moment und fragte dann: „Montag?"

„Also gut, Montag", sagte Jed ohne die leiseste Spur von Enttäuschung.

„Gut", meinte Rose und fügte dann mit einem vielsagenden Lächeln noch hinzu: „Du kannst bestimmt einen Tag brauchen, um dich darauf vorzubereiten."

Rose konnte in dieser Nacht nicht schlafen, und um 1:00 Uhr nachts weckte sie dann Denise aus dem Tiefschlaf, weil sie einfach mit jemandem reden musste. Völlig verschlafen erkundigte sich ihre Freundin nach dem Fest und entschuldigte sich gähnend dafür, dass sie nicht hatte dabei sein können.

„Ich glaube, ich bin ihm begegnet", erklärte Rose atemlos.

„Wem?", fragte Denise und wirkte schon wacher.

„Dem Mann, den ich heiraten werde."

„Du meinst Jed?", fragte Denise, die jetzt hellwach war.

Dann redeten sie zwei Stunden, und Denise schien noch gespannter in Bezug auf Roses Zukunft als Rose selbst.

„Wie willst du das denn deinem Dad beibringen?", fragte Denise schließlich.

„Das wird Jed selbst tun. Am Montag. Er will ihn fragen, ob er mich ausführen darf."

„Im Ernst?"

„Der Vorschlag kam von ihm."

„Du musst auf jeden Fall alle Gewehre deines Vaters wegschließen. Fang schon mal damit an."

„Es wird schon nicht so schlimm werden", erwiderte Rose, war sich allerdings selbst gar nicht so sicher, ob das wirklich stimmte.

Als sie am nächsten Morgen ihren Dad aus dem Schlafzimmer kommen hörte, hatte sie noch kein Auge zugetan, gesellte sich aber trotzdem zu ihm in die Küche.

„Ich dachte, du würdest heute mal ausschlafen", sagte er. „Es war ein langes, anstrengendes Wochenende."

„Nein, ich schwänze doch nicht den Gottesdienst."

Er nickte und goss sich eine Tasse Kaffee ein. Für ihren Dad war das Erntefest noch nie ein Grund gewesen, den Gottesdienst ausfallen zu lassen, genauso wenig wie für sie. Sie unterhielten sich ein wenig über das Fest – darüber, was gut gelaufen war und was nicht und wie es wohl am Nachmittag weitergehen würde. Jed erwähnte er jedoch mit keinem Wort, und das beunruhigte sie.

Auf der Heimfahrt von der Kirche fragte sie ihn, wie das Konzert bei den Leuten angekommen sei.

Er sah sie streng an und fragte: „Hast du gewusst, dass Eddie kommen würde?“

Sie antwortete mit gerunzelter Stirn: „Nein, wieso?“

„Es hat mich nur überrascht, dass er da war. Und dann noch mit diesem Mädchen.“

„Das ging mir genauso“, erklärte sie. „Und es hat mir ziemlich wehgetan, sie zusammen zu sehen.“

„Seine Mutter hat mich heute Morgen in der Kirche zur Rede gestellt.“

„Hat sie sich wieder mal darüber beschwert, dass du Eddie zum Trinken animierst?“

„So ungefähr. Ich hätte ihr gern das eine oder andere über Selbstbeherrschung und ein paar andere Früchte des Geistes gesagt, aber ich habe meine Zunge im Zaum gehalten. Ich arbeite gerade daran, geduldiger zu werden.“

Rose lächelte. Sie liebte ihren Dad dafür, dass er nicht sofort jedem gegenüber aus der Haut fuhr, der es verdient hatte.

„Sie hat sich auch über diesen Sänger aufgeregt. Sie habe gehört, er hätte sich über Eddie lustig gemacht.“

„Da kann ich ihr nicht widersprechen. Er hat Eddie in seine Schranken verwiesen.“

„Wie hat er denn erfahren, dass zwischen dir und ihm etwas ist?“

Daraufhin erzählte Rose ihm, was passiert war, und während er zuhörte, wie sie die Begegnung zwischen Eddie und Jed beschrieb, krallten sich seine Finger immer fester um das Lenkrad.

„Aber nach dem Konzert hat sich Jed entschuldigt.“

„Wofür denn?“

„Für den Song, den er über mich gesungen hat. Er hat gesagt, er hätte mich nicht so vorführen und zuerst mit dir sprechen sollen, bevor er mich um ein Date bittet.“

„Ach, ist das so?“

„Ich dachte, du würdest dich darüber freuen.“

„Wenn es von jemand anderem gekommen wäre, vielleicht.“

Ihr Herz begann zu rasen, und sie klang angespannt, als sie sich zu ihm umdrehte und fragte: „Was hast du gegen ihn?“ Als er sie ansah, wusste sie, dass sie sich verraten hatte und dass ihr Dad mitten in ihr Herz sehen konnte.

„Persönlich habe ich gar nichts gegen ihn. Eigentlich finde ich sogar, dass er guten Geschmack beweist, wenn er sich für dich interessiert, aber mir gefällt seine Herkunft nicht. Der Apfel fällt nicht weit vom Stamm, heißt es ja, und eine Traube auch nicht weit vom Weinstock.“

Sie starrte durch die schmutzige Windschutzscheibe und sagte schließlich: „Ich würde gern mit ihm ausgehen.“

„Rose.“

„Und was, wenn uns Gott zusammengebracht hat?“

„So ein Blödsinn“, sagte er darauf. Das war so ziemlich das schlimmste Schimpfwort, das je über seine Lippen kam. „Glaubst du wirklich, dass Gott so wirkt? Dass da irgendein hergelaufener Sänger vorbeigeschneit kommt, dir schöne Augen macht und du bist direkt bereit, mit ihm durchzubrennen?“

„Ich will doch gar nicht mit ihm durchbrennen, aber ich würde gern mit ihm *ausgehen*. Und ich fände es schön, wenn du ihn dann nicht nur wütend anstarren würdest.“

„Ich hatte zu tun.“

„Das ist Quatsch“, sagte sie, wandte sich ihm wieder zu und fuhr fort: „Würdest du bitte mit ihm reden? Wenn du dann immer noch der Meinung bist, dass er kein guter Mann ist, werde ich ...“

„Was wirst du was?“

„Ich weiß nicht, was ich dann tue. Wahrscheinlich auf dich hören. Das tue ich doch immer.“

„Aber du versprichst ihm nichts“, bemerkte er.

„Würdest du ihn bitte morgen treffen und ihm eine Chance geben?“

„Morgen?“, fragte er überrascht. „Der Mann verschwendet aber keine Zeit, was?“

Den Rest des Heimwegs sagte ihr Vater kein Wort mehr, und auch den Nachmittag über blieb er schweigsam. Rose hätte Jed gern angerufen und ihm eine Uhrzeit für seinen Besuch genannt, aber sie wartete lieber ab, denn sie wusste, dass ihr Vater erst darüber brüten musste. Und sie hatte die Erfahrung gemacht, dass ihre Chancen besser standen, wenn er zu einem inneren Entschluss gelangt war.

Als das Fest vorbei war und alles wieder abgebaut und aufgeräumt, gab es Reste zum Abendessen. Nach dem Essen stand ihr Vater vom Tisch auf, warf ein paar Krümel für die Hühner durch die Hintertür nach draußen, spülte seinen Teller und ging dann auf den Holzdielen, die unter seinem Gewicht knarrten, zur Treppe. Auf dem Weg blieb er unvermittelt stehen und stützte sich mit der Hand an der Wand ab, die an dieser Stelle schon ganz dunkel geworden war von der Druckerschwärze der Zeitung, nach deren Lektüre er unzählige Male so dagestanden hatte, und sagte: „Sag ihm, dass er um drei hier sein soll."

Kapitel 12

Jed sprach mit keinem Menschen über Rose – er rief niemanden an, schrieb keine E-Mail an einen Freund und sprach auch nicht mit seiner Mutter darüber –, doch als er am nächsten Morgen aufwachte, konnte er an nichts anderes denken. Beinahe fragte er sich, ob das vielleicht alles nur ein Traum gewesen war und diese hinreißende Frau vom Lande nur ein Gebilde seiner Fantasie.

Doch Rose gab es wirklich. Und die Verbindung zwischen ihnen, die am Abend zuvor gleich da gewesen war, war ebenfalls real. Und bei dieser zufälligen Begegnung – wenn es denn Zufall gewesen war – hatte er schon so viel über sie erfahren. Sie hatte Moral und ein Gewissen. Sie ging nicht einfach so mit einem Idioten ins Bett, dem sie im Grunde völlig egal war. Sie arbeitete schwer, liebte ihren Vater und das Gut und hatte Freude an dem, was sie tat. Das alles hatte er in dieser kurzen Zeit beobachtet. Die Art, wie sie mit Menschen umging, wie sie mit kleinen Kindern redete – alles an ihr gefiel ihm.

Und sie brauchte kein Rampenlicht. Ja, sie war sogar offenbar so bescheiden, dass es ihr sichtlich unangenehm gewesen war, vor die Menschenmenge zu treten, um ihn anzukündigen. Sie war großzügig, hatte Humor, ein tolles Lächeln, sie war einfach der Hammer.

Das Einzige, was zwischen ihnen und dem lebenslangen Glück stand, war ihr Vater, ihr mangelndes Musikverständnis und die Tatsache, dass der Song „Turn! Turn! Turn!“ nicht von den Beatles war.

Am Sonntagabend hielt er die zusammengeklebte Visitenkarte in der Hand und starrte auf die Nummer. Wenn das etwas wurde, musste er Stan anrufen und ihm nicht nur für das Engagement danken, sondern auch dafür, dass er ihm damit den Weg zur großen Liebe eröffnet hatte.

Er wählte die Nummer, und Rose nahm sofort beim ersten Klingeln ab. „Ich wollte dich gerade anrufen!", sagte sie.

„Wirklich?"

„Mein Vater hat gesagt, du sollst morgen um drei kommen. Er will mit dir reden."

„Das klingt gefährlich."

„Du hast ja keine Ahnung."

„Und er will wirklich nur reden? Mich nicht in kleine Stücke reißen?"

Sie lachte. „Nein, nicht in kleine. Die mittelgroßen sind eher sein Stil."

Beim Klang ihrer Stimme wurde ihm ganz warm ums Herz. Er kannte viele Mädchen, aber Rose hatte etwas Besonderes an sich. Nicht nur, weil sie keine Ahnung hatte, wer sein Vater war. Sie mochte ihn um seiner selbst willen, nicht weil er der Sohn eines Country-Stars war.

„Wie ist denn der Nachmittag gelaufen?", fragte er. „Ich meine beim Erntefest."

„Alles bestens. Nicht so viele Menschen wie gestern Abend, aber schließlich hatten wir heute Nachmittag auch nicht Jed King zu Gast."

„Das Konzert gestern hat mir sehr viel Spaß gemacht. Auf eine seltsame Weise habe ich das gebraucht."

„Wie meinst du das?"

Er seufzte tief. „Meine Karriere, meine Musik – ich habe irgendwie das Gefühl, dass alles zum Stillstand gekommen ist. Oder sogar bergab geht. Und nicht nur die Musik, sondern mein ganzes Leben, mit allem Drum und Dran. Dass ich bei euch aufgetreten bin und dich kennengelernt habe ... das hat etwas mit mir gemacht. Ich wünschte, ich könnte dieses Gefühl einfangen und verkaufen."

„Obwohl Eddie versucht hat, es kaputt zu machen?"

„Ach was, Eddie hat sogar dafür gesorgt, dass alles noch viel besser geworden ist. Wahrscheinlich hätte ich das spontane Lied für dich niemals gesungen, wenn Eddie nicht versucht hätte, das Ganze zu ruinieren."

„Ja, das kann Eddie wirklich gut."

„Ich wollte damit eigentlich nur sagen, dass es gutgetan hat, einfach nur ich selbst zu sein und das, was ich tue, von ganzem Herzen zu tun. Es hat sich so normal angefühlt, verstehst du?"

„Ja", antwortete sie. „Und nach den Rückmeldungen zu urteilen, die wir bekommen haben, solltest du auf jeden Fall weiter das machen, was du tust."

„Danke", sagte er. „Ich kann es kaum erwarten, dich wiederzusehen und mich mit dir und deinem Dad zu unterhalten ... und einfach alles."

„Dann sehen wir uns also um drei?", fragte sie.

„Ja, um drei."

* * *

Dieses Mal brauchte er die Wegbeschreibung nicht mehr. Die Fahrt nach Sharon kam ihm schon beinahe vertraut vor. Als er ankam, saß Rose auf der Veranda vor dem Haus, und bei ihrem Anblick fiel ihm ein Song von Bruce Hornsby ein, in dem es um die Heimkehr zu einer alten Liebe ging.

Auf dem Weg zum Haus konnte er sich gar nicht von ihrem Anblick losreißen. Sie gab ihm die Hand und führte ihn ins Haus. „Er wartet in seinem Arbeitszimmer auf dich. Da drüben, geh ruhig hinein."

Jed spähte ins Zimmer und sah die Stiefel des Mannes auf dem Boden neben einem Bärenfell. „Glaubst du, dass ich überlebe?", fragte er flüsternd.

Rose lächelte nur und sah ihm nach, als er in dem Zimmer verschwand.

Shep Jordan stand auf, gab Jed die Hand und bat ihn, Platz zu nehmen. In dem Zimmer standen zwei Ledersessel und Jed setzte sich so, dass er Mr Jordan gegenübersaß. Das Erste, was er bemerkte, war der ausgestopfte Wolf, der ihn anstarrte. Dann gab es noch einen Truthahn in vollem Gefieder in einer Ecke, und hinter ihm befand sich ein auf den Hinterbeinen aufgerichteter Bär. Über den Lehnen beider Sessel hingen Felle, und auf dem Kaminsims stand ein ... Er hatte keine Ahnung, was es war, aber es sah grimmig aus.

„Wow, beeindruckend", sagte Jed. „Haben Sie die Tiere alle selbst erlegt?"

„Hmmm", brummte Shep nur und schlug die Beine übereinander. Vor ihm auf dem Couchtisch stand eine dampfende Tasse Kaffee.

Jed beugte sich vor und stützte die Ellbogen auf seine Knie. Unterwegs hatte er einstudiert, was er sagen wollte. Er würde einfach anfangen zu reden und ganz offen alles auf den Tisch legen. Er hatte in den Spiegel geschaut und gesagt: „Mr Jordan, ich habe Ihre Tochter zwar erst am Samstagabend kennengelernt, aber ich weiß schon jetzt, dass sie etwas ganz Besonderes ist. Ich würde sie gern näher kennenlernen, doch zuerst wollte ich Ihre Erlaubnis einholen, dass wir zusammen ausgehen."

Er würde stark sein; er würde ihm in die Augen sehen und geradewegs auf sein Ziel zumarschieren, denn so ein Typ war Shep Jordan. Doch bis zu dem Moment, als er dieses Zimmer betreten hatte, hatte Jed keine Ahnung gehabt, wie viele Schüsse von Shep schon ihr Ziel getroffen hatten.

Bevor Jed auch nur einen Ton herausbrachte, hatte Shepherd bereits das Wort ergriffen und sagte: „Mr King, ich kenne Sie nicht." Dann brach er ab und saß einfach nur da und starrte Jed an, als nähme er ein Ziel ins Visier.

„Das stimmt, Sir", stammelte Jed. So viel also zum Thema Stärke und Selbstvertrauen. „Und bitte nennen Sie mich doch Jed."

Shep Jordan wollte ihn offensichtlich nicht Jed nennen, denn er fuhr fort: „Warum sollte ich Ihnen gestatten, mit meiner Tochter auszugehen?"

Er holte einmal tief Luft und sagte: „Na ja, wenigstens wissen Sie jetzt schon, dass ich der Typ Mann bin, der sich traut, einen ziemlich einschüchternden Mann zu fragen, ob er mit seiner Tochter ausgehen kann."

Shep schüttelte den Kopf und sagte: „Nein, das sagt eher etwas über mich aus als über Sie."

Das hier wurde anscheinend doch schwerer, als Jed gedacht hatte. In etwas abgemildertem Ton sagte er: „Ich wollte damit nur zum Ausdruck bringen, dass ich Respekt vor Ihnen habe – und auch vor Rose."

Shep sah Jed die ganze Zeit unverwandt an. „Sie singen in Ihren Liedern von Gott, oder?"

„Ich singe von den Dingen, für die ich eine Leidenschaft habe."

„So wie für Rose zum Beispiel?"

„Wahrscheinlich haben Sie das ja schon gehört."

Shep beugte sich ein wenig vor, und als er fortfuhr, hatte sein Tonfall eine gewisse Schärfe. „Ich liebe Rose. Sehr. Und ich habe immer versucht, sie vor einer bestimmten Art von Männern da draußen zu beschützen. Um ehrlich zu sein, vor Männern wie Ihrem Vater."

Da war er. Der Schuss vor den Bug. Das Messer im Bauch. Die Sünden der Väter, die auf die Söhne übergingen. Der Geist von David King verfolgte ihn schon wieder, doch dieses Mal wollte das Gespenst ihn an etwas Gutem hindern.

„Er hat doch auch Lieder über Gott gesungen, oder?", fragte Shep, und Jed spürte, dass er durch ihn hindurch auf seine Herkunft blickte.

Es tat weh, seinen Vater verteidigen zu müssen, weil er einen großen Fehler – ja, sogar mehrere – gemacht hatte. Aber Shep wusste nicht, was Jed über David King wusste, er hatte keine Ahnung, welche Kehrtwendung er vollzogen hatte.

„Ich weiß, dass er Fehler gemacht hat, Mr Jordan, aber er hat aus ihnen gelernt. Und ich auch. Und ich werde sie nicht wiederholen."

Jed erschrak, als es draußen vor der Tür polterte. Irgendetwas war scheppernd zu Boden gefallen. Ein Knarren der Tür und ein Schatten unten am Türspalt ließen Jed vermuten, dass Rose lauschte.

Shep wandte sich ihm jetzt wieder zu und starrte ihn unverwandt an. Jed hielt seinem Blick stand und gab sich Mühe, nicht zu blinzeln.

„Vertrauen muss man sich verdienen, junger Mann. Man bekommt es erst nach und nach. Sie sind um Punkt drei Uhr hier gewesen, das weiß ich zu schätzen. Den Test haben Sie schon mal bestanden. Sie dürfen also heute Abend mit meiner Tochter ausgehen." Und dann beugte er sich vor, legte seine Hand auf den Rücken des Wolfes und sagte: „Aber um zehn ist sie wieder zu Hause."

„Vielen Dank, Sir", sagte Jed, stand auf und streckte dem Älteren die Hand hin. „Ich werde Sie nicht enttäuschen."

Shep ergriff die Hand und schüttelte sie so fest, als bearbeitete er einen Pumpenschwengel. „Ich werde Ihnen nicht die Gelegenheit geben, mich zu enttäuschen, mein Junge."

Jed nickte und lächelte.

Und dann senkte Shep seine Stimme zu einem Flüstern und sagte: „Und verschwenden Sie nicht Roses Zeit. Wenn Sie merken, dass es nichts wird, dann beenden Sie es. Und brechen Sie Ihr ja nicht das Herz."

„Jawohl, Sir."

„Und behalten Sie Ihre Hände bei sich, verstanden?"

Kapitel 13

Rose beschloss, kein Restaurant vorzuschlagen, sondern Jed auswählen zu lassen. Er fuhr zu einem Lokal, das etwa eine Stunde entfernt war, und unterwegs unterhielten sie sich miteinander. Jed stellte ihr Fragen über das Weingut und ihr Leben auf dem Land. Am Anfang war sie noch ziemlich nervös gewesen, hatte nicht gewusst, was sie anziehen sollte (viermal insgesamt hatte sie sich umgezogen, bis sie das Richtige gefunden hatte), hatte sich gefragt, ob sie wohl trotz ihrer Müdigkeit nach mehreren schlaflosen Nächten in der Lage sein würde, ein zusammenhängendes Gespräch zu führen, und sogar wegen ihrer Nervosität war sie nervös gewesen. Doch sobald sie angefangen hatten zu reden, verlief ihr Gespräch genau so locker und normal, wie sie gehofft hatte.

Das Restaurant war schicker als erwartet, aber ihr gefielen die gestärkten weißen Leinentischdecken und das Kerzenlicht. Alles war so romantisch, bis hin zu dem Wein, den Jed auswählte – ein Produkt des Weinguts ihres Vaters. Offensichtlich hatte er mit dem Oberkellner ausgehandelt, dass er den Wein servierte, obwohl er ihn mitgebracht hatte.

Nach dem Essen gingen sie am Fluss spazieren und unterhielten sich weiter. Rose fragte Jed nach seinem Vater und wie es gewesen sei, mit einem Star aufzuwachsen. In Bezug auf seine Kindheit war er sehr vorsichtig und zurückhaltend, und deshalb fragte sie nicht weiter nach. Wenn aus ihnen etwas wurde, würden Sie noch genügend Gelegenheit haben, darüber zu reden.

Dachte sie wirklich schon an eine langfristige Beziehung? Sie wunderte sich selbst über ihre Gedanken, vor allem, wenn sie daran dachte, was sie sich nach dem Zwischenfall mit Eddie fest versprochen hatte. Und jetzt war da Jed mit dieser Stimme und den sanften blauen Augen und dem fröhlichen Lachen. Als er ganz behutsam seinen Arm um sie legte und sie an sich zog, war es, als würde in ihrem Körper ein Feuerwerk angezündet.

Erst nach Einbruch der Dunkelheit, als Jed sie noch in ein Bistro einlud, sprachen sie über ihren Vater.

„Ungelogen, dein Dad hat mich ganz schön auflaufen lassen", gestand Jed.

„Du musst mir schon davon erzählen, denn ich würde natürlich niemals lauschen", grinste Rose.

Jed lachte und sagte: „Okay, da du ja nicht gelauscht hast, werde ich das Wichtigste für dich zusammenfassen. Er liebt dich sehr. Und er hat da wirklich eine beeindruckend gruselige Sammlung von totem Getier in seinem Zimmer."

„Ja", erwiderte sie lachend. „Meine Freundin Denise sagt, er stopft mehr Sachen aus als eine Kissenfabrik."

„Der ist gut. Den muss ich mir merken. Und du hast wirklich gar nichts mitbekommen von unserem Gespräch? Ich dachte, ich hätte draußen vor der Tür etwas gehört."

„Ich habe nur Staub gewischt", erklärte sie. „Dabei ist der Lieblingskrug meiner Mutter im Flur vom Sims gefallen."

„Aber er ist doch hoffentlich nicht zerbrochen, oder?"

„Nein, er ist aus Holz. Aber er bedeutet mir sehr viel. Sie hat ihn mir kurz vor ihrem Tod geschenkt."

„Wie alt warst du da?"

„Acht."

„Es ist sicher schwer, so früh seine Mutter zu verlieren."

„Ja, das war es. Und darum bedeutet mir mein Dad auch so viel. Er hat mir geholfen, diese Zeit zu überstehen. Er war immer da, wenn ich mich in den Schlaf geweint habe, obwohl er selbst ganz anders damit umgegangen ist."

„Nicht so emotional?"

„Genau. Er bleibt eher für sich, macht einfach einen Schritt nach dem anderen und geht seinen Weg weiter. Aber ihr Tod hat auch ihn sehr mitgenommen. Erst neulich hat er mir gesagt, dass er das Erntefest nur veranstaltet, weil er es meiner Mom versprochen hat."

„Ich wette, du siehst ihr ähnlich."

„Zumindest sagen das die Leute."

„Dann war sie wohl sehr schön."

Rose verdrehte die Augen und fragte: „Wie lange hast du denn an dem Spruch gearbeitet?"

„Es ist die Wahrheit, da brauchte ich nicht dran zu arbeiten."

Sie lachte, wurde rot und hatte das Gefühl, dass die Welt wieder ein bisschen heiler war. „Möchtest du etwas aus meiner Vergangenheit sehen?", fragte sie.

Er schaute auf die Uhr und sagte: „Ich habe deinem Dad aber versprochen, dass ..."

„Komm schon, es liegt auf dem Heimweg."

Sie fuhren in Richtung Sharon und kamen zu einem flachen, großen Gebäude, vor dem Hinweisschilder besagten, dass hier ein Überweg für Schulkinder war. „Halt da drüben am Haupteingang an."

Das Gebäude war dunkel und still und erinnerte an ein Geisterhaus. Oben am Himmel funkelten die Sterne wie Diamanten, und die Frösche und Grillen schmetterten ihr Abendlied, als hätten sie Mikrofone und Verstärker zur Verfügung.

„Das ist die Grundschule, in die ich als Kind gegangen bin. Ich kann mit dir durch jeden Klassenraum in diesem Gebäude gehen und dir erzählen, was ich dort in jedem Schuljahr erlebt habe."

Jed kniff die Augen zusammen und sagte: „Da sind ein paar kaputte Fenster. Wird das Gebäude nicht mehr genutzt?"

„Probleme mit der Statik. Letztes Jahr ist sie geschlossen worden. Auf einem Stück Land, das nicht hochwassergefährdet ist, hat man eine neue Schule gebaut."

Jed schoss mit einem Stein zielsicher die letzten Glasscherben aus einem Rahmen und fragte: „Was ist in diesem Zimmer so geschehen?"

„Das war mein Klassenraum in dem Jahr, in dem meine Mom gestorben ist.“

Er schwieg eine Weile, hob noch einen Stein auf und traf damit eine kaputte Scheibe auf der anderen Seite. „Und da?“

„Fünfte Klasse. Mrs Atkins. Wir hatten ein kleines Aquarium im Klassenzimmer, um das wir uns alle gemeinsam gekümmert haben. Mrs Atkins liebte Tiere. Eines Tages hat jemand einen Vogel unter einem Baum auf dem Schulhof gefunden, und wir beschlossen, ihn wieder gesund zu pflegen. Sie hat eine Wärmelampe besorgt, damit der Vogel es warm hatte, und wir haben ihn mit Futter versorgt. Das kleine Geschöpf erholte sich auch tatsächlich wieder, bis dieser fiese ...“ Sie suchte nach seinem Namen. „Ich glaube, es war Romey. Ja, Romey McCallister. Er war in diesem Jahr neu an die Schule gekommen und kam nicht gut zurecht. Ich glaube, er war schon ein paarmal sitzen geblieben, denn er war einen Kopf größer als Mrs Atkins. Jedenfalls habe ich Romey dabei ertappt, wie er den Vogel aus dem Nest nahm. Mrs Atkins hatte uns gesagt, wir sollten ihn auf keinen Fall anfassen, aber er stand da und hatte das arme Ding in den Händen.“

„Und was hast du gemacht?“

„Ich habe ihn angeschrien, dass er den Vogel zurücklegen soll, aber er hat nur gesagt: ‚Der stirbt doch sowieso.‘ Mrs Atkins war gerade nicht im Raum, und außer mir hat sich niemand für den kleinen Vogel eingesetzt.“

„Und was ist dann passiert?“

„Romey hat ihn ziemlich brutal in das Nest fallen lassen. Das hat mich so wütend gemacht, dass ich gar nicht mehr klar denken konnte. Alle anderen saßen reglos da und haben zugeschaut. Wie Schafe. Ich habe ihn mit aller Kraft gegen die Wand geschubst.“

„Und er war bestimmt kein kleiner Junge.“

„Nein, er war bestimmt zwanzig Kilo schwerer als ich. Das war das einzige Mal, dass ich zum Direktor musste. Ich sehe immer noch sein Gesicht vor mir, total überrascht. Ich mit

Pferdeschwanz und einem rosa Haarreif und Romey mit einer dicken Beule am Kopf."

„Das war bestimmt demütigend für Romey, aber von dir war es ziemlich mutig."

„Bei Dingen, von denen ich überzeugt bin und bei Dingen, die ich schützen möchte, kann ich echt rabiat werden – das war schon immer so."

Mit Jed zu reden war ganz anders als die Gespräche, die sie bisher mit anderen Jungs geführt hatte. Er stellte Fragen, wollte mehr über sie erfahren und überließ es nicht einfach ihr, das Gespräch in Gang zu halten. Und er versuchte nicht, vor ihr mit irgendetwas anzugeben oder einen guten Eindruck zu machen. Er war einfach nur er selbst.

Rose begriff langsam, dass Jed anders war als ihre bisherigen Bekannten. Sicher, auch er hatte Ecken und Kanten, Dinge, an denen er arbeiten musste. Seine Karriere als Musiker würde sicher viele Opfer erfordern. Das könnte ein Problem werden – oder sie auch zusammenschweißen, wenn sie gemeinsam durchs Leben gingen ...

Da war es schon wieder. Gemeinsam. Was dachte sie sich eigentlich dabei? Warum ließ sie solche Gedanken überhaupt zu? Sie kannte ihn doch kaum.

Natürlich war es nicht gerade eine Hilfe, dass sie jedes Mal, wenn sie ihm in die Augen schaute, Schmetterlinge im Bauch hatte und ihre Gefühle Achterbahn fuhren. Seine dunklen Haare, der dunkle Dreitagebart, das kantige Kinn ... und dann diese Augen. Als er ihr die Tür zu dem Bistro aufhielt, legte er ihr die andere Hand auf die Schulter, und sie spürte ein Kribbeln bis in die Zehenspitzen. Er war definitiv ein gut aussehender Mann, aber da war noch mehr. Sehr viel mehr ... Sie fragte sich, wie ihre Kinder wohl aussehen würden – die Mischung aus seinem dunklen Teint und ihrem hellen ...

Schluss jetzt. Sie musste wirklich damit aufhören. Wenn sie schon anfing, sich vorzustellen, wie ihre Kinder aussehen würden, dann war alles zu spät.

Als er sich um 21:55 Uhr vor ihrer Haustür von ihr verabschiedete, küsste er sie nicht. Er umarmte sie auch nicht, machte keinerlei körperliche Annäherungsversuche, sondern nahm nur ihre Hände in seine. Aber das reichte schon. Am liebsten wäre sie ihm um den Hals gefallen, doch sie hielt sich zurück.

„Das war ein sehr schöner Abend", sagte er. „Ich würde dich gern wiedersehen. Bald."

„Mir hat es auch sehr gefallen", antwortete sie. „Hast du vielleicht Lust, zu uns zum Abendessen zu kommen? Morgen Abend?"

„Morgen Abend habe ich eine Sitzung in der Gemeinde", rief ihr Vater durchs Wohnzimmerfenster. „Wie wäre es mit Mittwoch?"

Rose und Jed lachten. Sie einigten sich auf Mittwoch. Dann beugte Jed sich vor und flüsterte ihr etwas ins Ohr, das sie nicht verstand.

„Was hast du gesagt?"

„Ich habe dir doch gleich gesagt, dass es mehr als ein Date werden wird", wiederholte er etwas lauter.

Sie lächelte nur und nickte. Und als Jed davonfuhr, hätte sie schwören können, dass sie aus dem Haus ein leises Lachen hörte.

Kapitel 14

Das Abendessen mit Rose und Shep war nicht ganz so unbeschwert, denn durch die Anwesenheit ihres Vaters herrschte eine gewisse Anspannung am Tisch. Vielleicht, weil sein Beschützerinstinkt wie etwas Bedrohliches im Raum stand. Doch Jed gefiel es zu sehen, wie die beiden miteinander umgingen. Rose hatte gekocht, aber Shep hatte darauf bestanden, sein berühmtes Maisbrot zu backen und den Wein beizusteuern. Es gab Pasta und Hühnchen.

„Maisbrot passt zu allem", behauptete Shep, und da hatte er recht.

„Ich würde gern mehr über deine Mutter erfahren", sagte Jed zu Rose und trank einen Schluck Wein. Er sah zu Shep hinüber und sagte: „Natürlich nur, wenn es in Ordnung ist, darüber zu reden."

Die Falten auf Sheps Stirn glätteten sich, und er machte eine zustimmende Handbewegung, sagte aber keinen Ton.

„Wie haben Sie sich kennengelernt?"

„Ach, das wollen Sie gar nicht hören."

„Komm schon, Daddy. Ich mag die Geschichte."

Jed tupfte sich den Mund mit der Serviette ab und lächelte Shep ermutigend an. Er gab sich so rau und unnahbar, aber er hatte etwas an sich, das Jed an seinen eigenen Vater erinnerte, etwas, das er nicht genau in Worte fassen konnte.

„Wir waren beide Kriegskinder. Anfang Vierzig geboren. Mein Vater arbeitete ab und zu bei ihrem Vater auf der Farm."

„Er stammte aus einem nicht so guten Viertel der Stadt", ergänzte Rose.

„Soll ich nun erzählen oder du?", fragte Shep.

„Nur zu. Ich möchte nur, dass Jed auch alles versteht."

Shep lehnte sich zurück und verschränkte die Hände hinter dem Kopf. „Ich erinnere mich noch, wie mir Roses Mutter zum ersten Mal auffiel. Sie war ein Jahr jünger als ich. Neben der Grundschule war eine Wiese, auf der wir Baseball und Fangen und solche Sachen spielten. Die Sonne ging gerade auf und Tau lag auf dem Gras, und von der anderen Seite der Wiese kam dieses hübsche kleine Ding mit Zöpfen auf mich zu, die Schulbücher an die Brust gepresst."

Rose stieß Jed an und formte mit dem Mund die Worte: *„Es war wie ein Gemälde."*

„Es war wie ein Gemälde", fuhr Shep fort. „Ich hatte sie schon früher gesehen, aber ich hatte sie nie richtig wahrgenommen."

„Erinnern Sie sich noch an Ihr erstes Date?"

„Das hat lange gedauert."

„Sie zu überzeugen oder mit ihr auszugehen?"

„Ihre Eltern zu überzeugen, dass es in Ordnung war, mit mir auszugehen."

„Er kam aus der falschen Gegend", wiederholte Rose grinsend. „Hatte ich das bereits erwähnt?"

„Ich erinnere mich dunkel", erwiderte Jed.

„Meine Familie war arm", fuhr Shep fort. „Mein Vater arbeitete hart und lehrte uns den Wert der Arbeit schätzen, aber er hatte nicht so viel Erfolg wie Lilys Vater. Ich fand ziemlich schnell heraus, dass die beste Chance, sie kennenzulernen, darin bestand, sie in der Gemeinde zu treffen. Ihre Familie ging regelmäßig in den Gottesdienst und auch zu anderen Veranstaltungen."

„In der Sonntagsschule haben sie immer nebeneinandergesessen", erklärte Rose.

„Ich kannte kaum den Unterschied zwischen Jesus und Abraham und war nicht in der Lage, das erste Buch Mose in der Bibel zu finden. In der Sonntagsschule haben wir dann die biblischen Bücher in der richtigen Reihenfolge auswendig gelernt, das fiel mir unglaublich schwer. Ich konnte ja kaum meinen eigenen Namen schreiben, geschweige denn *Deuteronomium* aussprechen. Lily hat mir ein Lied beigebracht mit allen biblischen Büchern."

„Sie singen?"

Er winkte ab. „Das war ein Kinderlied."

„Früher hat er in unserer Gemeinde den Gesang geleitet, nicht wahr, Daddy?"

„Ich habe die Lieder nur angestimmt, den Takt vorgegeben und die Gemeinde gebremst, wenn es nötig war. Aber bei alldem habe ich dann jemand anders kennengelernt, obwohl ich ja eigentlich nur wegen Lily dort hinging."

Jed zog die Augenbrauen hoch. „Ein anderes Mädchen?"

„Nein, jemand Größeren. Ich dachte immer, Kirche und Religion sei etwas für schwache Menschen, die eine Krücke brauchen. Ich habe zwar von klein auf an Gott geglaubt, aber ich war schon immer ein Macher, einer, der Verantwortung übernimmt. Doch als ich anfing, in der Bibel zu lesen, als ich mich mit den Geschichten auseinandersetzte und mehr darüber erfuhr, wie Gott in den Herzen von Menschen wirkt, habe ich mir das auch für mich gewünscht."

„Und von da an fing Mama an, sich für ihn zu interessieren", erklärte Rose.

„Erzähl du doch die Geschichte einfach weiter", forderte Shep sie auf und schüttelte in gespielter Frustration den Kopf.

„Mama hat mir erzählt, dass Daddy ein ziemlich wilder Kerl war, als sie sich kennengelernt haben. In der Schule war er immer der Erste, der bei einer Rauferei mitmachte. Aber nachdem Gott in sein Leben gekommen war, lenkte er seine Energie und seine Wünsche in eine andere Richtung."

„Ich bin immer noch angriffslustig", erklärte Shep und strich einen Klecks Butter auf sein Maisbrot. „Aber Lily hat mich ein bisschen weicher gemacht."

„Wie haben Sie Lilys Eltern davon überzeugt, dass Sie der Richtige für sie sind?", fragte Jed.

Shep warf ihm einen wissenden Blick zu, so als verstünde er den tieferen Sinn dieser Frage genau. „Wahrscheinlich habe ich sie im Laufe der Zeit einfach zermürbt und unter Beweis gestellt, dass ich ihrer Tochter würdig war. Lilys Dad war ein zäher, alter Vogel. Ihre Mama dagegen so süß wie Blaubeermarmelade. Aber wenn man sie ärgerte, dann gab es richtig Krach. Genau hier habe ich gesessen, als ich um die Hand ihrer Tochter angehalten habe."

Jed lehnte sich zurück und schaute sich in dem Raum um. „Das war ihr Haus?"

„Es steht schon seit dem Bürgerkrieg", sagte Rose.

„Seit 1863, um genau zu sein", erläuterte Shep. „Die ursprüngliche Farm umfasste 120 Hektar. Milchwirtschaft, Tabak- und Maisanbau. Die Farm wurde immer an die nächste Generation weitervererbt, und als Lily und ich heirateten, schenkten uns ihre Eltern vier Hektar Land auf dem kleinen Hügel oberhalb des Teichs. Dort wollten wir eigentlich unser Haus bauen, aber dann bekam ich einen Job in der Würstchenfabrik und wir zogen dorthin. Als Lilys Eltern dann krank wurden, sind wir wieder hergekommen, um ihnen zu helfen." Shep schob seinen Teller zurück und starrte Jed an. „Aber ich finde, dass Sie jetzt mal ein bisschen erzählen sollten. Zum Beispiel von Ihrer Mama. Geht es ihr gut?"

„Ja, doch. Ab und zu hört sie im Radio mal einen von Dads Songs, das ist dann hart für sie. Aber ich glaube, im Laufe der Jahre hat sie gelernt, mit dem Verlust zu leben und auch mit der Bürde der Fehler, die sie gemacht haben."

„Sie hat in seiner Band gesungen, nicht wahr? War sie nicht mit seinem Gitarristen verheiratet?"

„Vielleicht sollten wir darüber jetzt lieber nicht reden, Daddy", sagte Rose.

„Ist schon in Ordnung", erwiderte Jed. „Ja, sie waren zusammen auf Tour."

„Wenn ich mich recht erinnere, hat sich ihr erster Mann das Leben genommen, oder?"

„Ja, das hat meine Eltern ihr Leben lang nicht losgelassen. Aber Gott hat ihnen vergeben. Die Vergangenheit braucht einen nicht zu beherrschen, auch wenn man sie nie vergisst."

„Das ist wohl wahr", sagte Shep.

Dann stellte er Jed noch ein paar Fragen über seine Kindheit und darüber, wie das Leben mit seinem Vater gewesen war, mit all dem Ruhm und dem vielen Unterwegssein.

„Er war mehr als nur ein Sänger", sagte Jed. „Die meisten Menschen sahen ihn ja nur im Rampenlicht, aber er hat mir auch beigebracht, Möbel zu bauen. Er war ein richtig guter Schreiner. Als ich hierhergekommen bin, ist mir sofort aufgefallen, wie solide dieses Haus gebaut ist. Der schöne Schwung der Treppe und das sorgfältig ausgeführte Handwerk."

„Wir geben uns große Mühe, alles zu erhalten", sagte Shep. „Aber Sie singen gar nicht viele von den Liedern Ihres Vaters, jedenfalls nicht am Samstagabend. Ich kann mir vorstellen, dass die Leute doch gerade die hören wollen, oder?"

„Ja, das stimmt, und vielleicht wäre ich erfolgreicher, wenn ich in die Richtung gehen würde.

„Aber das wollen Sie nicht?"

„Ich schreibe meine eigenen Songs, Mr Jordan. Ich will nicht in seinem Schatten leben oder seine Berühmtheit ausnutzen. Und irgendwann werde ich diese Lieder auch auf die Straße bringen, da bin ich ganz sicher."

„Und wenn Sie es nicht schaffen, von der Musik zu leben?", fragte Shep, und das Gewicht der Frage hing in der Luft wie der Rauch eines erloschenen Lagerfeuers.

„Dann mache ich eben etwas anderes. Wenn Gott in meinem Leben an erster Stelle steht, wird sich alles andere ergeben."

„Das ist keine schlechte Antwort", meinte Shep, erhob sich und brachte seinen Teller zum Spülbecken. „Wie wäre es, wenn ihr zwei noch einen Spaziergang macht? Zeig Jed doch mal den Hügel und den Teich."

„Lass das Geschirr stehen, Daddy. Wir kümmern uns später darum", sagte Rose.

„Nein, heute Abend übernehme ich den Abwasch. Du hast ja schon gekocht. Und jetzt los. Macht, dass ihr rauskommt."

Rose lächelte Jed an, nahm ihren Pullover, und dann gingen sie gemeinsam hinaus. Eine kühle Brise strich durchs Herbstlaub, und Rose schlang die Arme um ihren Körper.

„Es wird langsam Winter."

„Das passiert doch jedes Jahr, oder?"

„Was ist denn deine liebste Jahreszeit?", fragte sie ihn.

„Ich mag es, wenn im Frühling alles sprießt und zum Leben erwacht. Und ich mag die heißen Sommertage. Aber auch die langen Winterabende, wenn man am Kamin sitzt und die Wärme des Feuers genießt. Aber ich glaube, meine liebste Jahreszeit ist der Herbst."

„Wenn sich die Blätter verfärben?"

„Ja, aber am allermeisten mag ich den Herbst, weil ich da eine Rose gefunden habe."

Sie schubste ihn spielerisch und rannte in Richtung des Hügels los. Er eilte hinter ihr her und hörte, wie das Echo ihres Lachens durch die Landschaft hallte. Ob ihr Vater sie wohl beim Geschirrspülen vom Fenster aus beobachtete? Ob es auch mit Roses Mutter so gewesen war?

„Hier ist es", sagte sie keuchend. „An dieser Stelle wollten sie ihr Haus bauen und eine Familie gründen."

„Was für eine Aussicht", sagte Jed. „Wirklich ein toller Platz. Man kann kilometerweit sehen. Ich wette, von hier aus kann man sogar in die Zukunft sehen."

Sie gingen hinunter zum Teich, und er ließ einen Stein über das Wasser titschen.

„Wie machst du das?", fragte sie. „Immer wenn ich es versuche ... sieh selbst." Sie nahm einen Stein, warf ihn ins Wasser, und er versank sofort.

„Das war ja ... nicht brillant", bemerkte er. „Der Trick ist, den richtigen Stein auszuwählen."

„Ach, sag bloß."

„Ja. Du musst dir einen flachen Stein suchen."

„So einen?“, fragte sie.

„Ja, der ist perfekt. Versuch es noch mal.“

Das tat sie, aber auch dieser Stein ging mit einem dumpfen Geräusch sofort unter.

„Deiner titscht fast zehn Mal“, beklagte sie sich. „Wie machst du das?“

„Mein Dad war besonders gut im Titschen. Unschlagbar, könnte man sagen. Komm mal her.“

Er stellte sich hinter sie und legte einen Stein, den er ausgesucht hatte, in ihre Hand. Als sie vor ihm stand und sich gegen ihn lehnte, passte sie perfekt zu ihm, wie eine Hand in einen Handschuh. Ihr Duft, ihre Haare – alles an ihr war berauschend, und es fiel ihm schwer, sich auf die Aufgabe zu konzentrieren und seine Gedanken nicht auf Wanderschaft gehen zu lassen.

„So, du legst deinen Zeigefinger an diese Stelle, und dann holst du aus, aber nicht nach oben, sondern zur Seite, ja? Und ganz zuletzt machst du so einen kleinen Schnick mit dem Handgelenk.“

Sie lehnte sich gegen seinen Körper und schaute ihn mit einem Blick über die Schulter an, der ihm zeigte, dass sie ihn genauso anziehend fand wie er sie. Und dieses Mal warf sie den Stein so, wie sein Vater es ihm gezeigt hatte. Sie ließ ihr Handgelenk so weit vorschnellen, dass der Stein flach auf dem Wasser landete und immer weiterhüpfte, genau wie sein Herz, als er ihren Siegesschrei und ihr Lachen hörte.

„Ich habe es geschafft!“

„Ja, du hast es geschafft.“

Und in dem Moment sah Jed sie beide zusammen. Wie sie Steine titschen ließen, vielleicht umringt von ein paar Kindern. Er sah sie auf dem Gut oder in einem Haus in Louisville oder vielleicht in Nashville und wie sie am Wochenende Ausflüge machten. War es möglich, dass ein Mann sich all das bereits beim zweiten Date vorstellen konnte? Oder war das alles nur Wunschdenken?

Nein, es war real. Das Gefühl in seinem Inneren war so echt wie das Aufspritzen des Wassers und die kleinen Wellen, die sich bildeten.

Du hast mir mein Herz gestohlen, dachte er. *Mit einem Blick deiner Augen hast du mir mein Herz gestohlen.*

Und genau das hatte sie getan. Die einzige Frage war, ob auch sie so empfand.

Kapitel 15

Ohne Manager und Plattenvertrag fühlte Jed sich ziemlich allein und weit weg von der Musikwelt und dem, was er aufzubauen versucht hatte. Es war beruhigend gewesen, Menschen zu haben, die Terminpläne ausarbeiteten und einem sagten, wohin man fahren und was man tun sollte, sodass man sich ganz auf seine Musik konzentrieren konnte. Doch dieses Gefühl, nicht mehr irgendwo eingebunden zu sein, war auch mit einem seltsamen Gefühl der Freiheit verbunden. Er war frei von den Erwartungen der Leute, die von ihm verlangten, jemand zu sein, der er nicht war.

Ein Veranstalter von einem christlichen College in Campbellsville hatte ihn auf dem Weingut der Jordans gehört und von Rose seine Telefonnummer bekommen. Der Auftritt dort hatte zur Folge, dass eine Gemeinde in Lexington ihn einlud, bei einer Veranstaltung zu spielen. Die Termine lagen weit auseinander, und er verdiente auch nicht viel Geld dabei, aber Jed hatte das Gefühl, dass sie einen tieferen Sinn hatten. Und dieser tiefere Sinn sorgte dafür, dass er immer wieder zu Rose zurückkam.

Er konnte an nichts anderes denken als an sie. Abends vor dem Einschlafen hatte er immer das Bild von ihrem Lächeln vor sich, und bei den seltsamsten Gelegenheiten gingen ihm ihre Gespräche durch den Kopf.

„Ich wurde praktisch von meinem Vater großgezogen ... und von meinen beiden Brüdern“, hatte sie ihm einmal erzählt.

„Und wo sind deine Brüder?“

„In Louisville. Sie interessierten sich nicht für die Weinerzeugung, und darum sind sie abgehauen.“

„Glaubst du, dass du auch irgendwann weggehen wirst?"

„Nein, ich liebe das Weingut. Ich könnte bestimmt einen anderen Job finden und vermutlich auch mehr verdienen, aber die Heimat und die Familie sind etwas, das für immer bleibt, findest du nicht?"

An diese Worte musste er denken und auch an seine Antwort darauf. Sie hatte zugestimmt, dass sie sich in Bezug auf das Lied „Turn! Turn! Turn!" nicht einig waren. Und er stimmte zu, dass sie sich in Bezug auf den Wert der Familie nicht einig waren.

„Kommen deine Brüder manchmal raus auf das Weingut?"

„Sie waren ja nicht mal zum Erntefest da. Wahrscheinlich zu viel zu tun. Vielleicht zu viele Erinnerungen. Sie meinen es aber nicht böse."

Sie löcherte ihn mit Fragen über seine Familie, über seine Beziehung zu seinem Vater, seiner Mutter und der ersten Familie, die sein Vater verlassen hatte.

„Ich habe zwei Halbbrüder und eine Halbschwester."

„Sind die auch Musiker?"

„Ich weiß es nicht. Sie wollen keinen Kontakt zu mir."

„Warum denn das nicht?"

Als er mit der Antwort zögerte, entschuldigte sie sich, aber er winkte ab und erzählte dann die ganze Geschichte von der Affäre zwischen seinem Vater und seiner Mutter, dem Baby, das dabei entstanden und abgetrieben worden war, und dann von seiner Geburt. Rose hörte so aufmerksam zu, als würde sie ein spannendes Buch über die interessanteste Person der Welt lesen.

Gemeinsam besuchten sie das Konzert eines Countrysängers in Nashville, bei dem Jed einmal im Vorprogramm aufgetreten war. Der Mann erinnerte sich zwar nicht mehr an ihn, aber natürlich kannte er Jeds Vater. Rose und Jed setzten sich an einen etwas abgelegenen Tisch und plauderten miteinander, und er konnte gar nicht genau sagen, was ihm besser gefiel – allein mit ihr im Auto zu sitzen und zu reden oder sich hier mit ihr zu unterhalten. Er wollte nichts weiter, als mit ihr zusammen zu sein.

„Würdest du jetzt gern da oben stehen?“, fragte sie ihn, als die Band eine Pause machte.

„Ja, ein Teil von mir schon. Es liegt mir irgendwie im Blut, auf der Bühne zu stehen. Abgesehen von der Schreinerei habe ich ja auch bisher nichts anderes gemacht. Aber ein Lied zu schreiben und etwas mit seinen Händen zu gestalten, unterscheidet sich gar nicht so sehr voneinander. Singen und Hämmern sind Zwillingssöhne von unterschiedlichen Müttern. Solange man es für Gott tut, ist es ja auch eigentlich egal, was man tut.“

„Ja, das glaube ich auch. Ich muss immer wieder an einen Psalmvers denken.“ Sie schloss die Augen und konzentrierte sich so intensiv, dass eine Ader auf ihrer Stirn hervortrat. Er fand, es war die hübscheste Ader, die er je gesehen hatte. *„Freu dich am Herrn, und er wird dir geben, was dein Herz sich wünscht.“*

Jed konnte sich von ihrem Anblick gar nicht losreißen, prägte ihn sich ganz tief ein, und er hatte das Gefühl, bei ihr auf eine innere Goldmine gestoßen zu sein.

* * *

Ein paar Wochen vor Weihnachten saßen sie nebeneinander auf dem Sofa, tranken Wein und sahen sich *Ist das Leben nicht schön* im Fernsehen an. Shep war in seinem Lieblingssessel eingeschlafen. Er hatte Jeds Anwesenheit inzwischen akzeptiert, und seine Besuche im Haus der Jordans verliefen viel entspannter als in der Anfangsphase. Jed hatte dabei mitgeholfen, den Weinberg winterfest zu machen, und das Gut war in den alljährlichen Winterschlaf gefallen. Allem Anschein nach hatte Shep Jed recht gern um sich, obwohl er hin und wieder immer noch ein bisschen argwöhnisch zu sein schien. An diesem Abend war sein tiefer, gleichmäßiger Atem das Hintergrundgeräusch, wodurch alles ein bisschen weniger romantisch war, als wenn sie allein waren.

Jed grinse. „Aber du schnarchst nicht so, oder?“

„Ich hoffe nicht“, antwortete sie.

Er legte seinen Arm um Rose, zog sie an sich, und es war, als würde alles andere um sie herum wegschmelzen. James Stewart und Donna Reed verbrachten im Fernsehen eng umschlungen ihre Hochzeitsnacht, während der Regen durch die Löcher im Dach des alten Granville Hauses tropfte. Und vor dem Fenster sangen Ernie und Bert „I Love You Truly“. Jed dachte, dass sich dieser Song vielleicht gut für eine Coverversion eignen würde. Vielleicht konnte man die Harmonien ein bisschen verändern ...

„Guck mal“, flüsterte Rose und hielt ihm einen Bildband mit Fotos von Weingütern aus der ganzen Welt hin. Auf einer Seite war eine weiße Kapelle mitten im Weinberg zu sehen, umgeben von Weinstöcken. Auf der Seite klebte ein gelbes Post-it mit einem Pfeil zu dem entsprechenden Foto.

Sie kuschelte sich an ihn, und Jed roch ihr Shampoo und spürte ihre weichen Haare an seiner Haut. Er legte seine stoppelige Wange an ihre, kam mit seinen Lippen ganz nah an ihr Ohr und flüsterte: „Ich glaube, ich liebe dich, Rose Jordan.“

Dann hob er ihr Kinn an und küsste sie. Nach einer langen Weile löste sie sich von ihm und sah ihn intensiv an. Der Schein des Feuers spiegelte sich in ihren Augen, und Jed wartete und fragte sich, was wohl in ihr vorging.

Sie legte das Buch beiseite und küsste Jed zurück, und dieses Mal umfasste sie mit beiden Händen seinen Kopf und zog ihn zu sich heran. Er schmeckte den Wein auf ihren Lippen und gab sich ganz dem Augenblick hin.

Doch dann hörte er etwas im Zimmer – beziehungsweise er hörte es *nicht* mehr, nämlich das Schnarchen ihres Vaters.

Shep räusperte sich und fragte: „Na, wie ist der Film?“

„Nett“, erwiderte Rose und lehnte sich schnell zurück.

„Nicht so gut wie der Wein, Mr Jordan“, sagte Jed und beobachtete, wie Rose die Augen verdrehte.

„Schön zu hören. Vielleicht schaue ich mir noch den Schluss mit an.“

„Ich glaube, ich muss jetzt los", sagte Jed.

„Meinetwegen brauchen Sie noch nicht aufzubrechen", beruhigte ihn Shep.

Doch Jed trank sein Glas leer und zog seinen Mantel an. „Ich muss nach Hause. Ich glaube, mir ist gerade ein neues Lied eingefallen."

Rose unterdrückte ein Lachen und begleitete ihn nach draußen.

Auf der Veranda ergriff Jed ihre Hand und sagte wieder: „Ich liebe dich, Rose."

Sie lächelte und flüsterte: „Ich liebe dich auch."

* * *

Jed spielte in einem Café in der Nähe von Louisville und Rose saß im Publikum. Er hatte seine Mutter gefragt, ob sie nicht auch kommen wolle, aber sie fühlte sich nicht ganz wohl, und Shep war nach Einbruch der Dunkelheit nicht mehr gern mit dem Auto unterwegs. Seine Augen seien nicht mehr so gut wie früher, hatte er gesagt.

Jeds Auftritt war fast zu Ende, und er wollte gerade seinen letzten Song spielen, da überkam ihn etwas. Vielleicht lag es an dem höflichen Applaus oder dem Ausdruck auf Roses Gesicht. Vielleicht vermisste er aber auch einfach nur seinen Vater und wünschte, er könnte ein Stück von ihm zurückbekommen.

„Normalerweise mache ich das nicht", sagte er. „Aber hier ist ein Lied, das ihr vielleicht kennt." Er begann zu singen: *„Can you hear me when I cry? Catch me when I fall?"*

Es war einer der berühmten Songs seines Vaters, und er sang ihn vom ersten Vers an mit all dem Gefühl, das sein Dad immer in dieses Lied hineingelegt hatte. Die Gitarrenbegleitung griff den unterschwellig spürbaren Schmerz und die Sehnsucht auf, und er schaute Rose an, die ein wenig überrascht schien von dem Applaus gleich zu Beginn des Songs. Als er fertig war, tobte der Saal in einer Hommage an die Worte und die Musik, die vom Vater auf den Sohn übergegangen waren.

Als er später am Abend mit ihr auf der Ladefläche von Sheps Ford saß und erst in den Nachthimmel und dann in Roses Augen schaute und dabei dasselbe Gefühl hatte, war Jed plötzlich alles so klar wie nie zuvor.

„Du warst wirklich großartig heute Abend", sagte Rose.

„Danke."

„Besonders der letzte Song hat den Leuten gefallen."

„Das stimmt", sagte Jed und hörte selbst die Traurigkeit in seiner Stimme.

„Was ist denn?", fragte sie.

„Das war ein Lied von meinem Vater."

Ihr Gesichtsausdruck sprach für sich, und er wünschte, er hätte es ihr nicht erzählt. „Oh, tut mir leid."

„Das braucht es nicht. Ist schon in Ordnung. Es ist ein guter Song." Er überlegte kurz, ob er ihr sagen sollte, wie es in seinem Inneren gerade aussah, was wirklich in ihm vorging, und dann schaute er in ihre Augen, sah die Liebe darin, und da konnte er es nicht mehr zurückhalten. „Weißt du, manchmal überlege ich, ob ich sie nicht ganz aufgeben soll. Die Musik. Ich schaue dich an. Heute Abend. Ich schaue die Sterne an ... und ich sehe Gott."

Rose sah ihn unverwandt an, und es war deutlich zu erkennen, dass ihr etwas durch den Kopf ging. „Wenn du Gott um alles bitten könntest, was du willst, und du wüsstest, dass er Ja sagen würde ... was wäre es?"

Ihm fielen tausend Dinge ein. Gott sollte die Uhr zurückdrehen. Den Tod seines Vaters verhindern. Seine Familie vor all dem Leid bewahren. Ihm Erfolg schenken. Aber zwischen alledem war eine Bitte am stärksten.

„Ich würde ihn um Weisheit bitten, damit ich mein Leben richtig lebe. Damit ich wirklich lebe. Und singen würde ich dann nur, weil ich etwas zu sagen hätte."

„Dann solltest du ihn genau darum bitten", sagte Rose. Sie rutschte auf der Ladefläche zurück und hielt sich die Ohren zu. Ihre Haare hingen ihr dabei ins Gesicht – einfach wunderschön. „Ich höre auch nicht zu", sagte sie. „Nun mach schon."

Also tat er es. Er richtete den Blick zum Himmel. „Gott, schenk mir Weisheit", sagte er und fügte noch hinzu: „Bitte."

Rose nahm die Hände wieder von den Ohren, schaute ihm in die Augen und fragte: „Und? Fühlst du dich jetzt anders?"

Er ließ die Frage unbeantwortet in der Luft hängen, und dann sah er plötzlich die Kapelle zwischen den Weinstöcken aus Roses Buch vor sich, als hätte Gott ihm eine MMS geschickt. Er sah die Hände seines Vaters auf Holz und ebenmäßige Reihen von Weinstöcken, die sich der Sonne entgegenstreckten, und dahinter die weiße Kapelle mit dem Turm, der über alles hinausragte.

Jed stand auf, blickte in die Richtung, in der der Hügel liegen musste, drehte sich dann wieder zu Rose um und fragte: „Glaubst du, dein Vater würde mir erlauben, eine Kapelle zu bauen, da oben auf dem Hügel im Weinberg? So eine wie die in dem Buch?"

„Warum willst du das machen?", fragte Rose, und ein Lächeln breitete sich auf ihrem Gesicht aus.

„Damit ich dich dort heiraten kann", antwortete er.

Ihr Blick war ihm Antwort genug. Er sagte alles über die Zukunft, ihre gemeinsame Zukunft.

„Ich werde deinen Dad fragen, und ich werde die Kapelle bauen", sagte er. „Bitte heirate mich, Rose."

Sie nickte – schien gar nicht mehr aufhören zu können zu nicken –, und dann sprang sie von der Ladefläche in seine Arme und lachte und weinte gleichzeitig.

Als sie sich wieder beruhigt hatten, sahen sie sich in die Augen, und Jed sagte: „Lass mich dir deine Kapelle bauen."

„Und wie lange wird das dauern?"

„Ein Jahr?"

Rose stöhnte auf, schüttelte den Kopf und sagte: „So lange kann ich nicht warten."

Kapitel 16

Am nächsten Tag tauchte Jed unangemeldet schon vor dem Frühstück bei den Jordans auf und fragte, ob er mit Shep sprechen könne. Shep starrte ihn nur an und schaute dann zu Rose hinüber, die so strahlend lächelte, dass es ihn beinahe blendete.

Und dann saß Jed dem Mann gegenüber, von dem er hoffte, dass er bald sein Schwiegervater sein würde, in demselben Sessel wie an jenem Tag, als er Shep gefragt hatte, ob er mit Rose ausgehen dürfe, mit denselben Tieren im Raum, die ihn anstarrten, aber seltsamerweise beruhigten ihn die Pelztiere jetzt. Sie schienen ihn zu unterstützen, als er mit stockender Stimme sein Anliegen vorbrachte.

„Mr Jordan, wahrscheinlich haben Sie ja inzwischen gemerkt, dass Rose und ich uns lieben."

„Hmmm. Zumindest nennt ihr es so."

„Wie bitte?"

„Meiner Meinung nach ist das Wort *Liebe* überstrapaziert. Man liebt heutzutage ja ein Baseballteam oder Kaffee oder den Geruch eines neuen Autos. Aber das ist keine Liebe."

Jed nickte.

„Liebe ist ein Versprechen. Dieses Wort ist schnell dahingesagt, aber es gibt nur wenige, die es sagen und dann auch entsprechend leben und handeln. Verstehen Sie?"

Wieder nickte Jed. Sein Mund war vor Aufregung ganz trocken. „Und genau das möchte ich tun, Mr Jordan. Ich möchte dieses Versprechen einlösen und Ihrer Tochter zeigen, dass ich sie liebe. Ihr habe ich es schon gesagt, aber ich möchte es gern öffentlich machen."

„Und Sie glauben, dass sie Ja sagen wird?"

„Ich glaube es nicht nur, ich weiß es“, sagte Jed. „Sie haben mir erlaubt, mit ihr auszugehen, um zu sehen, ob es mit uns beiden etwas wird, Mr Jordan. Ich habe versucht, Ihnen und Rose zu beweisen, dass ich nicht so bin wie andere Kerle und dass ich es ernst meine. Sie haben mich gebeten, die Beziehung zu beenden, wenn klar ist, dass daraus nichts wird, damit sie nicht verletzt wird. Und ich habe ihr Herz beschützt ... aber sie hat mir meins gestohlen.“

Shep nickte. „Und wissen Sie was? Sie haben den Test bestanden. Ich habe mich in Ihnen getäuscht, zumindest glaube ich das. Sie haben alles getan, worum ich Sie gebeten habe, und noch viel mehr, um meine Tochter glücklich zu machen.“

„Danke“, erwiderte Jed mit erstickter Stimme. „Dann habe ich also Ihren Segen?“

„Wofür?“

„Ich möchte Ihre Tochter heiraten“, antwortete Jed.

Der Mann sah ihn mit leicht zusammengekniffenen Augen an, als wäre das ein völlig neuer Gedanke. Er neigte den Kopf etwas, dann sagte er: „Machen Sie einen Bluttest.“

„Wie bitte?“

„Lassen Sie einen Bluttest machen, um sicherzugehen, dass Sie nicht an einer dieser Krankheiten leiden. Dann gebe ich Ihnen meinen Segen.“

„Das wird sicher kein Problem sein, Sir, denn ich habe ...“

„Gut. Dann sollte es ja wohl auch kein Problem sein, einen Test machen zu lassen, oder?“

„Nein, Sir, da haben Sie recht. Absolut kein Problem.“

Shep drückte ihm die Hand und sagte: „Wenn Sie diesen letzten Test bestanden haben, haben Sie es geschafft.“

Nachdem das Ergebnis von Jeds Bluttest in Ordnung war und das von Roses auch (sie fand, das war das Mindeste, was sie für ihn tun konnte), las sie jedes Buch über die Ehe, das sie in die Finger bekam, und als die Hochzeit vor der Tür stand, kannte sie *Die fünf Sprachen der Liebe* in- und auswendig.

Pastor Bingham von ihrer Gemeinde war gern bereit gewesen, einen Ehevorbereitungskurs mit ihnen zu machen. „Die meisten Menschen bereiten sich mehr auf die Hochzeit vor als auf die Ehe“, sagte er bei ihrem ersten Treffen. „Das beste Geschenk, das ich euch machen kann, ist, schon jetzt mit euch darüber zu reden, welche Schwierigkeiten in einer Ehe auftauchen können und wie man damit umgehen kann, bevor es zu spät ist.“

Sie sprachen über die Kinderfrage, über den Umgang mit unterschiedlichen Ansichten, über Geld und Hausarbeit bis hin zu Kleinigkeiten wie Familientraditionen an Feiertagen.

„Ihr würdet euch wundern, wie viel Krach und Verbitterung es gerade wegen solcher Kleinigkeiten gibt“, erklärte Pastor Bingham. „Die meisten Paare sammeln ihre Verletzungen und bearbeiten sie nicht, und irgendwann resignieren sie oder gehen in die Luft. Oft haben sie dann schon längst vergessen, was eigentlich der Auslöser war. Und ich möchte nicht, dass euch so etwas passiert.“

Mit jedem dieser Treffen wurde deutlicher, dass Jed und Rose nicht nur gut zueinanderpassten, sondern wie füreinander geschaffen schienen. Natürlich gab es auch Unterschiede, aber Pastor Bingham meinte, von diesen könnten sie sich entweder auseinanderbringen lassen, oder sie könnten sie nutzen, um eine noch engere Verbindung zu bekommen. Obwohl Jed durchaus gern auf der Bühne stand, brauchte er auch ausgedehnte Zeiten für sich allein. Rose dagegen hätte am liebsten nonstop Freunde oder Familie um sich gehabt.

„Das müsst ihr im Voraus bedenken“, sagte der Pastor. „Was passiert zum Beispiel, wenn du zu einer Party eingeladen bist und Jed möchte nicht mitkommen, Rose? Bist du dann eingeschnappt oder akzeptierst du es? Oder wenn Jed mit seiner Musik keinen Erfolg hat und ihr lange Durststrecken aushalten müsst? Würdest du dann einen Job annehmen, um Geld zu verdienen?“

„Ich habe kein Problem damit, bei meinem Vater auf dem Weingut zu arbeiten“, antwortete sie.

„Aber nehmen wir mal an, das mit der Musik funktioniert gar nicht. Jed beschließt, doch einen regulären Beruf auszuüben, bekommt aber nur einen Job in Dallas oder Seattle. Was dann?“

„Jed würde nicht von mir verlangen, hier wegzuziehen“, antwortete Rose.

„Ich weiß ja, wie wichtig Rose ihre Heimat ist“, sagte Jed. „Bei unserer ersten Verabredung hat sie etwas gesagt ...“ Er überlegte kurz und fuhr dann fort: „Sie sagte, die Heimat und die Familie sei ihr wichtiger als materielle Dinge. Familie sei für immer.“

„Und siehst du das auch so?“

„Damals nicht. Aber inzwischen verstehe ich, was sie meint.“

Rose ging das Herz auf, als Jed ihre Worte von damals wiederholte. Sie hatte nicht gedacht, dass er sich an dieses Gespräch erinnerte, das Monate her war.

Pastor Bingham nickte und stellte noch einige weitere Fragen, doch die eine Frage darüber, ob sie bereit sei, aus Sharon wegzuziehen, ging ihr noch lange nach und hielt sie bis zum Morgengrauen wach. Was, wenn sie das Weingut tatsächlich irgendwann verlassen musste? Würde sie das können?

Am folgenden Abend waren sie bei Jeds Mutter zum Abendessen. Sie hatten sich schon öfter getroffen, und Rose hoffte, dass ihre Beziehung zu ihrer Schwiegermutter Bethany so werden würde wie die zwischen Ruth und Naomi. Bisher war Bethany King sehr nett zu ihr gewesen, aber auch immer ein wenig distanziert, und Rose hoffte, dass ihre Beziehung im Laufe der Zeit vielleicht noch etwas herzlicher werden würde.

Als Rose ihr den Verlobungsring zeigte, staunte Bethany nicht schlecht. „Wo hast du denn den her?“, fragte sie Jed.

„Ich habe auf ein Haus gespart“, erklärte er. „Aber dann habe ich beschlossen, in etwas zu investieren, das ich mit hineinnehmen kann.“

„Er ist wirklich wunderschön“, sagte Bethany.

„Ich wollte gar nicht so einen teuren“, wandte Rose ein. „Ich hätte auch einen Kabelbinder genommen.“

„Ich freue mich für euch beide“, sagte Bethany lächelnd. „Steht der Hochzeitstermin schon fest?“

„Wir haben an das erste Oktoberwochenende gedacht“, antwortete Rose. „Das wäre ziemlich genau ein Jahr, nachdem wir uns kennengelernt haben.“

„Und findet euer Pastor es in Ordnung, dass es so schnell geht?“

„Wir haben einen Ehevorbereitungskurs bei ihm gemacht, Mom“, sagte Jed etwas genervt. „Wenn man sich ganz sicher ist, reicht ein Jahr aus.“

„Und der Kurs hat wirklich viel gebracht“, sagte Rose rasch, um die Wogen ein wenig zu glätten. „Wir haben zwar sehr vieles gemeinsam, aber es gibt auch noch einiges, woran wir arbeiten müssen.“ Dann griff sie nach Jeds Hand und sagte: „Und auf diese Arbeit freue ich mich schon.“

Bethany tätschelte Roses andere Hand und lächelte, aber ihr Blick hatte immer etwas Trauriges. Ihr Haar war grau geworden, und sie versuchte nicht, es zu färben. Jed sagte, er habe den Eindruck, dass sie endlich mit allem im Reinen war, was sie als Person ausmachte, und dazu gehörte auch ihre Einsamkeit als Witwe.

„Für diese Arbeit wünsche ich euch auch alles Gute. Du bekommst einen guten Mann, und ich freue mich darauf, eine Tochter zu bekommen.“

Kapitel 17

Als der Oktober näher rückte, war alles bereit, nur die Kapelle war noch nicht fertig.

„Du wirst in einem Rohbau heiraten“, sagte Denise mit Blick zu dem Hügel oberhalb der Farm.

„Ich finde es wunderschön“, widersprach Rose. „Ich stelle mir vor, dass alles mit weißem Stoff verkleidet und mit Blumen geschmückt wird.“

„Ihr solltet die Hochzeit in eine Kirche verlegen. Vielleicht findet ihr ja sogar so kurzfristig noch eine.“

„Findest du es nicht romantisch, dass sie noch nicht fertig ist? Es ist doch wie ein Symbol dafür, dass wir auch als Paar noch ganz am Anfang stehen. Im Laufe der Zeit werden wir dann die Wände aufstellen und das Dach draufsetzen. Genau so, wie wir unsere Ehe aufbauen.“

„Aber was ist, wenn es an deiner Hochzeit auf dein schönes Symbol regnet? Der Wetterbericht hat Schauer vorhergesagt.“

„Ich richte mein Leben doch nicht nach dem Wetterbericht!“

„Na ja, vielleicht solltest du das in diesem Fall aber in Betracht ziehen.“

„Soll der Wind doch pfeifen und der Regen prasseln. Wenn man seine Ehe auf ein stabiles Fundament baut-“

„So, jetzt ist aber Schluss mit Symbolen und Gleichnissen. Lass uns mal ganz praktisch denken. Im Oktober kann es hier in der Gegend schon ziemlich windig, regnerisch und kalt sein.“

„Wenn das Wetter schlecht ist, verlegen wir die Trauung eben nach drinnen.“

„Wohin denn? Etwa in die Scheune? Oder ins Haus zu all den toten Tieren?“

„Es ist doch nur eine kleine Hochzeit, Denise. Wir sind nur etwa dreißig Personen."

„Plus die Musiker und Caterer und Fotografen."

„Jaaaaa, wenn es deine Hochzeit wäre, würde ich das niemals vorschlagen, aber ich bin nun mal anders. Und ich bin dir wirklich dankbar für deine Hilfe bei der Planung."

„Ich halte das für einen Fehler", beharrte Denise kopfschüttelnd. „Und außerdem ist es ein schlechtes Omen."

„Was?"

„Na, in einem halb fertigen Gebäude zu heiraten. Für mich spricht das dafür, dass er gar nicht mit ganzem Herzen dabei ist. Er interessiert sich mehr für seine Karriere als für eure Beziehung. Siehst du das denn nicht?"

„Ich habe ihn dazu ermuntert, sich auf seine Musik zu konzentrieren, denn ich glaube an ihn. Siehst *du* das denn nicht? Das geht uns beide an, und ich bin froh, dass er das so ernst nimmt. Er ist sehr gewissenhaft."

„Schön für ihn. Ich bin froh, dass er bezahlte Auftritte hat, obwohl er weder einen Plattenvertrag noch einen Manager hat. Aber wenn er nicht mal die Kapelle fertigbekommt, in der ihr heiraten wollt, kannst du dich dann auf ihn verlassen, wenn es mal richtig schwierig wird? Denk darüber nach, Rose."

Und das tat Rose tatsächlich und verwarf dabei als Erstes den Gedanken, dass Jed ein Versprechen nicht halten würde. Doch immer, wenn ihr Blick zu der Kapelle hinaufwanderte, dem hellen Holz in der Sonne vor dem Hintergrund des bunt gefärbten Laubes, beschlichen sie leise Zweifel. Aber sicher würde sie ihm immer wichtiger sein als alles andere. Er würde sie bestimmt nicht enttäuschen.

Roses Brüder Will und Zack trafen am Tag der Hochzeit schon ganz früh auf der Farm ein. Rose merkte, dass ihrem Vater die Rückkehr seiner Söhne schwer zu schaffen machte. Indem sie von der Farm weggegangen waren, hatten sie ihm ja indirekt zu verstehen gegeben, dass sie seine Art zu leben ablehnten, und so war von dem Moment an, in dem sie das Haus betraten, die Stimmung angespannt.

„Konzentrier dich nur auf dich", riet Denise. „Deine Brüder sollen sich gefälligst um sich selbst kümmern."

Das tat Rose dann auch. Es dauerte gar nicht lange, da fuhren auch schon die ersten Autos auf den Hof, und sie hörte die Stimmen der Leute, die Tische aufstellten und Stühle zur Kapelle hinaufbrachten. Irgendwie ging es Rose gegen den Strich, dass all dieser Aufwand ihretwegen betrieben wurde. Ein Teil von ihr wäre am liebsten dem ganzen Trubel entflohen und hätte sich versteckt. Sie hatte sich in ihrem Leben immer bemüht, anderen keine Umstände zu machen, aber der Traum von einer richtigen Hochzeit mit Brautkleid, Blumen und ihrem Vater, der sie zum Altar führte, war dann doch stärker gewesen.

Bethany King klopfte leise an und kam in ihr Zimmer. Sie strahlte und sagte kopfschüttelnd vor Staunen: „Du siehst wunderschön aus."

„Du aber auch", entgegnete Rose.

„Ich wollte dich einfach gern vor der Trauung einmal in diesem Kleid sehen."

„Es war so schön, dass du dabei warst, als wir es ausgesucht haben."

„Und ich habe mich riesig gefreut, dass du mich dabeihaben wolltest. Und außerdem wollte ich dir noch einmal sagen, wie sehr ich mich für dich und Jed freue. Ihr werdet es schön haben miteinander. Er liebt dich sehr, Rose."

„Danke. Für alles."

Rose saß geduldig auf ihrem Stuhl, während Mavis Treadwell ihr die Haare machte. Die Frau hatte so ziemlich jede Braut der letzten 20 Jahre in Sharon frisiert, und Rose würde diese Tradition nicht brechen. Als der Schleier aufgesteckt war, schaute Rose in den Spiegel und hielt die Luft an. Sie konnte es gar nicht erwarten, Jeds Gesicht zu sehen.

„Deine Mama wäre heute sehr stolz auf dich", sagte Mavis.

Rose konnte sich schon gar nicht mehr vorstellen, wie ihre Mutter wohl reagiert hätte. Es war schon so lange her, und die Erinnerung an sie verblasste immer mehr. Doch als Rose durch den Spiegel das Foto von ihrer Mutter sah, das neben dem Bett hing, und den geschnitzten Holzkrug, der inzwischen neben ihrem Bett stand, da hatte sie plötzlich einen süßlichen Duft in der Nase – etwas wie Parfüm, wie ein exotisches Öl, das im Raum zerstäubt worden war.

Als ihr Vater ins Zimmer kam, stand sie auf und stellte sich vor ihn. „Wie findest du mich?", fragte sie und drehte sich einmal.

„Wenn du noch hübscher wärst, dann müssten wir uns beim Einmarsch in die Kirche die Augen zuhalten. Du siehst einfach umwerfend aus, mein Schatz."

Als ihr die Tränen kamen, rief er: „Oh nein, bloß das nicht, sonst heulen wir gleich beide."

Sie wischte sich die Tränen ab, und etwas Wimperntusche blieb an ihrem Taschentuch kleben. Ohne ihn anzusehen fragte sie: „Tue ich das Richtige, Daddy?"

„Ja, du tust das Richtige", antwortete er leise. „Du tust etwas Reines und Heiliges, indem du dich mit jemandem zusammentust, der sein Leben für dich geben würde."

„Dasselbe würde ich auch für ihn tun."

„Das weiß ich, und darum wird auch alles gut mit euch beiden."

„Glaubst du wirklich?"

„Ja, das glaube ich. Und wenn nicht, dann wird er mich kennenlernen."

„Sagst du ihm das vor oder erst nach der Trauung?", fragte sie lächelnd.

„Das weiß er schon", antwortete Shep.

„Ja, das glaube ich auch."

Die Tür ging auf, Denise kam herein und strahlte übers ganze Gesicht. „So, es ist so weit. Ich gehe jetzt hinüber zur Kapelle, um das Lied zum Einzug der Braut zu singen."

„Bist du bereit für den Todesmarsch?“, fragte ihr Vater, nachdem Denise das Zimmer verlassen hatte.

„So schlimm wird es schon nicht werden, Daddy“, beruhigte Rose ihn.

Noch bevor Rose die Stufen der Kapelle erreicht hatte, hörte sie leise Gitarrenklänge und Denises Stimme, die wie eine sanfte Brise über die Hügel wehte. Für Rose hatte bei der Planung der Trauung von Anfang an festgestanden, dass Denise „I Love You Truly“ singen sollte. Sie fand, dass sich der Text und die Melodie des Liedes perfekt für den Einzug in die Kapelle eigneten.

Von Jeds Familie war außer seiner Mutter niemand gekommen, und Rose war erleichtert, dass niemand auf die Idee gekommen war, die Gäste der Braut und die des Bräutigams jeweils auf eine Seite des Mittelgangs zu setzen.

Als sie sah, wie ihre Brüder sie anlächelten und sich die eine oder andere Träne abwischten, hatte sie einen Kloß im Hals. Das hätte sie nicht gedacht. Sie hatte immer geglaubt, die beiden wären zu tiefen Gefühlen gar nicht fähig.

„Du machst das großartig“, flüsterte ihr Vater ihr zu. „Geh einfach weiter, mein Schatz, sonst müssen wir dein Kleid noch auswringen wie einen Schwamm.“

Darüber musste Rose lächeln, und den Rest des Weges genoss sie, genau wie das strahlende Gesicht ihres Vaters, als er, vorne angekommen, ihre Hand in Jeds legte. Als der Pastor fragte: „Wer gibt diese Frau diesem Mann?“, und ihr Vater lächelnd antwortete: „Ihre Mutter und ich“, kamen ihr wieder die Tränen.

Und dann waren sie und Jed allein.

Pastor Bingham las einige Verse aus 1. Korinther 13 und ermahnte sie, die Liebe zu hegen und zu pflegen, und bevor sich Rose versah, sah sie Jed in die ebenfalls feuchten Augen und versprach ihm, ihn für immer zu lieben. Danach tauschten sie die Ringe und küssten sich unter dem Jubel der Menge.

Das ging alles so schnell, dachte sie.

Gemeinsam verließen sie dann die Kapelle und gingen den Hügel hinunter zur Scheune, wo die Hochzeitsfeier stattfinden sollte, wo sie die Frucht des Weinstocks genießen und Lieder und Geschichten zu hören bekommen würden.

Es war ein unvergesslicher Tag für Rose, ein Tag, von dem sie nicht gewusst hatte, ob er jemals kommen würde. Ein Tag, auf den sie ihr ganzes Leben lang gewartet hatte.

Kapitel 18

Sie war die pure Poesie, alles, was er sich je an Gutem in der Welt hätte träumen lassen. Und unwillkürlich musste Jed an die leidenschaftlichen Worte denken, die vor Tausenden Jahren niedergeschrieben worden waren: *Ja, wie eine Lilie unter Dornen, so ist meine Freundin unter den anderen Mädchen. Meine Geliebte gehört mir und ich gehöre ihr.*

Nach der Hochzeit fuhren sie in die Flitterwochen zu einer entlegenen Hütte direkt am Ufer des Ohio. Das Anwesen gehörte einem Musikproduzenten, der drei der erfolgreichsten Alben seines Vaters herausgebracht hatte. Als er gehört hatte, dass Jed heiraten wollte, hatte er ihnen die Hütte für eine Woche kostenlos zur Verfügung gestellt. „Sagen wir einfach, es ist ein Gefallen, den ich Ihrem alten Herrn tue", hatte er erklärt.

Jed hatte das Angebot dankend angenommen, und in dem Moment, als sie dort ankamen, wusste er, dass es perfekt war. Er brachte ihr Gepäck hinein, und dann besichtigten sie gemeinsam das Haus und die umlaufende Veranda. Und dann nahm er Rose in die Arme und küsste sie, drängender als bei der Hochzeit. Er war zärtlich, hatte aber seine Hände und Augen kaum noch unter Kontrolle. Und das Aufregendste war, dass Rose genauso leidenschaftlich – wenn nicht sogar noch leidenschaftlicher – reagierte. Doch irgendwann löste sie sich mit einem seltsamen Ausdruck in den Augen von ihm.

„Was ist denn?"

„Darf ich ganz ehrlich sein?"

„Ja, natürlich."

Er dachte, dass sie jetzt sagen würde, sie hätte Angst, etwas falsch zu machen. Dabei war er genau so nervös wie sie.

Doch sie sagte: „Ich habe einen Riesenhunger. Glaubst du, dass es hier etwas zu essen gibt?"

Lachend fragte Jed: „Hast du denn auf der Feier gar nichts gegessen?"

„Nein, ich war viel zu beschäftigt. Aber Denise hatte schon vorausgesagt, dass ich einfach vergessen würde zu essen und dann völlig ausgehungert hier ankommen würde."

Er lächelte und sagte: „Moment."

Dann rannte er zum Wagen und öffnete den Kofferraum. Der Caterer hatte die Reste vom Büfett wegwerfen wollen, aber Jed hatte sich einen Teil einpacken lassen. Eigentlich hatte er die Sachen in Sheps Kühlschrank verstauen wollen, aber dann hatte er die Tüte in seinen Kofferraum gelegt und dort vergessen. Erst beim Ausladen des Gepäcks hatte er sie wieder entdeckt.

„Mein Held", sagte Rose, als er mit der Tüte ankam. „Ich fasse es nicht, dass du daran gedacht hast!"

„Ich würde ja gern behaupten, dass das genial geplant war, aber das wäre gelogen."

Sie setzten sich an den Tisch, Jed zündete zwei Kerzen an, und sie ließen sich die Reste schmecken und lachten darüber, wie hungrig sie beide waren. Rose kam auf den Abend zu sprechen, an dem er ihr ein Eis gekauft hatte. Draußen war es schon ziemlich kühl gewesen, und er hatte sie gefragt, ob sie mit ihm tanzen wolle, damit sie wieder warm würde.

„Möchtest du jetzt auch tanzen?", fragte Jed.

Rose biss gerade in eine Erdbeere, und der Saft lief ihr übers Kinn. Sie zog die Augenbrauen hoch und sagte: „Wir werden mehr tun als nur tanzen, und heute werde ich dir nicht nur einen Gutenachtkuss geben."

Er beugte sich vor und küsste ihr den Saft vom Kinn, und ihre Münder trafen sich, süß und feucht. Sie nahm ihn bei der Hand und führte ihn ins Haus, und immer noch vollständig bekleidet standen sie einander im gedämpften Mondlicht gegenüber, das durchs Fenster fiel. Er strich ihr eine Haarsträhne aus dem Gesicht.

Wie schön du bist, meine Freundin, wie schön!, dachte Jed und sprach es auch aus, während er ihr zärtlich mit dem Finger über die Wange und das Kinn strich.

Sie wurde rot.

„Wusstest du, dass du einfach vollkommen bist?“ *Du bist so schön, meine Freundin, so makellos.* „Ich liebe dich“, sagte er.

„Ich liebe dich auch“, entgegnete sie, und ihr Blick sagte mehr als alle Worte. Und dann beugte er sich vor und küsste sie wieder, und sie sanken sich in die Arme.

Als sie später eng umschlungen einschliefen, nackt und ohne Scham, träumte Jed, er sei allein auf einer kleinen Insel gestrandet. Jeden Tag ging er an den Strand hinunter, schaute in die Ferne und hielt Ausschau, ob sich irgendwo etwas bewegte, und mit jedem Tag wurde seine Sehnsucht größer und schmerzlicher.

Mitten in der Nacht wachte er urplötzlich auf und war hellwach. 4:44 Uhr zeigte der Wecker in großen Leuchtziffern an. Nie würde er das Gefühl der Leere vergessen, das der Traum hinterlassen hatte. Aber als er dann Rose neben sich im Bett liegen sah, so schön und anmutig, gingen seine Gedanken auf die Reise. Die Worte waren einfach da und dazu auch eine Melodie, so süß wie reife Trauben an einem Weinstock, die nur noch gepflückt zu werden brauchten. Das passierte ihm nur ganz selten.

Leise stand er auf, griff nach seinen Kleidern und seiner Gitarre und schlich nach unten.

Kapitel 19

Als Rose früh am nächsten Morgen aufwachte und sich zu Jed umdrehte, stellte sie fest, dass sie allein war. Sie wickelte sich in ein Laken, schaute zum Fenster hinaus auf den Fluss unterhalb der Hütte und konnte immer noch kaum glauben, dass sie tatsächlich verheiratet waren und hier an diesem wundervollen Ort ihre Flitterwochen verlebten.

Sie ging nach unten, weil sie dachte, dass Jed vielleicht in der Küche war und schon Frühstück machte, aber dort war er nicht. Ganz kurz durchzuckte sie eine unbestimmte Angst, es könnte etwas passiert sein, so wie es manchmal in Horrorgeschichten vorkam, und bei diesen Gedanken krampfte sich ihr Magen zusammen – bis sie Gitarrenklänge hörte.

Sie folgte ihnen nach draußen ins Freie, wo sie fröstelte und sofort eine Gänsehaut bekam. Jed saß in einem Schaukelstuhl mit Blick zum Fluss.

„Du bist ja schon früh auf", sagte sie.

„Ich hatte einen Traum", erklärte er.

Rose nahm ihm die Gitarre weg, setzte sich auf seinen Schoß und schmiegte sich an ihn. „Was hast du denn geträumt?"

„Dein neues Lied. Willst du es hören?" Er war wie ein Kind, das es kaum erwarten kann, ein Geschenk auszupacken.

Sie warf ihm einen sehnsuchtsvollen Blick zu und zog eine Augenbraue ein wenig hoch. „Vielleicht später", flüsterte sie, schmiegte sich noch enger an ihn und ließ ihre Hände seinen Körper erkunden.

Er wehrte sie spielerisch ab und fragte: „Was hast du vor?"

„Dies und das", antwortete sie, rieb ihre Nase an seiner und spürte, wie die Lust in ihr erwachte. Wenn es nicht so kalt gewesen wäre, hätte sie sich das Laken gleich hier im Schaukelstuhl vom Körper gerissen. Aber vielleicht war es ja auch gar nicht so kalt.

„Ich auch“, erwiderte er. Er kämpfte eine Weile mit sich und lächelte. „Nun, wahrscheinlich wird dieses *Das* unglaublich sein, nachdem du dieses Lied gehört hast.“

Wie könnte es denn noch schöner sein?, dachte sie. Wie sollte etwas den höchsten Ausdruck der Liebe zwischen Mann und Frau in den Schatten stellen können? Wie sollte ein Lied ...?

Aber dann traf sie blitzschnell die Entscheidung, sich nicht darüber zu beklagen, dass ihr kalt war und sie Hunger hatte und eher in der Stimmung war, nach oben zu gehen und einander zu genießen. Also setzte sie sich mit kalten Füßen, knurrendem Magen und ihrer weiß glühenden Lust in den anderen Schaukelstuhl und legte ihren einen Fuß auf Jeds Bein, und zwar an eine Stelle, von der sie sicher war, dass seine Konzentration empfindlich gestört werden würde.

In einem regelmäßigen Rhythmus begann er zu spielen, und als er die erste Zeile sang, war Rose klar, dass sie hier etwas hörte, was viele andere Frauen nie in ihrem Leben zu hören bekamen. Sie hörte sein Herz.

„I've been waiting on you to come along ... seeing notes on a page but not the song.“

Ja genau, dachte sie, in seinem Leben gab es genau wie in ihrem etwas, das keiner von ihnen allein tun konnte, aber gemeinsam machten sie die Musik. Sie trank die Worte wie neuen Wein.

„Tonight I'm not going to just kiss you goodnight ...“

Ihre Worte. Er hatte ihre Worte für sein Lied verwendet!

Jed hielt inne, öffnete die Augen und sah sie erwartungsvoll an. Rose brachte kein Wort heraus, sie musste die Tränen wegblinzeln, die ihr die Sicht verschleierten.

„Spiel weiter“, brachte sie mühsam heraus.

Und das tat er. Je mehr sie hörte, je besser es ihr gefiel, desto mehr wurde ihr Herz zu diesem Mann hingezogen. Und sie wusste, sie würden gemeinsam wundervolle Musik machen.

Kapitel 20

Jed hing an Roses Lippen. Sie war sein größter Fan, das wusste er, aber er hatte keine Ahnung, wie groß, bis sie ihm aufgeregt beichtete, was sie gemacht hatte.

„Du hast Stan angerufen?", fragte er.

„Ja. Ich musste ihm einfach sagen, dass du so gut bist wie nie zuvor und dass der Beweis dafür dieser Song ist."

Das musste er erst einmal verdauen. Irgendwie störte es ihn, dass sie so etwas hinter seinem Rücken gemacht hatte, aber natürlich schmeichelte es ihm auch, dass sie so überzeugt war von seinen Fähigkeiten. „Und was hat er gesagt?"

„Zuerst war er ziemlich unterkühlt, aber dann habe ich ihm den Text zitiert. Er war zwar beeindruckt, aber wirkte auch verhalten, irgendwie abgelenkt."

„Das ist Stans typische Hinhaltetaktik."

„Daraufhin habe ich ihm dann gesagt, dass ich die Agentur Trammel anrufen würde – die Leute dort würden sich bestimmt für das Lied interessieren."

Jed zog erstaunt die Augenbrauen hoch. Die Agentur Trammel war Stans größte Konkurrenz. „Und was hat er dazu gesagt?"

„Er hat gesagt, dass er morgen um neun Uhr da ist. Im Studio. Er möchte dich hören."

Jed grinste von einem Ohr zum anderen und sagte: „Das ist ein Scherz, oder?"

„Nein, Jed. Das ist *der* Song, das spüre ich."

„Ich wünschte, ich hätte noch mehr Songs fertig", sagte er.

Sie schmiegte sich an ihn. „Es werden schon noch mehr Songs kommen. Sie müssen nur lange genug heranreifen, und das braucht Zeit. Aber den einen, den muss er unbedingt hören."

„Beim Heranreifen brauche ich aber deine Hilfe", sagte er.

Sie wurde rot, und dann lachten sie beide und umarmten sich.

Jed blieb bis in die Nacht auf, übte den Song und feilte noch an dem Text, ging noch einmal alles durch, damit es genau so war, wie er ihn sich vorstellte, und Rose blieb die ganze Zeit dabei. Als er dann sicher war, dass alles perfekt war, nahm sie ihm die Gitarre ab.

„So, und jetzt lass uns noch etwas anderes üben, bevor wir schlafen gehen", schlug sie vor.

Am nächsten Morgen sprang Jed aus dem Bett und verschwand im Bad. Rose brauchte etwas länger, um in Schwung zu kommen, doch der Duft von frischem Kaffee weckte ihre Lebensgeister. Sie kamen eine halbe Stunde zu früh beim Studio an und blieben auf dem Parkplatz noch im Auto sitzen. Rose versuchte, Jed ein wenig die Nervosität zu nehmen.

„Es ist schon seltsam, dass ich problemlos vor jeder Menge Leuten singen kann, aber wenn nur ein paar Leute zuhören, die etwas zu sagen haben, dann bekomme ich weiche Knie."

„Lass sie in dein Herz schauen, so wie du mich hast hineinschauen lassen."

„Aber das macht mir ja Angst."

„Genau das ist es aber, was Stan sucht. Herz und Seele. Dieser Song ist unglaublich. Schau einfach zu mir, wenn du ihn singst."

Und genau das tat er dann auch. Nachdem er Stan begrüßt hatte und auch einen Mann von der Plattenfirma, die ihn fallen gelassen hatte, nahm er seine Gitarre, sah Rose an und stellte sich vor, er säße auf der Veranda von der Hütte am Fluss. Die Worte kamen wie von selbst. Alles andere blendete er aus. Es gab nur sie beide, und erst als er fertig war, blickte er auf.

Inzwischen standen einige der anderen Musiker, die zu den Aufnahmen bestellt waren, im Studio und hörten zu. Stan wirkte verblüfft. Rose lächelte und hatte vor angespannter Erwartung die Zähne fest zusammengebissen. Jed war so gut gewesen wie nie zuvor.

„Wo um alles in der Welt ist das denn hergekommen?“, fragte Stan. „Das war ... das war einfach fantastisch! Genau das, was wir suchen, Mann.“ Dann blieb sein Blick an Rose hängen und er fragte: „Haben Sie ihm dabei geholfen?“

Sie sah Jed an, grinste und antwortete: „Er hat es in unseren Flitterwochen geschrieben.“

„Also *haben* Sie geholfen“, sagte Stan und stieß Jed lachend in die Seite.

Von allen Seiten ertönte Gelächter, und Rose wurde dunkelrot.

Stan und der Mann von der Plattenfirma redeten in einer Ecke halblaut miteinander, und schließlich kam Stan wieder in den Aufnahmeraum. Durch die geöffnete Tür hörte Jed ihn sagen: „Können wir die Aufnahmen vielleicht eine Stunde nach hinten schieben, Dave? Ich möchte gern eine Rohaufnahme von Jeds Song machen, um sie der Plattenfirma vorzuspielen.“

Es ließ sich einrichten, auch wenn sie am Ende sehr viel länger brauchten als eine Stunde. Als die Aufnahme nachmittags endlich fertig war, wurde sie an die Plattenfirma geschickt und so roh und unbearbeitet, so spontan und kraftvoll, wie sie war, als Single veröffentlicht.

Als Rose drei Wochen später mehrere Tage nacheinander mit Übelkeit und Schwindelgefühlen zu kämpfen hatte, schlug Jed ihr vor, zum Arzt zu gehen.

„Das sieht dir so gar nicht ähnlich“, sagte er.

Am Nachmittag fuhr er sie zu einem Ärztehaus mit unterschiedlichsten Facharztpraxen. Er ging davon aus, dass sie ein Antibiotikum bekommen und schnell wieder die Alte sein würde. Aber vielleicht würden sie ja auch etwas Schlimmeres feststellen ... Als sie länger als gedacht in dem Sprechzimmer blieb, begann er sich Sorgen zu machen. Schließlich kam eine Sprechstundenhilfe heraus und rief seinen Namen auf.

So machen sie es, wenn jemand Krebs hat, dachte er. Als er das Sprechzimmer betrat, hockte Rose zusammengesunken und mit geröteten Augen auf dem Stuhl, ein zerknülltes Taschentuch in der Hand.

„Hey", sagte er, als er sich neben sie setzte. Ihm wurde eiskalt. „Was ist denn los?"

Die Ärztin, etwa Mitte 30 und sehr sachlich, drückte Jed die Hand und sagte: „Mr King, Ihre Frau wollte, dass Sie dabei sind, wenn sie das Testergebnis mitgeteilt bekommt."

„Was denn für ein Test?", fragte er. „Ich dachte, Rose hätte irgendeinen Infekt oder so. Was hat sie denn?"

Die Ärztin sah zu Rose hin, die mit einer Geste bedeutete, dass sie die Neuigkeit ruhig verkünden solle.

„Rose leidet an einer *Krankheit,* die ein paar Monate dauern wird. Noch acht, um genau zu sein."

„Das können Sie so genau voraussagen? Was für eine Krankheit ist das denn?"

„Ein Baby, Mr King. Ihre Frau ist schwanger."

Er starrte Rose an, dann die Ärztin, dann wieder Rose, die unter Tränen lächelte, und er bekam den Mund nicht wieder zu. „Aber ich dachte ..."

„Ich weiß auch nicht, wie es passiert ist", meinte Rose kläglich.

Jed lächelte. „Ich schon! Wir bekommen ein Baby, Rose, wir bekommen ein Baby! Ist das zu glauben?"

Sie schüttelte nur den Kopf.

Jed schaute die Ärztin an, die sich offenbar darüber freute, bei dieser Szene dabei zu sein, nahm dann Roses Hand und sagte: „Du wirst die beste Mutter der Welt sein. Ich sehe dich schon vor mir mit dem Baby im Arm."

„Aber schon so früh ... Ich dachte, wir hätten erst noch ein wenig Zeit zu zweit. Nur wir beide."

Jed nickte. Ja, irgendwie war das schon schade, und es war wirklich nicht geplant gewesen, gleich im ersten Jahr ein Kind zu bekommen, aber andererseits hatten sie auch keinen konkreten Zeitpunkt geplant, wann sie das erste Kind bekommen wollten. „Das ist einfach ein Geschenk von Gott. Zwar ein ziemlich überraschendes, aber ein Geschenk, das uns verändern und viel Freude bringen wird.“

Auch ihm standen jetzt Tränen in den Augen. Und dann umarmten sie sich, und Jed stieß einen so lauten Jubelruf aus, dass ihn sogar noch die Patienten des Podologen auf der anderen Seite des Gebäudes hören konnten.

„The Song“, der Titel, der als Single veröffentlicht worden war, wurde nur von ein paar wenigen Sendern gespielt, aber ungefähr einen Monat später bewegte sich etwas. Ob durch Mundpropaganda oder sonst etwas – jedenfalls kam der Song plötzlich ganz groß raus. Stan sagte, sie müssten diese Welle, die immer weiter zunahm, jetzt nutzen, also stellte Jed eine Band zusammen mit einigen Musikern, mit denen er im Laufe der Jahre gespielt hatte, und sie begannen in mittelgroßen Hallen zu spielen.

„Aber ich möchte nicht, dass meine Arbeit irgendwie zwischen uns steht“, sagte Jed zu Rose, bevor er auf Tournee ging.

Doch Rose schüttelte nur den Kopf und sagte: „Nein, das ist doch unser gemeinsames Ding. Lass es uns gemeinsam angehen. Auf geht’s.“

Kapitel 21

Nach den Flitterwochen war Rose zu Jed nach Louisville gezogen. Dort wollten sie so lange wohnen, bis sie sich eine größere Wohnung leisten konnten. Roses Vater hatte angeboten, ihnen die Anzahlung für ein Haus vorzustrecken, aber das hatte Jed abgelehnt. Er wollte möglichst unabhängig bleiben. Das Geld, das er mit seinen Konzerten verdiente, den Vorschuss von der Plattenfirma und auch die Geldgeschenke, die sie zur Hochzeit bekommen hatten, legten sie beiseite.

Rose telefonierte täglich mit ihrem Vater, der einen Teenager von einer Nachbarfarm als Aushilfe eingestellt hatte. Der Junge kam jeden Tag und ging ihm zur Hand, und die Gesellschaft tat Shep anscheinend gut. In der Familie des Jungen gab es Probleme, und es half ihm, mit jemandem zu arbeiten, der so beständig und verlässlich war wie Shep. Und zudem hatte der junge Bursche Bärenkräfte, also genau das, was Roses Vater brauchte.

Rose reiste meistens mit, wenn Jed mit der Band auf Tour war und unterwegs auch Songs für das nächste Album schrieb. Ein paar der Songs sprudelten einfach so aus ihm heraus wie aus einer tiefen Quelle in seinem Inneren, bei anderen dauerte es etwas länger. Sie entwickelten sich Stück für Stück, bis sie irgendwann so weit waren. Diese Songs waren ebenso gut wie die ersten, manchmal sogar noch besser, und Jed gefiel der Prozess, im Laufe dessen sich Reime und Melodiestücke nach und nach zu einem harmonischen Ganzen zusammenfügten.

Währenddessen stieg „The Song" auf Platz 17 der landesweiten Charts. Dass es Roses Song war, bewirkte immer ein ganz besonderes Zusammengehörigkeitsgefühl, wenn er ihn spielte oder sie ihn im Radio hörten. Als eines Abends der Applaus des Publikums immer mehr anschwoll, nahm er Blickkontakt mit ihr auf und schaute sie mit einem Ausdruck an, bei dem sie einfach dahinschmolz. Es war ein Blick, der besagte: *Das hier ist unsere gemeinsame Sache. Ohne dich wäre alles nichts. Du bist der Grund für unseren Erfolg.*

Abgesehen von den vielen Reisen und dem Leben in Hotels und aus dem Koffer gab es nur einen Wermutstropfen: Bei den Konzerten tanzten Mädchen mit tief ausgeschnittenen Tops und superkurzen Shorts aufreizend vor der Bühne herum, um ihn auf sich aufmerksam zu machen. Und es waren nicht nur Teenager. Manche älteren Frauen benahmen sich genauso unangemessen.

Als Rose am Abend nach einem solchen Konzert im Hotel ziemlich schweigsam war, fragte Jed, was sie beschäftige, und sie antwortete: „Ich sehe, wie all diese Mädchen und Frauen dich anflirten. Manche sind bestimmt harmlos, aber es sind auch etliche dabei, die Ernst machen würden."

„Aber ich habe doch nur Augen für dich", sagte Jed, streichelte ihren Bauch und spürte, wie sich das Baby darin bewegte. Er lachte und staunte darüber, was sie gemeinsam erschaffen hatten.

Als Rose im 7. Monat schwanger war, merkte sie, dass sie nicht mehr mit Jed auf Tour gehen konnte. Das Geholper im Tourbus und die fehlende Privatsphäre machten ihr mehr und mehr zu schaffen und so blieb sie immer öfter zu Hause. Aber Jeds Apartment war winzig und die Nachbarn waren sehr laut. Rose sehnte sich nach dem Weingut zurück. Sie hatten sich schon einige Häuser in Louisville angeschaut, keine halbe Stunde von Sharon entfernt, und je mehr Rose darüber nachdachte, desto klarer wurde ihr, dass es so das Beste für sie sein würde – sich nicht ganz und gar von allem zu trennen, was sie kannte und liebte, sich aber räumlich etwas von ihrem Vater zu entfernen.

Auch Jed machte sich so seine Gedanken über einen Umzug. Er wollte Rose nicht von ihrem Vater trennen, und ihm selbst machten auch Schuldgefühle seiner Mutter gegenüber zu schaffen, weil er sie so selten sah. Seine Mutter war immer für ihn da gewesen, hatte all die Ablehnung vom Rest der Familie, den Spott und die Verachtung mit ihm zusammen durchgestanden. Rose und er sprachen oft darüber; ihre Traurigkeit und dieser melancholische Ausdruck bei ihrer Hochzeit waren den beiden noch lange nachgegangen. Sie hatte ihren ersten Mann verloren, dann ihren zweiten und jetzt auch noch ihren Sohn, auch wenn Jed der Gedanke beruhigte, dass sie jetzt einen Enkel bekam.

Roses Dad beteuerte immer wieder, dass sie sich mit ihrem Mann ein eigenes Leben aufbauen sollte, aber es war ihm deutlich anzumerken, dass dieser Rat eher halbherzig war.

* * *

Ein paar Wochen vor dem errechnetem Geburtstermin und bevor sie den Kaufvertrag für ein Haus in Louisville unterschrieben, kamen Jed und Rose noch einmal zu Besuch auf das Weingut. Sie hatten genug Geld angespart, um ein Bankdarlehen für das Haus zu bekommen, in das sie sich sofort verliebt hatten. Es war geräumig, hatte einen großen Garten mit alten Bäumen und genügend Platz für eine Schaukel und einen Sandkasten.

Shep hatte ihnen erzählt, dass der Familienhund Duke zu den seltsamsten Zeiten jaulte und auch nicht mehr gut fraß. Als Jed jetzt den Hund streichelte, war für ihn ganz klar, dass die Zeit des Tieres abgelaufen war. Aber Shep und Rose konnten sich nicht von ihm trennen.

„Wenn ihr wollt, fahre ich mit ihm zum Tierarzt“, bot Jed an. „Vielleicht ist es ja leichter für euch, wenn ich das übernehme.“

Aber Shep reckte entschlossen sein Kinn vor und sagte: „Dazu brauche ich keinen Tierarzt. Komm mit, Duke.“

„Was hast du vor, Shep?“, fragte Jed.

„Wir werden jetzt einen langen Spaziergang machen.“

Shep holte sein Gewehr, und Jed schaute zu Rose hin, die Tränen in den Augen hatte. Sie setzte an, etwas zu sagen, schaute dann aber einfach weg.

Jed folgte Shep ungefragt nach draußen. Als sie an der Scheune vorbeikamen, nahm Shep eine Schaufel mit, die Jed ihm abnahm und den Hügel hinauftrug.

„Du brauchst dir das nicht anzusehen“, meinte Shep.

„Ich möchte aber mitkommen. Mein Dad hat immer gesagt, dass es Dinge gibt, die ein Mann nicht allein tun sollte.“

Shep blieb stehen, musterte Jed kurz und fragte: „Ach, das hat er gesagt?“, und ging dann weiter.

Weil Duke nicht mehr so schnell laufen konnte, dauerte es eine ganze Weile, bis sie beim Teich ankamen. Es tat richtig weh, seinen mühsamen Gang anzusehen, und Jed musste unwillkürlich daran denken, dass sich daraus ein richtig trauriger Song machen ließe. Er könnte ihn „The Long Walk“ nennen. Wie bei der Entstehung jedes Songs gingen ihm sofort Worte und Bilder durch den Kopf.

Er beobachtete den alten Mann, seine wettergegerbten Hände am Gewehrlauf. Sein Gang war ähnlich langsam und steifbeinig wie der des Hundes. *Das ist der längste Spaziergang, den er je machen wird,* dachte Jed, *aber er hat einen Freund an der Seite. Ein Weg kann noch so lang und beschwerlich sein – wenn man einen Menschen an der Seite hat, der einen liebt, dann schafft man es.*

Der Himmel spiegelte sich im Wasser des Teiches, und eine einsame Krähe flog darüber hinweg. Als sie eine große Eiche erreichten, nicht weit entfernt vom Grab von Roses Mutter, stieß Jed die Schaufel in den Boden und roch den Duft frischer, lehmiger Erde.

„Ich glaube, das ist ein guter Platz“, sagte Shep.

Jed musste an einen anderen Weg einen Hügel hinauf denken, an den, der die Last der Welt und ein Kreuz auf den

Schultern getragen hatte. Und an einen Mann in römischer Uniform, mit wettergegerbten Händen, der dem anderen Nägel durch die Hände trieb. Vielleicht konnte man das eine nicht mit dem anderen vergleichen, aber das Bild rührte ihn. Jed grub noch etwas tiefer, während der Hund mit müdem Blick und hängender Zunge im Gras saß.

„Ich weiß, dass er schon lange Schmerzen hat und leidet, aber ich habe es einfach nicht übers Herz gebracht", sagte Shep.

„Es ist ja auch schwer, etwas loszulassen, das einen so lange begleitet hat."

„Ich glaube, dieser Hund hat Rose und mich damals am Leben gehalten, und die Jungs auch. Er hat mit seiner Liebe in einem Haus, in dem es von heute auf morgen plötzlich dunkel geworden war, das Licht angemacht."

„Aber du tust das Richtige", sagte Jed. „Es ist das Beste für ihn."

„Ja, aber es fühlt sich nicht so an. Mir wäre es lieber, wenn er ganz von selbst friedlich einschlafen würde."

„Vielleicht tut er dir ja jetzt auch einen Gefallen", meinte Jed.

Shep legte den Kopf zur Seite. „Was meinst du damit?"

Jed hielt einen Augenblick inne und sagte, auf die Schaufel gestützt: „Vielleicht hat er damals gespürt, dass du Hilfe brauchst, hat gewusst, dass er eine Leere ausfüllen musste. Er hat dir und den Kindern geholfen, den Schmerz über den Verlust von Lily auszuhalten. Und jetzt gibt er dir die Chance, ihm das zu vergelten und ihm über die letzte Schwelle zu helfen."

Shep legte dem Hund die eine Hand auf den Kopf und ließ sie dort liegen, als würde er ihn segnen. Der Hund schloss die Augen, winselte leise und versuchte, auf dem unebenen Boden eine bequeme Position zu finden.

„Etwas loszulassen, das man liebt, ist sehr schwer, nicht wahr?", fragte Shep.

Jed wusste, dass er nicht nur von dem Hund sprach, sondern auch von Rose. Auch sie musste er loslassen. „Aber wenn man den anderen wirklich liebt, dann kann man es schaffen", sagte er und blickte mit geröteten Augen und irgendwie flehendem Blick auf, während Jed weitergrub, bis das Loch tief genug war.

„Überlass das doch mir“, bot Jed an. „Und du gehst zurück nach Hause.“

„Nein, das bringe ich jetzt zu Ende“, entgegnete Shep, ging neben dem Hund in die Knie und legte seine Stirn an die des Tieres, sodass Jed sich abwenden musste. Es gab Dinge, die einfach zu heilig waren, um dabei zuzuschauen. Der Tod und der Umgang damit war eine sehr persönliche und intime Angelegenheit.

Dann stand Shep wieder auf und nahm das Gewehr zur Hand. Der Hund rührte sich nicht und zuckte auch nicht zurück. Als der Schuss fiel und von den Bergen widerhallte, lag er einfach da, und aus einem Gebüsch in der Nähe flogen Wachteln auf, beinahe in Formation.

Er half Shep dabei, den Hund behutsam in das Loch zu legen und das tote Tier mit Erde zuzudecken. Als der Grabhügel fertig war, nahm Shep ein paar Steine und legte sie wie einen kleinen Grabstein an das Kopfende des Grabes.

Auf dem Rückweg zum Haus legte Shep Jed den Arm um die Schultern und sagte: „Dein Vater hat recht gehabt.“

Kapitel 22

Während der gesamten Schwangerschaft schwor sich Rose, kein zweites Kind zu bekommen. Die Zeit verlangte ihrem Körper viel ab, sodass ein paarmal sogar Denise ihr gut zureden musste. Rose freute sich auf das Baby und darauf, dass sie jetzt bald eine richtige Familie sein würden, aber dieses Wechselbad der Gefühle, das sie erlebte, bewirkte auch, dass sie sich fragte, ob sie überhaupt eine gute Mutter sein würde.

„So verunsichert habe ich mich noch nie gefühlt", sagte sie eines späten Abends zu Jed, als sie noch telefonierten. „Ich weiß, dass ich tüchtig bin und alles Mögliche kann, aber vor dem Muttersein habe ich eine Heidenangst."

„Aber du bist dabei doch nicht allein", beruhigte Jed sie.

„Ich weiß ja, dass du mich unterstützen wirst", räumte sie rasch ein. „Aber du hast ja schließlich auch noch deinen Beruf und bist viel unterwegs."

„Ich habe damit gar nicht mich gemeint, Rose, sondern Gott", sagte er. „Er wird dir ganz nah sein und dir alle Kraft, Geduld und Liebe geben, die du brauchst. Du wirst bestimmt eine ganz wundervolle Mutter."

„Vielleicht habe ich nur solche Angst, weil ich dabei etwas verlieren werde", sagte sie.

„Was denn?", wollte er wissen.

Sie zögerte kurz, brachte es dann aber doch heraus: „Mich selbst", sagte sie. „Ich sehe die Mütter in der Gemeinde und beobachte, wie ihre Kinder ihr einziger Lebensinhalt werden. Und das ist ja auch gut so. Kinder sind ein Schatz und natürlich wichtig, aber wenn sich alles nur noch um die Kinder dreht, verliert man sich dann nicht selbst?"

Jed schwieg am anderen Ende der Leitung, und zwar so lange, dass sie sich schon fragte, ob er vielleicht eingeschlafen war, aber schließlich antwortete er doch: „Vielleicht ist es ja auch so, dass du dich gerade findest, indem du dich verlierst. Vielleicht sorgt das Baby dafür, dass du gar nicht das Gefühl hast, innerlich zu sterben, sondern dass du auf eine Art lebendig wirst, wie du es noch nie erlebt hast."

Zuerst gefiel Rose nicht, was er da sagte. Es gab ihr nur zusätzlich das Gefühl, auch ihn noch zu verlieren. Doch als die Geburt immer näher rückte, fand sie seinen Gedanken auch tröstlich.

Als der Arzt bestätigte, dass das Baby jetzt jeden Tag kommen könnte, sagte Jed einen Auftritt ab und nahm das nächste Flugzeug. Rose war unendlich erleichtert, als er zur Tür hereinkam und Denises Platz an ihrer Seite einnahm.

Es beruhigte sie zwar, dass er ihr die Hand hielt und sie ihm ins Gesicht sehen konnte, aber die Schmerzen nahm es ihr nicht. Als er einmal zum Wehenschreiber hinübersah, packte sie seinen Arm, grub ihre Fingernägel hinein und sagte: „Sieh mich an und nicht diesen blöden Apparat!"

Sie war selbst überrascht von der Heftigkeit ihrer Reaktion, aber er nahm es sportlich und ließ sie für den Rest der Geburt nicht mehr aus den Augen. Es waren seine Augen, immer wieder seine Augen – wie sich in den Augenwinkeln Krähenfüße bildeten, wenn er lachte oder lächelte, und dann die Tränen der Freude über das Wunder des Lebens, das sie voller Ehrfurcht betrachteten.

Alle ihre Fragen, alle Erschöpfung, die Übelkeit und die Gewichtszunahme und aller Schmerz waren wie weggeblasen, als sie ihren Sohn im Arm hielt. Sie und Jed hatten dieses Kind zusammen gemacht. Der Kleine war ein Wunder, das Gott durch die Liebe zwischen einem Mann und einer Frau vollbracht hatte. Das war der Stoff für ein Lied, und sie war sicher, dass Jed dieses Lied finden würde, etwas Wunderschönes, Geheimnisvolles und Rühmenswertes.

Jed blieb eine Woche zu Hause, kümmerte sich rührend um Rose oder hatte Ray auf dem Arm und sang ihm etwas vor. Er strich das Kinderzimmer und klebte eine Borte mit Motiven aus der Arche Noah an die Wand, während Rose sich ausruhte und erholte, staunend die winzigen Hände und Füße ihres Sohnes betrachtete und seinem Herzschlag lauschte. Beim Anblick dieses winzigen, hilflosen und völlig abhängigen Menschleins musste sie an ihre Mutter denken. Wie sehr wünschte sie sich, sie hätte ihren Enkel kennengelernt. Aber die Reaktion ihres Vaters war unvergleichlich. Er weinte nicht – ihr Vater war nicht der Typ, der weinte –, aber er wiegte Ray im Arm und schaute ihn an, als wäre er der nächste König von England.

Als Jed wieder auf Tournee ging, war es für Rose sehr schwer, denn sie lebte in einer neuen Umgebung, ohne Freunde und Verwandte in der Nähe. Die Wochenenden verbrachte sie bei ihrem Vater auf dem Gut, aber das fühlte sich an, als würde sie schummeln. Sie wusste, dass sie nur versuchte, mit der Umstellung fertigzuwerden, die es mit sich brachte, dass aus zwei Personen drei geworden waren, aber da war noch irgendetwas, das an ihr nagte. Sie wünschte sich wirklich, dass Jed Erfolg hatte, dass er tolle Songs schrieb und seiner Bestimmung folgte, aber welchen Preis würden sie dafür zu bezahlen haben?

Sie war gerade auf dem Weingut ihres Vaters, als Jed eine Woche später zurückkam und sie überraschte. Er staunte, wie groß Ray schon wieder geworden war und sagte: „Ich will nicht verpassen, wie er sich zum ersten Mal umdreht, die ersten Schritte macht und die ersten Worte spricht."

Rose lächelte Jed an, denn sie wusste, dass er es ernst meinte. „Du hattest übrigens recht", sagte sie.

„Womit denn?", fragte er nach.

„Na, mit meiner Angst, ich könnte mich selbst verlieren. Ich hatte solche Panik davor, keine gute Mutter zu sein, aber in dem Moment, als ich den kleinen Mann hier im Arm hielt, gab es kein Zurück mehr. Und innerlich fühle ich mich so lebendig wie noch nie."

Jed lächelte sie auf diese gewisse Art an, die ihr sagte, dass er ein neues Lied im Kopf hatte. *Innerlich lebendig.*

Ray wurde unruhig, und Jed gab ihn Rose zum Stillen. Er ließ sich in einem Sessel nieder und betrachtete die beiden. Rose schaute aus dem Fenster zu der immer noch erst halb fertigen Kapelle in der Ferne.

Kapitel 23

Jedes Mal, wenn Jed nach Hause kam, hatte er das Gefühl, dass er dort und nirgends anders hingehörte. Es war gar nicht so, dass ihm das Touren keinen Spaß machte, aber es war anstrengend, ständig unterwegs zu sein, in billigen Hotels zu wohnen und mit den kleinen und größeren Dramen fertigzuwerden, die jeden Tag passierten. Trotz allem war ihm aber klar, dass er genau dazu berufen war. Die Musik war das, was sein inneres Feuer immer wieder entfachte und in Gang hielt.

Tatsache war aber auch, dass er den Anker seines Zuhauses und Rose und Ray brauchte, um das tun zu können, was er tat. Ohne sie wären seine Songs flach und bedeutungslos gewesen. Seine Leidenschaft und sein Herz kamen dann zum Ausdruck, wenn er über die tiefe Liebe schrieb und sang, die er gerade zu verstehen begann.

Er bat Stan, ihn in der Zeit um Rays ersten Geburtstag herum nicht für Konzerte zu verpflichten, und Stan ließ sich darauf ein. Jed wusste, dass es herrlich werden würde. Er sah sich schon auf der Zuschauertribüne sitzen, wenn sein Sohn mit dem Baseballspielen anfing. Vielleicht würde er sogar selbst eine Mannschaft trainieren, obwohl er nicht viel von Baseball verstand, aber das ließ sich ja lernen. Er würde für seinen Sohn da sein, ihn anfeuern, ihn für jeden kleinen Erfolg loben, aber ihn auch korrigieren, wenn es nötig war.

Eines Abends machte er Rose den Vorschlag, doch einmal mit einer Freundin auszugehen, und er würde auf Ray aufpassen. Rose strahlte, rief sofort Denise an, und sie verabredeten sich auf halbem Weg. Weil Denises Hochzeit unmittelbar bevorstand, gab es viel zu besprechen.

Sie küsste Jed zum Abschied, erst nur flüchtig auf die Wange, doch dann inniger, als wollte sie sagen: „Schlaf nicht ein, bevor ich nach Hause komme."

Als sie davonfuhr, sah er ihr lächelnd hinterher. Anschließend hockte er sich auf den Boden und sah zu, wie Ray von einem Zimmer ins nächste tappte und die Sicherheit der Babygitter testete.

Bevor er Ray ins Bett brachte, fütterte er den Kleinen und war erstaunt, wie viel von dem Brei in seinem Gesicht hängen blieb. Anschließend badete er ihn, zog ihm seinen Schlafanzug an und machte es sich mit seinem Sohn und dessen Lieblingsbilderbüchern auf dem Sofa bequem. Mit jedem Umblättern spürte Jed, wie der kleine Kerl müder wurde. Irgendwann lag Ray ganz entspannt auf Jeds Brust und gähnte, und als sie die Bilderbücher fertig angeschaut hatten, legte Jed ihn in sein Bettchen und sagte: „Gute Nacht, Kumpel."

Er war noch nicht ganz wieder in der Küche, als er eine Stimme hörte. „Tinken!"

„Okay, ich hole dir deinen Becher. Aber dann schläfst du, ja?"

Von da an entwickelte sich das Ganze wie die Verhandlungen mit einer Terroristengruppe aus dem Mittleren Osten. In dem Moment, als Ray merkte, dass er bekam, was er wollte, verlangte er noch eine weitere Geschichte, und als Jed auch da nachgab, wollte er danach noch eine zweite und dritte und dann noch eine.

Rose hatte Jed gesagt, dass es am besten war, wenn das Zubettgehen immer nach demselben Ritual verlief, und Jed hatte auch wirklich versucht, sich daran zu halten, aber der kleine Kerl war einfach zu süß – und außerdem wollte er nicht, dass Ray sich noch einmal meldete, wenn Rose wieder da war. Und was war denn das Problem dabei, wenn er ihm noch eine Geschichte vorlas oder ihm noch etwas Leckeres aus dem Kühlschrank gab?

Als Rose nach Hause kam, war Ray immer noch wach und rief freudig: „Mama!"

Jed schaltete den Zeichentrickfilm aus, den sie sich zusammen angeschaut hatten, und sagte: „Er wollte nicht einschlafen."

Ray lächelte Rose an und streckte seine Ärmchen nach ihr aus. Sie trug ihn nach oben in sein Bettchen und kam dann wieder zu Jed. „Ich hatte dir doch gesagt, wie das Abendritual abläuft. Warum hast du dich denn nicht daran gehalten?"

„Ich hab es versucht. Wirklich."

Bis unten hörten sie, wie Ray oben am Gitter seines Kinderbettchens rüttelte und nach seiner Mama rief.

„Das ist wirklich wichtig. Wenn er aus dem Rhythmus kommt, dann quengelt er am nächsten Tag ununterbrochen und alles ist viel schwieriger."

„Tut mir wirklich leid. Er wollte noch eine Geschichte hören, und ich habe nachgegeben, und als ich ihn einmal wieder aus seinem Bettchen geholt hatte, da war es vorbei. Aber das war ja nur dieses eine Mal."

„Okay. Na, ich bringe ihn morgen schon wieder auf Linie."

„Pass auf, ich nehme jetzt meine Gitarre und singe ihm noch was vor. Dabei schläft er immer ein."

„Nein! Du gehst da jetzt nicht hoch. Wenn Schlafenszeit ist, ist Schlafenszeit."

„Ach, komm schon. Nur ein Lied."

„Wenn du ihm eins singst, will er mit Sicherheit noch eins. Und wenn du wieder weg bist, dann erwartet er auch von mir, dass ich ihm jeden Abend etwas vorsinge."

„Maaaaama?", rief Ray und fing an zu weinen.

Sie schüttelte den Kopf und sagte: „Er ist völlig über den Punkt."

„Hör mal, ich verstehe dich ja. Es ist nur so, dass ich ihn so selten sehe, und wenn ich dann schon mal mit ihm zusammen bin ... Aber du hast recht. Ich werde mich an deine Regeln halten. So etwas wird nicht wieder vorkommen."

„Das sind nicht meine Regeln, Jed. Das sind unsere Regeln. Wir machen das doch nicht für mich, sondern für Ray."

Jed senkte den Blick und lauschte dem Gebrüll aus Rays Zimmer. Am liebsten wäre er nach oben gegangen, hätte seinen Sohn aus dem Bett genommen und ihn im Arm gewiegt, bis er eingeschlafen wäre.

„Wie war dein Abend mit Denise?"

Sie warf ihm einen Blick, der besagte: *„Jetzt lenk bloß nicht ab."*

Er hob ergeben die Hände und ging in die Küche, um das Geschirr zu spülen, weil er dazu noch nicht gekommen war. Der Hochstuhl war völlig mit Erdnussbutter beschmiert, und es dauerte eine Weile, bis er die Küche fertig hatte. Dann verzog er sich nach draußen und setzte sich ganz hinten in den Garten, um das Schreien seines Sohnes nicht zu hören, der mittlerweile völlig außer sich war.

Ein Flugzeug donnerte über ihn hinweg. Er sah ihm nach und fragte sich, wo es wohl hinflog. Jedes Flugzeug, jeder Bus erinnerte ihn daran, dass er nicht auf Tour war, jedes Lied im Radio, das er hörte, war ein Lied, das er nicht geschrieben oder gesungen hatte. Irgendetwas in seinem Inneren trieb ihn an, etwas sehr Starkes, das keine Ruhe gab.

Er drehte sich zum Haus um und sah, wie im Schlafzimmer das Licht ausging.

Teil 2

Kapitel 24

Shelby Bale saß in einer Bar im Flughafen in Atlanta. Sie war auf eigene Kosten zu diesem Treffen geflogen und hatte mithilfe der Pillen, die sie von ihrer Freundin Vivian bekommen hatte, im Flugzeug geschlafen. Es war 15:15 Uhr nachmittags, und sie war erst vor einer halben Stunde aus dem Flieger gestiegen, aber sie brauchte jetzt unbedingt erst mal einen Drink. Das Treffen war wirklich wichtig, würde vielleicht ihr ganzes Leben verändern. Sie war 25 und so hungrig auf Erfolg, wie eine hungernde Künstlerin nur sein konnte.

Da kam in Poloshirt, mit Sonnenbrille und zurückgekämmtem Haar Stan Russel zur Tür hereingeschlendert. Er hatte schon jetzt einen ansehnlichen Bauch, der sicher noch wachsen und ihm eine Herzkrankheit bescheren würde, wenn er nicht langsam anfing, Sport zu treiben. Sie schätzte ihn auf etwa 50, und er trug keinen Ehering. Doch das war nicht wichtig – jedenfalls jetzt noch nicht.

Sie hatte ihren Manager noch nicht gefeuert, aber wenn sie und Stan sich einig würden, würde sie Barry Staver fallen lassen wie eine heiße Kartoffel.

Shelby lächelte und winkte Stan zu. Er bestellte einen Drink und setzte sich zu ihr. „Ich habe einen Vorschlag“, begann sie, als er sich gesetzt hatte.

„Sie verlieren wirklich keine Zeit, was?“, bemerkte Stan lächelnd und musterte sie einmal von Kopf bis Fuß.

Shelby war solche Blicke gewohnt und mochte sie. Wenn sie die Männer mit ihren Augen oder ihrem Lächeln oder ihren Kurven an den richtigen Stellen ablenken konnte, dann bekam sie leichter, was sie wollte. Und sie mochte es auch, wenn die

Blicke der Männer der Spur ihrer Tattoos folgten, die sie gern zeigte, wenn nichts anderes mehr funktionierte.

„Wenn ich etwas will, dann bekomme ich es in der Regel auch“, sagte sie. „Und das hier ist eine Win-win-Situation für uns alle drei. Ich werde Barry feuern.“

„Moment mal“, sagte Stan. „Wieso denn für alle drei?“

„Ich möchte, dass Sie mich managen.“

„Und wieso wollen Sie Barry nicht mehr?“

Sie zog einen Schmollmund und antwortete: „Sie kennen doch Barry. Er spielt ganz bestimmt nicht in derselben Liga wie Stan Russel.“

„Und Sie denken, ich könnte Ihnen helfen.“

„Die Veranstaltungsorte, wo wir spielen, sind viel zu klein. Ich weiß, Sie glauben mir nicht, aber es stimmt. Wenn ich dem Publikum noch näher käme, würde ich hinter den Leuten stehen. Oft habe ich kaum Platz, um meinen Geigenkasten aufzuklappen.“

Er lachte schnaubend. Der Alkohol und ihre Scherze schienen ihn lockerer zu machen. „Dieser Song von Ihnen, ‚Confetti‘ – der hat wirklich eine nette kleine Melodie. Echt gut. Dieser Titel wird so oft gespielt, dass Sie allein schon deshalb ins Vorprogramm eines bekannten Künstlers gehören.“

„Genau. Und wir arbeiten gerade an einem neuen Song, der genauso gut ist. Sogar noch besser. Also, es läuft gerade richtig gut, und die Leute von der Band können gut miteinander. Rickys Gitarre, meine Geige.“

„Ihr Geigenspiel ist fantastisch, keine Frage, und Sie haben eine unglaubliche Bühnenpräsenz, aber warum machen Sie nicht mit Barry weiter? Er müsste doch eigentlich in der Lage sein ...“

„Barry ist raus. Ich will Sie. Wir haben eine treue Fangemeinde, und alles entwickelt sich gut. Haben Sie unsere Facebook-Seite gesehen? Die explodiert ja förmlich. Die Veranstaltungsorte, die Barry für uns bucht, sind immer blitzschnell ausverkauft, aber wir sind jetzt bereit für den nächsten Schritt.“

„Was genau wollen Sie mir damit sagen? Und wer ist die dritte Person, die angeblich davon profitiert?"

„Ich möchte, dass Sie uns übernehmen – nur noch drei Konzerte, danach bin ich frei. Ich möchte mit Jed King spielen."

Stan starrte sie an, warf dann seinen Kopf in den Nacken und lachte lauter, als es für den Raum angemessen war. „Sie und Jed King? Der ist gut, Shelby. Das wäre, als würde ich ..." Er überlegte kurz, aber ihm schien auf Anhieb kein Vergleich einzufallen.

Shelby reagierte, bevor er Gelegenheit hatte, sie abzuwürgen. „Ich weiß, es klingt vielleicht im ersten Moment komisch, aber überlegen Sie doch mal. Wir bringen unsere Fans mit, er seine, und gemeinsam bekommen wir Hallen voll, die jeder einzeln nicht füllen könnte."

„Und seine Fans beschweren sich über Ihre sexy Show, und Ihre Fans meckern, dass Jed zu viele fromme Songs spielt."

„Das wird nicht passieren, denn die beiden Zuhörergruppen sind einander ja ausgesetzt. Es wird ihnen gefallen."

Sie richtete sich kerzengerade auf, und wieder gingen Stans Blicke auf Wanderschaft. „Ich weiß, dass das, was wir machen, ein bisschen ausgefallener ist als Jeds Musik", sagte sie. „Er ist ja eher der bodenständige Heile-Welt-Typ, der konservative Werte vertritt, ich dagegen habe eher den Ruf zu provozieren und bis an die Grenzen zu gehen. Ich glaube trotzdem, dass wir voneinander profitieren könnten. Ich kann mich ja bei der Bühnenshow ein bisschen zurückhalten."

„Sie sollten nicht ändern, was bisher gut für Sie funktioniert hat."

„Ich will ja auch gar nicht meinen Stil verändern, sondern mich nur ein bisschen adaptieren. Jede Spezies muss sich ja anpassen, um zu überleben und stärker zu werden. Und es wäre so, dass wir Jeds Shows durch unsere Art auch etwas aufpeppen würden. Wir würden ihn ein bisschen pushen, und er würde dem, was wir machen, mehr Stabilität verschaffen. Auf diese Weise hätten beide Seiten etwas davon."

„Kennen Sie seine Musik denn überhaupt?", fragte Stan und trank mit einem Zug sein Glas leer.

„Meine Stiefmutter hat die Musik seines Vaters geliebt. Ich bin also mit David King aufgewachsen. Und Jed habe ich mir mal in einer kleinen Halle angehört. Das war, bevor er geheiratet hat."

„Was Ihnen bestimmt das Herz gebrochen hat."

Sie lächelte süßlich und sagte: „Das hören Sie doch wahrscheinlich öfter, oder?"

„Jed kommt gut an bei den Frauen, aber er ist endgültig vom Markt."

Das werden wir ja noch sehen, dachte Shelby. „Ich wusste, dass er es weit bringen würde; das war klar. Die Texte, sein Aussehen und dann diese Stimme. Und ein guter Musiker ist er auch noch. Auch wenn Sie bekanntlich nicht immer so angetan waren von ihm."

Stan zog die Augenbrauen hoch: „Sie sind ja ziemlich gut informiert."

„Jedenfalls gut genug, um gefährlich zu sein", sagte sie, griff nach Stans Händen, drehte seine Handflächen nach oben und sagte: „Sie haben eine interessante Lebenslinie." Mit dem Finger strich sie darüber und spürte, welche Macht sie über ihn hatte.

„Und Sie glauben, dass meine, Jeds und Ihre Linien ineinandergreifen?"

„Ja, das glaube ich."

„Und was hält Ihre Band davon?"

„Sie haben Barry genauso satt wie ich. Es ist Zeit für eine Veränderung. Für Sie, für Jed, für uns und für die Musik."

„Also, auf den ersten Blick scheint es abwegig", sagte er, ergriff jetzt ihre Hände, „aber ich könnte mir vorstellen, dass sich da vielleicht doch etwas machen ließe ..."

Sie zog ihre Hände zurück. „Hier geht es aber ausschließlich um Musik, verstanden?"

Stan hob die Hände und sagte: „Ja, alles klar. Es geht ums Geschäft. Aber ich muss natürlich erst mit Jed reden."

„Ich dachte, Sie sind sein Manager."

„Das bin ich auch."

„Und warum können Sie ihm dann nicht einfach sagen, dass es das Beste für ihn ist? Ich meine, wenn Sie genauso davon überzeugt sind wie ich, wird er schon mitmachen."

„Ich möchte meine Künstler nicht bevormunden."

„Glauben Sie denn nicht, dass Jed einverstanden ist?"

„Ich denke, dass er mitmachen wird, wenn ich das Thema richtig angehe. Natürlich vorausgesetzt, dass ich es auch selbst für eine gute Idee halte."

„Im Grunde haben Sie sich doch schon längst entschieden, Stan, das wissen Sie genauso gut wie ich. Letztlich ist das eine Sache des Bauchgefühls. Also überraschen Sie ihn und überraschen Sie das Publikum. Wo ist denn Jeds nächstes Konzert?"

Stan holte seinen guten alten Terminkalender aus der Tasche; da war er noch altmodisch. Irgendwann würde er sich wahrscheinlich ins digitale Zeitalter zerren lassen müssen, aber zurzeit befand er sich noch auf einem Rastplatz an der Datenautobahn. „Er hat gerade ein paar Tage frei – es ist sein Hochzeitstag. Er tritt erst morgen in einer Woche wieder auf. In Boston."

„Perfekt. Unser letzter Auftritt ist am Sonntag in Ohio. Von da fliegen wir dann nach Boston, machen Werbung über die sozialen Netzwerke und bekommen so die Halle voll."

Stan nickte ganz langsam und sagte: „Ja, ich glaube, das könnte funktionieren. Für uns alle. Ich setze einen Vertrag auf."

Sie verabschiedeten sich mit Handschlag, und Shelby konnte kaum fassen, wie einfach es gewesen war und wie schnell sich das Schicksal wenden konnte. Sie würde endlich Jed King kennenlernen.

Kapitel 25

Als ihr fünfter Hochzeitstag näher rückte, befand sich Rose in einem Widerstreit der Gefühle. Jed hatte vorgeschlagen, auf eine einsame Insel zu fahren, nur sie beide. Sie waren zwar immer noch nicht reich, aber die Konzerthallen füllten sich immer mehr, was allerdings auch bedeutete, dass die Phasen, in denen er weg war, immer länger wurden. Erfolg hatte eben seinen Preis.

Doch die widerstreitenden Gefühle hatte sie gar nicht in Bezug darauf, wie sie den Hochzeitstag gestalten sollten, sondern der springende Punkt war, dass sie Ray zu Hause lassen würden. Ihr Dad war begeistert über diese Idee und redete ihnen zu, eine ganze Woche wegzubleiben, und Jed fand das völlig in Ordnung. „Ray wird mit deinem Vater die Zeit seines Lebens haben!", sagte er. Das stimmte ja vermutlich, aber ...

Neuerdings es gab anscheinend immer ein *Aber* in ihrem Leben. Rose machte sich Sorgen um die Gesundheit ihres Vaters. Es kam ihr so vor, als ob er im vergangenen Jahr viel langsamer geworden wäre und es immer wieder Phasen gab, in denen er nicht mehr die Kraft für Dinge hatte, die ihm vorher keinerlei Probleme bereitet hatten. Da sie ihren Vater nur etwa alle zwei Wochen sah, fiel ihr der langsame Abbau deutlich auf. Wenn sie ihn am Wochenende auf dem Weingut besuchten, kam er immer sofort herbeigeeilt. Auch nach kurzen Strecken war er völlig außer Atem und musste sich irgendwo abstützen, bis er wieder Luft bekam.

Sie konnte ihn nicht dazu überreden, zum Arzt zu gehen. Das tat er nur, wenn er so starke Schmerzen hatte, dass gar nichts mehr ging. Sie hatte oft Sorge, dass sie ihn eines Tages zusammengesunken zwischen all den ausgestopften Tieren in seinem Arbeitszimmer finden würde. Sie fühlte sich ihrem Vater und dem Weingut so verbunden, dass es ihr unglaublich schwerfiel, sich einzugestehen, dass er eben alt wurde.

„Einer von Stans Klienten hat uns sein Ferienhaus auf Cabo angeboten“, sagte Jed eines Tages.

„Wo liegt denn Cabo?“, erkundigte sie sich.

An der mexikanischen Küste, erklärte er ihr, und dort gäbe es das blauste Wasser und die saubersten Strände, die man sich vorstellen könne. Dort könnten sie eine richtige Auszeit genießen.

„Warum suchen wir uns nicht etwas, das nicht so weit weg ist?“, fragte Rose. „Dann könnten wir Ray mitnehmen und er könnte im Sand spielen. Er ist noch nie am Meer gewesen, und abends wäre er dann bestimmt früh müde.“ Dieses Argument führte sie an, weil sie wusste, dass Jed sich wünschte, dass sie sich auch körperlich wieder näherkamen.

Jed sagte mit gerunzelter Stirn: „Du weißt, wie lieb ich Ray habe, aber wir brauchen auch mal Zeit für uns. Nur du und ich, so wie früher. Bevor ich wieder auf Tour gehe, sollten wir uns ein paar schöne gemeinsame Erinnerungen schaffen.“

„Und wann fangen wir an, uns als Familie Erinnerungen zu schaffen? Wir drei?“

Rose wollte ganz bestimmt nicht nörgeln, und es brauchte auch nicht immer nach ihrem Kopf zu gehen, aber irgendwie hatte sie einfach kein gutes Gefühl bei diesem Urlaub, auch wenn sie ihm das nicht richtig erklären konnte. Es gefiel ihr nicht, dass sie über immer längere Phasen getrennt waren, je mehr Erfolg Jed hatte, aber andererseits wollte sie natürlich auch, dass Jed genau das tat, wozu Gott ihn bestimmt hatte. Das war es, wodurch er eine besondere Verbindung zu seinem Publikum bekam, und deshalb wurde er auch immer erfolgreicher. Seine Lieder berührten etwas tief im Inneren der Menschen, und darauf reagierten sie.

Dennoch ... es gab da einiges, worüber sie reden mussten. Da kamen viele Kleinigkeiten zusammen, die sich dann ansammelten wie die Zinsen auf der Kreditkarte. Und dieser Urlaub zum Hochzeitstag war wie ein Schnitt in ihrem Finger, der die ganze Zeit brannte. Dabei war die Angelegenheit ja eigentlich gar nicht so wichtig. Vielleicht machte sie viel zu viel Aufhebens darum.

Rose schaute sich noch einmal ihre alten Fotoalben von den Familienurlauben an. Ihre Eltern, ihre Brüder und sie beim Muschelsuchen am Myrtle Beach. Das waren ihre schönsten Erinnerungen. Warum verstand Jed das nicht? Warum konnte sie es ihm nicht begreiflich machen?

Sie hatte gehört, Männer wären von Natur aus auf ihre Arbeit fixiert und darauf, die Familie zu ernähren. Das war ja im Grunde etwas Gutes – aber es konnte auch bedeuten, dass Männer ihren Selbstwert nur aus ihrer Arbeit bezogen. Sie sah ja, wie leicht sich Jed in der Musik verlor und die Familie vernachlässigte.

Ganz Ähnliches galt aber auch für sie. Ihre Rolle als Mutter hatte sie innerlich auf eine Art weich gemacht, dass sie es kaum glauben konnte. Immer dachte sie an Ray, weil er inzwischen zum wichtigsten Menschen in ihrem Leben geworden war. Schließlich war er ganz und gar abhängig von ihr, und sie hätte alles für ihn getan. Ganz unbemerkt war er in ihrer Prioritätenliste vor Jed gerutscht.

Für Rose war das verblüffend gewesen. Sie hatte geglaubt, das Schwierigste an einer Ehe wären die Hochzeitsvorbereitungen. Nie hätte sie gedacht, dass die Ehe so viel Arbeit, geistige und seelische Kraft und auch Zeit kosten würde. Der bevorstehende Konflikt mit Jed machte ihr Angst, und sie hätte ihn am liebsten verdrängt, einfach gute Miene zum bösen Spiel gemacht. Bei solchen Dingen wie der Reise zu ihrem Hochzeitstag den Spielverderber zu geben passte eigentlich gar nicht zu ihr. Eigentlich wollte sie es immer allen recht machen. Das war auch der Grund, weshalb ihr Leben nach Rays Geburt so schwierig geworden war. Sie sprach jetzt nicht mehr nur für sich selbst, sondern für sie beide, und die Kluft zwischen ihnen und dem

Mann, den sie liebte, wurde immer tiefer. Ein getrenntes Leben mit unterschiedlichen Themen und Zeitplänen, das alles trug nicht gerade dazu bei, dass Menschen sich nah blieben.

Sie grübelte, besprach sich mit Denise und wünschte sich so sehr, ihre Mutter hätte ihr einen Rat geben können, aber mit ihrem Vater wollte sie auf keinen Fall darüber reden und mied daher das Thema.

Und dann, zwei Wochen vor ihrem Hochzeitstag, kam Jed strahlend mit einem Umschlag in der Hand auf sie zu. „Ich weiß, wie wir uns in der Mitte treffen können."

„Wie meinst du das?"

„Mach ihn auf."

Das tat sie und zog einen Prospekt heraus, auf dem mit blauem Filzstift stand: *Roses und Jeds Hochzeitstags-Familienurlaub auf der Insel.*

„Es ist eine kleine Insel vor der Küste von South Carolina. Wir haben das Haus für fünf Tage. Hinten im Garten ist ein Pool – natürlich mit einem Zaun gesichert, damit Ray nicht hineinfallen kann. Er kann den ganzen Tag im Sand spielen oder im Pool schwimmen, und wir können mit ihm am Strand spazieren gehen und reden und lesen und ... tun, wozu wir Lust haben. Ich weiß allerdings nicht, wie dort zu dieser Jahreszeit die Wassertemperaturen sind."

Strahlend umarmte sie ihn und sagte: „Das ist perfekt. Vor allem der Teil mit dem *wozu wir Lust haben.*"

Rose wäre am liebsten sofort losgefahren und fühlte sich wie ein Kind, das gar nicht abwarten kann, den Koffer zu packen.

„Ach ja, und außerdem habe ich noch Ronny vom Futtermittelladen in Sharon angerufen und ihn gefragt, ob er vielleicht ab und zu bei deinem Vater vorbeischaut, solange wir weg sind", sagte Jed. „Möglichst unauffällig, damit er nicht Lunte riecht."

Rose strahlte. Genau das hatte sie sich gewünscht: einen Mann, der fürsorglich, entschlussfreudig und umsichtig war. Sie würde dafür sorgen, dass dieser Urlaub sowohl für Ray als auch für Jed ein unvergessliches Erlebnis werden würde.

Jed baute Sandburgen mit Ray und planschte mit ihm im Meer, während Rose unter einem Sonnenschirm saß und den beiden zuschaute. Am ersten Tag blieben sie viel zu lange am Strand und bekamen alle einen Sonnenbrand, sodass sie den Rest des Urlaubs immer eine Aloe-Fahne um sich hatten.

Ray war ein Energiebündel, bis es dunkel wurde, und dann fiel er hundemüde in die Kissen. Jed brachte ihn abends zu Bett, und wenn er fertig war, wartete Rose draußen auf ihn. Er ließ sich im Liegestuhl neben ihr nieder, und sie setzte sich auf seinen Schoß.

„Das hier ist gar kein schlechter Kompromiss", sagte er.

Und das stimmte wirklich. Die Tage verliefen genauso erholsam und ausgelassen und romantisch, wie er es sich erhofft hatte. Das Funkeln in Roses Augen war wieder da, und Jed nahm sich fest vor, sich in Zukunft mehr Zeit für sie und Ray zu nehmen. Nicht nur ihretwegen, sondern auch um seiner selbst willen.

Am Tag vor ihrer Rückreise klingelte im Haus das Telefon. Jed hatte sein Handy ausgeschaltet, um wirklich seine Ruhe zu haben, aber offenbar hatte Stan irgendwie die Festnetznummer ihres Ferienhauses herausbekommen.

„Ich wollte mich nur vergewissern, ob du bereit bist für Boston", sagte Stan. „Das wird ein gigantisches Konzert."

„Ja, klar."

„Und außerdem wollte ich dir noch sagen, dass dich dort eine kleine Überraschung erwartet."

„Eine Überraschung?"

Stan lachte nur leise und sagte: „Wir sehen uns dann in Boston, Jed."

Kapitel 26

Shelby Bale saß mit einer ihrer besten Freundinnen in Boston hinter der Bühne. Es war ihre erste Chance, im Vorprogramm von Jed mitzuwirken, und sie waren beide sehr aufgeregt.

Vivian Lee spielte in Shelbys Band Kontrabass und sie war ebenso lebenshungrig und wild wie sie. Es gab nicht viel, was sie noch nicht zusammen ausprobiert hatten. Vivian hatte Shelby mit allen möglichen Pillen bekannt gemacht und Shelby Vivian mit anderen Rauschmitteln. Natürlich hatte nichts von alle dem sie je daran gehindert, auf der Bühne alles zu geben. In gewisser Weise heizte das Zeug, das sie tranken oder einwarfen, ihre Energie auf der Bühne sogar an.

„Mir wird da gerade etwas klar", sagte Vivian und trank den letzten Schluck Scotch aus ihrem Glas. „Es geht hier gar nicht darum, dich von Barry zu befreien oder in größeren Hallen zu spielen. Es ist einfach Jed King, oder?"

Shelby lachte. „Wie kommst du denn auf sowas?"

„Ich habe gesehen, wie du draußen das Veranstaltungsplakat angeschmachtet hast. Er ist verheiratet, Shelby. Und er ist Christ. Sie spielen zwar auch andere Sachen, aber der Mann hat einen Ruf."

„Ich auch", erklärte Shelby.

„Du willst das doch nicht wirklich durchziehen, oder?"

„Ich lasse mich einfach von meiner Leidenschaft leiten und werde sehen, wohin sie mich führt. Er braucht ja nicht darauf einzugehen."

Vivian zog die Augenbrauen hoch und deutete mit dem Kopf zum Gang. „Deine Leidenschaft ist gerade in engen Jeans vorbeigelaufen."

„Er ist da?“, fragte Shelby.

„Wow, du solltest dein Gesicht sehen“, sagte Vivian.

Shelby schaute rasch in den Spiegel und lächelte verschmitzt. „Okay, los geht's.“ Sie hob eine Faust, und Vivian zwinkerte ihr zu.

Jed drehte sich gerade um, als sie vor seiner Garderobentür stehen blieb. Er sah noch besser aus als auf den Pressefotos und Videos. Er war größer, als sie gedacht hatte; kein Riese, aber genau richtig, und sein Bart war voller als auf dem letzten Foto, das sie gesehen hatte.

Sie zog eine Zigarette aus der Packung und ihre Blicke trafen sich. Er kam zur Tür und legte die Hand auf den Griff, als wollte er seinen Bereich schützen.

„Hallo“, sagte sie mit einer Kleinmädchenstimme, bereute allerdings sofort, dass sie etwas gesagt hatte, bevor er die Initiative hatte ergreifen können.

„Kann ich Ihnen helfen?“, fragte er nicht besonders freundlich. Er schien verärgert, was sie verwunderte.

Sie steckte die Zigarette in den Mund, zog ihr Feuerzeug aus der Tasche und antwortete: „Das haben Sie eigentlich schon, Jed. Ich wollte nur, äh ...“ Mit einer wohlwollenden Geste hielt sie ihm die Zigarette hin, und er nahm sie. Dann wollte sie ihm Feuer geben, aber statt zu rauchen, pustete er die Flamme aus.

„Ich rauche nicht“, sagte er, ohne zu lächeln. „Und ich schlafe auch definitiv nicht mit Groupies. Also ...“

Sie warf lachend den Kopf in den Nacken, so schockiert und amüsiert war sie zugleich. Als sie sich wieder beruhigt hatte, sagte sie: „Ich habe gehört, dass Sie sehr religiös sind ...“

„Und Sie dann wohl eher nicht.“

„Ich bin spirituell.“

„Ist das nicht jeder?“

Sie schaute sich um und überlegte, wie sie sich vorstellen sollte. Sie wollte eine zweite Chance für den ersten Eindruck. „Sie haben keine Ahnung, oder?“

„Wovon?“

Sie trat einen Schritt auf ihn zu und sagte mit gesenkter Stimme: „Wissen Sie, normalerweise wäre ich jetzt wirklich beleidigt, aber Sie sind einfach zu süß. Und ich habe jetzt ein Geheimnis, und das ist doch immer lustig, oder?"

Sie sah ihm in die Augen, in seine unergründlichen Augen, in die Augen des Mannes, der so unglaubliche Songs hervorgebracht hatte. Und sie war sicher, dass davon noch sehr viele mehr in ihm steckten. Bessere Songs. Songs, die tiefer unter die Haut gingen, als er es sich selbst vorstellen konnte.

Er schüttelte den Kopf und schob sie zurück. „Okay. Es war nett, Sie kennenzulernen, wie immer Sie heißen mögen – wirklich ganz toll."

Sie protestierte, doch er schlug ihr die Tür vor der Nase zu, bevor sie noch ein Wort herausbrachte. Und das war Shelbys erste Begegnung mit Jed King.

Als später die Band mit tosendem Applaus begrüßt wurde, rief Vivian: „Hast du ihn getroffen?"

Shelby nickte lächelnd und antwortete: „Ist aber nicht so gelaufen wie geplant. Er hat mir sozusagen die Tür vor der Nase zugeschlagen. Hat mich für ein Groupie gehalten."

„Das bist du ja irgendwie auch."

„Er hatte keine Ahnung, wer ich bin."

Vivian deutete mit dem Kopf hinter die Bühne, wo Jed gerade mit seinem Manager auflief. Das Schlagzeug leitete den nächsten Song ein, und die Menge reagierte auf das schrille Intro zu „Confetti".

„Zeig ihm, wer du bist", sagte Vivian.

Shelby sang wie üblich mit Leidenschaft und Hingabe, und ihre Geige sprühte förmlich Funken. *„Take me, shake me and break me into two million little pieces spread all over you ..."*

Nach ihrem Auftritt machte sich Shelby auf die Suche nach Jed, um ihm zu sagen, dass sie nicht sauer darüber war, dass er sie für ein Groupie gehalten hatte. Aber Stan kam ihr entgegen, zog sie hinter die Bühne und brüllte ihr ins Ohr: „Wenn Sie jeden Abend einen so energiegeladenen Auftritt hinlegen, dann wird Jed bald für Sie im Vorprogramm spielen.“

Sie umarmte Stan und drückte ihm einen Kuss auf die Wange. „Nett, dass Sie das sagen, aber ich habe gar nicht vor, Jed in den Schatten zu stellen. Ich will nur die beste Vorband sein, die er je gehabt hat.“

Kapitel 27

Rose war mit Ray extrem beschäftigt. Seine Energie einigermaßen zu bändigen war praktisch ein Fulltime-Job. Sie zählte die unterschiedlichen Entwicklungsphasen nicht in Monaten, sondern in Dingen, die ihn faszinierten. Sie hatte Fotos von ihm gemacht in seiner „Fußphase“, in der er ständig nach seinen Füßen gegriffen und sie dann festgehalten hatte. Darauf folgte seine „Mobile“-Phase und dann die Laufiernphase. Seiner Faszination für Dinosaurier in Büchern, als Plastikfiguren und Plüschtiere folgte die Begeisterung fürs Trommeln. Er konnte gar nicht genug davon bekommen, die Musik seines Vaters auf CD zu hören und dazu auf dem kleinen Schlagzeug herumzutrommeln, das sein Vater ihm gekauft hatte. Jed war selten zu Hause, deshalb war es für ihn leicht – er brauchte den Lärm nicht auszuhalten. Aber Rose freute sich, dass Ray dieses Ventil für seine ganze Energie hatte, und manches, was er sagte, wie er die Texte durcheinanderbrachte, war einfach zu niedlich. Sie simste Jed einige seiner Formulierungen oder nahm sie auf Video auf, um sie ihm vorzuspielen. Irgendwann gab es so viele von diesen witzigen Sprüchen, dass sie anfing, sie in Rays Babyalbum aufzuschreiben.

Vor dem Urlaub hatte sich bei ihnen ein Rhythmus eingespielt, in dem Jed immer ein paar Tage zu Hause war und dann wieder zwei Wochen unterwegs. Wenn sie ganz ehrlich war, musste sie zugeben, dass es zunehmend schwieriger wurde, wenn Jed zu Hause war. Er hielt sich einfach nicht an den Tagesablauf, den sie für ihren Sohn eingeführt hatte. Jed wollte, dass er länger aufblieb und noch mit ihm spielen konnte, oder wollte ihn wecken, wenn er gerade eingeschlafen war – was natürlich nicht so toll war. Sie freute sich, wenn Jed mit Ray spielte, aber ihm war einfach nicht klar, dass sie am nächsten Tag mit den Folgen leben musste, wenn der Kleine quengelig war, weil er nicht genug Schlaf bekommen hatte. Das war zwar ein geringer Preis dafür, mitzuerleben, wie die beiden ihre Beziehung durch Musik und Spiel festigten, aber Rose empfand Jed immer mehr als Störung und als Konkurrenz, wenn er da war. Ständig brachte er Ray Süßigkeiten mit, während sie sich bemühte, ihn gesund zu ernähren. Als Jed einmal mit Ray im Kino gewesen war, hatte sich der Kleine zu Hause übergeben, und sie hatte entsetzt auf den roten Fleck auf dem Holzboden gestarrt.

„Er hat eine ganze Tüte rotes Lakritz gefuttert. Ich konnte es ihm einfach nicht abschlagen."

Genau das waren aber die Entscheidungen, die Eltern für ihre Kinder treffen mussten, dachte sie. Man konnte doch nicht einfach eine große Tüte Lakritz kaufen und sie einem Vierjährigen in die Hand drücken. Man musste Grenzen setzen. Dabei hielt sie Jed zugute, dass er sich wirklich für seinen Sohn interessierte und sich viel und gern mit ihm beschäftigte. Es gab Väter, die sich gar nicht mit diesen alltäglichen Dingen befassten und noch nie eine Windel gewechselt hatten. Jed dagegen schien das richtig zu genießen.

Jed hatte am Abend zuvor ein Konzert in Boston gegeben, aber als Rose am Morgen auf ihr Handy schaute, war keine Nachricht von ihm da. Sie hörte draußen eine Tür schlagen, dachte sich aber nichts dabei, bis Jed mit seiner Reisetasche und einem Strauß Blumen zur Tür hereinkam. Rose lächelte, als Ray seinem Vater in die Arme rannte.

„Das ist aber eine schöne Überraschung. Wurde ein Konzert abgesagt?"

„Nein, ich wünschte, es wäre so. Ich muss morgen früh schon wieder weg, tut mir leid. Aber irgendwie hatte ich einfach das Gefühl, dass ich nach Hause kommen muss, weißt du?"

Ray versuchte, seine Aufmerksamkeit von Rose weg auf sich zu ziehen, und schließlich sah Jed ihn an.

„Willst du in meiner Band mitspielen?“, fragte Ray.

Mit der übertriebenen Begeisterung eines liebenden Vaters antwortete Jed: „Ja, das habe ich mir schon immer gewünscht. Deshalb bin ich auch eigentlich nach Hause gekommen. Ich sag dir was. Geh doch schon mal nach oben und bereite alles vor, okay?“

Jed stellte Ray wieder auf den Boden, und er rannte so freudig die Treppe hinauf, als hätte er gerade in der Daddy-Lotterie gewonnen.

Jed wirkte erschöpft, aber er hatte diesen gewissen Blick in den Augen, als er Rose die mitgebrachten Rosen überreichte. Er hatte immer diesen gewissen Blick, wenn er nach Hause kam.

„Die sind für dich“, sagte er und kam näher.

„Danke. Ist alles in Ordnung?“

Jed küsste sie aufs Ohr und umarmte sie. „Ja. Ich wollte einfach nur bei meiner Frau sein, verstehst du?“

Ja, sie verstand, wollte sich aber nicht irgendwie negativ äußern. Sie kämpfte gegen das Gefühl an, unterdrückte es, sah ihn lächelnd an und sagte: „Fang nichts an, was du nicht zu Ende bringen kannst.“

„Wenn er seinen Mittagschlaf hält, ja?“, fragte Jed.

Das war für sie die Bestätigung ihrer Vermutung. Er war nur aus einem einzigen Grund nach Hause gekommen, nämlich weil er mit ihr schlafen wollte. Aus purer Lust. Und wieder schob sie den Gedanken beiseite, weil sie auch froh war, dass er sie begehrte. Sie war froh, dass er nur Augen für sie hatte, und sie wollte auch wirklich für ihn da sein ... aber was war mit ihren Bedürfnissen?

Sie lachte, schob die Gedanken, die ihr durch den Kopf gingen, ganz weit weg in die hinterste Ecke und sagte: „Nein, die Zeiten des Mittagschlafs sind leider längst vorbei. Es ist ein Jammer. Ich bin erschöpft.“ Eigentlich hätte er das noch aus dem Urlaub am Meer wissen müssen. Sie schaute ihn an, wollte ihm mit Blicken alles sagen, was sie auf dem Herzen hatte, wollte, dass er tief in ihre Seele hineinschaute.

„Heute Abend“, sagte sie leise. „Versprochen.“

Er lächelte. „Heute Abend. Ich nehme dich beim Wort.“

Sie suchte eine Vase für die Rosen und gab sich Mühe, sich auf ihn zu konzentrieren, auf sein Leben, seine Tour. „Du konntest es also nicht noch zwei Wochen länger ohne uns aushalten, was?“

Als er darauf nicht antwortete, blickte sie auf und sah es schon an seinem Blick. Stan hatte die Tour verlängert.

„Wie lange dieses Mal?“

„Drei Monate.“ Das klang so, als würde er es bedauern und warte darauf, dass sie sagte, es sei schon in Ordnung, sie verstehe das natürlich. Aber das brachte Rose einfach nicht fertig. Tief in ihrem Inneren begann etwas aufzuwirbeln und riss all die Gefühle mit, die sie so sorgfältig in die hinterste Ecke verdrängt hatte.

„Stan hat zusätzlich noch Shelby Bale für die Tour verpflichtet. Sie ist jetzt mit von der Partie“, sagte er, als müsste sie den Namen kennen.

„Wen?“

Er antwortete, ohne sie dabei anzuschauen, als hätte er einen Text auswendig gelernt, damit er richtig ankam und sie nicht sauer wurde. Wie ein kleiner Junge, der dabei ertappt worden war, dass er eine Scheibe eingeworfen hatte.

„Sie hat als Sängerin eine ziemlich große Fangemeinde. Ich bekomme ihre Fans, sie bekommt meine Fans, und gemeinsam können wir größere Hallen buchen und verdienen viel mehr Geld.“

Das ließ sie aufhorchen. Sie schaute zu ihm hin, sah ihm in die Augen und fragte: „Brauchst du denn mehr Geld? Oder mehr Fans?“

„Bitte versteh mich nicht falsch, aber es geht doch nicht nur darum, Rose.“ Seine Stimme war zwar weich und beruhigend, aber sein Körper sprach eine ganz andere Sprache. Seine Haltung sagte: „Ach, du hast doch keine Ahnung“, sodass sie sich unwillkürlich versteifte.

„Worum geht es dann?“, fragte sie und fuhr fort, Rays Spielsachen einzusammeln und in die Spielzeugkiste zu räumen. Sie fand Legosteine und Plüschtiere und Figuren an den seltsamsten Stellen.

„Es geht auch darum, dass ich Menschen glücklich mache. Das klingt vielleicht blöd, aber auf meine ganz eigene Weise tue ich das.“

Sie räumte weiter auf, damit ihre Hände beschäftigt waren.

„Ich bekomme viele E-Mails, und Leute kommen nach den Konzerten zu mir und erzählen mir, dass ich ihnen geholfen habe, einen Sinn in ihrem Leben zu finden“, erklärte er. „Dass sie schon aufgeben wollten und dann einen meiner Songs gehört haben.“

Und was ist mit meinem Leben?, dachte sie. *Was ist mit dem Sinn meines Lebens? Wieso sind wir zwei getrennte Einzelpersonen, die sich immer weiter voneinander entfernen, statt eines Teams?*

„Die Leute sind auf der Suche, Rose“, fuhr er fort, und seine Stimme klang jetzt beinahe flehend. „Auf der Suche nach Sinn und Hoffnung – nach Gott.“

Das war es, was bei ihr das Fass zum Überlaufen brachte, auch wenn sie sich große Mühe gab, das nicht zu zeigen. Er wollte sich ganz und gar in die Arbeit stürzen und Gott sollte als Rechtfertigung herhalten. Spielte er tatsächlich Gott und sie gegeneinander aus?

„Wenn ich es ihnen nicht sage, dann bekommen sie es gar nicht zu hören“, sagte er, als wolle er ihr einen Staubsauger oder eine Küchenmaschine verkaufen, als wäre das hier eine Art Handel, der unbedingt zum Abschluss gebracht werden sollte.

Sie blieb stehen, sah ihn an und sagte: „Dein größter Fan ist da oben in seinem Zimmer, Jed, und er braucht dich mehr als Gott.“

Das klang aus ihrem Mund geradezu gotteslästerlich, aber es stimmte. Es ging hier nicht darum, entweder Gott zu dienen oder für seine Familie da zu sein. Beides schloss sich doch gar nicht gegenseitig aus.

„Hol ihn“, sagte Jed schnell, als hätte er nur auf diese Antwort gewartet. „Dann fahren wir zusammen los.“

„Damit er im Tourbus und in Flugzeugen schlafen muss und von einem Hotel ins nächste geschleppt wird? Das ist doch kein Leben für ein Kind.“

„Es geht nicht um ein ganzes Leben, sondern nur um drei Monate“, entgegnete er in irgendwie wegwerfendem Ton, und wenn sie zuvor schon am Rande des Abgrundes gestanden hatte, so stürzte sie jetzt hinunter.

„Aus denen dann ein Jahr wird, weil du ja dann gar keinen Grund mehr hast, zu Stan Nein zu sagen.“ Sie war selbst überrascht, wie schnell sie dieses Argument zur Hand hatte und es ihm entgegenschleuderte. Schließlich holte sie zum letzten Schlag aus: „Und dann hast du ja auch mich, um das Groupie zu spielen.“

Jetzt war es Jed, der sich versteifte. „Was soll das denn heißen?“

„Ich habe das Gefühl, dass du gar nicht mehr wegen mir nach Hause kommst, sondern nur wegen ...“

Sex. Sie wollte *Sex* sagen, aber das brauchte sie gar nicht. Was als etwas so Wundervolles zwischen ihnen begonnen hatte, war für sie zu einer lästigen Pflicht geworden. Aber für ihn war es wie die Luft zum Leben. Und das war auch der Grund, warum er jetzt mit Rosen in der Hand vor ihr stand.

„Genau deswegen schlage ich das ja vor“, sagte er, kam auf sie zu und sagte so eindringlich, dass seine Stimme brüchig wurde: „Bitte, ich will doch auch, dass es wieder anders wird. Wenn du mitkommst, hätten wir wieder viel Zeit miteinander.“

Und was heißt das?, fragte sie sich.

„Auch Ray würde ich immer um mich haben. Wir wären alle zusammen. Bitte.“

Damit er tagsüber mit Ray auf seiner Spielzeugtrommel und nach dem Auftritt mit ihr spielen konnte. Kein Wunder, dass sie sich wie ein Einrichtungsgegenstand fühlte.

„Es geht doch nicht nur um Ray, Jed.“

Und in dem Moment, als sie das gesagt hatte, sah sie an seiner Miene, dass er wusste, was sie meinte.

„Um was denn?“ Er versuchte locker zu wirken und sagte: „Im Wohnzimmer deines Vaters steht ein Bär, Rose. Ich bin sicher, dass er gut klarkommt. Bitte.“

Es gelang ihr nicht zu lächeln und auf seinen Scherz einzugehen, denn was sie zu sagen hatte, war ernst. „Nein, Jed. Das stimmt nicht. Es geht ihm nicht gut.“

Er sah sie an, als suchte er nach einer Brücke über die Kluft zwischen ihnen. Doch in dem Moment kam Ray mit seinen Trommelstöcken in der Hand ins Zimmer gehopst. „Willst du jetzt in meiner Band spielen oder nicht, Daddy?“

Jeds Blick wanderte zwischen Ray und Rose hin und her. Er schien gefangen zwischen ihnen und vielleicht auch noch etwas anderem, das wusste sie nicht.

„Es tut mir leid“, sagte sie nur, weil ihr sonst nichts einfiel.

Er berührte ihre Schulter, als wollte er ihr ein Friedensangebot machen, eine Art Versprechen, dass sie später in einer entmilitarisierten Zone zusammenkommen, über das Problem sprechen und zu einer befriedigenden Lösung kommen würden. Jed war ein unverbesserlicher Optimist, der glaubte, dass schon alles wieder in Ordnung kommen würde, wenn er nur lächelte und genug Zeit und Rosen mitbrachte.

„Will ich, Kumpel“, antwortete er Ray. „Komm, lass uns loslegen.“

Und damit verschwanden die beiden nach oben in ihre Welt der Gitarrenriffs und Schlagzeugsolos. Danach spielten sie noch ein Brettspiel, das Ray liebte, und dann aßen sie gemeinsam zu Abend, was Rose gekocht hatte. Anschließend durfte Ray sich noch einen Film aussuchen, den sie sich zusammen ansahen. Ray und Jed hockten nebeneinander auf dem Boden, während sie dösend auf dem Sofa lag. Als der Film zu Ende war, brachte Jed Ray nach oben, und weil die Tür offen stand, hörte sie, wie Jed seinem Sohn aus seiner Kinderbibel die Geschichte von Salomo vorlas. Ray stellte viele Fragen zu den

Fehlern, die Salomo gemacht hatte, und warum er sich gegen Gott entschieden hatte.

„Was hat er gemacht?"

„Er hat viele Frauen geheiratet, und die haben ihn überredet, schlechte Dinge zu tun."

„Was denn zum Beispiel?"

„Goldene Statuen anzubeten und solche Sachen."

„Wie viele sollte er heiraten?"

„Nur eine", antwortete Jed. „Danach gibt es immer nur Ärger."

„Ich will mal Mom heiraten", sagte Ray.

Rose unterdrückte ein Lachen und schloss die Augen, um zuzuhören.

„Das geht nicht, sie ist ja schon meine Frau."

„Aber du wohnst doch gar nicht hier."

Jed schwieg kurz und Rose hörte jetzt ganz genau hin. „Natürlich wohne ich hier. Ich bin nur oft unterwegs, weil ich arbeiten muss. Aber dann komme ich wieder nach Hause und bleibe hier. Und das ist schon ganz bald, okay?"

„Okay."

Das Gespräch ging noch weiter, aber Rose dämmerte weg. Auf der Couch einzuschlafen erinnerte sie an ihre Kindheit. Als ihre Mutter im Sterben lag, war Rose oft nachts aufgestanden und mit ihrer Decke und dem Kopfkissen hinunter ins Wohnzimmer gegangen, wo das Pflegebett ihrer Mutter stand. Dann hatte sie neben ihr auf dem Sofa geschlafen. Manchmal hatte sie auch ihre Hand gehalten.

Das Nächste, was Rose wahrnahm, war Jeds Stimme. „Rose?"

Sie schlug die Augen auf, ihre Lider waren schwer wie Blei.

„Ray schläft jetzt", sagte er mit einem erwartungsvollen Ausdruck in den Augen.

„Ach, ich bin eingeschlafen", murmelte sie.

„Ja, allerdings", lachte er.

Sie konnte die Augen einfach nicht offen halten und schlief wieder ein. Dabei hörte sie wie aus weiter Ferne ihren Namen.

Undeutlich spürte sie, wie ihr eine Decke über die Schultern gezogen wurde, und einen Kuss auf ihrem Haar. Und dann war sie weit weg, träumte, dass sie mit Jed an einem Fluss spazieren ging und sie lachend Steine über das Wasser titschen ließen. Als sie wieder aufblickte, hatte sich der Fluss in einen reißenden Strom verwandelt, und Jed war irgendwie auf die andere Seite des Flusses gelangt, stand mit verschränkten Armen am anderen Ufer und schaute zu ihr hinüber.

Als sie aufwachte, erinnerte sie sich nur noch an den Anblick von Jed, so weit weg und ganz allein, und dieses Bild verfolgte sie den ganzen Tag. Sie schaute zum Fenster. Es war zwar schon hell, aber als sie auf die Uhr sah, stellte sie fest, dass es noch sehr früh war. Um Jed zu überraschen, schlich Rose leise die Treppe hinauf zu ihrem Schlafzimmer, doch das Bett war leer und seine Reisetasche fort.

Durchs Fenster sah sie gerade noch, wie sein Wagen sich in den Verkehr einfädelte. Er hatte sie nicht geweckt, um sich zu verabschieden.

„Mom?“, rief Ray aus seinem Zimmer. „Ist Daddy noch da?“

„Nein, mein Schatz, er musste schon fahren. Tut mir leid.“

Sie hörte, wie er mit den Trommelstöcken klapperte, und dann fragte er: „Willst du dann in meiner Band spielen, Mom?“

Kapitel 28

Wie immer schlief Jed beim gleichmäßigen Motorengeräusch des Flugzeugs ein. Er hatte noch nie Probleme damit gehabt, im Flugzeug zu schlafen, auch auf ganz kurzen Flügen nicht.

Er spürte, wie sein Sitz ruckelte, und dann riss ihn eine Stimme ganz nah an seinem Ohr aus dem Schlaf: „Wann hörst du eigentlich endlich auf, mich zu ignorieren?"

Er setzte sich auf, drehte sich um und sah Shelby Bale, die sich über seine Rückenlehne zu ihm hinbeugte. Er hatte noch nie zuvor ein Nasenpiercing aus der Nähe gesehen und noch nie eine so aufregende Stimme gehört.

Sie gab ihm die Hand und sagte: „Ich bin Shelby."

„Ich weiß", erwiderte Jed.

„Ja, *jetzt* weißt du es", sagte sie.

Jed stellte ein Bein in den Gang und drehte sich weiter zu ihr um, damit er sie richtig ansehen konnte. Sie hatte langes braunes Haar, ein hübsches Gesicht mit Grübchen, lange schwarze Wimpern und perfekte Zähne. Sie war von einem ganz leichten Duft umgeben und hatte Tattoos auf den Armen und wahrscheinlich auch noch an anderen Körperteilen. Ihre Fingernägel waren sehr dunkel lackiert. Auf der Bühne und in den Songs, die sie sang, bediente Shelby das Klischee des bösen Mädchens, aber sie hatte auch etwas Verletzliches an sich. Aus der Nähe wirkte sie gar nicht böse, besonders ihre Augen nicht.

„Wieso hast du mir eigentlich nicht gleich gesagt, wer du bist?", fragte Jed.

Sie zuckte die Achseln und sagte: „Ich wollte nur nett sein."

„Und wieso soll das nett sein?"

Ihr Lächeln wich einer ernsten Miene, und sie war jetzt sichtlich nervös. „Für einen Augenblick hat man das Gefühl, gewollt zu sein ... und das ist doch ein gutes Gefühl, oder?“

Jed bemerkte die Blicke von zweien seiner Bandmitglieder, die gehört hatten, was Shelby sagte. Aber er konzentrierte sich wieder auf sie und überlegte, was er darauf entgegnen sollte. Doch bevor er den Mund aufmachen konnte, ließ sie sich wieder in ihren Sitz zurückfallen.

„Es sei denn, es war dir unangenehm, dass ich auf dich zugekommen bin und du mich abblitzen lassen musstest. Das täte mir wirklich leid. Sag einfach Bescheid, wie ich es wiedergutmachen kann, ja?“

Ihre Stimme, ihre Mimik, die Körpersprache – das alles signalisierte ihm, dass sie interessiert war, ja, sich ihm förmlich aufdrängte. Aber vielleicht war sie ja auch immer so.

Doch wie auch immer, Shelby hatte recht. Es fühlte sich tatsächlich gut an, begehrt zu werden. Es fühlte sich gut an, wenn sich jemand für einen interessierte.

Er sah ihr nach, wie sie den Gang hinunterging, und konnte einfach nicht wieder wegschauen. In diesem Moment drehte sie sich noch einmal um und ertappte ihn dabei, wie er ihr nachstarrte.

* * *

Die nächsten beiden Tage waren so vollgestopft, dass die einzelnen Ereignisse miteinander verschwammen. Kreuz und quer flogen sie durchs ganze Land. Er musste unbedingt mit Stan über eine vernünftigere Tourneeplanung reden, aber es gab Gerüchte, dass sie demnächst auch in Europa auftreten würden, was bedeutete, dass sie noch länger unterwegs und er noch weniger bei seiner Familie sein würde. Es musste sich unbedingt etwas ändern.

Jed stand in Raleigh, North Carolina, auf der Bühne, als sich tatsächlich etwas änderte, und zwar wie aus heiterem Himmel.

Es war etwas, das er niemals vorhergesehen hätte, und deshalb traf es ihn auch völlig unvorbereitet.

Er sang gerade in einem langsamen, schwermütigen Tonfall, als stünde Rose direkt vor ihm und er würde ihr seine tiefsten Sehnsüchte anvertrauen: „*All I want to be is with you ...*"

Bei der Textstelle, in der es darum ging, sich gegenseitig zu berühren, tat ihm der Gedanke an Rose unendlich weh. Wie gern er sie jetzt im Arm halten würde ... Er war völlig in diesen Gedanken versunken, als das Publikum klatschte, doch der Applaus kam ihm irgendwie unpassend vor. Irritiert schaute er auf. Vielleicht passierte irgendetwas im Publikum, was er nicht mitbekommen hatte? In diesem Moment begann die Violine zu spielen, in einem schnellen Rhythmus und kurzen abgehackten Bogenstrichen.

Aber wir haben doch gar keine Geige in der Band, dachte Jed verständnislos.

Als er sich umdrehte, entdeckte er Shelby, die lächelnd das Tempo noch einmal beschleunigte. Jed war darüber so aufgebracht, dass er keinen klaren Gedanken fassen konnte. Am liebsten hätte er sie angeschrien, weil sie während einer seiner bekanntesten Balladen einfach auf die Bühne kam, aber die Band ließ sich darauf ein, passte sich dem Rhythmus der Geige an und machte dadurch aus der Ballade etwas ganz anderes. Jetzt gab Shelby den Ton an, und er hätte sie gern gebremst, doch die Musik war wie ein reißender Fluss, auf dem er nicht mehr gegen die Strömung paddeln konnte.

Er sang den nächsten Vers, während sie Tempo und Rhythmus bestimmte. „*You're a garden view with a thousand hues ... All I want to be is with you.*"

Shelby untermalte die Melodie mit ihrer Geige, und beim nächsten Refrain sang sie die zweite Stimme mit. Ihre Stimme passte gut zu seiner, ließ den Song voller und intensiver klingen, sodass er tatsächlich besser wurde. Das merkte jetzt auch Jed, und zwar nicht nur, weil das Publikum tobte, sondern auch, weil er es selbst spürte.

Irgendwann war das Lied fertig, aber Shelby noch lange nicht. Sie schraubte das Tempo mit ihrer Violine noch höher und riss die Band mit, und auch das Publikum klatschte immer schneller. Schließlich war auch Jed mit seiner Gitarre dabei, spürte die Bewegung, das Leben, das Shelby auf die Bühne brachte. Was da passierte, war einfach unglaublich. Anders war es nicht zu beschreiben. Alle Mitglieder der Band griffen diesen neuen Song auf und brachten ihn gemeinsam zu einem ganz neuen, wilden, aufregenden Ende.

Als die Musik schließlich abbrach, lächelte Shelby ihn an, er legte einen Arm um sie und sagte: „Gut gemacht." Jed winkte noch einmal, als sich die ganze Band erhob und hinter der Bühne verschwand. Aber die Menge war völlig außer Rand und Band und forderte eine Zugabe.

„Das war krass", sagte Jed. „Richtig gut."

Shelby strahlte über das ganze Gesicht und sagte: „Danke."

„Ich wusste ja, dass du gut bist, aber das war einfach der Hammer."

In dem Moment tauchte Stan hinter ihnen auf und schrie: „Das war magisch, Leute. Das war die reinste Zauberei. Genau so etwas brauche ich drei Monate lang, okay? Genau so. So muss es laufen!"

Jed schaute hinaus in den Zuschauerraum und dachte nur einen ganz kurzen Moment lang an Rose. Sie würde das ganz sicher nicht gut finden. Aber die Begeisterung des Publikums war einfach zu großartig. Er konnte Stan unmöglich einen Korb geben.

„Also gut", sagte er deshalb.

„Perfekt!", sagte Stan und verschwand wieder.

Jed sah Shelby an und fragte: „Kannst du noch mehr von meinen Songs?"

Und sie antwortete mit einem breiten Grinsen: „Ich habe dir doch gesagt, dass ich ein Riesenfan von dir bin."

„Was möchtest du denn jetzt als Zugabe spielen?"

„Natürlich das Lied, wegen dem alle hier sind", antwortete sie.

Als sie die Bühne wieder betraten, sprang die Menge auf, und Shelby stimmte ganz langsam die Melodie von „The Song“ an. Jed und die anderen kamen dazu, und dann trat Shelby ans Mikro.

„Okay, ich fand schon immer, dass *The Song* ein bisschen weiblichen Einfluss braucht. Was meint ihr?“

Die Zuhörer in den vorderen Reihen drängten johlend und pfeifend zur Bühne. Jed trat ans Mikrofon und sagte: „Also, ich weiß nicht ...“

Shelby lachte: „Dann versuch doch einfach mal, den Song zu singen, Jed, und ich schau mal, was sich machen lässt.“

Den Zuhörern gefiel dieses Geplänkel offenbar großartig.

„I've been waiting on you to come along, seeing notes on a page but not the song ...“

Als Jed neben Shelby auf der Bühne stand und ihr in die Augen sah, regte sich etwas in ihm. Sie war die perfekte Ergänzung, das Öl im Getriebe der Maschinerie. Kaum zu fassen, dass Stan sie gefunden und hergebracht hatte.

An diesem Abend in seinem Hotelzimmer dachte er an Shelby, wie sie selbst auf die kleinsten Dinge reagiert hatte. Wie ihre Geige genau das beisteuerte, was fehlte, und den Songs dadurch eine ganz neue Qualität gab. Und wie leicht ihr Spiel wirkte. Sie hatte etwas an sich, das ihn anzog, und er ertappte sich bei der Vorstellung, wie sie vor seiner Zimmertür stand und anklopfte.

Schnell schüttelte er diesen Gedanken ab und rief Stan an, um ihm zu sagen, dass sie diese beiden Songs noch einmal mit Shelby zusammen aufnehmen und als Lifeversionen veröffentlichen sollten. Diese Energie, die sie gemeinsam rüberbrachten, war einfach fesselnd.

„Du magst sie, was?“, fragte Stan. „Dir gefällt, was sie mitbringt.“

„Absolut. Sie ist das Beste, was uns passiert ist, seit ... seit wir beide wieder zusammengekommen sind.“

Worauf Stan lachend entgegnete: „Da widerspreche ich dir nicht, Großer. Ihr beide werdet ganz schön Furore machen. Die Leute werden auf euch aufmerksam werden. Und ich habe noch eine Neuigkeit: Europa ist kein Gerücht mehr. Ich buche London, Dublin, Amsterdam und noch einiges mehr. Wir bringen euch in die ganze Welt. Ich brauche noch ein paar Monate für die Vorbereitung, aber ich kann es kaum erwarten mitzuerleben, wie ihr Europa erobert."

Europa, das bedeutete natürlich noch mehr Reisen und noch größere Entfernung von Rose und Ray. Nachdem Jed den Hörer aufgelegt hatte, starrte er an die Decke. Es musste doch einen Weg geben, dass sie sich wieder näherkommen und neu zusammenfinden konnten.

Er rief zu Hause an. Erst als er auf die Uhr schaute, sah er, dass es 2:30 Uhr nachts war. Rose schlief sicher. Schnell legte er auf und nahm sich vor, sie gleich am nächsten Morgen anzurufen.

Kapitel 29

Rose brachte Ray ins Bett und las ihm noch eine Geschichte vor. Ray liebte die Geschichte von David und Goliat und auch die von der Arche Noah und den Tieren. Doch am allerliebsten mochte er die Geschichten, in denen Jesus anderen Menschen half.

„Warum wollten sie Jesus wehtun, Mom?"

„Es hat ihnen nicht gefallen, was Jesus gesagt hat, und sie haben sich darüber geärgert, dass so viele Menschen ihm gefolgt sind."

„Was hat er denn gesagt, das sie so geärgert hat?"

„Zum Beispiel, dass Gott sein Vater sei. Die Menschen hatten damals noch nicht begriffen, dass Gott wie ein Daddy für einen Menschen sein kann."

„So wie mein Daddy?"

Rose musste wegschauen. Es war schon lange her, dass sie etwas anderes als Schmerz empfunden hatte, wenn sie an Jed dachte. Er entfernte sich immer mehr von seiner Familie, je steiler es mit seiner Karriere bergauf ging. Trotzdem wollte sie jetzt etwas Positives sagen.

„Dein Daddy versucht ganz doll, uns lieb zu haben", sagte sie. „Er sorgt gut für uns, genau wie Gott."

„Aber Gott ist nicht oft zu Hause, nicht?"

„Das ist vielleicht ein bisschen schwierig zu verstehen, aber Gott ist immer zu Hause. Er wartet immer darauf, dass du zu ihm kommst. Und dein Daddy würde gern auch bei uns sein, aber wegen seiner Arbeit muss er sehr viel unterwegs sein."

„Aber warum arbeitet er denn nicht einfach auf dem Weingut wie Opa?"

„Das könnte er natürlich, aber Gott hat ihm ein besonderes Talent geschenkt, genau wie seinem Daddy vor ihm – deinem anderen Großvater, den du gar nicht kennengelernt hast."

„Seine Lieder?"

„Ja, genau."

Ray dachte einen Moment lang nach und fragte dann: „Ist es auch okay, wenn ich kein Schlagzeuger werde, Mom?"

Sie lächelte, drückte ihm einen Kuss auf die Stirn und antwortete: „Für mich ist es absolut okay, wenn du genau das wirst, was du werden möchtest."

Sie betete mit ihm und machte dann das Licht aus, lehnte die Tür aber nur an, damit er das Licht aus dem Flur sehen konnte.

Ihr Alltag verlief in geregelten Bahnen und jeder Tag verlief ganz ähnlich. Essen kochen und Geschirr spülen, einkaufen und aus dem Fenster schauen. Einmal in der Woche traf sie sich mit einigen netten Frauen zu Austausch und Bibelarbeit. Als die erfuhren, dass sie mit Jed King verheiratet war, machten sie erst viel Aufhebens darum, aber irgendwann war sie einfach nur noch eine von ihnen. Eine Frau, die ebensolche Sorgen hatte wie alle anderen auch. Aber so gut die Atmosphäre zwischen ihnen auch war, sie brachte es einfach nicht fertig, ganz offen zu sein und über ihre wirklichen Probleme zu sprechen. Das hätte sie als Verrat an Jed empfunden.

Sie war gerade auf dem Weg zur Spüle, als die Haustür aufging und Jed hereinkam. Sein Bart war voller geworden und er wirkte erschöpft von der Reise, aber sie brachte es einfach nicht über sich, auf ihn zuzugehen und ihn zu umarmen. Da war so viel Unverarbeitetes und Ungeklärtes aus der Vergangenheit zwischen ihnen, dass sie nicht mehr herausbrachte als „Willkommen zu Hause!"

„Danke", sagte er, stellte seinen Koffer ab, umarmte sie und drückte sie an sich. „Wo ist Ray?"

„Er schläft."

„Auch gut", sagte er leise und strich ihr zärtlich das Haar aus dem Nacken. „Hallo."

Rose merkte, wie sie sich versteifte. „Ich bin ziemlich müde, Jed“, sagte sie völlig gefühl- und auch hoffnungslos. Sie versuchte, ihm zwischen den Zeilen etwas zu vermitteln, aber Jed hörte wohl nicht zu.

„Ich auch. Ich bin völlig fertig. War ja auch lange weg.“

Sie seufzte und wendete sich wieder dem Abwasch zu. „Wie lange bleibst du dieses Mal?“

Er wich zurück wie ein Kind, dem man auf die Finger geklopft hatte, weil es nach der Keksdose griff. „Die Tournee war toll, Rose. Danke der Nachfrage. Und ja, mir geht es ganz gut.“

Sie drehte sich zu ihm um und sagte: „Ich weiß, wie die Tournee war. Schließlich gibt es ja das Internet. Da kann ich alles über meinen Mann erfahren.“

Er warf ihr einen ziemlich scharfen und gleichzeitig verletzten Blick zu. „Aber das Geld, das ich verdiene, nimmst du ganz gern in Kauf, oder?“

„Glaubst du wirklich, das wäre mir wichtig?“, fragte sie und klang fast flehend.

„Wichtig ist dir vor allem dein Vater. Das spüre ich jedes Mal, wenn ich im Bett liege. Allein.“

„... und an das denkst, was *dir* wichtig ist“, murmelte sie.

„Wenn das alles wäre, was mir wichtig ist – das könnte ich ohne Probleme haben, Rose. Dazu bräuchte ich nicht nach Hause zu kommen.“

Fassungslos starrte sie ihn an. Wie konnte er nur so kalt sein? Wer war dieser Mann, der da vor ihr stand und sie anstarrte? „Können wir nicht wenigstens zuerst ein paar Sätze miteinander reden? ‚Hallo, Schatz. Wie war dein Tag? Wie war dein Jahr?‘“

„Jetzt übertreib mal nicht. Es ist nicht so, als hätten wir uns das ganze Jahr nicht gesehen. Als würden wir nicht alle paar Wochen denselben Kampf ausfechten.“

„Nein, nein. Da ging es darum, ein bisschen romantisch zu sein.“

„Ich habe doch gerade versucht, romantisch zu sein.“

„Ich muss wohl die Latte etwas niedriger legen ... zum Beispiel dich bitten, erst mal zu reden, statt einfach so über mich herzufallen."

„Muss ja wirklich schrecklich sein, von deinem Mann begehrt zu werden. Echt schlimm."

Der Streit schaukelte sich immer weiter hoch, und Rose konnte zusehen, wie er immer angespannter wurde. Aber bevor er noch etwas sagen konnte, fuhr sie ihn an: „Lass mich einfach in Ruhe, Jed."

„Entschuldige bitte, dass ich so unsensibel bin, Rose, aber ich bin ziemlich aus der Übung, was das Gefühl angeht, begehrt zu werden."

Daraufhin drehte sie sich einfach um und ging weg.

Er hob die Stimme. „Vielleicht kannst du mir ja sagen, wie sich das anfühlt."

„Lass mich in Ruhe, Jed!", schrie sie.

Und das schien ihn zur Vernunft zu bringen. „Tut mir leid", sagte er und ging auf sie zu, aber sie krümmte sich zusammen wie ein verletztes Tier. „Es tut mir wirklich leid. Das hätte ich nicht sagen dürfen", sagte er, nahm ihre Hand und sah ihr in die Augen.

In dem Moment hörte sie das Trippeln kleiner Füße auf dem Holzboden, und als sie sich umdrehte, stand Ray in der Tür und sah sie mit großen Augen an. Sein Gesicht war verzerrt, als versuche er, etwas zu begreifen, was keinen Sinn ergab, eine Geschichte ohne Happy End.

„Komm her, mein Schatz", sagte sie.

„Hey", sagte Jed. „Hallo, Kumpel!"

Ray rannte zu Rose, und sie nahm ihn auf den Arm. „Was ist denn los, Mom?", fragte Ray.

„Nichts, Schatz. Alles okay. Ich habe deinen Daddy nur vermisst." Sie sah Jed an, und zum ersten Mal hatte sie das Gefühl, dass die Verbindung wieder da war. „Das ist alles. Komm, wir gehen wieder ins Bett."

Rose lag auf ihrer Seite des Bettes mit dem Rücken zu ihm, als Jed unter die Decke kroch. Zwischen ihnen klaffte der Grand Canyon, und nichts, was sie taten oder sagten, konnte diese Kluft überbrücken. Zumindest glaubte sie das.

„Ich weiß, dass ich dich verletzt habe und dass du meine Entschuldigung nicht hören willst. Das habe ich verstanden. Aber ich habe eine Idee. Lass uns morgen zu deinem Vater fahren. Wir brechen früh auf und bleiben den ganzen Tag da. Vielleicht sogar ein paar Tage, wenn es ihm passt."

„Glaubst du wirklich, das würde unsere Probleme lösen?"

„Nein, aber wir hätten Zeit füreinander. Und ich bin der Meinung, dass wir genau das brauchen. Du sollst merken, dass ich mehr von dir will als nur deinen Körper."

Rose weinte jetzt, und heiße Tränen flossen in ihr Kissen. Sie wollte ihm nicht die Genugtuung geben, dass er sie zum Weinen gebracht hatte, deshalb wischte sie sich die Tränen nicht ab.

„Ich glaube, ich bin an einem Punkt angekommen, an dem ich eine Entscheidung treffen muss", sagte er. „Wir haben jetzt eine Ebene erreicht, wo wir entweder weitergehen oder abstürzen."

„Meinst du uns oder die Band?", fragte sie.

„Uns. Aber für die Band gilt dasselbe." Er lehnte sich an das Kopfteil und seufzte. „Erinnerst du dich an den Abend, als ich um Weisheit gebetet habe? Als du mir Mut gemacht hast, das zu tun?"

„Ja, ich erinnere mich."

„Ich habe das Gefühl, dass Gott mir damals gewährt hat, worum ich gebeten habe. Er hat mir dich geschenkt und außerdem möglich gemacht, dass ich Musik machen kann, die die Herzen der Menschen berührt. Ich liebe das, was ich tue. Das Unterwegssein und die ständigen Trennungen von dir hasse ich. Aber ich liebe es, meine Songs zu singen und Musik zu machen, von der ich glaube, dass sie die Welt ein klein wenig besser macht."

Er drehte sich zu ihr, ohne sie zu berühren, rückte aber näher an sie heran. „Wenn es sein müsste, würde ich das von heute auf morgen aufgeben. Wenn es bedeuten würde, dass ich dich verliere, würde ich die Musik sein lassen. Aber ich glaube nicht, dass das eine Entweder-oder-Sache sein muss. Zusammen können wir es schaffen. Ich habe aber auch das Gefühl, dass ich versage und die Menschen, die mir am wichtigsten sind, nicht mehr erreiche. Nämlich dich und Ray."

„Was willst du damit sagen?"

„Komm mit mir zu deinem Vater. Wir packen Ray ein und fahren zum Weingut hinaus. Ich könnte an der Kapelle weiterarbeiten. Mann, es ist so lange her, dass ich auch nur daran gedacht habe."

Rose drehte sich um, sah ihn an und fragte: „Meinst du das wirklich ernst?"

„Es wäre doch toll für Ray. Und auch für Shep."

„Er will schon eine ganze Weile mit Ray zum Ponyreiten gehen."

„Das würde uns beiden bestimmt auch guttun. Keine Termine. Kein über-dich-Herfallen."

„Das glaube ich erst, wenn ich es sehe", erwiderte sie mit der Andeutung eines Lächelns, was wiederum auch ihm ein Lächeln entlockte.

„Lass uns das machen, Rose. Lass uns gemeinsam abhauen. Zusammen."

Sie drehte sich wieder von ihm weg und starrte zur Wand. „Glaubst du denn, dass du früh aufstehen kannst?"

„Ich stelle den Wecker."

Gegen 6:00 Uhr morgens waren sie tatsächlich schon unterwegs, und Rose hatte das Gefühl, dass sich zwischen ihr und Jed etwas verändert hatte. Sie empfand eine Hoffnung, die sie schon lange verloren geglaubt hatte. Doch seine Worte hatten sie die ganze Nacht nicht losgelassen. Wenn sie verlangte, dass er seine Musik aufgab und sich für die Familie entschied –

würde er es wirklich tun? Würde er das überhaupt können? Und *wollte* sie das eigentlich? Wenn er seine Songs spielte, dann lebte er immer sichtlich auf. Es war, als würde Gott ihm jedes Mal, wenn er einen neuen Song komponierte, den Akku aufladen. Wollte sie, dass das vorbei war? Durfte sie so etwas verlangen?

In ihrer Frauengruppe hatten sie vor einiger Zeit das Thema Vergebung durchgenommen. Dabei war es auch um die Frage gegangen, ob man anderen leichter vergeben kann, wenn einem bewusst ist, dass Gott einem selbst auch vergeben hat. Und ob man andersherum Gottes Vergebung annehmen konnte, wenn man selbst nicht bereit war, einem anderen zu vergeben.

All das ging ihr auf dem Weg zum Weingut durch den Kopf. Als sie ankamen, stand ihr Vater draußen, um sie zu begrüßen, doch er hatte nur Augen für Ray. Der ernste alte Mann, der meist mit ausdrucksloser Miene oder stirnrunzelnd durchs Leben ging, begann wie ein Weihnachtsbaum zu strahlen, wenn er den kleinen Jungen sah. Er umarmte Rose und begrüßte Jed, aber dieses Kind hatte etwas an sich, das ihn so weich machte, wie Rose ihn noch nie zuvor erlebt hatte.

„Ihr habt doch nichts dagegen, dass ich ihn mitnehme, oder?", fragte ihr Dad, nachdem sie alles ins Haus getragen hatten.

„Vielleicht solltet ihr noch bis zum Mittagessen warten."

„Ach, er soll sich ruhig vorher austoben, dann bekommt er richtig Appetit", antwortete Shep und wurde dann von einem Hustenanfall geschüttelt, bei dem er sich schon zum zehnten Mal an diesem Tag an der Wand abstützen musste. Ja, sie zählte tatsächlich mit.

„Ist auch wirklich alles in Ordnung, Daddy?", fragte sie ihn.

„Ja, alles gut", antwortete er. „Du weißt doch, dass alte Hunde langsamer werden."

„Alte Hunde sollten vielleicht mal zum Arzt gehen."

Er sah sie unergründlich an und sagte dann: „Mir geht es gut, Rose, wirklich! Ich will nur nachher nicht zu spät zu diesem Ponyhof rausfahren."

Lächelnd legte sie ihre Hand auf seinen Arm und sagte: „Achte bitte darauf, dass ...“ Sie wollte sagen, dass er Ray nicht zu viel Süßigkeiten kaufen solle, und vielleicht lieber einen Saft statt Cola. Sie musste nämlich immer noch an den Zwischenfall mit dem roten Lakritz denken. Doch dann biss sie sich auf die Zunge und sagte stattdessen: „... dass ihr jede Menge Spaß habt.“

„Wir haben doch immer viel Spaß“, erklärte er, fing wieder an zu husten und winkte nur ab, als sie etwas sagen wollte.

Sie arbeiteten den ganzen Vormittag im Weinberg, entfernten Unkraut und Gestrüpp, außer Ray, der mit seiner riesigen Wasserpistole im Kampfmodus war. Er griff abwechselnd Shep und Jed an, und Rose genoss es zu sehen, wie ausgelassen die Männer miteinander waren, die in ihrem Leben die größte Rolle spielten. Wie süß Jed mit Ray war, wie zärtlich, liebevoll und fürsorglich er ihn behandelte und wie locker und unverkrampft die beiden miteinander umgingen – dabei ging ihr wirklich das Herz auf. Es würde ein wundervoller Tag werden.

Ray traf Jed mit einem genau platzierten Schuss an der Schulter und zielte anschließend auf eine Weinrebe. „Damit sie schneller wachsen“, verkündete er.

Rose drückte den Lauf seiner Pistole nach unten, zog Ray an sich und sagte gleichermaßen an ihren Mann wie an Ray gerichtet: „Aber so geht das nicht. Wenn man es erzwingen will, dann bekommt man schlechte Trauben. Man muss ganz geduldig und behutsam sein.“

Sie betrachtete die Früchte an dem Weinstock und fuhr fort: „Man muss sie richtig behandeln. Ihnen Zeit geben. Und wenn sie reif sind, dann lassen sie es einen schon wissen.“

„Okay“, entgegnete Ray

Sie drehte sich zu Jed um, der seine Mähne mit einem Tuch gebändigt hatte. Er nickte, lächelte und flüsterte dann: „Okay.“

* * *

Als ihr Dad den Motor seines Lieferwagens endlich zum Laufen gebracht hatte – und das schien wirklich ein Kraftakt zu sein angesichts des Würgens und Knirschens, das der Motor dabei von sich gab –, sah Rose ihm nach, wie er mit ihrem Sohn davonfuhr. Mit anzusehen, wie sie aus ihrem Blickfeld verschwanden, wühlte sie auf. Ganz tief in ihrem Inneren hatte sie das Gefühl, als verlöre sie die beiden – zum Beispiel durch einen Unfall oder dadurch, dass ihr Vater unterwegs die Gewalt über das Auto verlor ... Aber das waren nur ihre Ängste, und wenn sie ihnen nachgab, dann lähmte sie das nur. Die Liebe vertrieb doch alle Angst. Vollkommene Liebe ging immer nur vom Besten aus und handelte auf der Grundlage von Tatsachen und nicht aus Angst vor dem, was alles passieren konnte.

Ihr Blick wanderte zu dem kleinen Hügel oberhalb des Teichs, wo Jed an der Kapelle arbeitete. Das Holz war in den Jahren, seit er mit dem Bau begonnen hatte, dunkler geworden, und es kamen Erinnerungen an ihre Hochzeit hoch. Das Kreischen der Säge und des Akkuschraubenziehers hallten im Weinberg wider. Er war gerade dabei, die Fenster einzusetzen. Die Arbeit machte Fortschritte. Als sie jetzt in Kleid und Cowboystiefeln den Hügel hinaufging, die Sonne im Haar und im Gesicht, sodass beides golden leuchtete, hoffte sie, dass das ihren Mann von seiner Arbeit ablenken würde.

Sie hatte eine Flasche Wasser mitgebracht, und als sie Jed erreicht hatte, nahm sie seine Hände und goss Wasser darüber, wusch sie und trocknete sie mit einem Handtuch ab. Und dann ließ er sich bereitwillig von ihr in die Abgeschiedenheit des Weinbergs führen.

Rose musste an die Verse aus den Sprüchen denken: *„Drei Dinge gibt es, die mich erstaunen – ja, vier, die ich nicht verstehe: wie ein Adler am Himmel entlanggleitet; wie eine Schlange über einen Felsen kriecht; wie ein Schiff über das Meer segelt; wie ein Mann eine Frau liebt.“* Und sie verloren sich ganz und gar in der Liebe, und mit ihren Körpern drückten beide aus, was Worte niemals hätten sagen können.

Als sie danach erschöpft nebeneinanderlagen, schaute Rose zwischen den Weinstöcken hindurch zur Kapelle hinüber. „Sie sieht bestimmt toll aus, wenn sie fertig ist."

„Ja. Eigentlich wollte ich sie ja schon längst fertig haben. Tut mir wirklich leid, dass es so lange gedauert hat. Mir ist einfach das Leben dazwischengekommen."

„Du wirst sie fertigstellen, da bin ich ganz sicher."

„Wir haben noch so viel vor uns, Rose. So viel gemeinsam aufzubauen."

„Die Wände hast du ja jetzt schon aufgestellt. Das ist doch schon mal ein guter Anfang. Und das Dach scheint ..."

„Ich meine nicht die Kapelle", unterbrach er sie.

Sie drehte sich zu ihm um, und er sagte: „Komm mit mir, Rose. Bitte."

„Auf die nächste Tour? Ich hoffe, wir können dich bald mal unterwegs besuchen."

„Nein, ich meine nicht zu Besuch. Bitte komm mit mir nach Europa."

Sie überlegte einen Moment und wieder schlich sich die Angst ein. Und für die gab es ja auch gute Gründe. Ihr Vater war zunehmend auf Hilfe angewiesen, weil er körperlich immer stärker abbaute. Sie musste für ihn da sein.

„Das geht nicht, Jed. Du siehst doch, dass es Dad nicht gut geht. Ich kann ihn nicht allein lassen. Nicht jetzt."

Die Vögel zwitscherten, die Sonne schien warm auf sie herab, und sie spürte genau, wie enttäuscht Jed war. Jetzt, wo sie sich gerade erst wieder nähergekommen waren, machte ihm ihr Nein sehr zu schaffen.

„Okay, ich verstehe", sagte er nur.

Und da sprach kein Junge, der schmollte, weil er nicht seinen Willen bekam, sondern ein Mann, der es wirklich verstand. Ihre Antwort gefiel ihm nicht, und er hätte es sich anders gewünscht, aber wenn ihr das Wohl ihres Vaters so wichtig war, dann war es auch ihm wichtig. Ihr Vater war krank. Jed ging wieder auf Tournee – dieses Mal nach Europa, und sie hatte

Verständnis dafür, dass er unterwegs sein musste. Also würde er sicher auch Verständnis dafür haben, dass sie sich um ihren Vater kümmern musste. So war ihr Leben in dieser Phase nun mal, und sie mussten deshalb beide etwas dafür tun, dass sie sich nicht verloren.

Rose schmiegte sich ganz eng an ihn, legte ihren Kopf auf seine Schulter, und gemeinsam beobachteten sie, wie die Wolken am Himmel entlangzogen, und sie fragte sich, ob wohl jemals der Tag kommen würde, an dem sie nicht das Gefühl hätte, dass sie von irgendetwas auseinandergezerrt wurden.

Kapitel 30

Shelby wollte unbedingt eine Fotoreportage über Jed und sie und ihre gemeinsame Tour in der Zeitschrift *Rock & Roots* und überzeugte Stan von ihrer Idee. Der sprach mit dem Redakteur, und sie einigten sich auf eine große Sonderausgabe im Frühling. Ebenfalls von Shelby stammte der Vorschlag, den Nachnamen „King" aufzugreifen und Jed auf den Fotos auf einem Thron sitzen zu lassen. Shelby hatte eine Krone und ein Zepter ausgesucht, in dunklen Farben mit goldenen Akzenten. Sie fand, dass die besonders gut zu ihren Tattoos und überhaupt zu ihrem Outfit passten.

Das Foto, das für den Titel ausgewählt wurde, gefiel ihr ganz besonders gut. Die Überschrift lautete: „Wie der Vater, so der Sohn". Das Foto zeigte sie auf dem Boden sitzend, den Kopf mit sinnlichem Gesichtsausdruck an Jeds Knie gelehnt, während er direkt in die Kamera schaute. Sie hätte ihn gern dazu gebracht, häufiger zu lächeln, aber sie musste zugeben, dass auch seine ernste Miene etwas hatte. Er wirkte dadurch nachdenklich und verletzlich.

Vor allem gefiel ihr, dass sie inzwischen mit Jed auf einer Stufe stand. Ihr Name prangte in großen Lettern direkt neben seinem. Alles, was sie geplant, alles, was sie sich erhofft hatte, ging in Erfüllung. Alles, außer einem ... Doch sie war ziemlich sicher, dass sie auch das noch bekommen würde, wenn sie die nötige Geduld aufbrachte und nicht versuchte, etwas zu erzwingen. Sie spürte ganz genau, dass er nicht glücklich war. Er schöpfte sein Potenzial noch nicht voll aus. Sie brauchte nur noch ein klein wenig Zeit, um ihm klarzumachen, was ihm fehlte, und Zeit hatte sie.

Die Frau, von der der Artikel verfasst worden war, hatte auch einen Tag mit Jed auf dem Weingut seines Schwiegervaters in Kentucky verbracht. Es gab Fotos von seinem Sohn, seiner Frau und von der Kapelle, die er für ihre Hochzeit gebaut hatte – oder zumindest zu bauen begonnen hatte. Das war alles nett, schön und harmlos. Aber die besseren Fotos waren die von den Konzerten. Kreischende Fans in gedämpftem Licht, voll engagierte Bandmitglieder, und auf einem der Fotos waren Jed und Shelby Wange an Wange zu sehen, wie sie sich mit geschlossenen Augen die Seele aus dem Leib sangen. Dabei lief ihnen der Schweiß in Strömen übers Gesicht. Sie liebte dieses Foto und hatte um einen Abzug davon gebeten, den ihr der Fotograf auch geschickt hatte.

„Ich dachte, du hättest für Fotos nicht so viel übrig", meinte Vivian, als sie es in Shelbys Handtasche entdeckte. Shelby hatte es laminiert, damit es nicht verknickte. „Hast du dir nicht deshalb die Tattoos stechen lassen?"

Shelby verdrehte die Augen, zog an ihrer Zigarette und inhalierte den Rauch, so tief es ging. „Wahrscheinlich ist dieses es einfach wert, aufbewahrt zu werden."

Vivian schlug die Zeitschrift auf und las laut vor: *„Jedidiah King, der Sohn des verstorbenen David King, lebt am Stadtrand von Louisville, nur eine halbe Autostunde von dem idyllischen Weingut entfernt, auf dem seine Frau aufwuchs.* Bist du sicher, dass du dieses moderne Märchen zerstören willst?"

„Ich zerstöre gar nichts, Frau. Ich bin die, die ich bin und warte einfach ab, was passiert."

„Ja, genau", bestätigte Vivian, und ihre Stimme hatte etwas Gereiztes. „Ich weiß nicht, Shelby. Für mich riecht das alles nach einem Ende mit Schrecken."

„Was willst du denn? Schließlich haben wir es auf die Titelseite von *Rock & Roots* geschafft!"

„Du bist dabei, eine Ehe zu zerstören, Shelby. Sieh dir doch mal diese Idylle an, dieses niedliche Kind. Willst du ihm wirklich seinen Daddy nehmen?"

Shelby starrte sie nur wütend an und fragte: „Seit wann kommst du mir denn mit der Moralkeule? Und seit wann bist du so wertend?"

„Das stimmt doch beides gar nicht. Ich sage dir nur, dass das kein gutes Ende nehmen wird, und zwar für keinen von euch."

„Ich folge nur meinem Herzen, Vivian. Ich tue das, worüber wir die ganze Zeit geredet haben: Wenn man positive Energie ins Universum bringt, bekommt man positive Energie zurück. Und ich mache nichts anderes, als auf die Liebe zuzugehen."

„Was hat es denn mit *auf die Liebe zugehen* zu tun, einer anderen Frau den Mann wegzunehmen?"

„Was ist bloß los mit dir?", fragte Shelby stirnrunzelnd. „Willst du mir jetzt vielleicht auch noch raten, keine Pillen mehr einzuwerfen? Damit hast du doch offenbar auch kein Problem."

„Das mit den Pillen ist etwas anderes. Damit schadet man nur sich selbst."

„Und du verdienst damit noch Geld nebenbei."

„Wenn du mich besser bezahlen würdest, bräuchte ich diesen kleinen Nebenverdienst nicht."

Shelby verdrehte nur die Augen und entgegnete: „Netter Versuch. Also bleiben wir dabei: Du kümmerst dich um deine Angelegenheiten und ich mich um meine, okay?"

Vivian las den Artikel weiter und fragte: „Hast du diese Stelle hier gesehen?" Sie zeigte mit dem Finger auf einen Absatz.

Shelby nickte und nahm Vivian die Zeitschrift aus der Hand. Sie musste es einfach noch einmal lesen.

King und Bale sind ein ungewöhnliches Paar. Musikalisch setzen sich die Bands der beiden aus fast den gleichen Instrumenten zusammen. Aber stilistisch könnten sie nicht weiter voneinander entfernt sein. Kings bekannteste Ballade „The Song", eine Hymne an die Liebe, entstand während seiner Flitterwochen, als er eines Nachts aufwachte und Teile des Songs im Kopf hatte. Er arbeitete danach bis in die frühen Morgenstunden an Text und Melodie, und als seine frischgebackene Ehefrau am Morgen in der Hütte am See aufwachte, spielte er ihr das Lied vor.

Bales bekannteste Nummer ist „Confetti" mit einer unverwechselbar schrillen Geigenmelodie, die sie betrunken und auf der Suche nach einem One-Night-Stand auf die Rückseite einer feuchten Serviette gekritzelt hatte. Es ist ein schneller, fast atemloser Song nach Katze-auf-dem-heißen-Blechdach-Manier, eine existenzielle Melodie über die Sehnsucht im tiefsten Inneren des Menschen.

„Es ist irgendwie einfach so aus mir herausgekommen", erklärt Bale in ihrem Hotelzimmer während der laufenden Tour. „Das ist bei mir so mit Songs. Sie kommen mir einfach in den Kopf geweht wie Blätter im Wind, der durch die Bäume streicht. Einige davon fange ich ein, andere fliegen wieder davon."

Wie die beiden zusammengekommen sind, ist nicht so ganz klar, aber Manager Stan Russel sagt, sie würden sich perfekt ergänzen. „Shelby ist der wilde, lebenslustige, draufgängerische Typ, Jed der zurückhaltende, solide Familienmensch, und die Zuhörer lieben sie beide als Einzelkünstler. Aber wenn die beiden zusammen singen ... das ist schwer zu erklären. Es ist magisch. Es erzeugt eine Atmosphäre, die jeden in den Bann zieht."

Bei einem Auftritt letzten Herbst überraschte Bale King, als sie ohne Absprache plötzlich einfach bei einem seiner Songs mitspielte. Seitdem treten die beiden gemeinsam auf. Auf die Frage, ob es zwischen ihnen eine besondere Anziehung oder sogar tiefere Gefühle gibt, die für einige Fans offensichtlich scheinen, grinst King nur und schüttelt den Kopf, während Bale philosophischer reagiert: „Jed würde nie etwas tun, das sein Image, seine Glaubensüberzeugungen oder seine Familie gefährden könnte", erklärte sie. „Dafür ist er nicht der Typ. Und dafür hat er auch den Respekt von allen."

Shelby blickte Vivian an und lächelte. „Da steht es schwarz auf weiß. Ich respektiere Jed wegen seiner moralischen Integrität."

Stan kam auf sie zu und schob sich die Sonnenbrille auf die Stirn. Seine Augen waren genauso gerötet wie ihre, und er sah aus, als bräuchte er dringend einen Kaffee. „Wollt ihr eine gute Neuigkeit hören?", fragte er.

„Du senkst deine Provision?", erwiderte Shelby.

„Die sollte ich sogar erhöhen. Ihr erinnert euch doch noch an die Single, die wir von der Liveversion von ‚The Song' gemacht haben, oder? Sie wird vergoldet. Die Verleihung findet nächste Woche zwischen den Konzerten in Orlando und Atlanta statt."

Vivian stieß einen lauten Jubelruf aus, und Shelby klatschte sie ab. „Ich hab noch nie für einen Song Gold gekriegt", sagte Shelby begeistert.

„Na ja, rein theoretisch ist es ja auch Jeds Song, aber du hast ihn erst richtig in Schwung gebracht, kleine Lady."

„So ist Shelby", meinte Vivian und warf ihr einen Blick zu. „Das Mädchen, das Sachen in Schwung bringt."

„Ja, und dieser Schwung katapultiert uns rüber nach Europa", erwiderte Shelby.

„Und was kommt danach?", fragte Vivian Stan.

Er zuckte die Achseln und fragte: „Wer weiß? Gestern haben wir einen Anruf von einem Sender bekommen, der anfragt, ob Jed eine eigene Talkshow moderieren möchte."

„Ich hoffe, du hast mich bei diesem Deal nicht vergessen, Stan", sagte Shelby.

„Wo Jed hingeht, da gehst du auch hin, Süße", antwortete er.

Shelby konnte ihre Freude kaum zügeln. Vielleicht würde ihr Traum ja auf diese Weise in Erfüllung gehen. Auf der Europatournee würden sie viel Zeit zusammen verbringen, und Jed würde endlich erkennen, dass seine Ehe nicht das Wahre war. Und wenn sie in die Staaten zurückkämen, würden sie gemeinsam eine Fernsehshow machen. Seine Fans würden zwar bestimmt eine Weile brauchen, um zu akzeptieren, dass er seine Frau verlassen hatte, aber er würde neue Fans gewinnen, die es verstanden, wenn ein Mann seinem Herzen folgte.

Doch sie wollte nicht vorgreifen. Sie musste die Sache langsam angehen lassen. Erst mal musste sie mit Jed nach Europa, weit weg von der Vertrautheit der Staaten, von der Möglichkeit, schnell für eine Nacht nach Hause zu fahren ... und weit weg von Rose und seinem Sohn. Das wäre ihre Chance, ihm dabei zu helfen, den nächsten Schritt zu tun. Den Schritt zu ihr hin.

Kapitel 31

Der Flug nach Glasgow, der ersten Station der Europatournee, war lang und anstrengend. Am Nachmittag flogen sie ab und sollten dann früh am Morgen ankommen. Er hatte sich eine Schlafmaske gekauft, denn er hatte schon in den vergangenen Wochen nicht mehr im Flugzeug schlafen können wie früher. Doch weder die Maske noch das Nackenkissen noch das Glas Wein zum Abendessen halfen. Seine Gedanken drehten sich unaufhörlich um die Tournee, um Rose und Ray und darum, wie sehr er sie vermisste.

Damals, vor der Hochzeit, hatte Pastor Bingham ihm geraten, sich einen Freund zu suchen, der ihn dabei unterstützte, auf dem richtigen Weg zu bleiben. Das hatte er natürlich nicht getan, hatte sich eingeredet, so ein Vorschlag wäre lebensfremd, typisch für einen Geistlichen. Der Pastor hatte ja keine Ahnung, wie schwer es war, einen Menschen zu finden, der diese Rolle übernehmen konnte, wenn man ständig auf Achse war. Das Gleiche galt auch für seine Zeiten mit Gott. Die täglichen Anforderungen des Lebens auf Tournee, die Proben und die Veranstaltungen hatten das Bibellesen und das Gebet zu einer lästigen Pflicht gemacht, aber Jed hatte sich vorgenommen, wieder regelmäßiger solche Zeiten zu haben, wenn sein Leben wieder in etwas ruhigeren Bahnen verlief. Sobald die Tournee vorbei war.

Alle diese Gedanken schob er jetzt beiseite und dachte an Rose. Was ihren Vater anging, hatte sie recht. Es ging ihm wirklich nicht gut, und deshalb war es richtig, dass sie zu Hause blieb. Wenn Jed die Uhr zurückdrehen und mehr Zeit mit seinem Dad hätte verbringen können, hätte er keine Sekunde gezögert, es zu tun.

Doch wenn Rose bereit gewesen wäre, ihn auf dieser Tour zu begleiten, hätten sie zusammen sein können, emotional und körperlich. Sie hätten sich wieder näherkommen können ... aber Jed fragte sich auch, wie viel Nähe sie überhaupt brauchte. Ob sie mit dieser Frage wohl ewig kämpfen würden? Ob ihm wohl immer das Gefühl gegeben werden würde, irgendwie schmutzig und unanständig zu sein, weil er mit seiner Frau zusammen sein wollte? Sex war doch nichts Perverses, sondern etwas Heiliges, wie sie es im Weinberg erlebt hatten. Warum hatte er trotzdem ständig das Gefühl, zu viel zu verlangen, wenn Gott ihn doch so geschaffen hatte?

Wenn er in solche gedanklichen Endlosschleifen geriet, versuchte er, die Energie in etwas Positives umzulenken, zum Beispiel, indem er einen Song schrieb. Er zog sein neuestes Elektronikspielzeug hervor, das er allein zu diesem Zweck gekauft hatte, und ließ seine Gedanken fließen; Redewendungen, Textpassagen, Ideen und Konzepte. In richtig guten Songs gab es, genau wie in richtig guten Geschichten, immer etwas Schmerzliches, das eine Verbindung zum Zuhörer herstellte. Und es gab auch immer Hoffnung, weil jeder die Hoffnung braucht.

Er hatte eine Melodie im Sinn, aber sie schien ihm zu gewagt, zu frech. Sie erinnerte ihn an die zornigen Songs jüngerer Künstler, die Aufmerksamkeit suchten. *Seht mich an, ich bin wütend.* So etwas wollte er nicht. Das war nicht der Ton, den er in seiner Musik anschlagen wollte.

„Woran arbeitest du?“, fragte Shelby, beugte sich über seine Schulter und berührte ihn dabei.

Bei jedem anderen hätte er das als Störung empfunden, aber da sie in den vergangenen Monaten so eng zusammengearbeitet hatten, war es in Ordnung. So war Shelby eben – schnörkellos und direkt. Sie zeigte alles völlig offen, so wie ihre Tattoos auf Armen und Rücken.

„Eine Idee für einen Song“, antwortete er und schaltete sein Gerät aus.

„Nein, lass doch mal sehen. Vielleicht kann ich dir ja helfen. Ein paar der besten Songs sind als Gemeinschaftsprojekte entstanden. Einer hat eine Idee, man steckt die Köpfe zusammen, und heraus kommt etwas, das viel besser ist. Ich arbeite am Refrain, du an den Versen."

„Ich glaube, das kann ich nicht."

„Hast du es denn schon mal versucht?"

„Nein, eigentlich nicht."

„Na, dann lass es uns doch mal probieren. Komm schon. Schaden kann es doch nicht."

Shelby drängte sich neben Jed und fragte Johnny Paugh, Jeds Schlagzeuger, ob sie die Plätze tauschen könnten. „Wir schreiben nämlich einen Song", erklärte sie.

Johnny zog nur die Augenbrauen hoch und verzog sich weiter nach hinten.

„Ich möchte es dir aber nicht zeigen, Shelby. Jedenfalls noch nicht."

Sie verzog das Gesicht zu einem Schmollen wie ein Kind, dem gerade sein Lutscher in den Sand gefallen ist. „Dann hat es bestimmt etwas mit dem ehelichen Beischlaf zu tun, richtig?"

Woher weiß sie das?, dachte Jed.

„Du wirst ja rot", sagte Shelby und brach in schallendes Gelächter aus, viel zu laut und zu schrill. Dann senkte sie die Stimme, beugte sich zu ihm hinüber und sagte: „Also gut, nichts liegt mir ferner, als in eurem Schlafzimmer zu stören oder wo auch immer ihr beide ..."

Beinahe hätte er etwas vom Weinberg gesagt, aber er konnte sich gerade noch zurückhalten, etwas so Persönliches weiterzuerzählen. Irgendwo gab es auch eine Grenze.

„Wo? In der Wäschekammer? In der Küche? Dein Geheimnis ist bei mir gut aufgehoben, Jed."

Er drehte sich zum Fenster, betrachtete sein Spiegelbild, und in diesem Licht fand sogar er selbst, dass seine Augen tief in den Höhlen lagen.

„Im Weinberg", antwortete er, als er sich zu ihr umdrehte.

„Draußen? Also, dass ihr Christen manchmal sehr naturverbunden seid, habe ich ja gewusst, aber dass ihr so weit geht, hätte ich nicht gedacht."

„Das war auch das erste Mal", erklärte er, und er fühlte sich schlecht, weil er etwas so Intimes weitererzählt hatte. „Aber es war schön."

„Das freut mich", sagte sie. „Ich habe gehört, dass damit als Erstes Schluss ist, wenn Kinder da sind. Du weißt schon, die Lust und so. Aus: ‚Ich will immer nur mit dir zusammen sein' wird: ‚Ich habe Kopfschmerzen'. Wie schön, dass es bei euch anders ist."

Er sagte darauf nichts und sie fiel in sein Schweigen ein. Schließlich sagte sie: „Ich arbeite auch gerade an einem Song. Es geht darin um ein Mädchen, das an den falschen Orten nach Liebe sucht und dem dadurch ein paarmal sehr wehgetan wird. Sie ist darüber sehr wütend und versucht, sich zu rächen, und stürzt sich schließlich ganz und gar in die Arbeit, in ihre Kunst ..."

„Und wie geht die Geschichte aus?"

Shelby beugte sich über seine Armlehne und antwortete: „Sie lernt einen ganz besonderen Menschen kennen, jemanden, der ganz anders ist als sie. Und ohne es zu wissen, gibt er ihr Hoffnung. Aber ..."

„Aber was?"

„Er ist ... tabu." Abrupt wechselte sie das Thema. „Wie findest du den Artikel über uns?"

„Es waren ein paar falsche Informationen über meinen Dad darin, aber alles in allem war er ganz gut. Kann mich nicht beklagen über die Publicity."

„Stan meint, dass sogar negative Publicity gut ist. Auf jeden Fall besser als gar keine."

„Dazu sage ich mal lieber nichts", sagte er. „Und jetzt zeig mir mal deinen Song."

„Nur, wenn du mir auch deinen zeigst", sagte sie und zwinkerte ihm zu.

Er grinste und schüttelte den Kopf. „Vielleicht ein anderes Mal. Aber schreib auf jeden Fall weiter. Du hast nämlich wirklich Talent."

Shelby griff nach ihrer Tasche und holte ihren Lipgloss heraus. Dabei sah Jed die Medikamentenpackung und fragte: „Bist du krank?"

Sie stopfte die Packung tiefer in ihre Tasche und antwortete: „Nein, das ist nur das normale Zeug. Manchmal kann ich nicht schlafen, manchmal bin ich zu aufgedreht, und diese Pillen helfen dann."

„Mit dieser Art *Hilfe* solltest du lieber vorsichtig sein", warnte er sie.

„Mach dir um mich mal keine Sorgen, Jed. Ich habe das voll im Griff."

Er schaute durchs Fenster in die Dunkelheit hinaus und sah in der Scheibe, wie Shelby aufstand und wegging. Einerseits fühlte er sich erleichtert, aber ein Teil von ihm wünschte sich auch, sie wäre geblieben.

* * *

Am nächsten Abend in Glasgow klangen sie fantastisch zusammen. Das galt für die ganze Gruppe, beide Bands, aber ganz besonders für Jed und Shelby. Die Halle war voll mit jungen Leuten, die klatschten, schrien und jeden Song mitgrölten. Der Sound, die Lichteffekte, die Nähe der Fans – alles passte, und Jed feuerte die aufgeheizte Stimmung im Saal noch an. Die Chemie zwischen Shelby und ihm stimmte einfach, und er konnte sich kaum vorstellen, dass sie zusammen noch besser klingen konnten.

Das nächste Konzert in Dublin war dann aber mindestens genauso gut, vielleicht sogar noch besser, und der Gig in London toppte alles. Als sie zum Abschluss „The Song" brachten, steigerte sich der Applaus zu einem Crescendo. Eine Person links von der Bühne begann zu kreischen, und Jed sah, wie ein

Mädchen die Sicherheitsabsperrung durchbrach und auf ihn zustürmte.

„Ich liebe dich!“, kreischte sie, aber da wurde sie von zwei Security-Leuten gepackt und weggezerrt. „Nein! Jed! Ich liebe dich! Deine Songs bedeuten mir so viel! Lass nicht zu, dass sie mich wegbringen!“

Während sie mit ihrem Geschrei sogar den Applaus übertönte, wanderte Jeds Blick zu Shelby hinüber, die sich vor Lachen bog.

Jed schüttelte den Zwischenfall ab und winkte dem Publikum noch einmal zu, bevor er hinter der Bühne verschwand. Stan war außer sich vor Begeisterung. Die Band war richtig high und Shelby schwebte wie auf einer Wolke und genoss den Moment in vollen Zügen.

Doch Jed empfand eine Leere, die er nicht erklären konnte und die auch keine noch so große Menge begeisterter Fans füllen konnte.

Er kam zu dem Schluss, dass er sich erst einmal richtig ausschlafen müsste, dann würde es schon wieder gehen. Er versuchte sich einzureden, dass dadurch die Fragen und der Schmerz in seinem Inneren schon verschwinden würden.

Kapitel 32

Kurz vor Mittag kamen Rose und Ray auf dem Weingut an. Sie wollten mit Roses Dad essen, der Picknickkorb mit Rays Lieblingsessen stand hinten im Auto. Es waren Sandwichs mit Erdnussbutter und Banane, Karotten- und Selleriesticks mit Erdnussbutter, Honig und Erdnussbutter und Kräcker. Ray war ein großer Erdnussbutterfan, und Rose hätte ihm gern so viel davon gegeben, wie er wollte, aber aus irgendeinem Grund drehte sich ihr neuerdings schon allein beim Geruch von Erdnussbutter der Magen um. Das hatte sie nicht mehr erlebt, seit ... jedenfalls schon sehr lange nicht mehr.

Unterwegs schlief Ray ein, und sie stellte das Radio leise. Es wurde einer von Jeds Songs gespielt, und sie lächelte. Seit seinem Auftritt bei ihrem Erntefest damals hatte er viel erreicht. Aber es ging immer noch weiter bergauf mit seiner Karriere, und nichts schien ihn bremsen zu können.

Sie hatte wirklich den Eindruck, dass er es verstand, warum sie nicht mit ihm gefahren war, aber als er abgereist war, hatte er immer noch ein wenig verletzt gewirkt. So als hätte sie ihn eigentlich doch nach Europa begleiten sollen. Doch sie schob den Gedanken von sich: Entweder ließ sie sich von ihren Schuldgefühlen beherrschen oder sie lebte ein erfülltes Leben – und sie entschied sich für Letzteres.

Beim Weingut angekommen, stieg sie aus dem Wagen, klopfte an die Fliegengittertür und rief nach ihrem Vater. Aus dem Haus war kein Laut zu hören. Ray rannte zu der Reifenschaukel im Garten, dieselbe Schaukel, auf der ihre Mutter Rose beim Schaukeln zugeschaut hatte, bis zu dem Tag, an dem sie gestorben war.

„Daddy?“, rief sie noch einmal, und die Fliegengittertür quietschte, als sie sie aufzog. Vorsichtig stellte sie den Korb im Flur ab und spähte dann in sein Arbeitszimmer. Sie rechnete schon fast damit, dass er über seinem Schreibtisch zusammengebrochen war, aber da war er nicht.

„Daddy?“

Sie ging durch die Küche und schaute durchs Fenster in den Garten. Vielleicht war er in der Scheune. Doch nichts rührte sich, nur die Blätter in den Bäumen wiegten sich sacht im Wind.

Sie fand ihn im Wohnzimmer in seinem Lieblingssessel, eine Decke locker über den Beinen. Reglos saß er da, und sie hatte Angst, ihn zu berühren, weil sie fürchtete, dass sich seine Haut kalt anfühlen würde. Kurz bevor sie in Tränen ausbrach, öffnete er die Augen und sah aus, als hätte er jemand anderes erwartet.

„Rose?“

Sie lächelte, wischte sich schnell über die Augen und fragte: „Hast du nicht gehört, dass ich dich gerufen habe?“

„Doch, ich habe etwas gehört, aber ich dachte, es wäre der Wind“, antwortete er und rappelte sich mühsam hoch. „Wo ist denn Ray?“

„Draußen auf der Schaukel. Bleib doch sitzen. Du siehst müde aus.“

„Ich bin gerade hereingekommen zu einem kleinen Mittagsschläfchen nach der Arbeit“, sagte er. Sein Atem ging schwer, so als versuchte er, Luft aus einem platten Reifen herauszusaugen.

„Wie fühlst du dich, Dad?“

„Wie fühlst du dich denn?“, fragte er zurück.

Sie sah ihn einfach nur an und wartete.

„Ich hatte schon bessere Tage, aber ich habe auch noch bessere vor mir.“ Er rutschte nach vorn auf die Sesselkante und fuhr fort. „Ich hatte einen unglaublich lebensechten Traum.“

„Erzähl mal.“

„Deine Mama saß dort am Fenster, schaute Ray zu und hat mir gesagt, was ich machen soll, so wie sie es immer getan hat.“

„Sie hat sich besser um dich gekümmert als du selbst.“

„Ja, das stimmt.“

Ray kam zu ihnen ins Wohnzimmer gesaust, und ihr Vater schloss das kleine Energiebündel in die Arme und setzte es sich auf den Schoß.

„Wir wollen ein Picknick machen“, verkündete Ray.

„Ein Picknick? Das klingt ja toll.“

„Hast du Hunger, Opa?“

„Ich bin schon hungrig auf die Welt gekommen“, erklärte der lachend, doch das Lachen mündete in einen Hustenanfall und einem so beunruhigenden Röcheln, dass Rose Ray losschickte, sich die Hände zu waschen.

„Und es geht dir wirklich gut?“, fragte Rose noch einmal.

„Du machst dir zu viele Gedanken.“

Sie trugen den Korb nach draußen zum Picknicktisch, und Ray setzte seinem Großvater all die Köstlichkeiten vor, die er selbst so gern mochte. Ihr Vater erzählte seinem Enkel, wie er Rose einmal das Leben gerettet hatte, als sie in einem Kürbisfeld auf eine Schlange getroffen war.

„War die so groß, dass sie Mama hätte fressen können?“, fragte Ray.

„Groß genug jedenfalls, um sie in den kleinen Zeh zu beißen. Das war aber auch schon alles. Es war eine Strumpfbandnatter, die einfach nur ihrer Wege kroch, und da kam plötzlich Rose daher“, erzählte er.

„Ich dachte, ich würde sterben“, erinnerte sie sich schaudernd.

„Aber der furchtlose Vater eilte ihr zu Hilfe!“, berichtete Shep weiter und hielt eine Selleriestange wie ein Schwert in der Hand.

„Hast du die Schlange getötet, Opa?“

„Nein. Sie ist nämlich sehr nützlich für den Garten, und solche Tiere tötet man nicht. Ich habe deine Mama einfach von der

Schlange weggezogen und Mrs Strumpfbandnatter ihrer Wege ziehen lassen."

„Ich hätte sie für dich getötet, Mama", sagte Ray feierlich.

Rose lachte, und sie unterhielten sich weiter über alte Zeiten. Ray rannte mit einem Sandwich in der Hand zur Schaukel hinüber. Es hatte Zeiten gegeben, da hätte Rose es nicht ausgehalten, ihn mit verschmiertem Gesicht herumlaufen zu lassen, aber das war inzwischen anders. Irgendwann würde er schon wieder sauber sein.

„Tritt Jed heute Abend irgendwo auf?"

Rose nickte. „Ja, in London."

„Wünschtest du nicht doch, du wärst jetzt bei ihm? Könntest dir die Sehenswürdigkeiten dort ansehen und bei ihm sein?"

„Die Zeit wird schon auch noch kommen", antwortete sie.

„Ich hoffe, du bist nicht meinetwegen hiergeblieben", sagte Shep.

„Ich bin hiergeblieben, weil wir hier zu Hause sind, Dad. Es ist nicht gut, ein solches Energiebündel wie Ray ständig von einem Ort zum anderen zu schleppen."

„Nein, da ist ein großer Garten schon besser, was?", entgegnete er grinsend. Doch dann wurde er sofort wieder ernst. „Ich möchte nicht, dass ihr zwei euch auseinanderlebt, wenn ihr dauernd so lange voneinander getrennt seid."

„Na, wer macht sich denn jetzt zu viele Gedanken?", fragte sie, während sie die Reste des Picknicks wieder einpackte. „Es ist alles gut mit uns, Dad. Nicht perfekt, aber gut."

„Das freut mich zu hören", erwiderte er. „Denn ich würde gern etwas mit dir besprechen. Eine Entscheidung, die ich getroffen habe."

„Worum geht es?"

„Ich habe neulich mein Testament geändert."

„Dad!"

„Nein, lass mich ausreden. Ich habe das lange Zeit vor mir hergeschoben. Deine Mutter war darin noch als Alleinerbin eingesetzt", sagte er und schaute lächelnd zum Haus hinüber.

„Woran denkst du gerade?“, fragte Rose ihn.

„An den Witz, den deine Mutter immer erzählt hat, von dem kleinen Jungen in der Sonntagsschule. Die Sonntagsschullehrerin fragte die Kinder, wer in den Himmel kommen möchte, und alle hoben ihre Hände, nur der kleine Johnny nicht. ‚Johnny, du willst nicht in den Himmel kommen?‘, fragte sie, und der kleine Johnny sagte: ‚Doch. Ich dachte nur, Sie wollten jetzt gleich eine Ladung voll hochschaffen.‘“

Rose lachte und erinnerte sich an die Geschichten und Witze, die früher erzählt wurden, als sie noch klein gewesen war, wenn Freunde zu Besuch kamen und alle zusammen um den Küchentisch herumsaßen.

„Wie auch immer, ich habe jedenfalls mein Testament aktualisiert und dich als Testamentsvollstreckerin eingesetzt.“

Diese Nachricht musste sie erst mal verdauen.

„Das heißt, du entscheidest, was mit dem Haus, dem Land und dem Weinberg passiert.“

„Ich ... Dad ...“

„Deine Brüder werden alles so schnell wie möglich verkaufen wollen. Aber du sollst machen, was du für richtig hältst.“

„Das wird aber nicht leicht werden, Daddy. Du weißt doch, wie sie sind ...“

„Ja, ich weiß, dass sie stur sind. Sie kommen ganz nach deiner Mutter“, sagte er und zwinkerte amüsiert. „Aber dir ist der Ort hier wichtig. Wenn du mit Jed herziehen und das Weingut weiter bewirtschaften möchtest, könntest du einen Teil des Landes verkaufen und deine Brüder auszahlen. Wenn ihr nicht hier leben wollt, kannst du es an jemanden verkaufen, der sich gut darum kümmert. Das wird natürlich alles noch ein bisschen dauern, aber ich möchte, dass alles geregelt ist.“

Anfangs war sie traurig und auch ein wenig wütend darüber, dass ihr Vater ausgerechnet bei einem Picknick über so ernste Dinge reden musste, aber wenigstens sprach er überhaupt darüber und wartete nicht damit, bis es zu spät war. Ihre Mutter war krank gewesen, und sie hatten gewusst, dass es zu

Ende ging, aber trotzdem hatte sie niemandem gesagt, in was für einem Sarg sie bestattet werden wollte oder welche Lieder bei ihrer Beerdigung gesungen werden sollten. Und das nur, weil ihr Vater sich so starrsinnig an die Hoffnung geklammert hatte, dass sie durch ein Wunder wieder gesund werden würde. Er war überzeugt gewesen, dass sie den Krebs besiegen würde und dann alles weiterging wie bisher. Ihr Vater war ihr immer so stark erschienen, jemand, der mit allem fertigwurde, aber wenn sie jetzt zurückdachte, erkannte sie, wie groß seine Angst gewesen war und was diese Angst mit ihm gemacht hatte.

Nach dem Essen legte sich ihr Vater noch etwas hin, weil er sich nicht so gut fühlte. Rose fuhr mit Ray ein paar alte Freunde in der Stadt besuchen, und in Wilkersons Lebensmittelladen traf sie bei den Tiefkühlfächern auf Eddie. Seit dem Zwischenfall beim Erntefest hatte sie ihn nicht mehr gesehen, und das war jetzt sechs Jahre her. Er trug graue Firmenbekleidung und war dabei, Tiefkühlgerichte einzuräumen. Als er sie entdeckte, lächelte er, aber das Strahlen verschwand sofort wieder.

„Hey, Rose“, begrüßte Eddie sie. „Ist das dein Kleiner?“ Er beugte sich vor und strich Ray mit der behandschuhten Hand über die Wange.

„Ja, das ist Ray.“

„Ray“, sagte Eddie, als versuchte er, sich zu erinnern. „Wie alt bist du denn, Kumpel?“

„Vier“, antwortete Ray und drückte sein Gesicht an Roses Bein.

Eddie richtete sich wieder auf, musterte Rose von oben bis unten und sagte dann: „Weißt du, viele Frauen lassen sich gehen, wenn sie erst mal verheiratet sind und ein, zwei Kinder bekommen haben. Du siehst aber fit aus.“

„Der Kleine hält mich ziemlich auf Trab“, antwortete sie.

„Und wie geht es Jed?“

„Gut. Im Augenblick ist er auf Europatournee.“

„Das habe ich gehört. Er und Shelby Bale machen ja ziemlich Furore.“

„Und wie geht's dir, Eddie?", fragte sie, um rasch das Thema zu wechseln.

„Ach, ganz gut. Ich mache diesen Job nur übergangsweise, bis ich was anderes habe."

„Aha. Und bist du noch mit Kristen zusammen?"

Er legte die Stirn in Falten, als könnte er sich gar nicht mehr richtig erinnern, und sagte dann: „Kristen? Ach, nein, das hat nicht geklappt. Ich warte noch auf die Richtige. Wieder mal."

Sie wurde rot, und in dem Moment zupfte Ray an ihrem Rock und sagte: „Können wir jetzt weitergehen, Mama?"

„Ja, wir müssen los", sagte sie. „Mein Vater wartet bestimmt schon auf uns."

„Hör mal ... bevor du gehst. Wegen damals ... tut mir leid, dass ich so ... dass ich kein Gentleman war."

„Danke, Eddie, ich weiß das zu schätzen."

„Wenn ich das irgendwie wiedergutmachen kann ..."

„Mamaaaaa!", quengelte Ray.

„Wir wollen dich nicht von der Arbeit abhalten. War nett, dich wiederzusehen, Eddie."

„Ja, Rosie, das finde ich auch."

Sie drehte sich nicht noch einmal um, als sie davongingen, aber sie spürte seinen Blick in ihrem Rücken und konnte förmlich hören, wie er sich fragte: *Was wäre, wenn?*

* * *

Rose bereitete ihnen ein frühes Abendessen zu. Anschließend wollte ihr Dad mit Ray noch ein paar Runden Dame spielen. Ray fand es besonders gut, über die eigenen Steine zu springen, und ihr Dad ließ ihn auch gewähren. Nachdem sie gegessen hatten, ließen sie am Teich noch Steine übers Wasser titschen und gingen dann durch den Weinberg zurück. Als ihr Vater ein Büschel Unkraut entdeckte, schnappte er sich die Hacke und machte sich an die Arbeit, während Ray ein Päckchen Fruchtsaft aus seiner hinteren Hosentasche zog.

Sie machte den Saft für ihn auf, und er trank einen Schluck. Dann zeigte er auf die Kapelle und sagte: „Das baut Daddy fertig, wenn er wiederkommt, nicht?"

„Ja, das hat er versprochen", antwortete Rose.

„Können wir dann da wohnen?"

„Nein, das wird eine Kapelle, das ist so etwas Ähnliches wie eine Kirche. Da haben dein Dad und ich geheiratet."

„Cool", sagte Ray, trank noch einen Schluck und fing an zu lachen.

„Was ist denn so lustig?", fragte Rose.

„Guck doch mal, Opa macht Quatsch."

Rose drehte sich um und sah, wie ihr Vater taumelte und dann rückwärts zu Boden stürzte. Sein Gesicht war aschfahl.

Rose rannte zu ihm und fiel neben ihm auf die Knie. „Daddy!"

Sie tastete nach dem Puls und überlegte fieberhaft, welche Sofortmaßnahmen sie ergreifen musste, aber dann sah sie, dass die Augen ihres Vaters offen standen, sein Blick war starr, und er atmete nicht mehr. Ihr Blick wanderte zurück zu Ray, der reglos dastand und zusah, wie sie aufschrie und in Tränen ausbrach.

Ihr Handy. Wo hatte sie nur ihr Handy? Ach, sie hatte es im Haus gelassen. Sie rannte los, drehte sich dann aber wieder um, um Ray mit sich zu zerren, der seinen Fruchtsaft verschüttete und anfing zu weinen. Rose rannte weiter, ebenfalls schluchzend, und wollte ihn auf den Arm nehmen, aber er war einfach zu schwer.

Wenn Jed bloß hier wäre, dachte sie. Sie hatte recht gehabt, was ihren Vater betraf. Und ihr Mann war eine Million Meilen von ihr entfernt.

Als sie das Haus erreicht hatte, wählte sie sofort den Notruf. Die Telefonistin erklärte, ein Rettungswagen würde sofort kommen. Rose nahm Ray bei der Hand, schnappte sich ihr Handy und rannte zurück zum Hügel, in der Hoffnung, ihr Vater sei wie durch ein Wunder wieder zu sich gekommen. Aber er lag immer noch reglos da, als sie bei ihm ankamen.

„Ist Opa tot, Mama?“, fragte Ray.

„Ich weiß es nicht. Ich weiß es nicht, Ray.“

Sie wählte Jeds Nummer. In London war die Zeit fünf Stunden weiter, aber es war ihr egal, wo er war oder was er gerade tat. Sie musste jetzt seine Stimme hören.

Kapitel 33

Nach dem Konzert suchte Shelby einen Pub aus, der direkt gegenüber von ihrem Hotel lag, und im Grunde besetzte die Band das ganze Lokal. Es waren zwar noch ein paar wenige Stammgäste da, aber die verzogen sich bald. Shelby war klar, dass Jed nur aus Pflichtgefühl und Kameradschaft mitgekommen war. Die Band war ein lebendiger, atmender Organismus, ein Team, und je mehr man den Zusammenhalt förderte, desto mehr wuchsen alle zusammen und profitierten voneinander. Aber Jed schien für diese Art Ausflüge nicht viel übrig zu haben, vermutlich, weil er dann noch später ins Bett kam, und es war ganz klar, dass er keinen Alkohol mochte. Er trank hin und wieder ein Glas Wein, aber das war auch alles. Doch Shelby hatte sich fest vorgenommen, das zu ändern.

Sie konnte einfach nicht begreifen, warum er sich nicht amüsieren wollte. Ob darüber etwas in der Bibel stand? Vielleicht lag es ja auch daran, dass Jeds Vater irgendwann Alkoholiker gewesen war. Vielleicht hatte es aber auch ganz andere Gründe. Nach dem, was Shelby gelesen hatte, hätte es Jed überhaupt nicht gegeben, wenn sein Vater nicht diese Affäre gehabt hätte. Also konnte Gott offenbar auf irgendeine Art sogar aus so etwas noch etwas Gutes machen. Natürlich dachte Shelby lieber in Begriffen wie Karma oder Glück, aber wenn Jed glauben wollte, dass eine göttliche Macht für ihn sorgte, dann sollte er das ruhig tun.

Shelby spürte Jeds Blick im Rücken, als sie eine Reihe Schnapsgläser auf der Bar aufstellte. Vivian war zuerst an der Reihe, und die Bandmitglieder jubelten, als sie das letzte herunterkippte. Jeds Schlagzeuger Johnny löste sie ab, schaffte aber nur fünf, bevor er aufgab.

Shelby klopfte ihm auf den Rücken und sagte: „Gar nicht so schlecht für den ersten Versuch."

Dann kam sie an die Reihe, und sie zeigte ihnen, wie es ging. Großer Jubel brach los, als sie das letzte Glas austrank und die Faust in die Luft streckte. Sie lachte und fühlte sich unglaublich lebendig. Sie war richtig in Fahrt. Zuerst der gelungene Auftritt, das Team und die Konzerte, die sie gespielt hatten, um so weit zu kommen, zu diesem Erfolg und dieser Feier ...

Sie schaute auf die andere Seite des Raumes zu Jed hinüber und sah seine melancholische Miene. Irgendwie fühlte sie mit ihm mit, und ihr Instinkt sagte ihr, dass dies ihre Chance war. Diese Nacht.

Sie nahm eine Zigarette und zog daran, und das Nikotin drang tief in ihre Lungen. „Also gut! Okay! Ruhe mal, Leute!", rief sie und brachte die Menge zum Schweigen. „Hey, Mr King? Sie sind an der Reihe."

Jed winkte ab. „Ich passe."

Die Band johlte, als sie mit einem Schnapsglas in der Hand zu ihm ging. Sie schaute zu Vivian, die Zungenspitze in die eine Wange gedrückt und sagte: „Ich glaube, das Trinken steht bei ihm auf der Liste von Dingen, die er nur mit seiner Frau tut."

Ihre Freunde lachten und feuerten sie an.

„Er hat zu Hause ein Weingut, Leute. Ein Weingut! Er weiß, wenn er nach Hause kommt, kann er so viel Wein trinken, wie er will."

Sie stand jetzt neben Jed, und nur er konnte sie hören. „Stimmt's?"

Jed starrte sie an, sein Gesicht, sein Blick sagte, dass er sehr wohl verstanden hatte, was sie meinte – nämlich das andere, das er zu Hause haben konnte, wann immer und so oft er wollte. Und er antwortete: „Nein."

Shelby musterte ihn, zog wieder an ihrer Zigarette und fragte leise: „Ist das dein Ernst?"

Jed antwortete nicht, sondern senkte nur den Blick.

„Okay“, flüsterte sie und nahm selbst die Betroffenheit in ihrem Tonfall wahr. „Tut mir leid. Das hab ich nicht gewusst, Ich dachte ... ich kann es einfach nicht haben ... dich so zu sehen, und ich wollte nur, dass du dich mal richtig amüsierst.“

Entschlossen und mit der johlenden Unterstützung der anderen im Raum drängte sie Jed noch einmal. „Stehen da nicht Schnapsgläser auf der Bar? Ich glaube, da stehen Schnapsgläser auf der Bar.“

Darauf reagierte Jeds Band mit lautem Pfeifen und Applaus. Jed schaute Shelby an und begann verlegen zu lächeln.

„Ich finde einfach, dass du es dir verdient hast“, fuhr Shelby fort und versuchte, ihn von seinem Stuhl hochzuziehen.

Jed schlug entschlossen mit den Handflächen auf die Tischplatte und stand auf, und die Bandmitglieder in der Bar begannen wild zu applaudieren. Stan war bereits total betrunken, und Vivian starrte Shelby mit großen, blutunterlaufenen Augen an. Vivian war es auch, die mit den Anfeuerungsrufen „Jed! Jed! Jed!“ begann. Shelby und die anderen stimmten mit ein, und der Barkeeper strahlte. Das würde ein sehr guter Abend werden.

Jed hatte jetzt die Bar erreicht und setzte das erste Schnapsglas an die Lippen. „Meine Damen und Herren, ich denke, diesen Abend haben wir Miss Shelby Bale zu verdanken. Applaus für sie!“, rief er.

Es folgte Gegröle und Johlen und das unverständliche Lallen Betrunkener.

„Meine Damen und Herren, der hier ist für meine Jungs!“, rief Jed.

Shelby trat zurück und ließ es geschehen, als wäre nicht sie es gewesen, die das Ganze eingefädelt hatte und als würde sie nicht jede Sekunde genießen. Aus dem Augenwinkel sah sie etwas aufleuchten. Es war Jeds Handy, das auf seinem Tisch vibrierte, und Roses Bild erschien auf dem Display, mit Jeds Sohn daneben. Es war ein so hübsches Bild, eine so nette kleine Familie. So idyllisch. Shelby drückte den Anruf rasch weg.

Jed knallte das nächste leere Schnapsglas auf die Theke, und in der Bar wurde es immer lauter. Er trank den vierten und fünften Schnaps und schüttelte sich, weil ihm der Alkohol in der Kehle brannte. Der ganze Raum war wie elektrisiert und außer Kontrolle.

Shelby steckte schnell das Handy in ihre Hosentasche und zog wieder an ihrer Zigarette, während Jed sich in der Reihe mit Schnapsgläsern weiter voranarbeitete und sich von den Anfeuerungsrufen der Leute um ihn herum aufpeitschen ließ.

Wieder vibrierte das Handy. Wieder Rose. Und wieder drückte Shelby den Anruf weg und steckte das Handy in ihre Handtasche.

Jed kippte jetzt den letzten Schnaps. Er musste sich schon an der Theke festhalten, riss aber die Arme hoch und stieß einen Jubelruf aus, in den alle einstimmten. Er wirkte glücklich. Fröhlich. Und er war dabei, sich richtig zu betrinken.

Vivian trat neben Shelby und sagte: „Gratuliere. Ich glaube, du hast ihn jetzt ganz offiziell locker gemacht."

„Wird bestimmt eine interessante Nacht", meinte Shelby nur.

Vivian lächelte und sagte: „Du musst mir morgen alles erzählen", warf dann einen Blick auf die Uhr und korrigierte sich: „Nein, heute."

Nach dieser Nacht würde nichts mehr so sein wie vorher. Jed gehörte ihr.

Kapitel 34

Jed torkelte zwar nicht durch den Flur im Hotel wie einige der anderen Jungs, aber die Zimmernummern im fünften Stock konnte er nur noch verschwommen erkennen. Es war ein interessantes Gefühl, das er bisher nicht oft erlebt hatte. Nur einmal, als Teenager mit ein paar Freunden auf einer Party, und dann noch einmal in einer Bar, in der er vor der Hochzeit gespielt hatte. Sein Auftritt war immer weiter nach hinten geschoben worden, und als er dann endlich auf die Bühne gegangen war, hatte er kaum noch gerade gehen können. Beide Male hatte er sich geschworen, nie wieder so viel Alkohol zu trinken.

Und da ging er jetzt also neben Shelby den Hotelflur entlang, und die anderen verschwanden nach und nach in ihren Zimmern. Shelby lachte, und es lag absolut keine Spannung in der Luft, sondern nur Freiheit. Wie gut es tat, sich frei zu fühlen.

Als sie bei Zimmer 539 ankamen, drehte Shelby sich zu ihm um, lehnte sich mit dem Rücken an die Tür und fragte: „Und, hast du dich gut amüsiert?"

„Ja, das kann man wohl sagen. Danke."

„Ich danke *dir*. Jetzt kann ich ‚England besuchen' auf meiner To-do-Liste abhaken."

„Stand das direkt hinter ‚mir jede Menge Tattoos stechen lassen'? Mir ist nämlich aufgefallen, dass du davon ein, zwei hast."

„Nein, es stand hinter ‚Jed King kennenlernen'."

Er nahm ihre Hand, drehte sie und betrachtete die Tattoos an ihrem Arm, und in dem Moment zündete in seinem Inneren ein Funke. Vielleicht lag es am Alkohol, vielleicht war es auch dieses Gefühl des Verbotenen, hier mit ihr allein zu sein in einer Situation, in die er sich niemals hätte hineinmanövrieren dürfen. Tatsache war jedenfalls, dass sich diese Spannung, das Prickeln, das sie bei ihm auslöste, gut anfühlte.

„Mal im Ernst, was hat es damit auf sich?"

„Ich glaube, das ist einfach meine Art, Erinnerungen zu bewahren."

„Vielleicht solltest du es mal mit Fotoalben versuchen."

„Fotoalben?"

„Das erscheint mir ..., vernünftiger." Bei dem Wort *vernünftiger* schwankte er leicht.

„Ja, vernünftiger vielleicht. Aber das tötet die Erinnerungen."

„Es tötet Erinnerungen?"

„Ja, das ist eine Tatsache. Ein Foto ersetzt die gedankliche Erinnerung." Shelby schaute auf ihren Arm und fuhr fort: „Ich schaue mir die Tattoos an, und dann kommen die Erinnerungen zurück, verstehst du?"

„Also bereust du keins davon?"

Das Wort *bereuen* schien irgendetwas bei ihr auszulösen, so als entzündete sich in ihrem Inneren eine Flamme. Ihre Lippen waren feucht und einladend, als er sie anschaute, und der Blick aus ihren großen Augen bohrte sich tief in seine Seele. „Reue und Schuldgefühle zu empfinden ist so, als würde man sich selbst ins Gesicht schlagen. Es tut auf jeden Fall weh, aber man ist selbst schuld. Dann lässt man es doch lieber, oder?"

„Ja, und genauso denke ich über Tattoos", sagte er.

Sie senkte die Stimme noch mehr, als sie sagte: „Ich finde, dass man tun soll, was man will, und dabei keine Schuldgefühle haben."

Sie hielt seinem Blick stand und schaute auf seine Lippen, sodass ihre Worte zwischen ihnen stehen blieben. Jed dachte darüber nach. *Tu, was du willst, aber ohne Schuldgefühle. Lebe das Leben, wie es dir gefällt, und schmecke die Welt.* Das könnte ein Lied werden. Ja, das fühlte sich nach Freiheit an, und in diese Richtung zog Shelby ihn. Es war wie ein Sog, stärker als alles, was er je zuvor empfunden hatte.

Shelby steckte den Schlüssel in ihre Zimmertür, schloss auf und ging hinein. Dann drehte sie sich noch einmal um und sagte: „Gute Nacht, Jed“, und ließ die Tür los.

Kurz bevor sie ins Schloss fiel, streckte er die Hand aus, hielt sie fest, drückte sie wieder auf und sah, dass sie immer noch dort stand, so als hätte sie auf ihn gewartet, als hätte sie damit gerechnet, als wäre das alles geplant gewesen. Als er im Zimmer war, fiel die Tür hinter ihnen ins Schloss, und sie waren allein. Sie lächelte und umarmte ihn, und als sich ihre Lippen berührten, war es, als würde seine Seele in Brand gesetzt.

Jed hatte einmal im Radio einen alten Prediger über den Unterschied zwischen Liebe und Lust sprechen hören. Die Liebe gibt, hatte er gesagt, während die Lust nimmt. Sünde ist eine Zeit lang spannend und prickelnd, bevor sie dann ihr zerstörerisches Werk beginnt.

All das ging ihm durch den Sinn, während er Shelby immer leidenschaftlicher und intensiver küsste. Irgendetwas im hintersten Winkel seines Herzens schrie: *Lauf weg, reiß die Tür auf und lauf so schnell du kannst, bis du in deinem eigenen Zimmer bist und die Tür hinter dir verschlossen hast.* Aber er konnte sich einfach nicht von dieser Frau wegbewegen. Sie bot sich ihm bedingungslos an. Bereitwillig. Offen.

Rose war schon so lange so verschlossen, und jetzt war Shelby da, ganz und gar bereit. Und dann schwappte das, was auf der Bühne zwischen ihnen so gut passte, in das Hotelzimmer. All die kleinen Anzüglichkeiten, Andeutungen und Seitenblicke, die häufigen, wie zufälligen Berührungen, wenn sie im Flieger saßen oder zusammen im Aufzug fuhren – das hier war der Höhepunkt all dieser unschuldigen Berührungen und Worte, und Jed war beinah erleichtert, endlich aktiv werden zu können.

Im Grunde war das, was Shelby gesagt hatte, ja wirklich einleuchtend. Warum eigentlich nicht tun, wozu man Lust hatte? Warum eigentlich nicht diesem inneren Drängen nachgeben? Aber da war auch diese ferne, leise Stimme, die ihm sagte, dass es noch nicht zu spät war. Noch konnte er das nehmen, was von seiner Integrität noch übrig war ...

Wem wollte er hier eigentlich etwas vormachen? Es war zu spät. Mit dem ersten Kuss war er verloren gewesen. Es war, als stünde er am Rand eines Wasserfalls und würde von dessen Kraft in die Tiefe gerissen.

Im Laufe dieser Nacht musste er sich immer wieder einreden, dass er keine Schuldgefühle zu haben brauchte, dass es sein gutes Recht war, bei all dem Stress, den es bedeutete, seine Karriere aufzubauen und den Lebensunterhalt für seine Familie zu verdienen, das Leben auch einfach mal zu genießen. Und als das nicht funktionierte, gab er Rose die Schuld. Wenn sie mitgekommen wäre, wäre das alles gar nicht passiert. Wenn sie sich ihm nicht so oft entzogen hätte, wenn er sich nach ihr sehnte, dann wäre er nicht schwach geworden.

Tief in seinem Inneren war ihm völlig klar, dass es nicht ihre Schuld war, aber immer, wenn ihm bewusst wurde, was er tat, war Shelby da, die ihn wieder unter Wasser zog.

* * *

Jed wachte mit dröhnendem Kopf auf, und das Licht tat ihm in den Augen weh. Er hörte das Knistern einer Tablettenpackung im Bad und dann das Klingeln eines Handys. Shelby tauchte in einem Morgenmantel mit einem seltsamen Emblem auf dem Rücken in der Tür auf. Das Kleidungsstück sah glatt und seidig aus und erinnerte an einen Kimono. Ohne Make-up wirkte ihr Gesicht ganz anders.

„Hey“, begrüßte sie ihn mit dieser Kleinmädchenstimme.

„Guten Morgen“, antwortete er. „Wie spät ist es?“

„Viertel nach eins.“

Jed schlug die Decke zurück und griff nach seiner Hose.

Sie warf ein Handy aufs Bett. „Das ist deins. Entschuldige, entschuldige, ich habe es eingesteckt, weil du es in der Bar liegen gelassen hast, und dann habe ich anscheinend vergessen, es dir zurückzugeben ...“ Sie lächelte und er nahm in ihrem Blick eine Emotion war, die er nicht so recht deuten konnte. Waren es vielleicht Schuldgefühle? Aber das konnte eigentlich nicht sein, denn Shelby hatte ja keine Schuldgefühle.

Jed nahm das Handy und sah, dass Rose mehrmals versucht hatte, ihn anzurufen. „Du liebe Zeit!“, sagte er, und ihm wurde ganz anders. Sie versuchte offenbar seit Stunden, ihn zu erreichen. Die ganze Nacht hindurch hatte sie es immer wieder probiert, während er ...

„Jed, es tut mir leid“, entschuldigte sich Shelby. „Ich fühle mich ganz schrecklich.“

„Schon gut. Ist ja nicht deine Schuld“, entgegnete Jed und zwang sich zu einem Lächeln. „Aber ich sollte sie jetzt sofort zurückrufen.“

„Ja“, sagte Shelby und nickte verständnisvoll, doch ihre Miene sagte etwas anderes. Mit ihren Blicken bat sie ihn zu bleiben und da weiterzumachen, wo sie in der Nacht aufgehört hatten.

Aber Jed nahm seine Sachen, ging zur Tür, während sie mit angezogenen Knien auf dem Bett saß, und sagte: „Wir sehen uns dann später, okay?“

In seinem Zimmer setzte er sich auf das unbenutzte Bett, wählte die Nummer von zu Hause und hörte fast sofort Roses Stimme, in der Angst und Schmerz mitschwangen.

„Jed?“, schluchzte sie.

„Hey“, antwortete er leise. Was sagt man zu seiner Frau, die man gerade mit einer anderen betrogen hat?

„Wo warst du?“

Die Frage traf ihn bis ins Mark. Er schloss die Augen und versuchte zu vergessen, was er getan hatte. Vielleicht war es ja gar nicht wirklich passiert. Vielleicht war das alles ja nur ein Traum und er konnte alles auf den Alkohol schieben.

„Ich hab die ganze Nacht versucht, dich zu erreichen“, sagte sie in verzweifeltem Ton.

Er wollte ihr irgendeine Erklärung geben. Dass er so fest geschlafen hätte, dass er das Telefon nicht gehört hatte. Oder dass irgendjemand versehentlich sein Handy eingesteckt hätte. Vielleicht funktionierte das ja, aber er musste aufpassen, was er sagte, um sich nicht im Geflecht der eigenen Lügen zu verstricken, und er war nicht besonders geübt im Lügen.

Er saß einen Moment da und hörte sie weinen, nahm die Panik in ihrer Stimme wahr und fragte sich zuerst, ob sie Bescheid wusste, ob sie vielleicht einen Traum gehabt und gespürt hatte, dass da etwas Schwerwiegendes passiert war. „Rose, was ist los? Was ist passiert?"

„Ich habe bestimmt fünfzig Mal in deinem Zimmer angerufen", sagte sie und begann so heftig zu schluchzen, dass er wieder dachte, es sei seinetwegen. Irgendwie hatte sie ihn ertappt bei ... er brachte es einfach nicht fertig, dieses Wort auch nur zu denken.

„Er ist tot, Jed", schluchzte Rose.

Mit einem Ruck war er wieder in der Realität. „Was? Wer ist tot?"

Wieder Weinen und Schluchzen.

„Ist mit Ray etwas passiert?" Er fuhr sich mit der Hand durchs Haar und verfluchte die Tatsache, dass er so weit weg war.

„Nein, nicht Ray. Mein Dad. Er ist tot!"

„Er – was? Wie? Was ist denn passiert?"

Rose erzählte, dass sie mit Ray bei Shep gewesen sei, dass sie durch den Weinberg gelaufen seien und ihr Dad plötzlich umgefallen sei. Mit zusammengepressten Augen hörte Jed zu. Sie hatte also recht gehabt. Mit Sheps Gesundheit hatte es wirklich nicht zum Besten gestanden. Doch diese Nachricht bot ihm ganz plötzlich auch einen Ausweg aus seinem Dilemma. Er unterbrach sie und sagte: „Ich komme, so schnell ich kann, okay, Rose?"

Sie hörte abrupt auf zu weinen und fragte: „Du kommst nach Hause?"

„Natürlich komme ich nach Hause. Ich rufe Stan an, dass er mir einen Flug besorgen soll. Ich rufe dann vom Flughafen aus wieder an."

„Es war so furchtbar, mit ansehen zu müssen, wie er starb, Jed. Und Ray hat alles mitbekommen, weil er auch dabei war.“

„Es tut mir so leid, Rose. Ich komme, so schnell ich kann, ja? Halt durch.“

Jed versuchte, im Flugzeug zu schlafen, und als das nicht klappte und das Dröhnen in seinem Kopf immer stärker wurde, bat er um einen Drink, etwas Starkes, das den Schmerz etwas linderte.

Stan hatte sich wirklich großartig verhalten. Die nächsten Auftritte würden sie absagen müssen, aber es war für ihn gar keine Frage gewesen, dass Jed nach Hause fliegen und bei seiner Familie sein musste. Und das wollte er auch. Er wollte bei Rose sein und sie trösten. Aber er fragte sich auch, ob sie wohl etwas merken würde. Hatten Frauen vielleicht wirklich die Fähigkeit zu spüren, wenn ihr Mann untreu gewesen war? So etwas würde ihm jedenfalls nicht noch einmal passieren. Nie wieder würde er sich in eine solche Lage bringen. Es war ein einmaliger Ausrutscher gewesen, von dem niemand zu erfahren brauchte.

Der Rest der Woche verging wie im Flug. Roses Familie reiste an, um Abschied zu nehmen. Die Trauerfeier für ihren Vater fand nicht im Beerdigungsinstitut statt, sondern auf dem Weingut. Shep hatte in seinem Testament festgelegt, dass seine Trauerfeier, genau wie auch schon die seiner Eltern, im Haus stattfinden sollte. Aber das Ganze wirkte irgendwie unpassend. Ray klammerte sich den ganzen Abend an Jed. Die einheimischen Angehörigen und Freunde brachten Unmengen von Essen vorbei, das kein Mensch bewältigen konnte, und versuchten Rose mit platten Sätzen zu trösten wie: „Da, wo er jetzt ist, hat er es besser“ oder: „Gott brauchte ihn anscheinend dringender als wir“.

Die Sanitäter, die Shep versorgt hatten, waren gekommen, was Jed sehr nett fand, aber es waren auch Leute dort, die nur zur Trauerfeier gekommen waren, weil sie Jed sehen wollten,

Fans, die ihm einmal ganz nah kommen wollten. Eine Frau mittleren Alters drängte sich durch die Menschenmenge zu ihm hin, und als sie ihn erreicht hatte, hielt sie ihm einen Stift und die Todesanzeige von Shep hin und flüsterte: „Meine Tochter ist ein großer Fan. Könnten Sie mir bitte ein Autogramm für sie geben?"

Jeds erster Impuls war, das Ding zu unterschreiben, um kein Aufhebens zu machen, aber das Entsetzen, das er in Roses Gesicht sah, bewirkte, dass er die Frau beim Arm nahm und zur Tür begleitete. „Ich finde das im Augenblick etwas unpassend, Madam, aber sagen Sie doch Ihrer Tochter bitte, dass es mich sehr freut."

Die Frau entschuldigte sich und ging zu ihrem Wagen, drehte sich dann aber noch einmal um und schoss ein Foto von Jed, wie er in der Tür stand.

Auch Eddie kam und bekundete sein Beileid. Er drückte Jed die Hand, umarmte Rose und sagte: „Es tut mir sehr leid, Rose. Dein Dad war ein guter Mann."

Jed war erstaunt über Eddies Verhalten, aber es machte ihm auch Hoffnung, dass der Mann in den vergangenen Jahren vielleicht doch ein wenig reifer geworden war. Doch vielleicht dachte der Kerl ja auch, dass Rose viel allein war, wenn Jed auf Tournee war, und er sie ein wenig trösten könnte. Doch diesen Gedanken schob Jed rasch beiseite und konzentrierte sich auf Ray. Er merkte, dass der Junge langsam müde wurde und brachte ihn deshalb nach oben in ein Gästezimmer, damit er schlafen konnte.

„Es ist so traurig, dass Opa nicht mehr da ist", sagte Ray.

„Mom hat mir erzählt, dass du auch dabei warst, als es passiert ist."

Ray nickte und sagte: „Erst fand ich es lustig, weil ich dachte, dass Opa Quatsch macht."

Jed umarmte seinen Sohn: „Das ist nicht schlimm, Ray. Du wusstest ja nicht, dass es ernst war."

„Mama hat die ganze Zeit geweint."

„Ja, und das ist auch okay. Sie braucht jetzt ein bisschen Zeit, damit sie in Ruhe traurig sein kann.“

In dem Moment entstand vor dem Zimmer Unruhe. Er hörte zorniges Flüstern mehrerer Stimmen und sagte zu Ray, er solle jetzt schlafen, er käme gleich noch einmal wieder, worauf der Junge nickte.

Im Flur standen Roses Brüder mit einem Dokument in der Hand.

„Hast du hiervon gewusst?“, fragte Zack aufgebracht.

Jed nahm das Dokument und sah, dass es Sheps Testament war.

„Er hat Rose als Testamentsvollstreckerin eingesetzt“, erklärte Will. „Sie soll den Besitz verwalten.“

Jed gab ihm das Dokument zurück und sagte: „Hat das nicht vielleicht Zeit bis nach der Beerdigung?“

Die beiden waren stinkwütend, aber Jed verschwand wieder in Rays Zimmer, wo der Kleine aber bereits eingeschlafen war. Jed ließ sich auf dem Fußboden nieder und barg den Kopf in den Händen. Er brauchte unbedingt etwas zu trinken.

Das Grab für Shep wurde neben dem seiner Frau auf dem Hügel oberhalb des Teichs ausgehoben. Es war kühl am Tag der Beisetzung, bei der Pastor Bingham versuchte, ihnen etwas Tröstendes mit auf den Weg zu geben.

„Shep hätte dieser Tag gefallen“, sagte Pastor Bingham. „Er liebte die Natur. Er liebte den Weinberg und die Art, wie er sich mit den Jahreszeiten veränderte. Er liebte den Frühling, den Sommer und Herbst – die Erntezeit. Er liebte es, in der freien Natur zu sein und die Gaben zu genießen, die Gott uns schenkt.“

Jed suchte mit den Augen nach der Stelle, wo sie vor ein paar Jahren den alten Hund Duke begraben hatten. In gewisser Weise war das ein Wendepunkt in ihrer Beziehung gewesen, fand Jed. Shep war ihm gegenüber immer ein wenig argwöhnisch gewesen, aber als Duke hatte getötet werden müssen und Jed ihn auf diesem letzten Weg mit dem Hund begleitet hatte, hatte er alle seine Vorbehalte abgelegt. Vielleicht hätte er ihm lieber doch nicht so viel Vertrauen schenken sollen, dachte Jed jetzt.

Pastor Bingham sah Jed an, als spürte er, dass etwas nicht stimmte. Er holte Luft und sagte: „Ein weiser Mann hat vor langer Zeit einmal geschrieben: ‚Alles hat seine Zeit, alles auf dieser Welt hat seine ihm gesetzte Frist: Geboren werden hat seine Zeit wie auch das Sterben. Pflanzen hat seine Zeit wie auch das Ausreißen des Gepflanzten.' Und diese Zeit ist nicht nur für Shep gekommen, sondern sie kommt auch für uns einmal. Es ist eine Zeit, in der wir uns von unseren Freunden verabschieden und die Ernte eines gut gelebten Lebens genießen können. Es ist die Zeit, zu unserem Schöpfer zurückzukehren. Shep war eines seiner geliebten Geschöpfe. Ein guter, treuer Mann und Vater, der das Leben geliebt hat."

Diese Worte trafen Jed bis ins Mark. *„Treuer Mann und Vater."* Doch er schüttelte sie ab und half Rose, den restlichen Trauergottesdienst durchzustehen.

Am Abend, als sich alle verabschiedet hatten und im Haus wieder Ruhe eingekehrt war, sank Rose aufs Sofa. Jed bettete ihren Kopf in seinen Schoß und betrachtete sie im Schlaf. Als er ebenfalls einschlief, sank sein Kopf nach hinten gegen die Sofalehne, und er träumte, er hörte draußen ein Geräusch, das wie ein Gewehrschuss klang. Im Traum stand er auf und lief durch die Dunkelheit auf ein Licht in der Nähe des Weinbergs zu, und die Nacht war erfüllt von den nächtlichen Gesängen der Grillen und Frösche. Er kam bei der Kapelle an, aber es stand nur der Rohbau, und am hinteren Ende hing der Kadaver eines gerade getöteten Tieres. Es baumelte mit dem Kopf nach unten vom Dachbalken herunter, sodass das Blut in einen silbernen Eimer auf dem Boden tropfte und auf die Bretter unter den Füßen eines Mannes spritzte.

Der Mann trat zurück und bemerkte Jed. Es war Shep. Sein Gesicht war dunkelrot vor Zorn. Er zog das Messer aus dem Tier und seine Arme und seine Kleidung waren blutverschmiert. Mit dem Messer in der Hand kam er auf Jed zu, Entschlossenheit im Blick. Mit drei Schritten war er bei ihm, und Jed war vor Angst wie gelähmt.

„Tu's nicht , Shep! Nein!“, schrie Jed, aber Shep überwältigte ihn und stieß ihm das blutige Messer in den Bauch.

Kapitel 35

Shelby saß rauchend in der Bar und beobachtete, wie Vivians Mund aufklappte.

„Und du verspürst keine Reue?“, fragte Vivian. „Ich meine, ihr Vater ist gestorben, und du hast ...“

„Ich habe mich nur so um ihren Mann gekümmert, wie eigentlich sie es hätte tun sollen. Es ist doch offensichtlich, dass er zu Hause nicht bekommt, was er braucht.“

„Ach, wirklich? Und woher weißt du das? Hast du es ihm an den Augen angesehen oder einen Bluttest gemacht?“

„Ich brauche keinen Test. Ich spüre das.“

„Du kennst mich, Shelby, ich bin wirklich nicht prüde und habe auch gerne meinen Spaß, aber der Typ ist doch glücklich verheiratet. Seine ganze Karriere beruht auf seinem Glauben und seiner Familie. Wir beide sind vielleicht in Bezug auf Gott und dieses ganze Jesus-Zeugs anderer Meinung als er, aber du zerstörst doch nicht nur seine Ehe, sondern sein ganzes Leben.“

Shelby warf ihr einen Seitenblick zu und sagte: „Ich zerstöre gar nichts. Ich versuche nur, ihn aus dem Gefängnis zu befreien, in dem er sitzt.“

„Gefängnis? Du nennst sein Leben ein Gefängnis?“

„Ja, für seine Kunst schon. Da ist er festgefahren. Muss sich mit der kleinen Schachtel begnügen, die sie für ihn geschaffen haben. Die er sich auch selbst geschaffen hat. Mit mir zusammen könnte er so viel mehr aus sich machen.“

Vivian trank einen Schluck und stürzte dann den Rest ihres Glases mit einem Zug herunter. „Und wer sagt, dass er deinetwegen seine Familie aufgibt? Glaubst du wirklich, dass es dazu kommt?“

Shelby lächelte. „Also, nach der Nacht neulich garantiere ich das sogar. Wenn ein Mann erst einmal entdeckt hat, dass das Gras auf der anderen Seite des Zaunes grüner ist, dann kommt er immer wieder zurück, und irgendwann bleibt er ganz."

Doch als ein Tag nach dem anderen verging und immer mehr Konzerte abgesagt wurden, fragte sich Shelby, ob Jed es sich vielleicht doch anders überlegt hatte. Sie dachte daran, ihn anzurufen oder eine SMS zu schreiben, aber im Grunde war ihr klar, dass es besser war abzuwarten und Jed den nächsten Schritt machen zu lassen. *Hab Geduld,* sagte sie sich. *Dann wird es umso schöner, wenn er wieder zurückkommt.*

Dann, als sie wusste, dass das Begräbnis stattgefunden hatte, traf Shelby Stan in der Hotelhalle.

„Ich glaube, wir müssen auch Amsterdam absagen", stöhnte er.

„Wenn du noch ein Konzert absagst, sind wir erledigt", entgegnete Shelby. „Nach London ging es doch so richtig los."

„Und sein Schwiegervater ist gestorben, falls du es nicht bemerkt hast."

„Ich weiß, Stan, aber das Leben geht weiter. Du hast ihn gar nicht angerufen, oder?"

„Ich will ihn einfach ein bisschen in Ruhe lassen. Ich glaube, es ist nicht gut, ihn jetzt zu sehr zu drängen."

„Aber jemand muss ihm sagen, was Sache ist, nämlich Folgendes: Diese Tournee spült jede Menge Geld in die Kassen und Konzertabsagen verärgern die Leute. Sie wollen uns spielen hören. Es ist mir völlig egal, wie gut seine Gründe sind. Trauern hat seine Zeit und Singen hat seine Zeit, und jetzt ist es Zeit, weiterzuleben."

Stan schaute auf die Uhr und fragte: „Wie spät ist es denn jetzt drüben? Müsste später Vormittag sein, oder?"

Shelby zuckte nur mit den Achseln.

Stan wählte die Nummer und entschuldigte sich, dass er Jed geweckt hatte. Er fragte, wie spät es bei ihm sei, und bildete mit den Lippen lautlos die Worte: *„Es ist sechs Uhr morgens."*

Shelby beugte sich weiter vor zum Telefon, konnte Jeds Entgegnung aber nicht verstehen.

„Wir warten wirklich ungeduldig auf deine Rückkehr. Freitag ist der Gig in Amsterdam. Es läuft alles …“

Jed sagte etwas, und Stan kräuselte die Lippen. „Wir haben jetzt schon sechs Konzerte abgesagt, Junge. Ich weiß ja, dass es ein Notfall war, aber wir haben hier jetzt auch einen Notfall.“ Er sah Shelby an und sagte dann: „Okay, Fakt ist, dass wir Geld verlieren, sehr viel Geld, Mann. Die Leute werden langsam sauer.“

„Stan“, sagte Jed, und jetzt konnte Shelby ihn verstehen. „Es ist mein Leben!“ Seine Stimme war leidenschaftlich mit einer gewissen Schärfe.

Shelby zog die Augenbrauen hoch und drängte Stan weiterzureden.

„Aber du finanzierst dein Leben mit dem, was wir hier machen“, sagte Stan. „Wenn du ein Niemand wärst, wenn du immer noch nur David Kings Sohn wärst, dann wäre es mir egal. Aber ich glaube nicht, dass du der sein möchtest, oder doch?“

Stan blickte Shelby an, und sie nickte. Das waren genau die aufmunternden Worte, die Jed brauchte. Sie hoffte, dass das der Anstoß war, den er brauchte, um wieder zur Tour zurückzukommen. Und zu ihr.

Kapitel 36

Als Rose aufwachte, lag sie unter der Decke, die ihr Vater so gemocht hatte. Jed lag neben ihr und sah sie an. Sie hatte sich in seinen Armen in den Schlaf geweint und konnte sich nicht erinnern, dass er aufgestanden war. Die Beerdigung, der Streit mit ihren Brüdern und auch die Fragen in Bezug auf das Weingut – alles war völlig verschwommen, und sie hatte das Gefühl, dass ihr Leben ganz und gar außer Kontrolle geraten war. Eigentlich war sie stolz darauf, dass sie sich normalerweise nicht so schnell aus der Ruhe bringen ließ, aber die Ereignisse seit dem Tod ihres Vaters waren wie ein Wirbelsturm über sie hereingebrochen.

Jed sah sie traurig an, so als gäbe es etwas, das er ihr nicht sagen konnte, und sie bat ihn, ihr zu sagen, was los war.

„Ich muss wieder zurück“, flüsterte er.

Da brach Rose erneut in Tränen aus. Sie wollte nicht so emotional sein und so bedürftig wirken, aber sie kam nicht dagegen an. „Bitte nicht“, flehte sie.

„Ich habe keine Wahl“, sagte er.

„Doch, du hast eine Wahl. Bitte bleib einfach hier.“

„Ich kann die anderen nicht einfach im Stich lassen. Es geht um viel Geld, um Verantwortung.“

Sie riss die Augen auf, und ihre Tränen versiegten, und in diesem Moment wusste sie genau, was sie zu tun hatte. „Dann nimm mich mit“, sagte sie, fest entschlossen, nichts mehr zwischen sie kommen zu lassen.

Aber Jeds Miene verriet ihr, dass irgendetwas nicht stimmte, und zwar etwas, das nichts mit seiner Rückkehr zur Tournee zu tun hatte.

„Das geht nicht, Rose“, antwortete er so leise, dass sie ihn kaum verstehen konnte.

„Warum denn nicht?“

„Aus genau den Gründen, die du selbst immer wieder genannt hast. Wir können das Ray nicht zumuten.“

Wieder flossen die Tränen, und mit ihnen kam die Reue. „Ich hätte von vornherein mitkommen sollen“, sagte sie. „Es tut mir so leid, Jed.“ Sie weinte jetzt wie ein Kind, das sich wehgetan hatte. „Es tut mir so leid. Ich hätte mitkommen sollen.“

„Du hast hier jetzt so viel Menge zu tun“, entgegnete Jed. „Hilf mir einfach, diese nächsten acht Wochen durchzustehen. Dann habe ich noch ein Konzert in Cincinnati und danach lege erst mal eine Pause ein.“

„Und wie lange?“

Ein Lächeln stahl sich auf sein Gesicht. „Mit einem Jahr fangen wir erst einmal an.“

* * *

Am nächsten Tag flog Jed nach Amsterdam zurück. Rose und Ray brachten ihn zum Flughafen, damit sie noch so lange wie möglich zusammen sein konnten. Ray klammerte sich am Hals seines Vaters fest und tat, was er auch bei seinem Großvater immer gemacht hatte: Er hielt sich fest, so lange er konnte, und Jed beugte sich so weit vor, bis Rays Füße den Boden berührten und er losließ.

„Bis in Cincinnati“, sagte Jed zu Rose und küsste sie auf die Wange.

Während seines Aufenthalts zu Hause war Jed ganz besonders nett und rücksichtsvoll gewesen. Er hatte nicht versucht, mit ihr intim zu werden, was sie ihm in Anbetracht der Situation hoch anrechnete.

Sie sahen ihm nach, wie er im Gang verschwand. Ein paar Leute erkannten ihn und zeigten aufgeregt auf ihn, und Jed schlenderte an ihnen vorbei und winkte.

Rose fuhr Richtung Nashville und traf sich auf halber Strecke mit Denise in einem Park. Es war immer schön, sich mit ihrer Freundin darüber auszutauschen, was in ihrem Leben gerade so los war, und sie unterhielten sich über den Tod von Roses Vater, die großen Veränderungen und die Entscheidungen, die in Bezug auf das Gut und ihre Brüder anstanden.

„Es ist doch gar keine Frage, dass du das Gut behalten wirst, oder?", sagte Denise. „Das Familiengrab dort ist doch eigentlich Grund genug!"

„Das hat mein Vater auch ganz mir überlassen. Er hat gesagt, ich könnte sie ja umbetten lassen, aber das will ich nicht. Und ich werde das Weingut auf gar keinen Fall verkaufen."

„Und was ist mit deinen Brüdern?"

„Ach, daran mag ich eigentlich gar nicht denken. Sie waren so wütend auf mich, weil sie glauben, ich hätte es ihm eingeredet."

„Aber du wolltest doch gar nicht Testamentsvollstreckerin werden."

„Genau. Ich werde das Land in drei Teile aufteilen und ihnen ihren Anteil überschreiben. Dann können sie damit machen, was sie wollen."

„Und wie läuft es mit Jed?"

„Ich wollte ihn auf die Tour begleiten, aber er war dagegen."

„Was? Ich dachte, er hätte dich immer geradezu angebettelt mitzukommen."

„Das stimmt, aber jetzt meinte er, das könne man Ray nicht zumuten."

„Seltsam", fand Denise.

„Warum sagst du das?"

„Er hat immer so viel Druck gemacht, dass du mitkommst, und auf einmal …"

„Was willst du damit sagen?", hakte Rose nach.

„Ich höre da nur gerade etwas heraus, das mir nicht gefällt."

„Glaubst du, dass Jed … etwas laufen hat?"

„Ich glaube, dass es seltsam ist, wenn jemand nicht will, dass seine Frau ihn auf Tournee begleitet, vor allem, wenn er genau das bisher immer unbedingt wollte. Besonders auch jetzt nach deinem Verlust." Denises Blick wanderte zum Spielplatz hinüber, wo Ray gerade auf dem Klettergerüst turnte. „Hast du dir eigentlich mal die Livevideos von der Europa-Tour angesehen?"

„Ja, ein paar."

„Und, wie findest du sie?"

„Ach, ich kenne mich nicht besonders gut mit Musik aus ..."

„Ich meine nicht die Musik, Rose, sondern Jed und Shelby."

„Da ist nichts zwischen ihnen. Sie ist ein Wildfang, hat zig Tattoos, raucht – du weißt schon. Sie haben absolut nichts gemeinsam."

„Doch, die Musik haben sie gemeinsam. Und wie sie ihn ansieht, wenn sie mit ihm singt ..."

„Jetzt hör auf, Denise."

„Ich will dir keine Angst machen, Rose. Aber ich muss gestehen, dass mir diese Videos Sorgen bereiten."

„Glaubst du wirklich, Jed würde so eine mir vorziehen? Ich bin die Mutter seiner Kinder."

„Kinder? Du redest im Plural?"

„Ja – ich bin wieder schwanger."

„Das ist ja super! Was sagt denn Jed dazu?"

„Er weiß es noch gar nicht."

„Au weia."

„Denise."

„Hör mal, ich freue mich wirklich für dich. Du bist eine tolle Mutter, und ich hoffe, Jed ist unschuldig wie ein Engel, aber ich glaube, dass jeder scharfe Mann, der länger von seiner Frau getrennt ist ..."

„Das ist ja ekelhaft", sagte Rose, stand auf und rief nach Ray. „Ich glaub es nicht, dass du so über Jed redest."

„Rose, jetzt warte doch."

„Ich höre mir nicht länger an, wie du meinen Mann in den Dreck ziehst. Das lese ich schon zur Genüge in der Klatschpresse."

„Komm, setz dich bitte wieder hin."

„Nein", antwortete sie, schaute zu Ray hinüber und rief ihm zu: „Hol deine Sachen, Schatz, wir müssen los."

Denise stand auch auf und sagte: „Jetzt beruhig dich doch, Rose."

„Sag mir nicht, dass ich mich beruhigen soll."

Denise hob ergeben die Hände und sagte: „Also gut, du hast ja recht. Ich stecke meine Nase in Angelegenheiten, die mich nichts angehen. Von jetzt an werde ich meine Beobachtungen für mich behalten."

„Wir wollten doch ein Picknick machen", beschwerte sich Ray.

„Steig in den Wagen. Du kannst auf dem Heimweg was essen", antwortete Rose kurz angebunden.

Als sie wegfuhr, würdigte sie Denise keines Blickes mehr, aber dann hielt sie kurz an, um in dem Picknickkorb auf dem Beifahrersitz eine Serviette zu suchen und sich damit die Tränen abzuwischen.

„Warum weinst du denn, Mom?", fragte der Kleine. Sie warf Ray im Rückspiegel einen Blick zu und sagte gezwungen lächelnd: „Einfach so. Manchmal müssen Mütter einfach weinen."

Es war das erste Mal, dass sie ihren Sohn anlog. Denises Worte hatten etwas tief in ihrem Inneren aufgewühlt, etwas, über das sie nicht nachdenken wollte. Rose hatte gedacht, dass sie in Bezug auf Jed recht hatte, dass da tatsächlich nichts war zwischen ihm und Shelby. Aber was, wenn doch …?

Sie schaute noch einmal zu Denise hin, die immer noch auf der Bank beim Spielplatz saß. Dann fuhr sie davon.

Kapitel 37

Seit dem Albtraum, den Jed über Shep gehabt hatte konnte er nicht mehr richtig schlafen. Im Flugzeug nach Amsterdam hatte er richtige Angst davor einzuschlafen und die Fratze des Sensenmannes auf sich zukommen zu sehen. Er nahm ein paar Drinks zur Beruhigung, hörte noch eine Weile Musik und fiel dann irgendwann doch in einen tiefen, traumlosen Schlaf. Erst bei der Landung wachte er wieder auf.

Er musste gestehen, dass er sich darauf freute, wieder auf Tournee zu sein. Es war, als könnte er wieder freier durchatmen. Wenn er erst einmal wieder mit der Band zusammen war, würde sich alles normalisieren. Er würde wieder Musik und Geld machen. Und er würde Shelby sehen. Sein Entschluss, das Ganze zu beenden, war ins Wanken geraten. Shelby war auch der Grund, weshalb er nicht gewollt hatte, dass Rose ihn nach Europa begleitete. Obwohl er wegen des Ehebruchs Schuldgefühle hatte, fand er den Gedanken an sie auch immer wieder erregend. Shelby wollte ihn, wollte mit ihm zusammen sein, und sie konnte ein Geheimnis für sich behalten. Sie hatte nicht angerufen, keine SMS geschickt und ihm auch seine Freiheit gelassen durch das, was sie gesagt hatte: „Mach, was du willst, und das ohne Schuldgefühle.“ Sie lebte ja selbst nach diesem Motto, und bei ihr schien es zu funktionieren. Warum sollte es nicht auch bei ihm so sein?

So, damit war das geregelt. Er würde keine Schuldgefühle mehr haben und einfach sein Leben genießen, und alles andere würde sich schon finden.

Doch irgendwo im hintersten Winkel seines Denkens störte etwas. Wenn er die Beziehung zu Shelby aufrechterhielt, zumindest den körperlichen Teil, dann würde sich das auf jeden Fall auf seine Ehe mit Rose auswirken. Das war ja bereits geschehen. Sie hatten während der ganzen Zeit, die er zu Hause gewesen war, kein einziges Mal miteinander geschlafen. Das lag zum Teil sicher daran, dass Rose durch den Tod ihres Vaters ziemlich aus der Bahn geworfen worden war und er darauf Rücksicht genommen hatte. Aber es lag auch an dem, was in London passiert war.

Wie sich seine Affäre mit Shelby wohl auf ihre Musik auswirken würde? Ob sie klammern würde? Nein, Shelby wollte einfach nur ihren Spaß haben. Sie genoss ihr Leben, ließ sich Tattoos stechen, konnte eine ganze Flasche Schnaps trinken und lachte, bis es wehtat. Sie war wie ein frischer Wind, der durch sein Leben fegte, und in gewisser Weise beneidete er sie. Er wollte auch das haben, was sie hatte.

Doch ein anderer Teil von ihm rief laut, dass das, was er da tat, falsch war, dass die Sache kein gutes Ende nehmen würde und dass ein Mensch wie Shelby sich als böse Falle erweisen konnte. Aber das war nur der alte, überängstliche Teil von ihm, der Teil, in dem Gott ihm den Spaß verdarb. Er hatte es verdient, glücklich zu sein, und er würde sich nehmen, was er wollte. Basta.

Stan begrüßte ihn vor der Halle und brachte ihn dann hinter die Bühne. „Ich habe mir schon Sorgen gemacht, ob du es rechtzeitig schaffen würdest. Mann, ich freue mich wirklich, dich zu sehen."

„Ich freue mich auch, wieder hier zu sein."

Stan erkundigte sich zwar nach Rose und Ray, aber Jed hatte den Eindruck, dass er das nur aus Höflichkeit tat und dann mit Jed die restlichen Stationen der Europa-Tournee durchging. Johnny Paugh kam herein und begrüßte ihn, als Stans Handy klingelte.

„Ich bringe ihn auf die Bühne", bot Johnny an. „Hey, das mit Roses Dad tut mir echt leid."

„Ja, es ist nicht leicht für sie."

„War sie dabei, als es passiert ist?"
„Ja. Und Ray auch."
„Oh Mann, echt übel, was?"
„Das kann man wohl sagen."
Als sie allein im Gang waren, blieb Johnny stehen und sagte: „Jed, ich muss dich mal ganz offen etwas fragen. Wir sind jetzt schon so lange befreundet, und du weißt, dass ich dich wirklich respektiere."
„Nur zu, Johnny."
„Am Abend vor deiner Abreise habe ich mitgekriegt, dass du ziemlich voll warst. Das sieht dir eigentlich so gar nicht ähnlich."
Jed nickte. „Das war sicher keine Sternstunde in meinem Leben."
„Wahrscheinlich haben wir uns an dem Abend alle nicht gerade mit Ruhm bekleckert." Johnny senkte den Blick und fuhr fort: „Ich weiß, dass es dir mit deinem Glauben ernst ist, Jed."
„Aber?"
„Also, das fällt mir wirklich nicht leicht."
„Jetzt sag schon."
„Als wir alle zusammengesessen und uns gefragt haben, wann du wohl zurückkommst, hat Vivian sowas angedeutet, und es ging dabei um dich und Shelby."
Jed musste schlucken.
„Läuft da was zwischen euch beiden?"
Jed lächelte nur und antwortete: „Shelby hat doch mit allen was laufen, das weißt du doch. Irgendwie zieht sie Menschen an, weißt du?"
„Mich hat sie noch nie angezogen, jedenfalls nicht so sehr, dass ich in ihrem Zimmer eine Nacht mit ihr verbringen würde."
Jed spürte, wie sich um ihn her alles zu drehen begann, und er musste tief durchatmen. „Hör mal, ich bin wirklich dankbar, dass du mich darauf ansprichst. Ich werde mit Shelby und auch mit Vivian reden, dass sie keine Gerüchte in die Welt setzen sollen, okay."

„Gut. So, und jetzt zeige ich dir die Bühne. Das ist eine tolle Halle.“

Während er hinter Johnny her den Gang entlangging, klopfte sein Herz zum Zerspringen.

Die Bühne war ganz nah am Publikum, so wie Jed es liebte, weil er dann die Energie seiner Fans spüren konnte. „Das ist wirklich ein schöner Ort für den Wiedereinstieg“, bemerkte Jed.

Johnny stimmte ihm zu und sagte: „Bis später dann.“

„Alles klar, Kumpel.“

Jed ging zur Bühne, wo die Roadies gerade dabei waren abzuladen und die Band ihre Instrumente aufbaute. Shelby war auch da. Sie kam langsam auf ihn zu, in einem Outfit, das ihn an eine Figur aus *Cleopatra* erinnerte. Ihre Haare waren länger – wahrscheinlich ein Haarteil oder Extensions –, mit eingeflochtenen goldenen Quasten, und ihr Shirt war mit goldenen Pailletten besetzt, was ihre Tattoos hervorhob.

Geschmeidig wie eine Katze kam sie auf ihn zu, flüsterte lächelnd: „Hallo“, legte ihm die Arme um den Hals und drückte ihn fest an sich. „Willkommen zu Hause.“

Es tat so gut, sie zu spüren, sie in seinen Armen zu halten, aber an dem, was sie sagte, stimmte etwas nicht. Ja, sein Zuhause war jetzt schon so lange die Straße. Vielleicht hatte sie sich gar nichts dabei gedacht, aber vielleicht auch doch. Eigentlich hatte er ihr etwas zu dem sagen wollen, was er von Johnny erfahren hatte – nämlich dass sie vorsichtig sein mussten. Aber das tat er dann doch nicht, sondern er sagte nur: „Danke.“

Sie brachte ihn auf die Bühne, wo sie die Reihenfolge der Songs für den Abend durchsprachen, dann aß die Band gemeinsam zu Abend, und anschließend eröffnete Shelby das Konzert, während Jed unruhig hinter der Bühne auf und ab ging. So ein Auftritt war ein bisschen wie Radfahren. Man verlernte es nicht. Man sang immer wieder dieselben Songs, aber so, dass sie jedes Mal wieder ganz frisch und neu wirkten. Doch an diesem Abend war es irgendwie anders. Er schob es auf seine Nerven und die längere Tourneeunterbrechung wegen der

Beerdigung. Vielleicht hatte er auch einfach nur etwas Falsches gegessen.

Als er an der Reihe war, betrat er die Bühne unter frenetischem Applaus. Das Publikum war ganz auf ihrer Seite und die Band in Bestform. Jed war bereit. Doch als Shelby die Soloeinleitung zu „The Song" spielte, veränderten die Melodie, der Applaus und das Gekreische der Fans irgendetwas in seinem Inneren. Shelby drehte sich zu ihm um und lächelte, und er staunte wieder einmal, was eine bekannte Melodie mit dem Publikum machen konnte.

Als der Rest der Band in den Song einstimmte, trat Jed ans Mikro. Die Gitarre, die normalerweise zu ihm gehörte wie ein Körperteil, fühlte sich schwer und sperrig an wie ein Sarg. Sein Blick schweifte über das Publikum hinweg, über die jungen Mädchen, die aufsprangen, und die älteren Fans, die sich im Rhythmus der Musik wiegten. Und dann entdeckte Jed ihn. Mitten in der Menge stand Shepherd Jordan. Für den Bruchteil einer Sekunde war er da, starrte Jed finster an, als wolle er ihm eine Lektion erteilen, das Messer wieder herausziehen und es ihm noch einmal in den Leib stoßen.

Jed blinzelte und versuchte mit der Band mitzuhalten, aber sie spielten viel zu schnell, sodass er hinterherhing. Er hatte immer intuitiv gespielt, aber jetzt musste er richtig überlegen, wie er die Saiten anschlagen musste. Er schaute noch einmal ins Publikum, aber der Platz, wo er Shep gesehen hatte, war leer. Er war einfach verschwunden. Doch die Vision hatte unmittelbare Folgen: Sein Herz schlug schneller, und er bekam nur schlecht Luft. Schweiß trat ihm auf die Stirn, und seine Arme waren schwer wie Blei.

Hilfe suchend wanderte sein Blick zu Shelby, er wollte sich ihr mitteilen, aber wie konnte er ihr nur mit Blicken vermitteln, was los war, was er gerade gesehen hatte? Tatsache war, dass er keine Ahnung hatte, was los war. Er drehte sich zu schnell um und stieß dabei mit der Gitarre gegen den Mikroständer, der mit einer, schrillen, lauten Rückkopplung umstürzte. Das

Geräusch war so heftig, dass der Toningenieur das Mikro ausschaltete.

Die Band wurde jetzt langsamer, offenbar irritiert darüber, dass Jed nicht angefangen hatte, die erste Strophe zu singen, doch Shelby brachte sie wieder in Schwung, während Jed sich bückte, das Mikrofon wieder aufstellte und versuchte, dem Publikum zu signalisieren, dass alles in Ordnung sei. In seinem Kopf drehte sich alles. Er fühlte sich, wie er sich noch nie zuvor gefühlt hatte, und es hatte mit den ersten Tönen dieses Liedes begonnen. *Ihres* Liedes. Roses Liedes.

Aus irgendeinem Grund verschwamm jetzt alles noch mehr vor seinen Augen. Er stolperte rückwärts, seine Gitarre polterte auf den Bühnenboden, er presste die Hand auf die Brust und keuchte. Die ganze Bühne drehte sich jetzt um ihn, und seine Beine fühlten sich an wie Pudding. Er taumelte und spürte schließlich, dass er auf dem Boden aufschlug so wie eben der Mikroständer. Die Fans begannen zu schreien, und die Musik brach ab, und auf einmal war er von Menschen umringt. Er sah Johnny mit besorgter Miene, und auch Shelby war da.

Jed presste seine Hände gegen die Brust, sah Shelby an, schüttelte den Kopf und bildete mit den Lippen die Worte: *„Keine Luft."*

„Atme. Du musst atmen, Baby", sagte sie und legte ihm die Hand auf die Brust.

„Was ist denn los?", fragte Stan, als er sich neben Jed kniete. Er schien sich mehr Sorgen wegen des Konzertes und der Zuhörer zu machen als wegen Jed.

„Atme, Baby", sagte Shelby jetzt wieder. „Langsam."

„K-kann nicht", keuchte Jed und fühlte sich wie ein Luftballon mit einem Loch, aus dem langsam die Luft entwich.

„Doch, du kannst, Jed. Es ist alles in Ordnung."

„Ruft den Notarzt", sagte Stan.

„Nein, das ist eine Panikattacke", erklärte Shelby mit fester Stimme. „Hör mir zu, Jed. Du wirst nicht sterben, okay? Atme."

„Er braucht einen Arzt", sagte Stan.

„Helft mir, ihn nach hinten zu bringen", befahl Shelby.

Es war ein völlig verrücktes Gefühl. Jeds ganzer Körper verkrampfte sich, und dann war es, als hätte sich in seinem Inneren etwas gelöst und flatterte herum wie Schnüre an einem Ventilator. Fühlte sich so ein Herzinfarkt an?

Sie brachten ihn in Shelbys Garderobe und setzten ihn dort auf einen Stuhl. Stan sagte, er würde sich um das Publikum kümmern. „Ich werde den Jungs sagen, sie sollen irgendwas spielen ... wenn du glaubst, dass du ihm helfen kannst."

Shelby legte die Hand auf Stans Arm und sagte: „Er kommt wieder in Ordnung. Gib mir zehn Minuten."

Als sie allein waren, barg Jed sein Gesicht in seinen Händen und versuchte sich zu beruhigen, aber sein Herz raste immer noch. „So etwas ist mir noch nie passiert", sagte er.

„Das ist eine körperliche Reaktion auf Stress. Es fühlt sich an, als wäre es das Ende, aber das ist es nicht. Du brauchst nur ein wenig Hilfe."

Sie schraubte eine Pillendose auf, ließ zwei Tabletten in ihre Hand fallen und reichte sie Jed. Er sah erst die Tabletten und dann Shelby an, und sie spürte sein Zögern.

„Sie helfen dir, dich zu entspannen, okay? Ich will dir doch nur helfen."

Ihre Augen waren wunderschön und freundlich. Aber da war noch etwas anderes, und Jed wusste nicht, was es war. Immer noch keuchend und nach Luft ringend schüttelte er den Kopf.

„Ich kann dieses Lied nicht singen, Shelby."

„Doch, du kannst es, Jedidiah."

Sein Name. Sie hatte ihn mit seinem richtigen Namen angesprochen, und es tat so gut, ihn aus ihrem Mund zu hören. Er suchte nach Halt, und Shelby war die einzige Person zwischen ihm und dem Abgrund.

„Es ist ihr Song", sagte er.

Sie schloss die Augen und widersprach ihm sehr entschlossen: „Nein, es ist *dein* Song."

Sheps Gesicht blitzte vor seinem inneren Auge auf, und ihm stockte wieder der Atem. Er musste Shelby unbedingt etwas erklären, etwas, das sie nicht wissen konnte. „Hast du je das Gefühl gehabt, dass nicht du es bist, die ein Lied schreibt, sondern dass du es geschenkt bekommst?“

„Geschenkt? Von wem?“, fragte sie verwundert, verzog dann das Gesicht zu einem hämischen Grinsen und fragte: „Etwa von Gott?“

„Was ist, wenn er es mir wieder wegnimmt?“

„Warum sollte er das tun? Weil ihm nicht gefällt, was du tust? Schau dich doch um in der Welt. Gefällt dir denn das, was er tut?“

Darüber musste er erst mal nachdenken. Doch, sie hatte recht. In der Welt herrschte Chaos. Es gab Kriege und Tod und Armut und hungernde Kinder und Flugzeugabstürze. Die Welt war wirklich ein chaotischer Ort, aber das war nicht Gottes Schuld. Oder doch?

„Als ich deine Songs zum ersten Mal gehört habe, dachte ich: *Das ist es. Dieser Typ hat es echt kapiert. Das ist es, was ich brauche.* Aber ich dachte auch: *„Wenn er nur nicht so ...“*

„... verheiratet wäre“, ergänzte Jed. Sein Atem ging jetzt etwas ruhiger.

„Engstirnig wäre“, korrigierte sie und zog ihn hoch. „Aber ich habe mir die Musik vorgestellt, die er schreiben könnte, wenn er einfach loslassen und ohne all diese Regeln und Einschränkungen leben würde. Und dann wurde mir klar, dass ich ihm helfen kann loszulassen. Er braucht mich.“

Er starrte sie an, bewunderte ihre Schönheit und ihre weiche Stimme und die Tatsache, dass sie es geschafft hatte, ihn zu beruhigen.

„Ich dachte wirklich, ich würde eben da draußen sterben“, sagte er. „So etwas will ich nie wieder erleben.“

Sie lächelte und drückte sich an ihn, und da war ein Funkeln in ihren Augen, als wüsste sie etwas, wovon er keine Ahnung hatte. „Das wirst du auch nicht“, sagte sie nur.

Sie legte die Tabletten in seine Hand, und er schluckte sie.

Kapitel 38

Shelby hatte die Haschischbar am Abend zuvor mit Vivian zusammen ausprobiert. Es war eine miese Spelunke mit unbequemen Stühlen, aber in diesen Teil der Stadt mit den blinkenden Neonlichtern kam man nicht, um einen bequemen Sitzplatz zu finden. Sie kaufte eine Tüte von dem Zeug, das am Abend zuvor so gut gewirkt hatte, und Jed, der noch ziemlich benommen war von den Tabletten, war ein bereitwilliges Versuchsobjekt. Sie wollte, dass er lockerer wurde, und die Art, wie er lächelte, als sie ihm den Rauch ins Gesicht blies, sagte ihr, dass sie eine wundervolle lange Nacht vor sich hatten.

Vivian stieß Jed an und sagte: „Ich dachte, du stirbst, als du heute Abend auf der Bühne zusammengebrochen bist."

„Ich auch", entgegnete Jed.

„Na, schaut mal, das hier ist Jeds Auferstehung", meinte Shelby. „Und diesen Anlass sollten wir gebührend feiern."

„Was?", fragte Jed. „Ist das hier denn noch nicht genügend Feier?"

„Es wird langsam Zeit, dass du die Fotoalben aufgibst, Jed. An diese Nacht wollen wir uns für immer erinnern."

„Was hast du vor?", fragte Vivian.

Shelby lächelte und sagte: „Kommt mit."

Sie gingen durch die Straßen und betraten einen Tattooladen. Ein Mann, der einen Kopf hatte wie eine Bowlingkugel, sah Shelby an und nickte, woraufhin sie Jed in den schwach beleuchteten Raum führte. Jed setzte sich hin wie ein Schaf, das geschoren werden soll.

„Ist das der Mann, von dem du gesprochen hast?", fragte die Bowlingkugel.

„Ja. Ich glaube, er ist jetzt so weit."

Jed schien anfangs gar nicht zu begreifen, was eigentlich los war, doch als die Nadel kam, zuckte er zusammen. „Was wollen Sie denn zeichnen oder malen oder wie auch immer man das nennt?"

„Ich habe das perfekte Tattoo für dich", sagte Shelby und reichte ihm etwas zu rauchen. „Ich habe mir alle meine Tattoos stechen lassen, wenn ich high war. Du wirst gar nichts merken."

Der Mann machte sich an die Arbeit, und als er fertig war und das Blut abgewischt hatte, starrte Jed das Werk an.

„Na, wie findest du es?"

„Du bist doch die Expertin", antwortete Jed und hob den Arm mit der Krone, die um sein Handgelenk herum verlief. „Wie findest du es denn?"

Sie beugte sich über ihn, flüsterte ihm etwas ins Ohr und amüsierte sich dann darüber, dass auch ein Mann mit einem dichten Bart erröten konnte.

Jed bezahlte den Tätowierer, und sie torkelten zum Hotel zurück. Shelby war erstaunt, wie schnell Jed seine Regeln, Vorschriften und Moral über Bord warf. Sie hatte es ja gleich gewusst, dass er nur auf jemanden gewartet hatte, der ihn aus dem Gefängnis befreite, das er aus seinem Herzen gemacht hatte. Aber dass der Sprung so schnell vonstattengehen würde, das hätte sie wirklich nicht gedacht. Und sie flog nur zu gern mit ihm zusammen in die Nacht.

* * *

Die Tournee ging weiter, die Musik kam bestens an, und Alkohol und Drogen waren ständige Begleiter. Wieder zurück in den Staaten verbrachten sie die Nacht in dem teuersten Hotel, das Shelby je betreten hatte, und Jed kostete mehr als nur den Wein. In Washington D. C., wo die Mächtigen der Welt ihren Willen bekamen, bekam sie ihren. Und das Band zwischen ihnen wurde immer stärker. Drogen, Alkohol, Sex und ihre Geheimnisse wurden der Kitt, der sie zusammenhielt.

Das Konzert in Pittsburgh war geradezu magisch, auch wenn das in erster Linie an ihrem persönlichen Cocktail aus Alkohol und Pillen lag. Sie kamen voran, und nicht nur in musikalischer Hinsicht. Ihre Herzen schlugen wie eines, und wenn Shelby Jed auf der Bühne sah, dann sah sie den Mann, den sie liebte, den Mann, der ihr Vergnügen bereitete und dem sie Vergnügen bereitete.

Doch es gab auch Konzerte, an die sich keiner von ihnen hinterher erinnern konnte. Je abhängiger sie voneinander und von den Substanzen wurden, die sie zu sich nahmen, desto mehr verschwammen die Tage, und die Nächte schienen alle ineinander überzugehen. Cleveland unterschied sich nicht von Amsterdam, London oder Baltimore.

Shelby spürte, dass sie in einen unwiderstehlichen Sog hineingeraten war. Alles lief in eine Richtung, auf ein Ziel zu. Es gab nur noch eines, das ihnen im Weg stand. Nur eine Person zwischen ihr und dem Glück.

Kapitel 39

Rose fuhr die zwei Stunden nach Cincinnati, während Ray in seinem Kindersitz auf dem Rücksitz schlummerte. Im Auto schlief er immer sofort ein. Sie beobachtete ihn im Rückspiegel und sah, wie seine Lider immer schwerer wurden, sein Kopf nach vorn sank und sich wieder aufrichtete, während er gegen den Schlaf kämpfte. Doch irgendwann gab er den Kampf auf.

Von dem Baby hatte sie Jed immer noch nichts gesagt. Es kam ihr nicht richtig vor, eine solche Nachricht per Telefon oder SMS zu überbringen. Sie wollte ihn überraschen, wenn sie sich wiedersahen. Doch inzwischen war das kleine Wesen schon um einiges gewachsen. Ob Jed sich genauso darüber freuen würde wie sie? Ob er verstehen würde, warum sie diese Neuigkeit so lange für sich behalten hatte?

Gestern war Denise aus Nashville zu Besuch gekommen, um den Tag mit ihr zu verbringen. Rose hatte schon in der Einfahrt auf sie gewartet und sich für ihr Verhalten bei ihrer letzten Begegnung entschuldigt, als sie wutentbrannt einfach weggefahren war.

„Du brauchst dich nicht zu entschuldigen", sagte Denise. „Aber ich nehme deine Entschuldigung an, wenn du meine Entschuldigung annimmst. Verzeih mir. Ich hätte nicht so penetrant sein dürfen. Das steht mir wirklich nicht zu. Aber du bist mir eben wichtig."

Unter Tränen hatten sie sich umarmt und anschließend noch lange zusammen in der Küche gesessen. Ray hatte auf dem Boden mit seinen Legosteinen gespielt, während Denise und sie Tee getrunken hatten.

„Ich glaube, ich war so aufgebracht, weil ich dasselbe Gefühl hatte wie du“, erklärte Rose. „Ich habe die Musikvideos gesehen und das Zeug gelesen, was in den Medien verbreitet wurde, und wie sie ihn ansieht …“

„Da fällt es wirklich schwer, bestimmte Schlüsse *nicht* zu ziehen, oder?“

„Ja. Aber besonders zu schaffen macht mir etwas, das ich auf YouTube gefunden habe. Jemand hat ein Video von einem ihrer Konzerte hochgeladen – ein Clip von nur zwei Minuten, aber sie singen unseren Song, und Shelby steht ganz dicht neben ihm und schaut ihn an, als gehörte er ihr.“

„Hast du denn mit ihm darüber gesprochen?“, fragte Denise.

„Wir haben schon ewig nicht mehr richtig miteinander geredet. Ich bekomme hin und wieder eine SMS oder eine Nachricht auf dem Anrufbeantworter. Und wenn wir miteinander telefonieren, dann immer nur ganz kurz. Er hat nie Zeit.“

„Hast du schon mal daran gedacht, zur Eheberatung zu gehen?“

„Er ist doch nie zu Hause. Wie sollten wir denn da eine Eheberatung machen?“

„Nicht ihr zwei, du allein. Vielleicht würde es dir ja helfen, wenn du mit deinem Pastor oder einem Therapeuten reden könntest. Einfach, damit du für dich klarer siehst, verstehst du?“

Rose war noch nie auf die Idee gekommen, selbst eine Therapie in Anspruch zu nehmen, doch plötzlich brauste sie auf: „Willst du damit sagen, dass es meine Schuld ist? Dass ich Jed von mir weggetrieben habe?“

„Was, nein! Auf keinen Fall. Wir wissen doch gar nicht, was mit ihm los ist. Wir wissen nur, was du empfindest, und das ist Entfremdung und Unzufriedenheit mit der Beziehung. Ihr zwei bewegt euch nicht aufeinander zu, sondern voneinander weg.“

„Aber liegt das nicht an der Art seiner Arbeit?“

„Also, mir scheint, die Arbeit ist nur ein Teil des Problems. Es zwingt ihn doch niemand dazu, pausenlos unterwegs zu sein.“

„Doch, Stan. Natürlich nicht mit Gewalt, aber er ist es, der ihn antreibt."

„Wirklich?"

„Glaubst du mir nicht? Du kennst Stan nicht."

„Ich glaube dir ja, dass Stan ihn antreibt, und zwar aus rein egoistischen Motiven. Er will möglichst viel Geld verdienen, und Jed ist sein bestes Pferd im Stall. Und es funktioniert ja auch. Jed lässt sich bereitwillig vor seinen Karren spannen. Sehr viel dagegen scheint er nicht zu haben."

„Aber wenn ich etwas in dieser Richtung andeute, dann sagt Jed, dass man ständig präsent sein muss, wenn man im Geschäft bleiben will. Man muss etwas dafür tun, muss sich eine Fanbase schaffen, und er würde sagen, dass er genau das tut."

„Im Augenblick entscheidet er sich dafür, aber jedes Ja, das er zu einem Konzert sagt, ist ein Nein zu seiner Familie." Denise trank einen Schluck Tee. „Vielleicht ist ja wirklich nichts zwischen Shelby und ihm. Vielleicht ist er wirklich nur auf Tour, und wenn er endlich damit fertig ist, geht alles wieder seinen normalen Gang."

„Das hoffe ich wirklich sehr."

„Aber das ist doch auch eine Entscheidung, Rose. Du entscheidest dich dafür, nach dem zu handeln, was du hoffst, und nicht nach dem, was du empfindest."

„Aber genau das sollen wir Christen doch tun, oder? Alles glauben und alles hoffen."

„Stimmt. Liebe vergibt und nimmt immer das Beste vom anderen an, aber sie setzt sich auch mit der Wahrheit auseinander. Und wenn du tief in deinem Inneren weißt, dass etwas nicht in Ordnung ist, dann musst du darauf hören und darfst es nicht verdrängen."

Auf dem Weg nach Cincinnati ließ Rose das Radio aus. Denises Worte gingen ihr immer noch durch den Kopf. Sie wollte nicht schlecht über Jed denken. Das passierte nur allzu leicht. Sie wollte glauben, dass er ein sanfter, freundlicher, fürsorglicher Mann und Vater war, der während der Beerdigung ihres

Vaters an ihrer Seite gewesen war, der sich von ihr zu einem großen Song hatte inspirieren lassen. All das stimmte. Aber da gab es auch die andere Seite, die Sorge wegen ihm und Shelby, sein Schweigen, nachdem er wieder auf Tour gegangen war ...

„Gott“, betete sie, „bitte schenk mir heute Abend Klarheit. Zeig mir, was ich tun soll, für Jed und für unsere Familie. Auch wenn es schwer ist, Herr. Öffne mir die Augen und schenk mir Weisheit.“

Am Morgen hatte Rose eine Nachricht für Jed hinterlassen und ihr Kommen angekündigt, aber er war viel unterwegs und manchmal bekam er seine Nachrichten erst sehr spät. Als die Skyline von Cincinnati vor ihr auftauchte, rief sie noch einmal an, aber wieder meldete sich nur die Mailbox.

„Hallo, heute ist ein großer Abend für Ray und mich“, sagte sie lächelnd. „Er freut sich auf seinen Daddy. Ich habe gedacht, dass wir vielleicht vorher noch zusammen essen gehen könnten, aber nur, wenn das nicht zu stressig ist ... Also, ruf mich an, okay?“

Ray wurde wach und staunte über die hohen Gebäude. Jed hatte sich nicht gemeldet, und Rose steuerte ein Restaurant an, wo Ray Pfannkuchen bestellte. Egal zu welcher Tageszeit, Pfannkuchen oder Erdnussbutter gingen für Ray immer; und das Allerbeste waren Pfannkuchen mit Erdnussbutter. Auch wenn es nicht gerade das gesündeste Abendessen der Welt war, erhob sie keine Einwände – doch als er dann auch noch eine Limonade bestellen wollte, zog sie die Bremse.

Als das Essen gebracht wurde, klingelte ihr Handy. „Hey, entschuldige, dass ich mich nicht früher gemeldet habe, aber hier herrscht das totale Chaos“, sagte Jed. „Wir sind erst ziemlich spät hier eingetroffen, und der Soundcheck war ätzend.“

„Das verstehe ich doch“, entgegnete Rose. „Wir essen gerade etwas und sehen uns dann später in der Halle, ja?“

„Die Tickets liegen an der Abendkasse für euch bereit.“

„Prima. Könnten wir vielleicht auch über Nacht bleiben, bei dir im Hotel?“

Jed zögerte nur ganz kurz und sagte dann: „Äh, klar. Ich glaube, das Zimmer ist groß genug."

„Ich dachte nur, weil es nach dem Konzert bestimmt eine Weile dauert, bis wir loskommen, und dann sind es noch mindestens zwei Stunden Fahrt bis nach Hause ..."

„Klar, ihr bleibt über Nacht. So machen wir es."

„Freut Daddy sich schon auf uns?", fragte Ray, als sie das Gespräch beendet hatte. Sein Gesicht war völlig mit Sirup und Schlagsahne verschmiert.

„Ja, sehr", antwortete sie. „Die Karten liegen schon für uns bereit."

Rose pickte nur ein bisschen an ihrem Salat, zahlte, und dann fuhren sie zur Halle. Ihr Herz fühlte sich genau so leer und ungesättigt an wie ihr Magen.

Die Eintrittskarten lagen wie verabredet am Schalter für sie bereit, aber Jed selbst ließ sich nicht blicken, um sie zu begrüßen. Sie hatten schon ihre Plätze eingenommen, als Stan auf Rose zukam und sie umarmte.

„Mein Beileid noch zum Tod deines Vaters", sagte er. „Es hat Jed in den vergangenen Wochen ziemlich belastet, dass er nicht länger bei dir bleiben konnte."

„Er sagte, nach Cincinnati würde alles besser. Wir haben bis heute Abend einfach durchgehalten und auf das Wiedersehen hingelebt."

Stans Blick war verständnislos, so als ob noch mehr Konzerte gebucht waren, von denen sie noch keine Ahnung hatte. Aber vielleicht bildete sie sich das auch nur ein.

„Du bist sehr tapfer", sagte Stan zum Schluss noch. „Viel Spaß beim Konzert."

Shelbys Auftritt zur Eröffnung des Konzertes interessierte Rose nicht besonders, aber als Jed auf die Bühne kam und die Menge begeistert reagierte, bekam sie Herzflattern. Jetzt konnte sie verstehen, warum er es so genoss, auf der Bühne zu stehen. Seit dem Erntefest damals hatte er wirklich unglaublich viel erreicht.

„Da ist Daddy!“, rief Ray, als die Leute aufsprangen.

Aber irgendetwas stimmte nicht mit ihm. Sein leerer Blick und diese Stimme, die irgendwie hohl klang – er wirkte nicht lebendig und energiegeladen, sondern irgendwie weggetreten, wie berauscht.

„Ja, da ist er“, bestätigte Rose und empfand eine seltsame Traurigkeit. Ihr ging immer wieder durch den Kopf, was Denise gesagt hatte. Und dann, bei „The Song“, starb ein kleiner Teil von ihr. Als sie das Lied am Morgen nach ihrer Hochzeit in den Flitterwochen gehört hatte, war es ganz frisch und neu aus tiefstem Herzen gekommen. Jetzt war es zwar technisch gut vorgetragen, die Akkorde und Harmonien stimmten und die Band begleitete ihn tadellos, aber er war nicht mehr mit dem Herzen dabei.

Oder vielleicht war es ja auch ihr Herz, das nicht mehr darauf reagierte.

Kapitel 40

Jed machte noch rasch einen Abstecher zu Shelbys Garderobe. Er brauchte jetzt dringend etwas zur Beruhigung. Zwar hatte er keine Angst, wieder ohnmächtig zu werden, aber er merkte, wie angespannt er war. Er hatte auch selbst noch Pillen in seinem Hotelzimmer, aber er brauchte jetzt sofort etwas.

Shelby räumte gerade ihr Make-up ein und wirkte etwas abwesend. „Gratuliere“, sagte sie.

„Wozu?“

„Du hast es geschafft, heute wirklich alles aus ‚The Song‘ herauszuholen.“ Sie sah ihn an und fuhr fort: „Ich bin sicher, sie war begeistert.“

„Shelby, wir haben das doch alles schon besprochen, und du hast gesagt, dass du verstehst, wie schwierig es für mich ist, und dass du mir Zeit lässt.“

„Ich habe dir nur gesagt, was du hören wolltest“, sagte sie und sah ihn an, und er merkte, wie verletzt sie war. „Aber die Wahrheit ist-“

Jemand ging vorbei, und Jed trat in ihre Garderobe und schloss die Tür hinter sich. „Sprich weiter.“

„Die Wahrheit ist, dass ich nicht verstehe, wieso du nicht glücklich sein willst. Warum du mit der einen Hälfte reine Pflichterfüllung betreibst und mit der anderen in dieser Welt leben willst. In unserer Welt.“

„Ich will glücklich sein, und ich werde mich auch entscheiden, aber ich brauche einfach mehr Zeit ...“

„Mehr Zeit wofür? Um mich hinzuhalten? Damit werde ich mich auf Dauer nicht zufriedengeben, Jed.“

„Das verlange ich doch auch gar nicht von dir.“

„Dann tu es heute Abend. Sag ihr die Wahrheit. Sag ihr, dass du deine Freiheit willst."

„Nein, heute Abend geht das nicht."

Shelby stand auf und ging auf ihn zu. Er rechnete schon damit, dass sie ihm eine Ohrfeige geben würde, aber stattdessen presste sie ihre Lippen auf seinen Mund und küsste ihn so leidenschaftlich, dass ihm Hören und Sehen verging.

„Denkst du wenigstens darüber nach?", fragte sie mit hochgezogenen Augenbrauen, woraufhin er nickte und ihre Garderobe verließ, ohne sie nach den Tabletten gefragt zu haben. Als er die Treppe herunterkam und an den Sicherheitsposten vorbei war, hörte er Rays Stimme.

„Daddy! Daddy!"

„Hey, Kumpel!", rief Jed und hob ihn hoch. Er war ein ganzes Stück gewachsen. „Hat dir das Konzert gefallen?", fragte er.

„Ja-aa", antwortete Ray, drehte sich um, zeigte auf seine Mutter und rief: „Guck dir mal Moms Bauch an, Daddy."

Jed starrte Rose an und brauchte einen Moment, um zu begreifen. Sein Mund war trocken. Er überlegte, was er sagen sollte, und dann kam nur ein „Wow!" heraus.

Er umarmte Rose, und sie erwiderte seine Umarmung mit einer Leidenschaft, auf die er nicht vorbereitet war. Er löste sich deshalb rasch wieder von ihr und fragte: „Warum hast du mir nichts davon gesagt?"

Sie lächelte ihn mit diesem Strahlen in den Augen an, das so typisch war für schwangere Frauen, und antwortete: „Weil ich es dir persönlich sagen wollte."

Er umarmte sie noch einmal, um seine Miene und seine Gefühle zu verbergen, denn das war im Moment die schlimmste Nachricht, die er sich vorstellen konnte. Das machte es noch schwerer, Rose die Wahrheit über Shelby zu sagen.

Die Bühnentür ging auf, und eine Gruppe Leute kam durch den dunklen Flur. Jed blieb fast das Herz stehen, als er Shelbys leises Lachen hörte. Sie blieb stehen, als sie Jed und Rose entdeckte.

Rose drehte sich um und sagte: „Hallo, Shelby."

Shelby löste sich von der Gruppe und trat ins Licht. Jed schloss die Augen und bemühte sich um einen möglichst normalen Tonfall, als er sagte: „Shelby, das ist meine Frau Rose."

„Freut mich, Sie kennenzulernen", sagte Shelby und gab ihr die Hand.

„Tolles Konzert", sagte Rose, während sie sich die Hand schüttelten. „Sie sind unheimlich gut."

Das Einzige, woran Jed denken konnte, war die Frage, wie er Rose und Ray aus der Halle und von Shelby weglotsen konnte, bevor ein Unglück passierte.

„Danke", antwortete Shelby. Sie starrte auf Roses Bauch, drehte sich dann zu Jed um und bedachte ihn mit einem vielsagenden Lächeln.

„Und das ist mein Sohn Ray", stellte Jed vor.

Shelby lächelte den Kleinen übertrieben freundlich an und hob eine Hand, damit er sie abklatschen sollte. „Ray? Du bist ja schon ein richtig großer Junge", sagte sie und schaute ihn dabei etwas zu intensiv an. „Ich habe schon so viel von dir gehört, dass ich fast das Gefühl habe, wir würden uns kennen. Dass Sie wieder ein Baby erwarten, habe ich allerdings nicht gewusst", sagte sie zu Rose, sah dabei aber Jed an.

„Er auch nicht", lachte Rose.

Es entstand ein unbehagliches Schweigen zwischen ihnen, und Jed spürte, wie er Herzrasen bekam. Ray schien ihm plötzlich schwer wie ein Sack Kartoffeln, und Jed wäre am liebsten einfach davongerannt und hätte sich irgendwo versteckt.

Shelby sagte, sie wolle noch mit den Jungs einen trinken gehen, und machte gnädigerweise einen Abgang, allerdings nicht ohne vorher Jed noch einmal tief in die Augen zu sehen: „Wir sehen uns morgen."

Jed nickte nur und sagte zu Rose: „Wollen wir dann auch gehen?"

* * *

Sie brachten den total übermüdeten Ray in die Hotelsuite, wo Jed das Schlafsofa auszog und Rose den Kleinen hinlegte und zudeckte. Er war schon eingeschlafen, bevor sie das Licht ausgemacht hatten. Jed wünschte sich, er könnte auch so schlafen, aber dann fiel ihm ein, dass das ja möglich war, wenn er genügend Pillen schluckte.

Rose umarmte ihn von hinten und seufzte, als hätte sie an diesem Abend noch etwas mit ihm vor: „Du hast mir so gefehlt", flüsterte sie.

„Du mir auch", sagte er zur Wand und hätte es gern ehrlich gemeint.

Sie drehte ihn zu sich um und sah ihn an, aber Jed konnte ihr kaum in die Augen sehen. Sie nahm seine rechte Hand in ihre, dann stutzte sie, hob sie hoch, krempelte seine Hemdmanschetten um und entdeckte sein tätowiertes Handgelenk.

„Wann hast du denn das machen lassen?", fragte sie.

„In Amsterdam."

„Und warum?"

„Ach, so eine spontane Idee."

Er merkte, dass sie überrascht war, sich aber von dieser Entdeckung nicht den Augenblick verderben lassen wollte. Sie streichelte sein Gesicht, schmiegte sich an ihn und knöpfte ihm das Hemd auf, und er explodierte innerlich beinahe. Aber nicht vor Begierde, sondern vor Scham und Schuldgefühlen und alledem, was unausgesprochen zwischen ihnen stand. Es war, als würde aller Sauerstoff aus dem Zimmer entweichen und er würde ersticken.

Atme, sagte er sich. *Atme einfach.* Aber plötzlich konnte er es nicht mehr ertragen. Er nahm ihre Hände in seine und überlegte krampfhaft, was er tun und sagen sollte.

„Ist alles in Ordnung?", fragte Rose.

Er schob sie zurück und flüsterte nur: „Ja. Eine Sekunde, okay?"

Dann riss er die Tür zum Bad auf und verschwand dahinter. Sein Herz raste. Er konnte Rose nicht ansehen; er musste hier weg. Im Bad drehte er den Wasserhahn voll auf und nahm die Pillen aus seinem Kulturbeutel, die Shelby ihm besorgt hatte. Aber sein Herz beruhigte sich nicht, sondern schlug noch schneller. Er ließ sich zu Boden sinken in der Hoffnung, dass die Wirkung doch noch einsetzen würde.

Er blieb dort sitzen, bis er wieder ruhiger atmete, aber mittlerweile hatte er das Gefühl, als würde er schweben, und all seine Schuld- und Schamgefühle wegen Shelby lösten sich auf in einem süßen, glückseligen Schlaf.

Als er wieder wach wurde, saß er auf dem Boden neben der Toilette und hatte immer noch dieselben Sachen an, die er beim Konzert getragen hatte. Er hatte geträumt, dass Rose vor der Badezimmertür stand und klopfte und seinen Namen rief. Aber vielleicht war das gar kein Traum gewesen.

Und dann erinnerte er sich, dass er hier eingeschlafen war, während Rose auf ihn wartete und Ray im Zimmer nebenan schlief. Er rappelte sich auf, hatte Mühe, aufrecht zu stehen, und taumelte gegen die Tür. Als er die Tür schließlich aufbekommen hatte und ins Zimmer schaute, waren das Bett und die Schlafcouch leer.

„Rose? Ray?“, rief er und schaute auch hinaus auf den Gang, aber auch dort war niemand.

Und dann entdeckte er auf dem Nachttisch neben dem Telefon einen handgeschriebenen Brief.

Lieber Jed,

ich weiß nicht, was los ist, aber dass etwas gewaltig nicht in Ordnung ist, das merke ich. Ich dachte, du würdest dich darauf freuen, heute Nacht mit mir zusammen zu sein. Ich fahre mit Ray wieder nach Hause.

Du hast gesagt, du würdest nach dem Konzert in Cincinnati eine Pause einlegen, aber wahrscheinlich ist das nicht wahr, oder? Und wahrscheinlich wirst du Stan die Schuld dafür geben.

Ich kann so nicht mehr weitermachen, Jed. Ich werde mir Hilfe suchen und hoffe, dass du das auch tust.

Mit gebrochenem Herzen
In Liebe, Rose

Sie wollte sich Hilfe suchen? Was sollte denn das bedeuten? Wenn sie über die Drogen Bescheid wusste, warum hatte sie dann nichts gesagt? Wenn sie von Shelby wusste, warum hatte sie geschwiegen?

Das Telefon im Zimmer klingelte, und er wollte eigentlich nicht drangehen. Aber was, wenn es Rose war? Und was, wenn es Shelby war?

„Der Bus steht in zehn Minuten abfahrbereit Richtung Indianapolis vor dem Hotel", informierte ihn Stan. „Kommst du?"

Jed schloss die Augen und antwortete: „Ja, ich komme."

Kapitel 41

Pastor Bingham wollte, dass Melanie bei ihrem Gespräch dabei war, eine der Seelsorgerinnen. In der Gemeinde wurde grundsätzlich so verfahren, dass bei Gesprächen zwischen Menschen unterschiedlichen Geschlechts immer eine weitere Person anwesend sei, hatte er gesagt.

„Glauben Sie, dass Jed in eine Abhängigkeit gerutscht ist?", fragte Pastor Bingham.

„Ich weiß es nicht", antwortete Rose mit bebender Stimme und Tränen in den Augen.

Pastor Bingham reichte ihr eine Packung Taschentücher.

„Er hat ein Tattoo an seinem Handgelenk", fuhr sie fort, „dabei hasst er Tattoos und hat immer gesagt, dass er sich niemals eins stechen lassen würde."

Pastor Bingham schaute nachdenklich auf seine Hände und rieb sie dann aneinander. Melanie beugte sich zu Rose vor und fragte: „Warum haben Sie eigentlich bis gestern Abend damit gewartet, Jed von dem Baby zu erzählen?"

„Ich ... ich habe gedacht, es ist viel schöner, wenn ich abwarte und es ihm persönlich sage. Wenn er es mit eigenen Augen sehen kann, verstehen Sie?"

„Und das war nicht so?"

„Es schien ihm nicht gut zu gehen. Er war blass und zittrig, und sogar sein Auftritt bei dem Konzert war irgendwie anders und seltsam. Und gestern Nacht dann ... Früher haben wir uns oft wegen unseres unterschiedlich starken Bedürfnisses nach Sex gestritten, wissen Sie? Er wollte immer mehr als ich. Aber als ich mich ihm gestern genähert habe ... er ist gar nicht darauf eingegangen. Ich will einfach nur meinen Mann zurück."

Die Seelsorger ließen Rose weinen. Sie hatten kein Problem damit, dabei zu sein, als all der Schmerz hochkam und sich Bahn brach.

Nach einer Weile ergriff Pastor Bingham wieder das Wort und sagte: „Es kann ja sein, dass es halb so schlimm ist, Rose, aber das, was Sie erzählt haben, beunruhigt mich. Ich glaube, dass Jed gerade dabei ist, ein paar schwere Fehler zu machen."

„Soweit ich weiß, wird nach den Konzerten immer ziemlich viel getrunken. Und wer weiß, was da sonst noch konsumiert wird."

Der Pastor sagte: „Ich glaube, Sie müssen mit dem Schlimmsten rechnen, Rose."

„Was meinen Sie denn damit?"

„Ich halte es für möglich, dass Jed Drogen nimmt oder sich mit einer anderen Frau eingelassen hat. Oder beides. Nach dem, was Sie erzählt haben – dieses unberechenbare, fahrige Verhalten, die Ablehnung ihres Angebots –, kann das sein."

„Könnte es nicht auch einfach nur Stress sein?"

„Natürlich", erwiderte Melanie. „Aber ich würde mich da auch eher Pastor Binghams Einschätzung anschließen. Es klingt ganz so, als ob bei Jed gerade vieles im Argen ist, und Sie sind die Person, die ihm am ehesten helfen kann. Aber Sie sind gleichzeitig auch der Mensch, der am meisten unter seinen Entscheidungen zu leiden hat – falls unsere Vermutungen zutreffen."

„Wir werden für Sie beten, Rose, um Weisheit und darum, dass Sie den Mut haben weiterzumachen, ihn nötigenfalls auf liebevolle Weise zu konfrontieren, aber auch die Kraft, Grenzen zu setzen."

„Was für Grenzen denn?"

„Wenn er süchtig ist oder eine Affäre hat oder beides, dann haben Sie auf jeden Fall das Recht, eine Entscheidung von ihm zu verlangen. Sie brauchen nicht mit einem Partner zusammenzuleben, der Ihnen untreu ist. Die Liebe braucht sich so etwas nicht gefallen zu lassen."

„Sie meinen Scheidung?“, fragte sie.

„Nein, ich rede nicht von Scheidung, jedenfalls noch nicht. Sie sollten Jed die Gelegenheit geben, sich zu fangen, umzukehren, wieder mit Ihnen zusammenzufinden. Aber das können Sie nicht allein durchstehen. Sie müssen Menschen zur Seite haben, die ...“

Rose hörte gar nicht mehr zu, sondern war in Gedanken bei den Sünden von Jeds Vater und dem Gefühl, dass jetzt sie von den Folgen heimgesucht wurde. Aber Jed würde sie doch nicht betrügen, oder? Dazu liebte er sie einfach zu sehr. Er würde sich nicht mit einer anderen Frau einlassen. Die Vorstellung, dass er mit einer anderen zusammen war, war absurd ...

Doch dann fiel ihr wieder ein, wie Shelby ihn angeschaut hatte, als sie gesehen hatte, dass Rose schwanger war. An dem, was sie gesagt hatte, war zwar nichts auszusetzen, aber der Ausdruck, mit dem sie Jed angesehen hatte, hatte gesagt: *„Wie konntest du nur?“*

Sie reichten sich die Hände, und Pastor Bingham und Melanie beteten für Rose und Jed und Ray und das ungeborene Kind. Als Rose nach dem Treffen in den Wagen stieg, um nach Hause zu fahren, spürte sie, wie in ihrem Inneren eine Tür zuschlug, und sie fragte sich, ob sie als Familie überhaupt noch eine Chance hatten.

Kapitel 42

Shelby wollte mit Jed über das sprechen, was in Cincinnati passiert war, aber er verhielt sich kühl und distanziert. Es war nicht zu übersehen, dass er allein sein wollte, und darum blieb sie bei Vivian, aber innerlich kochte sie. Vielleicht hatte er Rose ja alles gesagt und betrauerte jetzt nur das Ende seiner Ehe. Vielleicht würde er sich nach dem Konzert wieder in ihre Arme flüchten. Sie beschloss jedenfalls, den ersten Schritt ihm zu überlassen.

Während ihrer Eröffnungsnummer konnte sie es kaum erwarten, dass er endlich auf die Bühne kam. Sie spielte „I Like It This Way", einen ruhigeren, etwas melancholischen Song, in dem ihre Gefühle für Jed zum Ausdruck kamen. Die Zeile *„I'll show you love you can't believe"* brachte sie kaum heraus. Manchmal kam Jed auf die Bühne und sang den Song mit ihr gemeinsam, aber jetzt ließ er sich nicht blicken.

Schließlich entdeckte sie ihn am linken Bühnenrand. Er stand neben Stan und sah blass und erschöpft aus. Sie hatte nicht gewollt, dass er so schnell und so stark auf die Drogen einstieg. Aber wenn er sich erst einmal von Rose befreit hatte, konnte Shelby ihm helfen, einen vernünftigen Umgang damit zu finden, da war sie sicher. Sie hatte ihren Konsum ja auch im Griff.

Das Publikum applaudierte Shelby, und sie verbeugte sich. Als Jed jetzt auf die Bühne kam, signalisierte ihr Stan, sie solle „The Song" anstimmen, aber sie bildete mit den Lippen ein stummes *„Nein"*. Doch Stan nickte bestimmt.

Shelby zögerte einen Moment. Was, wenn Jed den Song nur halbherzig sang oder wieder zusammenbrach? Schließlich gab sie nach, spielte ihr Geigensolo, und als die Band die Melodie aufnahm, begann die Menge zu jubeln. Shelby legte ihre ganze

Leidenschaft in ihr Spiel, wie um Jed zu zwingen, sich ihr wieder zuzuwenden, aber seine Miene war angespannt. Plötzlich löste er ganz langsam den Gitarrengurt, stellte das Instrument in den Ständer und ging von der Bühne. Die Jungs von der Band sahen Shelby an, als könnte sie etwas dagegen tun.

Shelby rannte Jed hinterher, während die Band improvisierte und die ersten Buhrufe ertönten. Sie hatte Tränen in den Augen, als sie ihn hinter der Bühne einholte. „Jed, bitte tu mir das nicht an. Komm, lass uns wieder da rausgehen ..."

„Nein", sagte Jed und stieß sie zurück, und ihr war klar, dass er damit nicht nur den Song meinte. Er war völlig in Roses Bann und drängte Shelby aus seinem Leben.

Sie kniff die Augen zusammen, sodass sie ganz schmal wurden, und verkündete mit aller Entschlossenheit, die sie aufbringen konnte: „Dann singe ich es eben allein."

Shelby ging wieder zur Bühne, in der Hoffnung, dass Jed gute Miene zum bösen Spiel machen würde und das Konzert weitergehen konnte. Es gab wirklich keinen Grund, alles kaputtgehen zu lassen, keinen Grund, dass sie nicht für den Rest ihres Lebens zusammen sein konnten.

In dem Moment, als sie die Bühne erreicht hatte, hörte sie Jed etwas sagen, und dann packte er sie am Arm und zog sie aus dem Scheinwerferlicht. „Du wirst dieses Lied nicht singen", zischte er. Er wiederholte die Worte noch einmal und schüttelte sie dabei so heftig, dass ihre Zähne klapperten.

Sie riss sich los und starrte ihn nur an. Noch nie hatte jemand es gewagt, so mit ihr zu reden, und noch nie hatte jemand sie geschüttelt. Schon als Kind hatte sie sich fest vorgenommen, dass jeder Mann, der sie so packen würde, wie ihr Vater es immer getan hatte, das bitter bereuen würde. Also ignorierte sie Jeds kleine Machtdemonstration, ging wieder auf die Bühne und gab der Band ein Zeichen weiterzuspielen.

„I've been waiting on you –"

Das war alles, was sie herausbekam, bevor Jed auf die Bühne gestürmt kam und das Mikro wegstieß. Als sie zurückwich, riss er ihr die Geige aus den Händen und zerschmetterte sie mit voller Wucht auf der Bühne. Die Menge war geschockt, und alle fragten sich, ob dieser Ausbruch wohl ein Gag war, der zum Konzert gehörte, doch schnell wurde klar, dass es nicht so war. Jeds Wut und sein Ausbruch waren echt, und diese Seite von ihm kannte man noch nicht.

Jed schleuderte die Einzelteile der Geige über die Bühne, sodass die anderen Musiker hektisch wegsprangen, Shelby zu Hilfe eilten und versuchten, Jed festzuhalten.

Die Stimmung im Publikum, das anfangs noch gejohlt hatte, kippte jetzt, und es wurde laut gebuht und gepfiffen. Das Publikum forderte lautstark die Fortsetzung der Musik. Man hatte eher das Gefühl, bei einem Boxkampf zu sein als auf einem Konzert.

Hinter der Bühne wurde es auch nicht besser. Jed warf einen Stuhl quer durch Shelbys Garderobe und stieß eine Art Urschrei aus.

„Glaubst du etwa, du wärst was Besseres als ich?", schrie Shelby und lief hinter ihm her. „Glaubst du etwa, *sie* wäre was Besseres?" Und dabei schlug sie mit den Fäusten auf Jeds Rücken ein.

„Was war denn das da gerade?", brüllte Stan, als er in die Garderobe kam.

„Du hast sie zerstört. Du hast meine Geige zerstört!", schrie Shelby immer wieder und trommelte auf Jed ein, sodass Stan versuchte, dazwischenzugehen.

„Lass ihn in Ruhe", brüllte er, packte Shelby am Arm und zog sie weg.

„Lass *mich* in Ruhe!", schrie Shelby und rammte Stan die Faust ins Gesicht, die mit einem lauten Knirschen ihr Ziel traf. Stan ging zu Boden und presste sich eine Hand auf seine Nase.

„Stopp!", rief Jed jetzt, packte Shelby und hielt sie fest.

„Nein!", heulte sie. „Ich sage es ihr! Lass mich los! Ich sage ihr jetzt alles!"

Jed stieß sie mit flammendem Blick gegen einen Pfeiler in der Garderobe. Ihr Kopf knallte gegen den Beton, und die Emotionen, die durch Drogen und Erschöpfung angeheizt waren, kochten hoch. Mit einer Wut, von der Shelby niemals gedacht hätte, dass er dazu fähig wäre, brüllte er sie an: „Was? Du willst mir drohen? Du drohst mir nicht!“

Die Musiker von Shelbys Band waren inzwischen auch herbeigeeilt. Sie überwältigten Jed, und Shelby brach schluchzend auf dem Fußboden zusammen. Sie war vollkommen aufgelöst. Die Bandmitglieder ließen Jed wieder los, und er beugte sich keuchend vor, die Hände auf die Knie gestützt.

Als sich die Lage etwas beruhigt hatte, sah Shelby ihn an – ihr Gesicht war tränenüberströmt und mit Wimperntusche verschmiert, aber das war ihr egal. „Ich liebe dich“, schluchzte sie.

Er sank ihr gegenüber auf den Boden und starrte sie nur an. Er hatte offenbar nicht damit gerechnet, diese Worte von ihr zu hören, aber nun waren sie gesagt.

„Ich liebe dich“, sagte sie noch einmal, und als sie auf ihn zukroch, schienen alle Leute im Raum in Schockstarre zu verfallen.

In diesem Moment klingelte Stans Handy, und er sprach ganz kurz mit jemandem. Als er fertig war, sagte er: „Hört mal, mir ist völlig egal, was ihr macht, und mir ist auch egal, mit wem ihr es macht. Aber wenn ihr eure Probleme mit auf die Bühne bringt, dann sind es auch meine Probleme, und zwar sehr kostspielige Probleme. Und da ihr das offensichtlich nicht regeln könnt, dann werde ich es für euch tun. Shelby, du bist gefeuert! Gefeuert!“

Wieder klingelte sein Handy, und er verließ den Raum. Jed vergrub sein Gesicht in den Händen.

Shelby rutschte näher an ihn heran und flehte: „Bitte, Jed, lass uns doch versuchen, eine Lösung zu finden. Es gibt bestimmt eine.“

Aber er stand nur auf, schaute einen der Jungs an und sagte: „Ich muss nach Hause.“

„*Bitte,* Jed.“

„Das mit deiner Geige tut mir leid“, sagte er noch und schaute auf sie hinunter. „Ich besorg dir eine neue.“

„Ich will aber keine neue Geige. Ich will dich.“

Doch da war er schon weg.

Kapitel 43

Rose war in ihrem Elternhaus und wurde vom Geräusch eines Autos in der Auffahrt geweckt. Dann hörte sie, wie die Haustür ins Schloss fiel. *Ein Einbrecher*, war ihr erster Gedanke, und sie griff nach dem Telefon, um die Polizei anzurufen. Doch dann überlegte sie es sich doch anders. Als sie das Licht anmachte, fiel ihr Blick auf das Ehebuch, das sie noch ein zweites Mal durchgehen wollte, um sich die Stellen anzuschauen, die sie markiert hatte. Es ging dabei in erster Linie darum, wie man in einer Ehe liebevoll Grenzen setzen kann.

Sie rechnete damit, Jed völlig zerzaust und derangiert oben an der Treppe anzutreffen, doch er kam nicht. Sie wartete noch eine Weile und ging dann nach unten, wo sie ihn schlafend auf dem Sofa vorfand. Sie nahm die alte Wolldecke ihres Vaters und deckte ihn damit zu, und als Jed sich dabei immer noch nicht rührte, ging sie wieder zurück ins Bett.

Es hatte sie wieder aufs Weingut gezogen, nachdem Jed erneut nach Europa abgereist war. Und je länger Jed fort war, desto tröstlicher fand sie es, morgens in dem alten Haus mit all seinen Erinnerungen aufzuwachen.

Ray fand Jed am nächsten Morgen auf dem Sofa und weckte ihn mit einem begeisterten Hechtsprung, woraufhin Jed lachte und ihn durchkitzelte. Seine Augen waren gerötet, als hätte er die Nacht durchgemacht.

„Ich dachte, ihr wärt unterwegs nach Nashville zum nächsten Konzert“, sagte Rose.

„Sind wir auch. Aber ich musste erst mal herkommen, verstehst du?“

„Im Moment verstehe ich gar nichts“, sagte sie.

Er ging nach oben, und sie machte Frühstück, aber als sie kurz darauf noch einmal hinaufging, lag er auf dem Bett und schlief. Bis zum Nachmittag ließ er sich nicht blicken.

„Frühstückt Daddy noch oder isst er gleich zu Abend?", fragte Ray sie.

„Wir essen später zusammen", antwortete sie. „Er bekommt Abendessen und kann es dann nennen, wie er möchte."

Sie aßen im Wintergarten, dem Lieblingsraum ihrer Mutter. Rose hatte ein leckeres Essen gekocht, aber Jed war mit seinen Gedanken ganz woanders. Blass und hohlwangig saß er da.

„Sieht aus, als würde es Regen geben", sagte Rose. „Den können wir wirklich gebrauchen."

Jeds Handy summte, und er fuhr zusammen und schaute aufs Display.

„Kann ich mit deinem Handy spielen?", fragte Ray.

„Am Tisch wird nicht gespielt, Ray, das weißt du doch", ermahnte sie ihn.

Jed steckte sein Handy weg, aber da summte es schon wieder. Und dann noch einmal.

„Ich wollte eigentlich mit Ray auf euer Konzert in Nashville gehen", sagte sie. „Ist das in Ordnung?" Als er nicht antwortete, hakte sie nach: „Jed?"

Er blickte sie an, als würde sie ihn bei einem komplizierten chirurgischen Eingriff unterbrechen. „Ja, prima."

Sein Tonfall war gereizt, aber sie beschloss, nicht auf Zehenspitzen um ihn herum zu schleichen. Sie hatte doch wohl jedes Recht, Fragen zu stellen. „Warum ist Shelby nicht mehr dabei?"

Er lehnte sich auf seinem Stuhl zurück und sah sie eine Weile nur an. Sein Essen hatte er nicht angerührt, und es schien so, als hätte er nicht vor, ihre Frage zu beantworten.

„Ich habe gelesen, dass sie gefeuert worden ist", sagte Rose.

„Sie hat Stan einen Faustschlag verpasst", erklärte Jed.

„Alle Achtung!", sagte sie und beobachtete genau seine Reaktion. Es gefiel ihm nicht, dass sie ihn danach fragte, aber sie fand, dass sie eine Antwort verdient hatte. „Und warum?"

„Weiß ich nicht", erwiderte er schnell. „Hör mal, ich möchte jetzt nicht über die Arbeit sprechen."

Und mit dieser Antwort kam alles zusammen: der Verdacht, den sie selbst schon gehabt hatte, alles, was Denise gesagt hatte, alles, was Pastor Bingham und Melanie angedeutet hatten. Die roten Warnleuchten in ihrem Kopf blinkten, und das war mehr, als sie verkraften konnte. Seine hohlen Wangen, die geröteten Augen und seine Reaktion, wenn sie Shelby erwähnte, sagten ihr, dass Shelby nicht einfach so nach einem Konzert gefeuert worden war, sondern dass mehr dahintersteckte.

Rose nahm ihren Teller und die Suppenschüssel und ging in die Küche. Jed kam hinterher. „Was ist, Rose?", fragte er.

Sie ignorierte ihn, ging zum Mülleimer und entsorgte die Essensreste vom Teller. Sie hatte tausend Fragen, und jede davon führte zu etwas, womit sie nichts zu tun haben wollte, worauf aber offenbar unweigerlich alles hinauslief. Sie spürte, wie ihr übel wurde, und ließ den Mülleimer wieder zuklappen.

„Willst du mich nicht hierhaben?", fragte er.

Sie drehte sich zu ihm um und sagte: „Du bist doch gar nicht hier, Jed. Wir müssen dich fünf Mal ansprechen, bis du überhaupt reagierst. Da stimmt doch etwas ganz gewaltig nicht."

„Ich bin einfach müde", sagte er entschuldigend mit Dackelblick, als wäre damit alles wieder gut.

Sie musterte ihn und fragte dann: „Warum singst du mein Lied nicht mehr?"

Jetzt schaute Jed weg und starrte zu Boden, mied ganz bewusst ihren Blick, und in dem Moment ging irgendetwas in ihrem Inneren kaputt. Dieses intensiv bedrückende Gefühl brach wie eine Riesenwelle über ihr zusammen. Sie kämpfte dagegen an, um die Frage aussprechen zu können, die sie nicht losließ und auf die sie unbedingt eine Antwort brauchte: „Liebst du mich nicht mehr?"

„Rose", antwortete er und tat ihre Worte ab. „Natürlich liebe ich dich. Warum fragst du denn so etwas? Habe ich dir je Anlass gegeben, daran zu zweifeln?"

Als wäre sie ein schlechter Mensch, weil sie diese Frage stellte. Als wäre das Ganze ihre Schuld. Nein. Irgendetwas stimmte da nicht. Und das schon seit langer Zeit. Sie bildete sich das nicht nur ein, weil sie schwanger war oder überempfindlich ...

„Sing es", forderte sie ihn auf. „Ich will, dass du es hier und jetzt für mich singst."

Er blieb auf Abstand, halb verdeckt hinter dem großen Schrank, und sagte: „Dieses Lied ist etwas Besonderes für mich, okay, Rose? Und ich habe es satt, es ständig zu singen wie ein dressierter Affe und-"

„Was ist denn da los?", unterbrach sie ihn, da sie Rays Stimme aus dem Wintergarten hörte. Es klang so, als würde er mit jemandem reden.

Als sie hinübergingen, saß neben Ray auf Jeds Platz eine tätowierte Frau.

„Shelby?", fragte Rose ungläubig, und beim Anblick der Frau zog sich ihr Magen zusammen und ihr Mutterinstinkt schrie: *Schaff Ray hier raus, und zwar sofort.*

„Hey, Jed", sagte Shelby lächelnd und ignorierte Rose völlig.

Die nahm Ray bei der Hand und zog ihn vom Tisch weg.

„Was machst du denn hier?", fragte Jed.

Shelby war stark geschminkt, roch nach Zigarettenqualm, kaute Kaugummi und alles an ihr schrie nach abgewiesener Liebhaberin.

„Warum gehst du nicht an dein Handy?", fragte Shelby.

Jetzt fiel es Rose wie Schuppen von den Augen, und alles ergab einen Sinn. Dieser Blick, den Shelby Jed zuwarf, und seine Abwehrhaltung. Die beiden zusammen hinter der Bühne in Cincinnati. Wie er nicht gewollt hatte, dass Rose ihn nach Amsterdam begleitete. Das Tattoo. Alles passte. Und hier, genau an dem Ort, wo sie eigentlich miteinander essen und reden und ihre Beziehung stärken sollten, brach alles zusammen.

„Ich esse gerade mit meiner Familie zu Abend", erklärte Jed. „Was willst du?"

„Was?“, unterbrach sie ihn. „Du meinst, das war's mit uns, einfach so?“ Ohne jede Spur von Scham oder Zurückhaltung sah sie Jed an. Ihr Blick war eine Drohung, eine Herausforderung. Sie trank demonstrativ einen Schluck aus Jeds Weinglas.

Rose forderte Ray leise auf, in sein Zimmer zu gehen, und er hüpfte gehorsam davon.

„Etwa wegen mir?“, fragte Shelby Rose und fing an zu lachen. Es war ein unschönes Lachen, übertrieben durch zu viel Alkohol oder irgendeine andere Substanz. „Der Junkie ist der da, Süße“, sagte sie. „Er ist derjenige, der alle meine ...“

„Raus“, sagte Rose völlig gelassen und sah Shelby dabei direkt in die Augen.

Wieder lachte Shelby und zündete ihr Feuerzeug an. „Also wirklich. Abendessen auf der Veranda. Wie niedlich.“ Sie ließ die Fliegengittertür ins Schloss fallen und torkelte die Stufen hinunter.

Rose schaute mit entschlossener Miene hinter ihr her. Jetzt, wo sie Gewissheit hatte und ihre schlimmsten Befürchtungen sich bestätigt hatten, gab es kein Zurück mehr. Sie konnte jetzt unmöglich noch so tun, als wüsste sie nicht Bescheid. Sie musste einen Schlussstrich ziehen.

„Und du auch“, forderte sie Jed mit fester Stimme auf, und ihr Herz zerbrach dabei in eine Million Scherben. „Raus hier.“

„Aber ... Rose!“, sagte Jed mit hoher, flehender Stimme.

„Raus hier!“, schrie sie.

Er erstarrte kurz, sah sie an, und dann verschwand er und folgte Shelby zu ihrem Wagen.

Rose ging nach oben, um nach Ray zu schauen.

„Wo fährt Daddy denn hin?“

„Ich weiß nicht, Schatz.“

„Und warum hast du ihn angeschrien?“

Sie sah ihm in die Augen und antwortete: „Manchmal müssen Mommys schwere Sachen tun. Manchmal müssen sie Sachen so laut sagen, dass die anderen sie auch wirklich verstehen.“

Der Ausdruck auf seinem kleinen Gesicht war mehr, als sie ertragen konnte, und deshalb nahm sie ihn auf den Arm und schaute zum Fenster hinaus. Jed saß in Shelbys Wagen und warf sich gerade eine Handvoll Pillen in den Mund.

Sie brauchte jetzt dringend Hilfe, und es gab nur einen Ort, wo sie hingehen konnte.

„Kannst du kurz hierbleiben?“, fragte sie Ray, und als er nickte, rannte sie zur Hintertür hinaus.

Kapitel 44

Jed war fassungslos, dass Shelby es gewagt hatte, zu ihm nach Hause zu kommen, und noch fassungsloser, dass Rose ihn hinausgeworfen hatte. Er zog Shelby vom Fahrersitz weg, wo sie ganz eindeutig nicht hingehörte, und stieg in ihren Mini Cooper ein. Der Fahrersitz war viel zu weit vorn, aber das war ihm egal. Er brauchte dringend Linderung seiner Schmerzen, des Herzrasens und der Atemnot – alles war wieder da. Er fand die Pillendose, schraubte den Deckel auf und schluckte die Tabletten ohne Wasser. Dann legte er den Rückwärtsgang ein, setzte zurück und prallte dabei gegen ein Hindernis. Als er ausstieg, um nachzusehen, was passiert war, stand er vor dem völlig zerstörten Dreirad, das Ray von seinem Großvater geschenkt bekommen hatte. Er schlug die Autotür zu und rannte ins Haus.

Ray saß auf dem Boden und spielte. „Wo ist Mom, Ray?“, fragte er, und der Kleine zeigte zur Hintertür.

Jed ging in die entsprechende Richtung, als ihn völlig unvorbereitet die Frage seines kleinen Sohnes traf: „Gehst du jetzt für immer weg, Daddy?“

Er drehte sich um, sah seinen Sohn dort sitzen und dachte für den Bruchteil einer Sekunde an seinen Vater und die Familie, die er verlassen hatte. Da er auf die Frage seines Sohnes keine Antwort hatte, lächelte er nur und ging hinaus.

Er stieg den Hügel oberhalb des Teiches hinauf zu dem Mahnmal für seine Unfähigkeit, etwas zu Ende zu bringen – die Kapelle. Auf einer Seite standen schon die Wände mit den Fenstern, und auch das Dach war dort schon fertig, aber auf der anderen Seite war noch immer nur das Grundgerüst.

Er betrat die Kapelle. Den Ort, wo sie sich versprochen hatten, sich zu lieben und zu ehren, füreinander da zu sein und einander zu beschützen und was sonst noch alles. Sein Versagen schlug über ihm zusammen wie das Wasser nach einem Dammbruch. Gut, dass die Pillen allmählich zu wirken begannen.

Rose lag mit dem Gesicht nach unten vorne in der Kapelle, den Kopf auf dem Unterarm abgelegt. Sie rührte sich nicht, aber sie sprach mit sich selbst. Vielleicht betete sie auch.

„Rose“, sagte er und ging auf sie zu. „Rose?“

Sie rappelte sich auf und umfasste dabei ihren Bauch, und eine Welle von Schuldgefühlen überrollte ihn. Er hatte wirklich nicht gewollt, dass sie das alles durchmachen musste. Irgendwie war es einfach passiert. Niemand hatte daran Schuld. Das wollte er sagen, und das wollte er auch glauben.

Er streckte die Hand aus, um sie zu berühren, aber flink und geschmeidig wirbelte sie herum und verpasste ihm eine schallende Ohrfeige.

„Du warst mit ihr zusammen!“, schrie sie, und der Schmerz drang durch jede Pore ihres Körpers nach außen, ihre Stimme ein Gefühlsvulkan. „Während ich unser Kind austrage.“

„Glaubst du wirklich, ich hätte das gewollt?“, brüllte er genauso heftig zurück.

„Ja, das glaube ich, denn genau das hast du getan.“

„Ich wollte nur dich, aber jedes Mal musste ich betteln! Da draußen werfen sich mir die Frauen an den Hals, aber ich muss bei meiner Frau betteln.“

„Jetzt gib bloß nicht mir die Schuld, Jed. Es war deine Entscheidung! Mach das nicht! Schieb jetzt nicht mir die Schuld in die Schuhe!“

„Du hast recht, Rose. Ich habe es getan“, sagte er jetzt ganz ruhig und sah ihr dabei direkt in die Augen, wollte ihr bewusst wehtun. „Und ich bin froh, dass ich es getan habe, Rose. Ich bin froh, dass ich mal nicht durch fünfzehntausend Reifen springen oder eine Kapelle bauen musste, um einfach nur mal Sex zu haben." Er wurde jetzt sicherer, seine Worte kamen flüssiger, und an ihrer Miene war deutlich abzulesen, wie weh er ihr tat. Aber irgendwie tat ihm das gut. „Sie will mich", sagte er großspurig. „Mich!"

„Weil sie dich nicht kennt, Jed", entgegnete Rose.

„Doch, sie kennt mich!"

„Nein, du glaubst nur, dass sie dich kennt. *Sie* glaubt es. Sie glaubt, dass sie dir etwas bedeutet. Das habe ich auch mal geglaubt."

„Ja, Rose. Du hast geglaubt, du wärst mir so wichtig, dass du mit mir machen kannst, was du willst. Erinnerst du dich?"

„Wie konnte ich es nur wagen? Wie konnte ich es wagen zu erwarten, dass du mich wie einen Menschen behandelst. Wirklich grausam, oder?"

„Du hast mir immer wieder gesagt, dass du mich nicht willst."

„Das habe ich nie gesagt."

„Doch!" Jed ballte die Faust und schlug in die Luft. „Und jetzt, wo mich jemand wirklich will, spielst du plötzlich die Ehefrau. Das ist ein bisschen spät."

„Du wolltest doch gar keine Frau, sondern eine Hure, die sich einfach hinlegt und keine Ansprüche stellt. So ist das nämlich, Jed. Und das zeigt sich doch ganz deutlich daran, wer da heute hier aufgetaucht ist."

„Du kennst sie doch gar nicht!"

Fassungslos starrte Rose ihn an und sagte: „Ach ja, richtig. Sie ist die Frau, die du schon immer wolltest. Die deine Kinder großzieht." Ihr Blick bohrte sich tief in seine Seele. „Die mit dir alt werden möchte." Sie holte tief Luft. „Und wenn ihre Tattoos dann ausgeleiert und faltig herunterhängen, auch dann noch wird diese Schlampe immer in Stimmung sein, nicht wahr? Du bist ein Idiot, Jed. Du bist ein solcher Vollidiot!"

„Du hast recht", brüllte er zurück. „Ich bin ein Idiot."

Er hob einen dicken Balken auf und zertrümmerte damit ein Fenster, sodass es Glassplitter auf den Boden regnete. Dann wirbelte er herum und stieß noch einmal den Balken in das Fenster, bis kein Glas mehr darin war und sich der Rahmen aus der Wand löste – so viel Wut und Gewalt hatte sich in ihm angestaut.

Dann ging er wieder zu Rose, immer noch den Balken in der Hand. Sein Herz klopfte wie wild, als er zu einem letzten verbalen Schlag ausholte: „Ich bin ein Idiot, weil ich dich geheiratet habe, Rose. Aber das war's jetzt."

Und mit diesen Worten warf er den Balken in die Ecke und marschierte davon, den Berg hinunter und zum Wagen zurück, in dem Shelby saß, inzwischen schlafend. Oder bewusstlos. Jed schaute zum Haus und sah Ray an einem Fenster stehen und fassungslos sein zerstörtes Dreirad anstarren. Er hätte ihm gern gesagt, dass er ein neues bekommen würde und dass er immer für ihn da sein würde, aber er machte lieber keine Versprechungen mehr.

Er stieg in den Wagen und fuhr davon.

Kapitel 45

Shelby wurde wach und sah als Erstes die leeren Bourbonflaschen und den herumliegenden Müll. Styroporbecher und Schachteln türmten sich auf dem Couchtisch ihres Hauses in Nashville.

Es war so schön, dass Jed wieder bei ihr war, und sie sorgte dafür, dass immer genügend Drogen im Haus waren, damit die Party nicht aufhörte. Unzählige Schnäpse und jede Menge Koks und Aufputschmittel und Tranquilizer und was es sonst noch gab. Und immer wieder Fahrten zum Chinesen, um Essen zu holen. Sie ließen gerade so lange die Finger von dem Stoff, dass er in Nashville spielen konnte, aber das Konzert war ein Reinfall. Jed war so angespannt und nervös, dass er sauer wurde, und als das Publikum nach „The Song" schrie, warf er sein Banjo in die Zuschauermenge und sagte, sie sollten es gefälligst selbst singen.

Stan war stinkwütend, aber Shelby war das völlig egal. Sie hatte, was sie wollte. Sie war wieder mit Jed zusammen. Und jetzt würden sie für immer zusammenbleiben. All der Schmerz und die Partys würden Stoff und Inspiration für tolle Songs liefern, und das Kapitel Rose würde eines Tages nur noch eine längst vergessene Melodie sein.

Ihr Blick wanderte zum Fenster hinaus, doch sie konnte nicht erkennen, ob es Vormittag oder Nachmittag war. Jed lag nicht neben ihr auf dem Sofa. Wo mochte er sein? Sie musste jedenfalls erst einmal dringend zur Toilette. Sie torkelte ins Bad und entdeckte dort Jeds Beine vor der Badewanne. Er saß mit dem Rücken an die Wanne gelehnt und kratzte an seinem Tattoo am Handgelenk herum.

Sie ging neben ihm auf die Knie und sagte: „Hör auf, Jed! Hör auf! Hör damit auf! Was machst du denn da?“

„Ich will es weghaben“, nuschelte er und bohrte seine Nägel so tief in sein Fleisch, dass sich ihr bei dem Anblick der Magen umdrehte.

„Hör auf damit!“, rief sie noch einmal, aber er hörte nicht auf sie und machte sich weiter an der bereits stark blutenden Wunde zu schaffen.

Als Shelby ihm ein Handtuch um das Handgelenk wickelte, um die Blutung zu stillen, entdeckte sie die leere Pillendose neben ihm.

„Hast du die alle ins Klo geworfen?“, fragte sie und hoffte, dass er das bejahen würde.

Jeds Augen waren jetzt geschlossen, er blieb stumm und seine Lippen waren bläulich.

„Nein, nein, nein! Was hast du getan? Jed! Bitte!“

Schluchzend versuchte sie, ihn hochzuzerren, aber er war zu schwer. Totes Gewicht. „Hör mir zu! Jed? Du musst wach bleiben!“, sagte sie und gab ihm eine Ohrfeige. „Jed? Rede mit mir!“

Sie packte ihn unter den Armen und versuchte ihn wegzuziehen, aber auch das gelang ihr nicht. Nach einer Weile schaffte sie es wenigstens, ihn unter die Dusche zu bekommen. Ratlos stand sie über ihn gebeugt und überlegte, was sie tun sollte. Sie hatte schon von berühmten Sängern und Filmstars gelesen, die eine Überdosis genommen hatten, und sie sah die Schlagzeile schon in ihrem Kopf: *„Jed King stirbt in den Armen seiner verbotenen Liebe.“*

„Komm schon, Jed! Sag doch was!“

Seine Lider flatterten kurz und er sagte nur: „Rose.“ Mehr kam nicht über seine Lippen.

Shelby drehte das kalte Wasser auf und ließ es über sie beide laufen. Dann rutschte und schlitterte sie pitschnass durch die Wohnung, suchte ihr Telefon und wählte den Notruf. Mit dem Handy rannte sie dann wieder zu Jed zurück, um festzustellen, ob er noch Puls hatte und atmete.

Als endlich der Rettungswagen kam, beruhigte sie sich langsam, denn die Rettungssanitäter schienen genau zu wissen, was zu tun war. Sie versuchte zu helfen, wollte ihnen zeigen, welche Pillen er genommen hatte, aber sie schoben sie einfach beiseite.

Dann kam die Polizei und stellte unzählige Fragen, aber sie wusste nicht, was sie sagen und wie viel sie preisgeben durfte. Am Ende nützte alles nichts, denn ihr wurden Handschellen angelegt, und sie wurde in einen Streifenwagen verfrachtet, während Jed zum Rettungswagen geschoben wurde.

„Wird er überleben?“, schrie sie dem Beamten zu. „Wird er wieder gesund? Bitte, sagen Sie es mir!“

Kapitel 46

Jed konnte kaum unterscheiden, was Realität war und was er nur träumte oder halluzinierte. Shelby und er hatten einmal im Fernsehen eine Sendung über wilde Tiere in Afrika angeschaut, als sie high waren. Darin hatten Löwen ein wehrloses Gnu gerissen, und genau so fühlte sich Jed jetzt. Wie die Beute eines hungrigen Raubtiers. Nur dass er sich freiwillig in die Höhle des Löwen begeben hatte.

Dann rannte er plötzlich im Weinberg vor etwas Großem, Bösartigem davon, das nicht von ihm ablassen wollte, bis es ihn in die Enge getrieben hatte.

Er erreichte die Kapelle und rannte zur geöffneten Tür, aber da ging das Monster zum Angriff über, riss ihn zu Boden, und im nächsten Augenblick glaubte er zu spüren, wie sich Zähne in seinen Hals bohrten. Als er sich umdrehte, sah er aber keinen Löwen, sondern seinen Vater vor sich, der sein altes Stirnband und die Tourneekleidung trug, an die sich Jed noch gut erinnerte.

„Lauf nicht mehr davon“, sagte sein Vater.

Jed schaute kurz zu ihm hin, wich dann zur Kapellenwand zurück, und dann sah er mit Entsetzen seinen Vater tot vor sich liegen. „Es tut mir leid, Dad“, sagte Jed zu ihm.

Sein Vater blickte ihn voller Mitgefühl an, so als wüsste er, was Jed durchmachte, und sagte: „Nicht ich bin es, vor dem du davonläufst.“

Jed machte die Augen auf, wollte sie aber sofort wieder schließen, um weiter mit seinem Dad zu reden, als er aus dem Augenwinkel bemerkte, dass jemand an seinem Bett saß. Der Kopf lag neben seinem verbundenen Handgelenk auf der Bettdecke – blondes Haar. Es war Rose, die seine Hand hielt. Er bewegte sich, dachte, es wäre ein Traum oder vielleicht eine Halluzination, doch als er seine Hand wegzog, bewegte sie sich und sah ihn mit einem Ausdruck großer Erleichterung und Liebe an.

Jed hielt ihren Blick nicht aus. Sein Kinn bebte, und ihm kamen die Tränen.

„Du hättest sterben können, Jed. Und was dann?", fragte Rose.

„Das wäre sicher besser für dich gewesen", entgegnete er mit erstickter Stimme. „Du hättest viel Geld und keine Sorgen mehr."

„Was haben wir denn besessen, als wir geheiratet haben, Jed? Ich hatte jedenfalls alles, was ich brauchte. Aber du nicht, und das ist immer noch so. Ich habe Fehler gemacht, was uns angeht. Es gibt Dinge, die ich ... die ich gern ungeschehen machen würde, aber ich kann dir nicht das geben, wonach du suchst, Jed. Das kann niemand."

Jed hörte ihre Stimme, aber er hörte auch das Geräusch des Herzmonitors, und seine Haut juckte. Er brauchte unbedingt einen Drink. Er brauchte eine Pille. Er musste hier raus. Fast wünschte er, er wäre tatsächlich gestorben. Er wollte einfach nur einschlafen und nicht wieder aufwachen.

„Als Dad gestorben ist", fuhr Rose fort, „da wurde mir klar, dass auf der Welt nichts von Dauer ist. Alles ist irgendwann vorbei. Meine einzige Hoffnung ist, dass es etwas gibt, das größer ist als diese Welt."

„Und wenn das eine vergebliche Hoffnung ist?", fragte er.

„Dann ist das eben so, und ich akzeptiere es. Wenn ich meinen Sohn und meine Tochter allein großziehen soll, dann muss ich einfach glauben, dass das alles einen tieferen Sinn hat."

Etwas regte sich in ihm, so als wäre hinter der Bühne ein Schalter umgelegt und ein Scheinwerfer eingeschaltet worden. „Ein Mädchen?", fragte er.

Und mit feuchten Augen sagte sie: „Ja, ich bekomme ein Mädchen."

„Und du willst die beiden jetzt allein großziehen?“, fragte er.

„Das hatte ich eigentlich nicht vor, Jed. Ich wünsche mir einen Mann, der an etwas glaubt, das größer ist als all das hier, an jemanden, der größer ist als er selbst.“

Jed starrte zur Decke und überlegte, was er darauf antworten sollte. Irgendwas.

„Aber das bist du nicht mehr“, sagte sie. „Dieser Mann ist vor langer Zeit gestorben.“

Sie lehnte sich zurück, und Jed schaute sie an. Er sah, wie sich die Liebe in ihrem Blick mit all dem vermischte, was er ihr zugemutet hatte, und Scham und Trauer überwältigten ihn. Doch er brachte es einfach nicht fertig, etwas zu sagen. Wie viele Konzerte hatte er gegeben, wie viele Songs gesungen, auch ihren Song, und jetzt brachte er kein Wort heraus.

„Leb wohl, Jed“, flüsterte Rose.

Als sie gegangen war, entdeckte er ihre Ringe auf dem Tablett, den Ehering und den Verlobungsring, für den er so lange gespart hatte. Er nahm sie in die Hand und weinte über das, was er getan hatte, all das Leid, das er verursacht hatte.

* * *

Am nächsten Tag hörte Jed, wie es an der Tür klopfte, und dann kam seine Mutter herein. Er setzte sich im Bett auf, Roses Ringe immer noch fest in seiner Hand. Sie gab ihm einen Kuss und umarmte ihn, und dabei fiel eine Träne auf seine Bettdecke.

„Es ist lange her, mein Junge. Ich habe versucht, dich anzurufen.“

„Es tut mir leid, Mom. Irgendwie ist mir immer das Leben dazwischengekommen.“

„Die alten Dämonen“, sagte sie und strich über seine verbundene Hand. „Ich habe Rose und Ray besucht.“

„Und wie geht es ihr?“

„Traurig. Fühlt sich betrogen. Du hast dem Mädchen wirklich viel Leid zugefügt.“

„Ich weiß."

Seine Mutter war stark gealtert, seit er sie das letzte Mal gesehen hatte. Sie hatte Falten um die Augen und Tränensäcke, und ihr Haar war inzwischen ganz und gar ergraut.

„Glaubst du, sie würde ...?"

Sie legte eine Hand auf seine Brust und sagte: „Im Moment solltest du dir nur über eines Gedanken machen, nämlich clean zu werden. Es wird gar nichts passieren, wenn du nicht loskommst von dem, wonach auch immer du süchtig bist."

„Ich weiß."

„Und was wirst du dafür tun?"

„Keine Ahnung."

Sie wühlte in ihrer Handtasche und nahm eine Broschüre heraus. „Auf dem Weg hierher bin ich an dieser Einrichtung vorbeigefahren. Mir wurde dort versichert, dass niemand davon erfahren würde, wenn du dich dort behandeln ließest. Es ist allerdings nicht billig, und es würde sechs Wochen dauern."

Er betrachtete das rote Backsteingebäude auf der Vorderseite des Flyers.

„Dein Dad ist auch mal eine Zeit lang dort gewesen, und es hat ihm sehr geholfen."

„Die Sünden der Väter holen einen also wirklich ein."

„Sag das nicht", widersprach sie. „Du hast immer eine Wahl. Dein Dad hat mit Gottes Hilfe sein Leben geändert, und die Erfahrung kannst auch du machen."

„Ich werde den Schaden, den ich angerichtet habe, nie wiedergutmachen können."

Sie tippte mit dem Finger auf die Broschüre und sagte nur: „Immer einen Schritt nach dem anderen, Jed. Greif dir nicht selbst vor, okay?"

Mit seiner Gitarre und den Sachen, die er für Nashville gepackt gehabt hatte, begab er sich ins *Jefferson Healing Center* in Louisville. Er stieg aus dem Wagen und ließ die entwürdigende Prozedur über sich ergehen, dass all seine Sachen durchsucht wurden, sogar seine Gitarre. Er machte eine Entgiftung durch, während der er drei Hauptmahlzeiten pro Tag bekam und so viele Therapiestunden, wie er aushalten konnte ... und noch ein paar mehr. Seine Medikamente bekam er direkt am Tisch, und bekleidet war er mit einem hübschen grauen Morgenmantel und passenden Pantoffeln.

In der ersten Woche durfte er keinen Besuch empfangen und sollte möglichst auch nicht telefonieren. Zu Beginn der zweiten Woche, als das Zittern langsam nachließ und er nicht mehr ständig das Gefühl hatte, sich in die Büsche schlagen und nach einem Drink suchen zu müssen, überlegte er, ob er Rose anrufen sollte.

Aber was sollte er sagen? *„Hallo, Rose, wie geht's? Hasst du mich noch?"*

Als er eines Tages im Aufenthaltsraum saß und in einer Musikzeitschrift blätterte, entdeckte er darin zufällig ein Foto von Shelby. Die Überschrift lautete: „Shelby Bale auf Bewährung entlassen. Sängerin erklärt sich zu einer Entziehungskur bereit."

In dem Moment kam Pastor Bingham zur Tür herein, und Jed legte die Zeitschrift rasch beiseite. Der Pastor lächelte Jed an, sie gaben sich die Hand und setzten sich einander gegenüber.

„Wollen Sie mir jetzt eine Predigt halten?", fragte Jed. „Mir sagen, was für ein großer Sünder ich bin?"

Der Pastor schüttelte nur den Kopf und entgegnete: „Nein, das ist gar nicht nötig. Sie haben auch so schon genug durchgemacht, ohne dass ich noch auf Sie einschlage."

„Ich habe mein Leben verpfuscht, Pastor. Ich hab's gründlich vermasselt."

Der Geistliche nickte.

„Gibt es denn überhaupt Hoffnung für jemanden wie mich?"

„Das hängt davon ab, wie Sie Hoffnung definieren."

„Gibt es Hoffnung, dass meine Ehe noch zu retten ist?"

„Wollen Sie das denn?"

„Ja, das steht ganz oben auf meiner Liste."

„Das scheint eine gute Liste zu sein“, entgegnete Pastor Bingham. „Ich kann dazu aber nichts sagen. Ich habe mit Rose gesprochen – wir haben in den vergangenen Wochen mit einer der Seelsorgerinnen in der Kirche Gespräche geführt.“

Jeds Herz machte einen Satz bei dieser Nachricht, und er fragte: „Hat sie Sie hergeschickt?“

„Nein. Sie hat mir nur erzählt, dass Sie hier sind. Um einen Besuch bei Ihnen hat sie mich nicht gebeten. Es geht jetzt erst mal nur um Sie, nicht um Ihre Ehe.“

„Interessiert meine Ehe Sie denn gar nicht?“

„Mich interessiert Ihr Herz. Mich interessiert der Mann, der Sie zu sein versucht haben, und der, der aus Ihnen geworden ist. Ich möchte Ihnen beistehen in dieser Zeit, aber ich kann nicht sagen, wie das Ganze ausgehen wird.“

„Das klingt ja nicht gerade so, als hätten Sie viel Hoffnung.“

„Gott bietet uns Hoffnung an, wenn wir uns ihm ganz ausliefern und alles an ihn abgeben. Er kann uns die Sünde nehmen, all unsere Kämpfe und den Schmerz und kann uns Heilung bringen. Er kann auch Ihnen Heilung schenken.“

„Ich glaube nicht, dass ich schon so weit bin, Herr Pastor.“

„Das verstehe ich. Ich biete Ihnen meine Begleitung an, wie lange es auch dauert. Es wird ein langer Weg, egal, was zwischen Ihnen und Rose geschieht.“

Nachdem der Pastor gegangen war, suchte sich Jed ein hübsches Plätzchen im Freien, spielte ein wenig Gitarre und dachte an Rose. In einem schwachen Moment wählte er ihre Nummer, ließ es ein paarmal klingeln und wollte gerade wieder auflegen, als Ray sich meldete.

„Hallo, Kumpel, was machst du gerade?“

„Arbeiten. Die Trauben sind bald reif.“

„Ich nehme an, deine Mom ist bei dir. Kann ich mit ihr reden?“

„Sie ist gerade beschäftigt“, antwortete Ray.

Das klang eingeübt. „Okay. Ich wollte nur mal hören, wie es euch geht. Alles gut?“

„Kommst du bald nach Hause? Zum Erntefest?“

„Wann ist das denn?“, fragte Jed.

Ray legte das Telefon aus der Hand, sprach mit jemandem und antwortete dann: „Am zwölften Oktober.“

Das war nur ein paar Tage nach ihrem Hochzeitstag, in der Zeit, in der sie sich kennengelernt hatten. „Okay. Ich komme“, sagte er und seine Gefühle gerieten in Aufruhr. Er hätte so gern mit Rose gesprochen, aber natürlich war ihm klar, dass er sie nicht drängen durfte. Er musste Geduld haben. Kleine Jungen stampften mit dem Fuß auf, um ihren Willen zu bekommen, aber erwachsene Männer konnten warten.

„Hey, pass auf, ich lasse dich jetzt mal lieber wieder arbeiten, okay? Ich hab dich lieb.“

„Ich hab dich auch lieb“, sagte Ray.

Obwohl Jed es nicht wollte, ging die Therapie weiter. Als das Zittern aufhörte, konnte er dann auch endlich verstehen, was gesagt wurde. Es gelang ihm, in ganzen Sätzen zu antworten, und er starrte nicht mehr nur vor sich hin. Es war demütigend, dort zu sein, schwach und verletzlich, aber es war trotzdem gut. Er war einer von vielen wackeligen Typen mit einem Drogenproblem. Ein Mann, der beinah an einer Überdosis gestorben wäre.

Er durfte jeden Tag ein, zwei Zigaretten im Freien rauchen, das beruhigte ihn etwas. Er hatte inzwischen schon so viel aufgegeben, und ihm war natürlich klar, dass auch Nikotin nicht gut für ihn war. Irgendwann würde er auch das Rauchen aufgeben. Er musste einfach.

Die Therapeuten waren begeistert, dass Jed seine Gitarre und ein Tagebuch mitgebracht hatte. Sie sagten, dass er seine Ideen, Gedanken und Gefühle darin festhalten solle. Und auf den Seiten schrieb er sich auch wirklich alles von der Seele, warf allerdings dadurch mehr Fragen auf, als er Antworten bekam. Warum hatte er so viele schlechte Entscheidungen getroffen, nachdem er so viele gute getroffen hatte? Bestrafte Gott ihn jetzt dafür? Gab es Gott überhaupt? Würde Rose ihn zurücknehmen? Und was sollte er in Bezug auf Shelby tun?

Sie hatte ihn auf diesen Weg bergab gebracht, und ihre Dämonen und Probleme waren in sein Leben herübergeschwappt. Was an ihr hatte ihn so zu ihr hingezogen? War es nur ihre sexuelle Ausstrahlung gewesen, ihre Augen, ihr Haar, einfach das Körperliche? Oder war da noch etwas anderes? Sie hatte ihn auf einen falschen Weg gebracht, aber er war ihr bereitwillig gefolgt.

Er hatte Rose die Schuld dafür gegeben, hatte sie für seine Untreue verantwortlich gemacht, und das war nicht fair gewesen. Klar, sie hätte sich tatsächlich mehr auf ihn einlassen können, aber es war ja trotzdem seine Entscheidung, ob er sich mit einer anderen Frau einließ oder nicht.

Irgendwann hatte Shelby ihm nach einem ausgiebigen Zechgelage von früher erzählt, als sie noch ein kleines Mädchen gewesen war. Männer hatten sie früh attraktiv gefunden und mit ihr geschlafen. Zuerst gegen ihren Willen, aber nach und nach war in ihr die verdrehte Wahrnehmung gewachsen, dass Sex sie zu etwas Besonderem machte, dass die Männer sie brauchten und begehrten – und die Musik war nur die Fortsetzung davon gewesen. Sie brauchte den Applaus und den Jubel der Menge. Beides gab ihr das Gefühl, begehrt und besonders zu sein. Aber eigentlich hatte sie sich immer gefragt, wie es wohl sein mochte, mit einem Mann zusammen zu sein, der sie wertschätzte, beschützte und wirklich liebte. Jed war so ein Mann für sie, das war klar. Und irgendwann war er sogar bereit gewesen, Rose zu verlassen und mit ihr zu gehen.

Hatte er deshalb die Überdosis geschluckt? Hatte Gott ihn vielleicht durch diesen Krankenhausaufenthalt vor sich selbst und seinen Entscheidungen gerettet?

Jed schrieb seine Gedanken nieder, und je mehr er sich dem stellte, was er getan hatte, desto deutlicher erkannte er, dass er beinahe alles verloren hatte. Er hatte nach etwas gegriffen, das er nicht festhalten konnte. Er hatte den Wind gejagt.

Als er eines Nachmittags an dem Refrain eines neuen Songs über die Vergeblichkeit des Jagens nach Wind arbeitete und eine seiner letzten Zigaretten rauchte, hörte er hinter sich eine vertraute Stimme.

„Neuer Song?“, fragte jemand.

Und als Jed sich umdrehte, stand Stan Russel in Hemd und Anzugjacke da.

„Hallo“, sagte Stan lachend. „Was geht ab, Bruder?“ Er ließ sich neben Jed auf der Bank nieder. „Schön hier. Das meine ich ganz ernst.“

„Was willst du, Stan?“

„Vielleicht wollte ich einfach sehen, wie es dir geht.“

„Ach, ist das so?“

Stan blickte ihn vielsagend an und sagte: „Also gut, eigentlich wollte ich dir etwas zeigen.“ Er holte ein Tablet aus der Tasche und hielt es Jed hin. „Hier, sieh dir das mal an.“

Es war eine Aufnahme von ihrem Konzert in Indianapolis, ein körniges, verwackeltes Video von dem Zwischenfall, bei dem Jed Shelby ihre Geige aus der Hand riss und auf dem Boden zertrümmerte. Scham und Schuldgefühle kamen wieder hoch und Jed musste sich abwenden. „Warum zeigst du mir das, Stan?“, fragte er.

„Es geht gar nicht um das Video. Das brauchst du dir nicht anzuschauen, aber guck mal, wie viele Klicks es hat.“

„Mir ist völlig egal, wie viele Klicks es hat.“

Stan räusperte sich und fuhr fort: „Aber das ist etwas, worauf wir aufbauen können.“ Er beugte sich vor und sah Jed intensiv in die Augen. Er sah ernst aus, aber auch ein bisschen berechnend. „Es ist eine Geschichte der Erlösung.“

„Das ist keine Erlösung, sondern die billige Ausschlachtung meiner Talfahrt.“

„Hör doch erst mal zu“, wandte Stan ein, und dann spielte er seinen Trumpf aus. „Die *American Roots Music Awards.* Du und Shelby, wenn ihr euren Mist nur mal für einen Moment außen vor lassen könntet. Zeigt der Welt eure gesunden, erlösten und therapierten Gesichter im Fernsehen. Bereit für ein Comeback."

Während Stan sprach, ließ Jed seinen Blick über das gepflegte Gelände der Einrichtung schweifen. Die Rasenflächen waren ordentlich gemäht, die Kanten geschnitten, alles war tipptopp, genau wie sein Leben. Nur dass es leider keinen Weg gab, das, was er aus seinem Leben gemacht hatte, wieder zurechtzumaniküren. Und eigentlich war ihm völlig klar, dass das kein Weg für ihn war. Aber Stan hatte gar nicht so unrecht. Vielleicht konnte etwas Gutes daraus entstehen. Vielleicht könnte dies der Beginn von etwas Gesundem sein.

„Wann ist das?"

„Am zwölften Oktober."

Jed lächelte. „Das geht nicht. Da habe ich schon was vor."

Stan seufzte, als hätte er das schon tausendmal gehört. „Dann musst du es eben verschieben."

„Ich habe es Ray versprochen."

„Ray? Welcher Ray?", fragte Stan, und als ihm sein Patzer bewusst wurde, sagte er schnell: „Ach ja, klar, dein Sohn. Komm schon, Mann. Hey, weißt du was? Ray will doch sicher eines Tages aufs College gehen. Ray will bestimmt, dass sich sein Dad rasiert und singt und ein Rockstar ist."

Irgendwie schaffte Stan es fast immer, Jed davon zu überzeugen, dass er recht hatte, und in der Regel war es auch wirklich so. Er hatte die Kraft und auch die Entschlossenheit, seine Vorstellungen durchzusetzen, und es war klar, dass zu dieser Vorstellung Jed und Shelby gehörten.

Stan senkte die Stimme und lehnte sich so weit zu Jed vor, dass der die erweiterten Pupillen des Managers sehen konnte. „Dir ist schon klar, dass das eine zweite Chance ist, oder? Es ist die Chance, alles hinter dir zu lassen. Die Entziehungskur, Rose und deinen Dad." Er ließ die Worte in der Luft hängen, und Jed stellte sich vor, wie gut es sich anfühlen würde, die Geister seiner Vergangenheit tatsächlich abschütteln zu können. Alle Fehler, den ganzen Mist einfach irgendwo entsorgen.

„Bist du dabei?“

Jed versuchte, klare Gedanken zu fassen, eine neue Seite in seinem Tagebuch aufzuschlagen. Vielleicht wäre das ja tatsächlich eine gute Möglichkeit, reinen Tisch zu machen, Shelby wiederzusehen, sich bei ihr zu entschuldigen. Alles in Ordnung zu bringen.

„Ich habe Ray versprochen, an dem Tag zum Erntefest aufs Weingut zu kommen.“

Stan lachte. „Zum Erntefest? Du lässt dir die Chance entgehen, vor Millionen von Menschen zu singen, um beim *Erntefest* aufzutreten?“

„Ich will gar nicht auftreten, sondern nur mit meiner Frau und meinem Sohn zusammen sein.“

„Mann, du musst das loslassen. Glaubst du denn im Ernst, sie nimmt dich zurück, nach allem, was du ihr angetan hast?“

„Ich weiß nicht, was sie tun wird, aber selbst wenn sie mich nicht wiedernimmt, will ich auf jeden Fall für meinen Sohn da sein.“

„Die Show fängt ziemlich früh an wegen der Zuschauer in der östlichen Zeitzone. Du und Shelby könntet schon ganz am Anfang auftreten, zwei Songs singen, und dann könntest du dich auf den Weg machen und wärest schon auf dem Weingut, bevor der Mond aufgeht.“

„Ich könnte einen neuen Song singen.“

„Das ist gut. Den, an dem du vorhin gearbeitet hast?“

„Ja. Er heißt ‚Chasing after the Wind‘.“

„Prima. Schick mir eine Aufnahme davon, und ich stelle die Band zusammen.“

„Wie geht es Shelby? Alles in Ordnung mit ihr?“

„Es geht ihr gut. Und dir ja auch. Sie sieht gut aus. Clean, verstehst du? Sie wird sich freuen, das mit dir zu machen.“

„Sie wird sich freuen, oder sie freut sich? Hast du schon mit ihr darüber gesprochen?“

„Nur kurz. Sie wäre jedenfalls dabei. Was sagst du, Jed?“

Kapitel 47

Shelby merkte, dass etwas anders war an Jeds neuem Song. Es lag nicht nur daran, dass er nur zur Gitarre sang, und auch nicht an der schwermütigen Melodie. Auch der etwas düstere und selbstanalytische Text war es nicht, in dem es darum ging, dass alles nur Haschen nach dem Wind ist. Nein, anders daran war, dass sein tiefstes Inneres darin zum Ausdruck kam. Das, was sie ganz am Anfang überhaupt erst zu seiner Musik hingezogen hatte. Es offenbarte einen tiefen inneren Schmerz, und ihr war sofort klar, dass sie mit ihrer Stimme und ihrer neuen Geige eine hervorragende Ergänzung bei diesem Song sein würde.

Stan hatte ihr die Geige in ihre Entzugsklinik schicken lassen. Sie sei von Jed, hatte er erklärt, und sie hatte ihm geglaubt. Im Grunde war ihre alte Geige unersetzlich gewesen, weil ... nun ja, das Instrument hatte ziemlich gute Zeiten miterlebt. Aber schon allein die Tatsache, dass Jed diese Geige für sie besorgt hatte, machte das Instrument kostbar.

Sie legte die CD ein und konzentrierte sich auf die Melodie. Dann setzte sie die Geige an, spielte das Intro mit und suchte sich die Stellen aus, wo sie in den Song einstimmen konnte. Beim zweiten Anhören spielte sie nicht mit, sondern achtete nur auf den Text, der sie irgendwie berührte. Sehnsucht, Reue, Hoffnung und das Gefühl, immer wieder auf Granit zu beißen. Ja, das alles war in dem Song enthalten. Sie war nur nicht sicher, wohin er Jed führen würde.

Das Lied endete mit einer langen Instrumentalpassage, die ideal für sie war. Perfekt fürs Fernsehen und perfekt für ihr Comeback.

Nach dem Abschluss ihrer Drogentherapie hatte sie Vivian angerufen und ihr mitgeteilt, dass sie ab sofort keine Pillen, Joints, Pulver und Alkohol mehr konsumieren würde. Sie sei jetzt clean. Vivian respektierte das und sagte, sie habe während Shelbys Therapie auch über ihr eigenes Leben nachgedacht. Auch sie habe ihren Drogenkonsum reduziert und würde sich nur noch halb so oft betrinken wie früher. Doch Shelby hatte das Gefühl, dass es nicht so bleiben würde.

In der Entzugsklinik hatte man ihr gesagt, es gebe nur ganz oder gar nicht. Es sei nicht möglich, nur ab und zu ein bisschen zu trinken oder Drogen zu nehmen, weil man dann unweigerlich einen Rückfall hätte, schon bald wieder ganz unten sei und sich fragen würde, wie um Himmels willen man dort hingekommen sei.

Jed erging es vermutlich nicht anders, und sie hoffte, ja sie betete, dass er in Bezug auf sie genauso dachte. Ein Blick von ihm würde ausreichen, um etwas ganz Neues zu beginnen, etwas Frisches und Gutes. So wie es damals bei seinem Vater mit seiner zweiten Frau gewesen war. Sie hatte schon alles geplant: Er würde zu ihr zurückkommen und mit ihr leben, und nach seiner Scheidung würden sie heiraten. Er würde Rose natürlich Unterhalt zahlen müssen, aber gemeinsam würden sie diese finanzielle Belastung schon schultern.

Für die Aufzeichnung der Show am 12. Oktober war mittags eine Probe angesetzt. Es war das erste Mal seit Wochen, dass Shelby Jed sah, und er sah gut aus. Der lange, dichte Bart war einem Dreitagebart gewichen, und auch das Haar trug er kürzer. Aber er wirkte um Jahre gealtert.

Shelby ging auf ihn zu und sagte: „Hallo."

„Hallo. Bist du sicher, dass du dich mit diesem Ding in meine Nähe trauen willst?", fragte er und deutete lächelnd auf die Geige.

„Ich vertraue dir, Jed", antwortete sie darauf. „In allem."

Er wandte sich an die Band und sagte: „Kommt, lasst uns den neuen Song mal durchspielen."

Sie fingen an, und der Sound war unglaublich. Als würde man ein Kaninchen aus dem Hut zaubern, als würde man aus dem Nichts etwas schaffen. Es war ein Song, den noch niemand kannte, aber die Band erweckte ihn auf eine Art zum Leben, dass Shelby eine Gänsehaut bekam. Sie spielte das Outro und dann gleich die Überleitung zu „The Song“.

Doch nach ein paar Akkorden winkte Jed ab. „Das haben wir oft genug gespielt. Hey, das klang prima, Leute. Richtig gut.“

Die Bandmitglieder umringten ihn, und bevor Shelby wusste, wie ihr geschah, war Jed schon wieder mit dem Produktionsteam verschwunden, das hinter der Bühne ein Interview mit ihm machen wollte, das dann vor ihrem Auftritt auf der großen Saalleinwand ausgestrahlt werden sollte. Als sie später interviewt wurde, war Jed schon weg.

„Wie haben Sie damals Jeds gewalttätigen Ausbruch auf der Bühne erlebt und wie haben Sie reagiert?“

„Wir waren alle wegen der langen Tour gefühls- und auch kräftemäßig ziemlich am Ende“, antwortete sie. „Ich bin zu dem Zeitpunkt schon wegen eines abgebrochenen Fingernagels in Tränen ausgebrochen. Aber dieses Instrument war wie ein guter Freund für mich. An dem Abend damals habe ich gleich zwei Freunde verloren.“

„Ja, wir haben davon gehört, und auch Jed hat uns gerade ein wenig davon erzählt.“

„Und was hat er gesagt?“

„Dass er Sie angegriffen und geschubst hätte.“

„Ja, das stimmt. Und ich habe Stan eine verpasst, als er dazwischengehen wollte. Doch das liegt jetzt alles hinter uns.“

„Was liegt hinter Ihnen?“

„Na, der Abend und alles, was dazu geführt hat. Die Drogen, der Alkohol.“

„Ihre Affäre?“

Shelby schaute die Interviewerin verlegen an und sagte: „Ich werde Jed immer lieben. Seine Musik. Sein großes Herz. Wie es jetzt weitergeht, weiß ich nicht, aber ich bin nicht auf Rache aus. Dazu ist das Leben zu kurz. Ich will Frieden mit meinen Dämonen schließen und weitergehen."

„Jed hat gesagt, dass seine Beziehung zu Gott durch all das tiefer geworden sei. Würden Sie das auch von sich sagen?"

Mit gesenktem Blick antwortete sie: „Nein, das kann ich nicht behaupten. Ich habe viele Fragen in Bezug auf Gott, falls es ihn überhaupt gibt. Aber ich akzeptiere es auf jeden Fall, wenn Jed oder andere Menschen an ihn glauben. Wenn das ihm oder jemand anderem hilft, freut mich das."

Die Interviewerin schaute auf die Notizen auf ihrem Tablet und scrollte weiter nach unten. Schließlich blickte sie wieder auf und fragte: „Möchten Sie sonst noch etwas sagen, Shelby?"

„Es tut mir leid, wenn ich durch mein Verhalten andere Menschen verletzt habe. Das war nicht meine Absicht. Ich wünsche mir sehr, dass dies für mich der Beginn eines neuen Lebensabschnitts ist, der Anfang von etwas Gutem für mich und die Menschen, die mir wichtig sind." Und dann schaute sie direkt in die Kamera und sagte: „Danke, dass ihr mich nicht aufgegeben habt. Das bedeutet mir sehr viel."

Shelby stand hinter dem roten Samtvorhang und wartete auf ihren Auftritt. Irgendwann kam auch Jed und hörte sich die Darbietungen der Künstler an, die vor ihnen an der Reihe waren. Er drehte etwas in seiner Hand – ob es ein Ring war?

Ihr Herz schlug schneller. Vielleicht war ihm ja inzwischen klar geworden, wie wichtig sie für ihn war. Vielleicht wollte er ihr auf der Bühne einen Antrag machen. Aber nein, das war zu abwegig, um daran überhaupt einen Gedanken zu verschwenden. Während sie ihn beobachtete, war sie von Liebe zu ihm erfüllt und erinnerte sich an die gemeinsame Zeit. Auch wenn sie meistens benebelt gewesen waren von irgendwelchen Drogen oder Alkohol, war es doch eine schöne Zeit gewesen, und allein ihn zu sehen entfachte wieder neue Hoffnung in ihr.

Lächelnd ging sie auf ihn zu und fragte: „Bist du bereit?"

Er schüttelte den Kopf. „Wir werden sehen."

Es war so lange her, dass er ohne die Hilfe von Tabletten vor einem Publikum gestanden hatte, und Shelby fragte sich plötzlich, ob er es schaffen würde.

„Du siehst richtig gut aus“, sagte sie.

„Danke. Du auch. Gesund.“

„Danke. Und der Song, den du geschrieben hast ... er macht etwas mit mir, weißt du. Ich weiß, dass du keinen Hit schreiben wolltest. Er ist einfach so aus dir herausgekommen. Das ist so bei den wirklich guten Songs, oder? Sie fliegen dir zu, oder du findest sie einfach.“

„Die guten Songs finden dich“, erwiderte Jed. „Ich verstehe es zwar nicht, aber es ist so.“

„Glaubst du immer noch, dass sie dir geschenkt werden?“

Er nickte. „Oh ja. Ich habe nichts getan, womit ich diesen Song verdient hätte. Oder die anderen.“

Ihr Blick blieb an dem Ring in seiner Hand hängen, und sie fragte sich, wie er sich wohl an ihrem Finger anfühlen würde. „Jed, ich wusste damals, wie dich das Ganze gequält hat, und ich habe gedacht, wenn sie Bescheid wüsste, dann wäre es vorbei, und wir könnten ohne diese ständigen Schuldgefühle zusammen sein und du hättest wieder deinen Frieden.“

Jed schaute hinaus ins Publikum, auf die Lichter, die Kameras und die Sängerin auf der Bühne. Zu Shelbys Erklärung sagte er nichts, und sie redete weiter, während sie in sich hineinhorchte, ob ihr Bauchgefühl ihr bestätigte, was sie sich erhoffte.

Sie nahm seine Hand und sagte: „Wir haben eine Chance für einen Neuanfang. Die Chance, alles richtig zu machen, verstehst du?“

Er reagierte immer noch nicht, drückte auch ihre Hand nicht, sondern lächelte nur traurig. Der Song der Künstlerin vor ihnen war jetzt zu Ende.

„Und los geht’s“, sagte er.

Shelby ging voran, die Leute von der Band nahmen ihre Plätze ein, und das Publikum applaudierte. Auf der Leinwand lief ein Video – der Zwischenfall in Indianapolis wurde gezeigt und dann die Interviews mit Jed und Shelby. Anschließend wurden sie angekündigt. Die Zuhörer hockten gespannt auf ihren Stuhlkanten, als Jed mit dem schwermütigen Intro zu „Chasing after the Wind" begann.

Shelby stimmte ein, lächelte in die Kameras und lächelte die Leute an, die sie in der ersten Reihe erkennen konnte. Die Gitarre, ihre Geige, die Mandoline und die anderen Instrumente harmonierten perfekt, und ihre Musik hatte etwas Atemloses, als würden die Leute auf sie warten und sie mit ihrer Willenskraft weiterziehen. Denn darum geht es doch schließlich im Leben – darum, dass man hinfällt und wieder aufsteht und weitermacht. Ihre Geschichte war die Tausender Menschen, die auf die eine oder andere Art so tief gesunken waren, dass es nicht mehr tiefer ging. Abgewrackte Sportler, die ein Comeback wagten, Politiker, die Wahlen verloren hatten und noch einmal kandidierten – das waren doch die Geschichten, die den Leuten gefielen, weil sie sich genau das auch für ihr eigenes Leben wünschten. Und während Jed seine Ode an sein eigenes Versagen sang, spürte Shelby, wie das Leben sie durchströmte, und sie sah schon vor sich, wie es sein könnte.

Doch in jedem guten Song gibt es eine Wende, und das war auch bei diesem so. Das merkte sie, als sie in der Mitte des Songs angekommen waren und Jed mit Tränen in den Augen zum obersten Rang hinaufsah, oder vielleicht auch zu etwas, das noch dahinter lag. Das waren keine Showtränen, sondern echte – als würde in seinem Inneren etwas aufgehen. Die Kamera zoomte dicht an sein Gesicht heran, und als Shelby auf die Leinwand schaute, brach ihr Herz, denn in dem Moment wusste sie, dass er die Tränen nicht ihretwegen weinte.

Und dann steigerte sich seine Stimme zu einem Crescendo, als er sang: *„Why should I be if nothing has made me? All that I've done will flame out with the sun …"*

Er schrie jetzt, als wollte er bis zu den Sternen hinauf brüllen. Die Adern an seinem Hals traten hervor, und in seinem

Gesicht spiegelte sich der Druck wider, der sich in seinem Inneren aufbaute. „*Why should I sing if nothing has meaning?*“

Wie auf ein Stichwort hörte die Band auf zu spielen, und Shelby wollte den Bogen über die Saiten streichen und einen Ton spielen, aber sie konnte nur Jed anstarren. Das Publikum saß völlig reglos, starrte gebannt auf die Bühne, während die Kamera eine beinah schon peinlich große Nahaufnahme von Jeds Gesicht zeigte.

Sie entdeckte Stan im Publikum, der ihr ein Zeichen machte, neu anzusetzen – jedenfalls irgendetwas zu tun. Und so stimmte sie „The Song“ an, wie sie es schon tausendmal getan hatte, und die Stille wurde von der wunderschönen, eindringlichen Melodie dieses Songs durchbrochen. Sie schloss die Augen und ließ die Musik durch ihre Finger fließen, hoffte, dass sie den Leerraum füllen würde, den Jed mit seiner Stimme geschaffen hatte.

Sie hatten gerade erst angefangen, als Jed abwinkte und sich mit der Hand über den Hals fuhr. Nacheinander hörten die Instrumente auf zu spielen, und Jed, dessen Blick an ein Reh vor einem Autoscheinwerfer erinnerte, wankte zum Mikrofon. Man hätte meinen können, er wäre high, und vielleicht fragten sich die Leute, ob es so war, aber Shelby wusste es besser. Sie hatte Jed noch nie so nüchtern erlebt.

„Wisst ihr, wenn man im Scheinwerferlicht steht, dann kann man die Sterne nicht sehen“, sagte er mit tief bewegter Stimme, und ihm war anzumerken, dass der Schmerz tief aus seinem Inneren nach oben kam. „Man vergisst so manches. Man vergisst, dass jemand die Sterne an den Himmel gestellt hat, dass jemand einen so sehr liebt, dass er für einen gestorben ist. Das ist die Art von Liebe, für die es sich lohnt, Lieder zu singen, die Art von Liebe, die das Leben lebenswert macht. Aber ich habe sie weggeworfen. Weil ich ein Idiot bin. Und das tut mir leid.“

Er schüttelte den Kopf, und im Publikum herrschte eine wahrhaft ohrenbetäubende Stille. Shelby konnte nur erahnen, was in den Wohnzimmern im ganzen Land los war, wo die

Menschen sich die Show anschauten. Es war, als wäre die Zeit stehen geblieben. Und dann stand Jed plötzlich vor ihr. Der Moment, in dem er ihr einen Heiratsantrag hätte machen sollen, wurde jetzt zum schlimmsten ihres Lebens.

„Du hast recht, Shelby“, sagte Jed. „Wir haben jetzt die Chance, das Richtige zu tun.“

Shelbys Herz schlug zum Zerspringen. Sie versuchte, ruhiger zu werden und möglichst gelassen zu klingen, als sie sagte: „Glaubst du im Ernst, sie nimmt dich wieder zurück?“

„Wie auch immer, das hier ist der Abschied.“

Und mit diesen Worten ging er nicht nach hinten von der Bühne ab, sondern nach vorn über die breite Treppe ins Publikum. Shelby sah ihm hinterher, wie er mit großen, federnden Schritten durch den Saal ging, und sie wusste, dass sie ihn nie wiedersehen würde.

Kapitel 48

Für Jed fühlte es sich an, als hätte er gerade eine Last von tausend Kilo abgeworfen. Er hatte während der laufenden Übertragung den Saal verlassen, und es war ihm vollkommen egal, was die Leute tuschelten, als er an ihnen vorbeiging. Zum ersten Mal in seinem Leben empfand er echte Freiheit; nicht die Art, die einem von einer anderen Person eingeräumt wird, sondern eine, die einen innerlich dazu befähigt, das zu tun, was man tun will und tun muss.

Als er in die Halle vor dem Saal trat, schaute er auf die Uhr und lächelte. Wenn er sich beeilte, konnte er auf dem Weingut sein, bevor der Auftritt der Band beim Erntefest zu Ende war. Dann würde er Ray schnappen und ihn in die Luft werfen, und er könnte Rose anschauen und ihr sagen, was er getan hatte. Dass der alte Jed tot und der neue lebendig geworden war.

Er war gerade dabei, sich zurechtzulegen, was er zu ihr sagen wollte, als Stan ihn einholte. „Bleib stehen, Jed. Das kannst du nicht machen."

„Doch, kann ich. Du hast es doch gerade gesehen."

„Ist dir eigentlich klar, was du aufgibst?"

„Nichts, was wirklich wichtig wäre."

Stan packte ihn am Arm, wedelte mit dem Programmheft vor seiner Nase herum und sagte: „Eins sage ich dir: Wenn du durch diese Tür gehst, verlange ich Schadensersatz von dir für jedes Konzert, das abgesagt werden muss."

Jed lächelte nur. In den vergangenen Jahren war das, was Stan sagte, in seinem Leben fast allmächtig geworden, aber jetzt merkte er, dass der Mann nichts anderes war als ein zahnloser Tiger. „Ich weiß. Nur zu", sagte er deshalb nur, legte ihm eine

Hand auf die Schulter und hatte plötzlich Mitleid mit ihm. „Es ist doch nur Geld, Stan."

Dann tätschelte er noch kurz Stans Wange und ging davon. „Ich habe schon Schlimmeres verloren."

Auf der Fahrt zum Weingut kurbelte er das Fenster herunter und steckte den Kopf nach draußen in die kühle Abendluft. Er fuhr schneller als erlaubt und hoffte, dass er nicht angehalten wurde.

Seine Gedanken drehten sich um Rose und Ray und ihr ungeborenes Kind. Wie würden sie es nennen? Leah? Stephanie? Nein, Lily. Nach Roses Mutter. Lily Shepherd King. Er konnte es kaum erwarten, Rose zu sehen und ihr alles zu erzählen, was in seinem Inneren aufgebrochen war. Er würde ihr sagen, wie leid ihm alles tat. Er würde ihr sagen, wie falsch er gelegen hatte. Und er würde ihr die Ringe wieder anstecken, die sie ihm zurückgegeben hatte. Dann würde sie weinen, wie damals an dem Abend, als er ihr den Heiratsantrag gemacht hatte. Und alles würde wieder so werden wie früher. Sie würden ihre Tage und Nächte wieder gemeinsam verbringen und wieder ein Team sein.

Doch ihm war klar, dass das nur ein Traum war. In der wirklichen Welt, in der es um echte Herzen ging, wurde nicht so ohne Weiteres Vergebung gewährt. Was würde er tun, wenn sie ihm einfach nur eine reinhaute? Oder wegrannte?

„Oh Gott, bitte gib mir Weisheit", flüsterte er. „Noch einmal bitte ich darum, und ich verspreche dir, dass ich sie dieses Mal nicht vergeuden werde."

Er fuhr am Ortsschild von Sharon vorbei, gab noch einmal Gas und bog dann auf den Weg zum hell erleuchteten Weingut ab. Ihm schlug das Herz bis zum Hals, als er den Wagen abstellte. Auf der Bühne spielte die Band, und er musste lächeln. Er ließ seinen Blick über die Menschen und die unterschiedlichen Stände schweifen und hatte das Gefühl, nach Hause zu kommen. Am liebsten hätte er den Zuckerwatteverkäufer umarmt und ihm gedankt, doch in dem Moment sah er seinen Sohn und rief ihn.

„Dad!“, rief Ray und rannte ihm in die Arme. Wie leicht es war, ihn hochzuheben, ihn zu halten und ihn anzusehen.

„Ich hab dich so vermisst!“, sagte Jed.

„Du kommst aber spät“, wandte Ray ein.

„Ich weiß. Es tut mir leid, aber jetzt bin ich ja da, nicht?“

„Ja.“

„Wo ist deine Mom?“

Ray zeigte mit dem Finger zu einem der Stände und sagte: „Sie ist da drüben bei den Weinleuten.“

Jed lachte. „Also bei den Weinleuten. Ich gehe rüber und rede kurz mit ihr, ja?“

„Okay“, antwortete Ray.

„Ich hab dich lieb. Das weißt du doch, oder?“

Ray umarmte ihn, und er drückte seinem Sohn einen dicken Kuss auf die Wange. Er war wieder zu Hause, und es war, als würde ihm ein Stein vom Herzen fallen und seine Vergangenheit läge jetzt wirklich hinter ihm. Nur die Narben waren noch zu sehen. Doch das größte Hindernis lag noch vor ihm. Kinder umarmen und vergeben schnell, weil ihre Herzen größer sind als ihre Hände, aber Erwachsenen fällt es schwerer, die Vergangenheit loszulassen.

„Bis gleich, okay?“, sagte er, stellte Ray wieder auf den Boden und sah ihm nach, wie er davonrannte.

Als er Rose sah, musste er lächeln. Es war genau wie beim ersten Mal, als er sie gesehen hatte, genau hier, in der kühlen Herbstluft zwischen den Heuballen und Liebesäpfeln und Weinproben. Sie hatte ihm damals den Atem geraubt, und als er jetzt sah, wie schön sie als Schwangere war, hätte er am liebsten die Zeit zurückgedreht und die vergangenen paar Monate wiederholt – und diesmal alles besser gemacht. Aber man konnte nun mal die Uhr nicht zurückdrehen.

Jed ging zur Musik der Bluegrassband auf sie zu. Es war ein klarer, sauberer Klang, und die Mandoline setzte genau in dem

Moment ein, als sich ihre Blicke trafen. Sie entschuldigte sich bei den Leuten, mit denen sie sich unterhielt, und kam an den Kürbissen und Maiskolben vorbei zu ihm. Sein Gesicht war noch kalt von der Autofahrt, und vermutlich war seine Nase gerötet.

Ihm kamen die Tränen, als er sie sah, aber das hatte nichts mit der Kälte zu tun. „Rose", sagte er nur, und es klang wie ein Gebet, wie eine Einladung.

„Was machst du denn hier?", fragte sie verwirrt. „Ich dachte, du hättest heute Abend einen Auftritt."

„Ich liebe dich", sagte er. Er fing ihren Blick ein, hielt ihn fest und wiederholte es: „Ich liebe dich."

Sie drehte sich weg und sagte mit angespannter Miene: „Jed, hör auf. Hör einfach auf."

„Das habe ich", erklärte er. „Ich habe Schluss gemacht. Hab alles hingeschmissen. Heute Abend. Ich habe auf der Bühne gestanden und bin einfach weggegangen, weil es nicht das ist, was ich will. Ich will dich."

Er legte alles Gefühl in seine Worte, alle Entschlossenheit, Kraft und Sehnsucht, die in ihm waren. Er sagte es von Herzen, und dieses Herz war frei von allem, was ihn versklavt hatte.

Aber er bekam nicht die erhoffte Antwort.

„Du hast deine Chance gehabt, Jed." Das klang so endgültig wie das Amen nach einem Gebet: So sei es. Und dann drehte sie sich um und ging davon.

„Rose", sagte er, doch sie war schon fort, und ihm blieb nichts anderes übrig, als sie weggehen zu sehen.

Ein Mann, der einsam ist, kann in tiefe Verzweiflung stürzen, das hatte er selbst schon erlebt. Aber als er ihr jetzt hinterherschaute, schickte er ein Gebet gen Himmel: „Oh Gott, ich habe dich um Weisheit gebeten. Bitte gib sie mir jetzt."

Es war ein Stoßgebet, und er hatte es kaum ausgesprochen, da schaute er zu der Band auf der Bühne hinüber und wusste, was er zu tun hatte.

Kapitel 49

Rose konnte nicht fassen, dass Jed es wagte, so spät noch auf dem Fest aufzutauchen, nachdem er Ray versprochen hatte zu kommen und sein Versprechen dann doch wieder wegen irgendeiner Show gebrochen hatte. Wahrscheinlich hatte Stan das eingefädelt, und die Verlockung einer nüchternen Shelby war zu groß gewesen. Sollte er doch ruhig seiner Wege gehen, und zwar möglichst weit weg. Was sie anging, sie hatte nicht mehr vor, ihn zur Vernunft zu bringen. Irgendwann war das Maß voll.

Aber dass er jetzt hier auftauchte, nur wenige Tage nach ihrem Hochzeitstag, das gab ihr den Rest. Sie hatte den Tag allein begangen. Nachdem sie am Abend Ray ins Bett gebracht hatte, hatte sie sich ein Glas Traubensaft eingeschenkt, weil sie wegen der Schwangerschaft keinen Wein trank, hatte Feuer im Kamin gemacht und sich in den Schlaf geweint. Wo war er an dem Abend gewesen? Warum hatte er nicht an diesem Tag kommen können?

Jed sah gut aus, das musste sie zugeben. Er hatte sich rasiert und die Haare schneiden lassen und war rein äußerlich wieder ganz der alte Jed, in den sie sich verliebt hatte. Der Jed, den sie hier beim Erntefest kennengelernt hatte. Der Jed, dem gegenüber ihr Dad so misstrauisch gewesen war, und das, wie sie jetzt wusste, aus gutem Grund.

Er hatte gesagt, dass er sie liebe, dass er sein altes Leben aufgegeben habe, der Musik und dem Reisen und dem Geld den Rücken gekehrt. Wie ein kleiner Junge, der seiner Mutter einen Sandkuchen zeigt, den er im Sandkasten gebacken hat. Was sollte Rose damit anfangen? Ihm auf die Schulter klopfen und ihm sagen, dass er ein braver Junge war, weil er eine Therapie gemacht hatte? Ihm dazu gratulieren, dass er so erwachsen geworden war, und ihn mit offenen Armen wieder aufnehmen, ohne sich zu fragen, ob er nicht doch wieder zu seinem alten Leben zurückkehren würde? In Shelbys Arme?

Sie schüttelte den Kopf und ging zurück zu den Leuten, die beim Weinkauf beraten werden wollten. Sie hatte ihnen von der 1995er-Ernte erzählt, von dem Syrah aus den tiefroten Trauben. Es war einer ihrer besten Jahrgänge. Ihr Dad hatte gesagt, es würde keinen besseren geben.

Doch plötzlich schaute eine der Frauen sie irgendwie merkwürdig an. Sie unterbrach Rose und zeigte zur Bühne. „Ist das der, für den ich ihn halte?“

Rose drehte sich um, als die Band ihr Instrumentalstück beendete. Jed war auf der Bühne und lieh sich von einem der Musiker aus der Band die Gitarre aus. Das war doch nicht zu fassen! Wie konnte er es wagen, einfach das Konzert zu unterbrechen? Wie konnte er es wagen, das ganze Fest an sich zu reißen?

Sie kochte innerlich, als sie nach vorn zur Bühne schritt. „Jed, komm sofort von der Bühne herunter“, rief sie und zeigte neben sich auf den Boden, als wäre er ein schmutziger Köter, der verbotenerweise auf ihre gute Ledercouch gesprungen war.

„Ich möchte ein Lied für dich spielen, Rose“, sagte Jed ins Mikrofon, und seine Stimme hallte über das ganze Weingut. „In Ordnung? Ich wollte es die ganze Zeit singen, aber ich konnte es nicht, weil ich dabei immer an dich denken muss.“

Bestimmt meinte er „The Song“, das Lied, das er für sie geschrieben hatte und durch das er berühmt geworden war. Das Lied, das sie wirklich nicht mehr hören konnte. „Ich kenne es“, sagte sie. „Alle kennen es.“

„Aber nicht so“, widersprach er. „Bitte.“

Die Grillen und Frösche sangen ihr Abendlied, und die Zuhörer waren mucksmäuschenstill. Sogar die Band blieb stumm.

„Nein“, sagte sie und hoffte, dass damit wirklich endgültig alles gesagt war und er das auch begriff.

Sie machte auf dem Absatz kehrt und ging weg. Dabei hatte sie das Gefühl, etwas Wichtiges für sich selbst zu tun und für ihre Familie, das Weingut, für Ray, ihre ungeborene Tochter und für ihre eigene Würde.

Und dann hörte sie seine Stimme, leise zuerst, als würde er ihr etwas ins Ohr flüstern: „*To everything, turn, turn, turn, there is a season, turn, turn, turn, and a time to every purpose under heaven ...*"

Rose blieb wie angewurzelt stehen, konnte sich aber nicht umdrehen. Das Lied, von dem sie bei ihrer ersten Begegnung gesprochen hatte. Sie liebte dieses Lied, und das hatte er nicht vergessen.

„*A time to be born, a time to die, a time to plant, a time to reap, a time to kill, a time to heal, a time to laugh, a time to weep ...*"

Ganz langsam drehte sie sich um und sah ihn an. Ihre Augen füllten sich mit Tränen. Sie hätte ihre Gefühle in diesem Moment gern unter Kontrolle gehabt, sodass man ihr nicht angemerkt hätte, dass in ihrem Inneren alle Dämme zu brechen drohten.

Die Band stimmte jetzt ein und spielte das Intro zu dem alten Song, den sie kannte, nur etwas schneller, etwas rhythmischer und aussagestärker. Jed ließ sich mitreißen und sang noch lauter und ausdrucksstärker:

„*To everything, turn, turn, turn, there ist a season, turn, turn, turn ... A time to dance, a time to mourn ... A time to cast away stones. A time to gather stones together ...*"

Während Jed sang, erinnerte sich Rose an all das, was sie gemeinsam getan hatten ... wie sie getanzt und getrauert und Steine zum Titschen gesammelt hatten. Alles in ihr beschwor sie, die Beine in die Hand zu nehmen und vor Jed davonzulaufen, so schnell sie konnte, aus Angst, was passieren konnte, wenn sie sich wieder auf ihn einließ und er dann wieder abstürzte. Doch je länger er sang, desto klarer wurde, dass er das Lied nicht nach Noten sang, sondern es direkt aus seinem Herzen kam.

Die Band spielte jetzt schneller und Jed lachte beim Singen, und es war, als würde Wein über die Zuschauer geschüttet. Die Musik war pure Lebensfreude, und jeder der Musiker erfüllte seinen Part.

Jed beendete das Lied mit den Worten: „*... a time for peace, Rose, it's not too late ...*"

Vor vielen Jahren hatte er einen Song über Eddie benutzt, um ihr Herz zu erobern, und jetzt stand er wieder hier und schickte wieder einen üblen Typen in die Wüste, um sie zu erobern – nämlich sich selbst.

Die Band spielte die letzten Akkorde, als Jed von der Bühne sprang und auf Rose zukam, die weinte und den Kopf schüttelte. „Verzeih mir", sagte er leise, und auch er hatte Tränen in den Augen. „Dich zu heiraten war das einzig Kluge, was ich je getan habe. Du bist genug. Du bist ein Geschenk Gottes."

Er hielt ihr die Hand hin, in der ihr Verlobungsring und der Ehering lagen, die sie ihm zurückgegeben hatte. Als sie die beiden Kreise sah, die weder Anfang noch Ende hatten, konnte sie nicht mehr und fing an, leise zu schluchzen.

„Alles, was ich will, ist, dein Ehemann zu sein", sagte er. „Und unsere Kinder großzuziehen." Er hielt inne, bis sie ihn ansah, und dann sagte er voller tiefem Gefühl: „Ich werde dich nie wieder verlassen."

Und plötzlich war ihr nicht mehr so kalt.

„Ich werde keinen einzigen Ton mehr singen, wenn du nicht da bist, um ihn zu hören. Bitte verzeih mir."

„Das wird ziemlich lange dauern", sagte sie leise.

„Ich habe gerade meinen Terminplan gecancelt. Und zwar für immer."

Er lächelte, während Rose den Blick senkte und unter Tränen lachte. Ganz sanft umfasste er ihr Kinn, hob ihren Kopf an, sodass sie ihn ansehen musste, und sagte: „Und wenn es ewig dauert, ich werde hier sein. Für immer."

Dann nahm er sie in die Arme und küsste sie auf die Wange, und sie schlang ihre Arme um ihn und hielt ihn fest, als gäbe es kein Morgen. Und was sie betraf, gab es tatsächlich kein Morgen, sondern nur diesen Moment. Hier. Jetzt. Diesen einen Schritt, ihn wieder zu Hause zu begrüßen und ihm zu vergeben. Und als sie in seinen Armen lag, dachte Rose: *Ist es nicht seltsam, was ein Lied in einem gebrochenen Herzen bewirken kann?*

Kapitel 50

Eine Baseballkappe tief in die Stirn gezogen betrat Shelby Bale ein dämmeriges Tattoostudio in Nashville und zeigte dem Tätowierer das Motiv, das sie sich stechen lassen wollte.

„Das wird aber ziemlich wehtun", sagte er. „Knöchel sind am schlimmsten."

„Na, so wie Sie aussehen, müssen Sie es ja wissen. Bei Ihnen gibt es ja keine freie Stelle mehr."

„Ach, ein kleines Stückchen Leinwand habe ich noch frei", entgegnete er lächelnd.

„Es wird das erste Mal sein, dass ich wirklich mitbekomme, wie ich tätowiert werde. Fangen wir also an."

Er desinfizierte achselzuckend die Stelle und zeichnete dann das Motiv vor. Sie lehnte sich zurück und schloss die Augen.

„Was bedeutet das eigentlich?", fragte der Mann.

„Was?"

„Die Krone, die Sie sich ausgesucht haben. Die hat doch sicher eine Bedeutung, oder?"

„Ich fand sie einfach passend. Besser als ein Bild in einem Fotoalbum."

„Das verstehe ich nicht."

„Ich hätte auch ein Foto von ihm machen und es auf meinen Nachttisch stellen können, aber Fotos töten Erinnerungen."

Der Mann blickte von seiner Arbeit auf und begriff, wer sie war. „Ach, es geht um diesen King, richtig? Sie sind die Geigenspielerin, oder?"

Sie legte nur den Zeigefinger auf ihre Lippen und sagte: „Wenn Sie es für sich behalten, bekommen Sie ein schönes, fettes Trinkgeld."

Er steckte einen imaginären Schlüssel an seinen Mund, schloss ab und fragte: „Singen Sie noch?"

„Ja, ab und zu. Ich bin gerade auf der Suche nach einem neuen Manager, der meine Karriere wieder in Schwung bringt. Sie wissen schon, wenn das Leben dir Zitronen gibt, mach Limonade draus und so."

„Was ist mit ihm, diesem King? Was macht er jetzt?"

Sie zuckte mit den Achseln und antwortete: „Er hat Familie. Eine Frau. Zwei Kinder. Es geht ihm gut. Er ist noch clean."

„Das ist gut für ihn. Glauben Sie, dass Sie beide irgendwann wieder zusammen auftreten?"

„Das bezweifle ich", erwiderte sie.

Die Vorbereitungen waren abgeschlossen, und er griff zur Nadel. „Bereuen Sie es? Das, was man in der Regenbogenpresse so lesen konnte?"

„Ich mag das Wort nicht. Bereuen ist wie ...", sagte sie und beendete den Satz nicht. Doch dann fuhr sie fort: „Na ja. Vielleicht das eine oder andere."

Er nickte, stach die Nadel in ihre Haut, und sie schloss die Augen. Wieder sah sie Jeds Gesicht vor sich. Das letzte Lied, das sie zusammen gesungen hatten. Die Tränen in seinen Augen. Wie er von der Bühne gegangen war und sich nicht mehr umgedreht hatte. Und dieses Lied, in dem es darum ging, den Wind einzufangen – irgendwie wurde sie die Melodie und den Text nicht wieder los. Und das ging ihr im Grunde bei all seinen Songs so.

„Hey, hören Sie auf", sagte sie plötzlich.

„Wollen Sie etwas gegen die Schmerzen?"

Shelby stand vom Stuhl auf und zog ihren Schuh wieder an. „Nein, es geht nicht mehr um die Schmerzen."

„Was? Wollen Sie denn die Krone jetzt doch nicht mehr?"

Sie nahm 20 Dollar aus ihrer Gesäßtasche, gab sie ihm und sagte: „Ich glaube, die brauche ich nicht mehr", und ging hinaus in die Dunkelheit. Doch über ihr funkelten die Sterne am Himmel verstreut wie Konfetti.

Epilog

Jed stieg mit einem Eimer Farbe auf das Dach der Kapelle, um das Kreuz fertigzustreichen. Sein Blick wanderte über den Weinberg hin zu den beiden Kreuzen, die nebeneinander in der Nähe des Teiches standen, und er musste an den alten Hund denken, der dort unter einem Baum lag. So vieles war begraben worden, aber vieles war auch noch da. Die Pflanzen, die jetzt im Winterschlaf lagen, machten sich bereit, zu neuem Leben zu erwachen.

Die Kapelle war ein Versprechen an Rose gewesen, das er erfüllen konnte. Ein Mann, der Ehebruch begeht, kann seine Sünde niemals ungeschehen machen. Aber Gott schenkte Vergebung, und er hoffte, dass auch Rose ihm eines Tages ganz würde vergeben können. Das brauchte Zeit. Sehr viel Zeit. Aber er konnte warten, bis sie innerlich heil wurde und ihre Umarmung wirklich von Herzen kam. Ein Mann, der seine Frau dermaßen tief verletzt hatte, konnte jetzt auch zuhören, lieben und abwarten. Und was blieb ihm auch anderes übrig?

Wenn das Vertrauen zerstört ist, dauert es eben seine Zeit, bis es wieder aufgebaut ist. Darauf hatte Pastor Bingham ihn bei ihrem ersten Therapiegespräch deutlich hingewiesen. Und es stimmte: Alte Wunden schwärten und brachen in den seltsamsten Momenten auf, aber ganz allmählich öffnete sich Rose ihm wieder. Vielleicht schenkte Gott Jed ja nun, worum er vor so langer Zeit gebeten hatte – Weisheit.

Rose kam mit Lily auf dem Arm zur Kapelle und Ray hopste fröhlich neben seiner Mutter und der kleinen Schwester her. Es war ein Anblick, den sich Jed lange ausgemalt hatte. Sein kleines Mädchen, Lily Shepherd King.

„Willkommen zur feierlichen Eröffnung der Vineyard Chapel mit ihrem Picknickplatz“, sagte Jed und kletterte lächelnd vom Dach.

„Wir haben Sandwichs mit Erdnussbutter mitgebracht“, sagte Ray und boxte seinem Vater gegen den Arm.

„Toll“, sagte Jed.

Rose ging hinein und schaute sich an, wie die Sonne durch die bunten Glasfenster fiel. „Sie ist wirklich schön geworden. Du hast sie fertig bekommen.“

„Das hatte ich dir ja versprochen, auch wenn es etwas länger gedauert hat als gedacht.“

„Bei manchen Dingen lohnt sich das Warten“, sagte sie, breitete eine Decke auf dem Boden aus und legte Lily darauf. Es war dieselbe Stelle, an der Jed sie weinend und betend angetroffen hatte, als Shelby bei ihnen aufgetaucht war, und jetzt musste er unwillkürlich daran denken, welch abgrundtiefe Verzweiflung Rose an genau dieser Stelle erlebt hatte.

„Oh, das hätte ich beinahe vergessen“, sagte Rose und kramte im Picknickkorb herum. „Das ist mit der Post gekommen. Sieht wichtig aus.“

Es war von einer Anwaltskanzlei, mit der Stan zusammenarbeitete. Schon allein beim Anblick der drei Namen in der linken Ecke bekam Jed eine Gänsehaut. Er riss den Umschlag auf und zog ein einzelnes Blatt heraus.

„Und, zieht er dir das letzte Hemd aus?“, fragte sie, während Jed das Schreiben überflog.

„Warum will denn jemand Daddy das Hemd ausziehen?“, fragte Ray.

„Das ist nur so ein Ausdruck“, erklärte Rose. „Er kann sein Hemd behalten.“

„Nein, tut er nicht“, antwortete Jed auf Roses Frage, atmete erleichtert auf und ließ sich neben ihnen nieder. „Er hat alle seine Verluste aufgelistet und bietet an, dass jeder die Hälfte übernimmt.“

„Das klingt doch nach einem fairen Vorschlag.“

„Ja, der Mann hat anscheinend doch ein Herz“, meinte Jed.

„Wann können wir denn endlich wieder Weintrauben essen?“, fragte Ray und stopfte sich die Hälfte seines Sandwichs auf einmal in den Mund.

„Ein paar Monate müssen wir schon noch warten, Kumpel“, antwortete Jed. „Sie müssen wachsen, und man muss Geduld haben. Man muss sie in Ruhe reif werden lassen.“ Er überlegte einen Moment und sagte dann: „Jemand hat einmal gesagt: ‚Behandle sie gut, gib ihnen Zeit, und wenn sie so weit sind, dann werden sie es dich wissen lassen.‘“

Rose warf ihm einen Blick zu, als würde sie sich erinnern. Als wüsste sie, dass Jed über sich selbst sprach und über ihre Beziehung und über alles andere auf der Welt.

„Kann ich Steine in den Teich werfen?“, fragte Ray.

„Nur, wenn du beim Baum bleibst. Geh nicht zu nah ans Wasser.“

„Ist gut“, versprach er und rannte davon.

Rose legte Lily an, um sie zu stillen, während Jed seinem Sohn zusah, wie er versuchte, Steine über das Wasser titschen zu lassen, wie es ihm sein Vater gezeigt hatte. Jed wünschte, sein Vater wäre noch am Leben und könnte seine Familie kennenlernen.

„Wofür willst du die Kapelle eigentlich nutzen?“, fragte Rose.

„Ich dachte, wir könnten hier Hochzeiten veranstalten oder vielleicht auch Einkehrtage anbieten oder so.“

„Gar keine schlechte Idee“, sagte sie.

„Vielleicht könnten wir ja im Oktober ein kleines Einweihungsfest veranstalten.“

„Während des Erntefests?“

„Nein, kurz davor. Ich dachte daran, dass wir unser Eheversprechen erneuern könnten. Vielleicht können wir noch einmal von vorn anfangen.“

Rose blickte zu ihm auf, ein trauriges Lächeln umspielte ihre Lippen, und Jed war es, als würde die Sonne durch die dunklen Wolken lugen.

„Wir haben genügend Wein für ein richtiges Fest hier“, wandte Rose ein.

Jed nickte. „Und Sandwichs mit Erdnussbutter.“

Lily hatte fertig getrunken, und Rose legte sie sich auf die Schulter, damit sie ein Bäuerchen machte. Jed nahm ihr die Kleine ab und trat mit ihr vor die Kapelle. Er sang ihr leise etwas vor und sah, wie unten am Teich Ray mit einem perfekten Vorschnellen seines Handgelenks einen Stein über die Wasseroberfläche hüpfen ließ. Ihm kamen die Tränen, und er drückte seiner Tochter einen Kuss auf den Kopf.

„Liebe ist die Macht, die heilt“, flüsterte er. Das war das Ende von „The Song“ und der Beginn eines Gebets, das er für den Rest seines Lebens beten würde.